ROBIN
知更鸟

看见你灵魂所有的颜色

小谎言

Big Little Lies

[澳] 莉安·莫利亚提 / 著

黄瑶 / 译

广西科学技术出版社

著作权合同登记号：桂图登字：20-2015-100

Copyright © 2014 by Liane Moriarty
This edition arranged with Curtis Brown Group Ltd.
through Andrew Nurnberg Associates International Limited.

图书在版编目（CIP）数据

小谎言 /（澳）莫利亚提（Moriarty, L.）著；黄瑶译.—南宁：广西科学
技术出版社，2016.6
ISBN 978-7-5551-0530-5

Ⅰ . ①小… Ⅱ .①莫…②黄… Ⅲ .①长篇小说-澳大利亚-现代 Ⅳ .①I611.45

中国版本图书馆CIP数据核字（2016）第063146号

XIAO HUANG YAN
小谎言

作 者：	［澳］莉安·莫利亚提	译 者：	黄 瑶
产品策划：	何 醒 孙淑慧	产品监制：	孙淑慧
特约编辑：	刘 默	责任编辑：	孙淑慧
责任审读：	张桂宜	责任印制：	林 斌
封面设计：	谢玉恩	版式设计：	李 洁
责任校对：	曾高兴 田 芳		

出 版 人：	韦鸿学	出版发行：	广西科学技术出版社
社 址：	广西南宁市东葛路66号	邮政编码：	530022
电 话：	010-53202557（北京）		0771-5845660（南宁）
传 真：	010-53202554（北京）		0771-5878485（南宁）
网 址：	http://www.ygxm.cn	在线阅读：	http://www.ygxm.cn

经 销：	全国各地新华书店		
印 刷：	北京富达印务有限公司	邮政编码：	101117
地 址：	北京市通州区潞城镇前北营村		
开 本：	880mm×1240mm 1/32		
字 数：	370千字	印 张：	15.5
版 次：	2016年6月第1版	印 次：	2016年6月第1次印刷
书 号：	ISBN 978-7-5551-0530-5		
定 价：	39.80元		

小 谎 言

Big
Little
Lies

献 给 挚 爱 的 玛 格 丽 特

你打我一拳，我还你一拳，

现在你必须要亲我了。

——校园歌谣

**彼利威
公立学校**

对校园霸凌绝对零容忍！

我们不欺凌弱小。

我们不纵容暴力。

我们绝对不会对霸凌视而不见。

看到朋友遭人欺压，

我们必将勇敢地挺身而出。

我们要对校园霸凌说"不"！

目 录
contents

Big Lies Little 小 谎 言

153　169　197　245

**校园益智
问答夜** 　**活动两周前**

你尝试着想要做个无害的好人时，
也就成了某些人眼中的坏人。

**校园益智
问答夜** 　**活动一个月之前**

那些忘不掉、说不出的过去，终
究会像荆棘一般，从身体里由内
而外地生发，捆缚你的现在。

**校园益智
问答夜** 　**活动两个月之前**

一旦心中有了秘密，处处都是蛛
丝马迹。

**校园益智
问答夜** 　**活动三个月之前**

生活中有各种可能——听起来很
诱人。实际上，你真的可以选择
的十分有限。

校园益智
问答夜 / 活动一周之前

那些你期待着会不了了之的事件，
不过是在悄悄酝酿着爆发。

校园益智
问答夜 / 活动五天之前

忍气吞声？当然可以，如果你想
在身体里饲养一只猛兽的话。

校园益智
问答夜 / 活动一天之前

为了避免结束，你避免一切开始。然而，
火终究要将伪装的纸燃成灰。

校园益智
问答夜 / 活动八个小时之前

黑暗有尽头，终会有人带着光芒来到
你的身边。

校园益智
问答夜 　活动当晚

终于，真相露出端倪，我们要
怎样迎接突然陌生的熟人？

致谢

405　411　459　475　485　494

校园益智
问答夜 　活动一年之后

这小小谎言，可能发生在任何一个
人身上。

校园益智
问答夜 　活动四周之后

破碎了的，不过是另一种圆满的开始。

校园益智
问答夜 　活动结束后的早晨

秘密一旦出口，谎言就再无法避免。

校园益智
问答夜 　活动半小时之前

Big
Little Lies

小 谎 言

校园益智 问答夜／活动当晚

● 好戏即将上演，而天空中密布的乌云进一步加强了戏剧的效果。

"这可不像是'校园益智问答夜'该有的声音。"帕蒂·庞德太太对玛丽·安托瓦内特（这是她给自家猫咪起的名字——编者注）说，"听上去简直就是一场暴动。"

对于庞德太太的这番评论，这只猫并没有做出任何的反应，它继续窝在沙发上打着瞌睡，似乎觉得"校园益智问答夜"的活动本身根本算不上是什么惊天动地的大事。

"不感兴趣？啊，让他们去吃蛋糕吧[1]！你是不是这么想的？他们的确都是些'蛋糕狂人'，对不对？我的天哪，想想那一排排的蛋糕展示柜吧。不过，我倒是不相信那些妈妈会真的张开小嘴吃上一小块，因为她们看上去都是那么健美苗条，是不是？就像你一样。"

这句恭维的话让玛丽·安托瓦内特不禁"冷笑"了一下。那句"让他们去吃蛋糕吧"的传言早就是老掉牙的事情了，而且它最近还从庞德太太的一个外孙那里听说，这句话的原文其实应该是"让他们去吃奶油

----

[1] 译者注："让他们去吃蛋糕吧"这句名言出自卢梭的著作《忏悔录》。书中记载了一个传言，说某一位"伟大的法国公主"在得知农民没有面包吃时，曾漫不经心地答了一句："那就让他们去吃蛋糕吧！"

面包卷吧"。

庞德太太拿起电视遥控器，调小了《与星共舞》节目的音量。早些时候，她之所以将音量调大完全是因为外面下起了瓢泼大雨。不过，雨势现在已经渐渐地弱了下来。

她的耳边传来了一群人扯着嗓门大呼小叫的声音。那愤怒的叫喊声似乎穿透了夜晚宁静而又冰冷的空气。在庞德太太听来，这些噪音格外刺耳，仿佛其中包裹着的每一丝怒火都是冲着她来的。毕竟庞德太太是由一位脾气暴躁的妈妈抚养长大的。

"天哪，你觉得他们是不是在争论危地马拉的首都问题？你知道危地马拉的首都在哪里吗？不知道？我也不知道。我们应该到谷歌网上去查一查。你别嘲笑我了。"

玛丽·安托瓦内特不屑一顾地哼了一声。

"我们去看看到底发生了什么吧。"庞德太太轻快地说了一句。其实她此刻的心情很忐忑，因此故意在自己的猫面前装出一副生气勃勃的样子，就像当初因丈夫出差在外她独自在家照顾孩子，突然听到深夜中传来一阵奇怪的响声时一样。

庞德太太在步行助力器的帮助下费劲地站起身来。玛丽·安托瓦内特顺势惬意地用自己那光滑的身体磨蹭着庞德太太的两条腿（其实，这只猫早就轻易看穿了主人的伪装），然后陪伴着她一路沿着走廊向后院走去。

庞德太太家的缝纫室正好面对着彼利威公立学校的操场。

"妈妈，你疯了吗？你怎么能住在一座小学的旁边呢？"当初，庞德太太刚开始考虑要不要买下这幢房子时，她的女儿曾经这样向她抱怨过。然而，她却十分享受这种感觉，因为她终日里都能够听到孩子们在课间休息时嬉笑打闹的声音。而且，她早已经不再开车出门了，因此即便是街道两旁塞满了如同卡车般宽大的越野车，她也丝毫不会感到困扰。现如今，很多戴着大框墨镜的妈妈都喜欢开着这样笨重的车子聚集到学校门口，然后趴在方向盘后面、探着身子焦急地冲着副驾驶座位的窗外喊叫着，比如哈利雅特的芭蕾舞课后，或是查理的语言障碍矫正课后，等等。

这个时代的妈妈们好像格外重视相夫教子的重任。她们总是会穿着贴身的运动服，摇摆着紧实的翘臀，一脸惊慌失措地向校园走去，同时还不忘甩动脑袋后面的马尾辫，眼睛直勾勾地盯着手掌中的手机，仿佛手机是指南针似的。这样的画面总会让庞德太太忍俊不禁，不过那都是些充满了怜爱的笑容。庞德太太膝下就有三个女儿，她们的儿女也早就过了上小学的年纪，但是她们当时的状态大抵和这些妈妈也没有什么差别。当然了，她们三个可都是百里挑一的漂亮妈妈。

"你今天早上过得怎么样啊？"每当她坐在门廊前悠闲地喝着热茶，或是站在前院里浇花时，总会和那些从自己家门口经过的年轻妈妈打声招呼。

"简直是手忙脚乱，庞德太太！真是让人抓狂！"她们多半会这样回答她，丝毫没有停下脚步的意思，一边还不忘紧紧地拽着自己孩子的手臂。一般来说，这些女人大多都是和蔼而亲切的，只不过会偶尔透露出些许盛气凌人的架势。可这也算不上是她们的错，毕竟庞德太太已经是个一把年纪的老太太了，每天都很悠闲，而她们每天都忙得焦头烂额！

如今这个年头，不少爸爸也加入了接送孩子上下学的队伍中。和那些特别容易小题大做的妈妈相比，这些男人做什么都是不紧不慢的，脚下的步伐也更加稳重、随意，好像在说"没什么好担心的"、"一切都在我的掌控之中"——这就是他们想要传达的信息。每一次看到这样的男人，庞德太太也会充满怜爱地朝着他们露出笑脸。

然而，彼利威公立学校的家长们今晚的言行却似乎有些脱序。

庞德太太挪动着步子走到了床边，伸出手来拉开了蕾丝窗帘。就在不久之前，一颗板球打碎了她家的玻璃，还差一点砸晕了玛丽·安托瓦内特。为此，学校还专门出钱为她安装了窗户防护网。而这次事故的"主犯"——一群三年级的男孩还手绘了一张致歉的卡片送给她。她至今仍把它贴在冰箱门上。

学校操场的另一头立着一座两层的砂石建筑，建筑的二层是一间礼堂，拥有一个可以观赏海景的大露台。庞德太太曾到那里去参加过几场活动，包括一个当地历史学家的演讲大会以及"图书馆之友"机构组织的一场午餐会。那真的是一个令人赏心悦目的房间，一些老校友甚至还会选择在那里举办婚礼的招待宴会。同时，那里也正是"校园益智问答夜"活动的举办地点，而活动的目的好像是为了给学校购买交互式白板集资。事实上，庞德太太也理所当然地收到了活动的邀请函，看来她家优越的地理位置似乎赋予了她某种特殊的权利，尽管她的孩子或是孙子并没有在这里上过学。不过，她最终还是婉拒了这份邀请，因为她觉得若是自己贸然跑去参加学校的活动，似乎有点儿莫名其妙。

每个周五的早晨，礼堂都会成为孩子们召开全校例会的场所。每当这个时候，庞德太太都会在缝纫室里为自己准备一杯英式早餐茶和一块坚果姜饼。孩子们此起彼伏的歌声总是会让她感动得流下眼泪。虽说她并不相信上帝，但总是会在听到这歌声时忍不住感叹神迹的伟大。

然而，此时从礼堂里传出来的却并不是美妙的歌声。

庞德太太隐约听到了很多的脏话。老实说，她并不是一个假正经的人，她的大女儿就经常脏话不离口。但是，在这样一个本应充满稚嫩的欢声笑语的场所里听到如此刺耳的言语，还是不免让人感到几分沮丧和不安。

"难道你们都喝多了吗？"她自言自语地问道。

从她那溅满了雨滴的窗户望出去，正好能够看到那座两层小楼的大门。突然，楼里的人鱼贯而出，校园里的应急灯也照亮了大门前的那片水泥地。看样子有一出好戏即将上演，而天空中密布的乌云则进一步加强了戏剧的效果。

这真的是非常离奇的一幕。

彼利威公立学校的家长对盛装派有种莫名的钟爱。据此可以判断，他们是绝不可能满足于一场普通的益智问答活动的。庞德太太在邀请函上看到，某些绝顶聪明的策划人决定将今晚的活动主题定为"赫本与猫王的益智问答夜"，也就是说到场的所有女性都必须打扮成奥黛丽·赫本的样子，而男性则必须穿成猫王阿尔维斯的样子。（这也正是庞德太太婉拒邀请的另一个原因：她对于奇装异服总是怀有一种说不出的憎恶感。）看来，当天晚上最受欢迎的奥黛丽·赫本服饰当属她在电影《蒂凡尼的早餐》中的扮相，因为大部分女宾都穿着黑色的长裙，手上戴着白手套，脖子上还挂着一串珍珠宽颈链。与此同时，大部分的男宾则选择了猫王的晚期造型来向这位歌王致敬：闪亮的白色连身衣裤，华丽的大 V 字领上镶满了耀眼的宝石。然而，和身旁那些高贵典雅的女宾相比，男宾的造型实在荒唐可笑。

正当庞德太太朝着校门里张望的时候，一个"猫王"突然间挥拳向另一个"猫王"的下巴打去。只见那个受到攻击的"猫王"踉跄着向后退了几步，还不小心撞到了一位"赫本"。很快，另外两个"猫王"上前来抓住了他的手臂，将他拖到了一边。站在不远处的另一位"赫本"

用双手紧紧地捂住了自己的脸，还把头转向了一边，似乎是不忍心再看下去了。人群中不知是谁突然高喊了一声："住手！"

说得没错。要是那些聪慧可爱的孩子看到了这一幕，会作何感想呢？

"我应不应该报警？"庞德太太正自言自语地念叨着，突然听到远处传来了一阵尖锐的警笛声。与此同时，站在阳台上的一个女人突然尖声惊叫了起来。

加布里埃尔： 你知道的，这并不只是妈妈们的错。如果没有爸爸们的参与，事情也不会落到今天这个地步。我猜是妈妈们先挑的事儿。可以这么说，我们是主角。哦，对了，我不喜欢美国人念"妈妈"时的口音，听上去太让人窝火了。相比之下，英国口音的"妈妈"就要好听多了。字母"U"被换成了字母"O"，听上去秀气了不少。我们真应该改改总学美国人说话的毛病了。顺便说一句，我很在意自己的体型。可谁不是如此呢，是不是？

邦妮： 这一切都是一个可怕的误会。某些人在感情上受到了伤害，于是事情就变得一发不可收拾。就是这样的。所有肢体上的冲突都可以追溯到某个人感情上的创伤，你说有没有道理？离婚。世界大战。法律诉讼。当然了，也并不是所有的法律诉讼都会带来这种后果。你要不要来一杯花草茶？

斯图： 让我来告诉你到底发生了什么。女人就是学不会放手。我这么说并不是觉得男士们没有任何的责任，但女士们实在是太咄咄逼人了。这听上去也许有些性别歧视，可这就是现实中的生活。

不信的话,你可以去找个男人问一问!不过,不要去找那些新潮做作、满脸油光的男人。我的意思是,找一个纯爷们来问,他肯定会告诉你那些女人各个都像是"怨妇奥林匹克运动会"上的运动员一样。你真应该看看我妻子那副摩拳擦掌的样子,而她还算不上是里面最冲动的那一个呢。

巴恩斯小姐:真是一群望子成龙、望女成凤的父母。在我来彼利威公立学校任教之前,我还以为这些传言都太夸张了,他们无非就是些爱子心切的爸爸妈妈而已。我的意思是说,作为一个在九十年代长大的孩子来说,我的父母也很爱我、关心我,但却从不会像这些父母一样迷恋我。

李普曼太太:真是一场悲剧。太遗憾了。目前我们还在试图忘记这些伤痛。除此之外我就无可奉告了。

卡罗尔:我觉得这都要怪那个"色情文学俱乐部"。不过这都是我的一家之言。

乔纳森:"色情文学俱乐部"其实根本就和色情搭不上边。这一点可是我无偿透露给你的哦!

杰基:你知道吗,我觉得这完全就是一个女权主义的问题。

哈珀:谁说这是一个女权主义问题了?这究竟是怎么一回事

啊？让我来告诉你真正的原因吧。事情全是由"幼儿园迎新日"当天的那场意外引起的。

格雷姆：我认为，这都是因为那些家庭主妇妈妈和职业妈妈之间起了冲突。他们是怎么形容来着？妈咪战争。不过我的妻子并没有参加，她可没有时间掺和这种事情。

西娅：你们这些记者就喜欢拿"法国保姆"的视角开刀。今天，我从广播里听说了有关"法国女用"的话题，朱丽叶肯定不属于这一类人。勒娜塔家也有这样一个管家。这些幸运的人啊。我有四个孩子，却没有任何用人可以帮忙！我本身对于职业妈妈并没有什么成见，只不过有点儿好奇她们当初为什么想要孩子而已。

梅丽莎：你知道到底是什么让大家变得如此剑拔弩张的吗？是头虱。我的上帝呀，可别让我开启那个话题。

萨曼莎：头虱？那东西和这件事情怎么会有关系呢？这都是谁告诉你的呀？我猜一定是梅丽莎吧。那个可怜的姑娘在自己的小孩两次感染头虱之后就得了创伤后压力综合征。不好意思。这并不好笑。这一点儿都不好笑。

刑侦警长阿德里安·昆兰：我要明确一点，这不是一场马戏，而是一起谋杀调查。

小 谎 言

Big
Little Lies

**校园益智
问答夜 ／ 活动六个月之前**

● 一成不变的日子里，谁能料想，一个
人的出现会将所有人的生活改写。

玛德琳 //

四十岁。玛德琳·玛莎·麦肯齐今天就满四十岁了。

"我四十岁了。"手握着方向盘的玛德琳大声念叨了一句,还特意将其中的每一个字都像经过了慢动作声效处理一样拖得长长的,"四——十——岁——了。"

她瞥了瞥后视镜,看了看坐在后座上的女儿。克洛伊咯咯地笑着,模仿着妈妈的语气。"我五岁了。五——岁——了。"

"四十岁!"玛德琳的声音突然像个歌剧演员一样变得高亢起来,"啦啦啦啦啦!"

"五岁!"克洛伊也扯着嗓子尖叫起来。

听到这里,玛德琳又开始跃跃欲试地开启了自己的"说唱模式",一边还不忘敲着方向盘给自己打节奏。"我今天四十,耶,四十——"

"够了,妈咪。"克洛伊一脸严肃地说道。

"不好意思啊。"玛德琳回答。

此刻,她正开着车带着克洛伊向幼儿园的方向驶去——"要去上幼儿园喽"——准备参加当天迎新日的活动。其实，克洛伊还要等到明年的一月份才能正式成为彼利威公立学校的一名学生。今天早上，她在上学的路上一直都在忙着指挥自己的哥哥弗雷德。弗雷德比克洛伊大两岁，但不知为何总是显得比妹妹还要小上几岁的样子。"弗雷德，你忘了把你的书包放进篮子里！这就对了。放在那里。好孩子。"

弗雷德乖乖地将自己的书包放在了指定的篮子里，然后一溜儿小跑地追过去用手臂夹住杰克森的头。玛德琳假装并没有看到儿子的粗鲁行为——没准儿杰克森是罪有应得的呢，反正他的妈妈勒娜塔也没有注意到，因为她正忙着和哈珀紧锁着眉头，感叹着教育家里的天才儿童到底是件多么辛苦的事情呢。勒娜塔和哈珀是同一个"天才儿童家长互助组"的成员，每周都会去参加该组织的例会。想到这一点，玛德琳的脑海中顿时出现了这两人紧紧地牵着手与大家围坐成一圈、眼中还闪烁着洋洋自得的光芒的画面。

趁着克洛伊忙着指挥迎新日现场其他小朋友的工夫（发号施令简直就是她的天赋，将来某一天她肯定会成为一个公司的总经理），玛德琳准备去找好朋友塞莱斯特喝杯咖啡，再品上一小块蛋糕。塞莱斯特的一对双胞胎儿子明年也要上学了。此刻，他们正在迎新活动的场地里四处横冲直撞。（他们的天赋就是大嗓门。每一次和他们在一起待上超过五分钟的时间，玛德琳便会觉得头晕耳鸣。）塞莱斯特在玛德琳的孩子们过生日时总是不忘送来精美而又昂贵的礼物，所以从这一点上来说，她的确是个不错的朋友。迎新会结束之后，玛德琳准备把克洛伊送到她的婆婆家，然后和几个朋友一起吃顿午饭，一直等到放学时间再赶回来接孩子。和煦的晨光温暖地照进了车子里。玛德琳的脚上穿着一双做工精良的全新杜嘉班纳细高跟鞋（这是她在网上以七折的价格买回来的）。

这将是多么多么美好的一天呀。

"'玛德琳节'的庆祝活动就要开始咯!"今天一早,她的丈夫艾德便把香浓的咖啡亲自送到了她的床边。在生日和各种节庆活动方面,玛德琳可是一个不折不扣的狂热分子。换句话说,她热衷于一切可供她喝上一杯香槟的场合。

不管怎么说,她今天就要满四十岁了。

在熟练地开往学校的路上,她仔细展望了一下自己灿烂的人生新时代。四十岁了。对于"四十岁"这件事情,她至今仍和自己十五岁那年有着同样的想法——这是一个多么惨淡的年纪呀。了然地漂流在人生长河的中央,仿佛一切都已经不再重要了。人在年过四十的时候,应该早就抛却了内心所有的真实感受了吧,取而代之的是不惑之年的那份与世无争而又单调乏味的心境。

"某四十岁女子被发现意外身亡。"哦,天哪。

"某二十岁女子被人发现意外身亡。"真是一场悲剧啊!简直是太遗憾了!一定要把那个杀人犯给抓起来!

最近,当玛德琳偶然在新闻中听到一个四十岁女子意外去世的消息时,心里突然产生了一丝微妙的变化。"等等,那种事情完全有可能发生在我身上的呀!那将多么令人心酸呀!大家一定会为了我的死而伤心不已的!有些人说不定还会哭得肝肠寸断呢。的确如此。这是一个看重年龄的世界。虽然我已经四十岁了,但还是有不少人是爱着我的。"

不过,换个角度来讲,一个二十岁女人的死确实要比一个四十岁女人的死更令人揪心,毕竟后者比前者多享受了二十年的美好光阴。这也是为什么若是她看到有人举着枪在街上闲逛,便会毫不犹豫地将自己已过不惑之年的躯体挡在年轻人身前的原因。在她看来,替年轻人吃一颗子弹似乎是件再公平不过的事情了。

当然了，值得她这么做的必须是个善良的年轻人，不能是那些令人厌恶的狂妄之辈，比如此刻在玛德琳前面驾驶着蓝色三菱小汽车的那个女孩子。显然，她根本就不打算刻意隐瞒自己边开车边玩手机的恶劣行径，反而堂而皇之地发着短信或是更新着自己的脸书状态。

明白了吗？这样的年轻人可能根本就注意不到四处闲逛的枪手！因为她的注意力早已经完全沉浸在手机里了，可玛德琳却还打算为了她而牺牲自己的生命！想起来真是令人窝火。

除此之外，这辆后窗上歪歪斜斜地挂着一个 P 字开头车牌的小车后座上坐满了和那个姑娘年纪相仿的年轻人，至少应该有三个吧：她们的头左摇右摆，手还不停地比画着。那是某个人的脚在晃来晃去吗？再这样下去肯定会酿成悲剧。她们得集中注意力才行。上一周，玛德琳在结束了一堂有关"冲击波"的课程之后跑去喝了杯咖啡，并在匆忙间读到了一篇新闻报道，里面讲的就是年轻人边开车边发短信酿成的车祸。"在路上。就快刀客！"（这是打错了的字，应该是"到了"——编者注）这是他们留给这个世界的最后一句愚蠢 "遗言"（而且还拼错了字）。报道旁边的照片中，一位满脸泪痕的妈妈呆呆地对着镜头举着女儿的手机，似乎是想要警告那些读者。看到这里，玛德琳忍不住流下了心酸的眼泪。

"愚蠢的笨蛋。"看到那辆车惊险地并进了另一条车道，玛德琳大声地喊了一句。

"谁是笨蛋？"坐在后座上的克洛伊问道。

"我们前面边开车边玩手机的那个姑娘。"

"每次我们快要迟到的时候，你也会边开车边打电话给爸爸呀。"

克洛伊反驳了一句。

"我只打过一次！"玛德琳抗议道，"我当时格外小心，而且很快就挂上了电话！还有，我已经四十岁了！"

"今天。"克洛伊机灵地接了一句，"你今天就满四十岁了。"

"没错！话说回来，我只不过打了个简短的电话而已，又不是发短信！要知道，你发短信的时候一定会忘了注视前方。总之，开车发短信是违法的。你必须要向我保证，你长大了以后绝对不会做这种不规矩的事情。"

想到成年后的克洛伊手握方向盘的样子，玛德琳的声音忍不住颤抖起来。

"但是你得允许我简短地打个电话。"克洛伊似乎想要确认一下。

"不行！那么做也是违法的。"

"所以说，你也犯法了。"克洛伊一脸得意地回答，"和抢劫犯一样。"

最近克洛伊对于"抢劫犯"的话题似乎特别感兴趣。想必她将来有一天一定会找个骑着摩托车的坏男孩约会的。

"你一定要找个好男孩交往，克洛伊！"玛德琳沉默了一会儿，突然冒出了一句，"比如你爸爸那样的人。坏男孩是不会把咖啡送到你的床边的。这可是我免费送给你的忠告。"

"姑娘，你到底在胡说些什么呀？"克洛伊叹了一口气。这句话显然是她从自己的爸爸那里学来的，就连那有气无力的无奈语气都模仿得十分到位。当玛德琳夫妇第一次听到克洛伊像模像样地讲出这句话时，两个人都忍不住笑出了声音——这无疑是一个巨大的错误，因为这孩子自此就把它挂在了嘴边，而且还总是能够找到恰当的时机来使用它，令他们哭笑不得。

然而，这一次玛德琳却忍住了想要发笑的欲望。最近，克洛伊总是徘徊在"可爱"与"可恨"的分界线上，而玛德琳自己也有些反复无常。

在一个红绿灯处，玛德琳的车停在了那辆蓝色的三菱小汽车后面。她注意到，那个年轻女司机的眼神仍没有离开过自己的手机，于是她狠狠地按了按喇叭。女司机从后视镜里瞟了瞟玛德琳，而她后座上的那几个朋友也纷纷扭过头来观望。

"放下你的手机！"她一边大喊着，一边用手指戳着自己的手掌，模仿着发短信的动作，"那么做是违法的！太危险了！"

只见那个女司机粗鲁地冲着玛德琳竖起了中指。

"好样的！"玛德琳拉起了手刹，按下了车子的危险警示灯。

"你要干什么？"克洛伊问道。

此时，玛德琳已经解开了绑在身上的安全带，愤怒地打开了车门。

"我们还要去参加迎新会呢！"克洛伊惶恐地喊道，"我们会迟到的！哦，糟糕了！"

"哦，糟糕了"这句话是弗雷德小时候常听的一个童话故事中的台词。如今，它已经成了全家人的口头禅，就连玛德琳的父母和朋友也都学会了。看来这还真是一句很有感染力的话。

"没事的。"玛德琳回答，"耽误不了多长时间。我都是为了挽救那些年轻的生命。"

说罢，她踩着新高跟鞋走到了女孩的车旁，用力地敲了敲车窗。

车窗慢慢地滑了下来，刚才那个坐在驾驶座上的黑乎乎的剪影此刻变成了一个皮肤雪白、鼻子上穿着鼻环、眼睛上还抹着一层厚厚睫毛膏的年轻女孩。

她抬起头来望着玛德琳，眼神里交织着愤怒与恐惧。"你到底有什么问题？"说这话时，她的左手仍随意地握着自己的手机。

"放下手机！你这样会害了自己和你这些朋友的！"玛德琳的语气听上去就像是在教训顽皮不讲理的克洛伊一样。说罢，她伸出手来一把抓过手机，当着那个吓得目瞪口呆的女孩的面把它扔在了副驾驶座位上。"你听到了吗？不要再这么做了！"

当她转过头向自己的车子走去时，身后突然响起了一阵狂笑。不过她一点儿也不在乎，反而感到一身轻松。一辆车跟了过来，停在了她的车子后面。她抱歉地抬起手来示意了一下，打算赶在绿灯亮起来之前坐回驾驶座上。

然而，就在这时候，她的脚踝莫名其妙地扭了一下，仿佛她那上一秒钟还在正常运作的身体此刻突然跟她作起对来。她失控地瘫软下去，重重地侧身摔在了地上。哦，糟糕了！

这就是故事的开场。

一个女人，笨拙而又难堪地扭伤了脚踝。

珍 //

在一个红绿灯处，珍的车子停在了一辆闪着危险警示灯的耀眼大块头越野车后面。她歪过头去，看到一个深色头发的女子正急匆匆地沿着路边向车子走来。只见她穿着一条蓬蓬的蓝色夏季洋装，脚蹬一双绑带高跟鞋，一脸歉意而又不失优雅地朝着珍挥了挥手。和煦的晨光照亮了她华丽的耳环，使得她整个人看起来都散发着一股仙气。

真是个光彩夺目的女子——虽然她看上去比珍的岁数略大一些，却依旧光彩夺目。从小到大，珍总是会抱着研究的目的去观察这样的女孩，眼中还带着一点点的敬畏和一点点的嫉妒。也许她们算不上是人群中最漂亮的，却总会带着满腔的热情将自己打扮得像棵显眼的圣诞树一样：耳朵上挂着摇摇晃晃的耳坠，手腕上套着金光闪闪的手镯，脖子上还围着精美却不实用的丝巾。和你说话的时候，她们最喜欢做的动作就是触碰你的手臂。珍还是个学生的时候，就曾经有过这样一个光彩夺目的女伴，而她对于这位女伴一直都缺乏"抵抗力"。

就在此时，那个女子突然莫名其妙地摔倒了，仿佛是有人从她的脚底奋力地拉扯了一下似的。

"哎哟。"珍同情地哀号了一声，赶紧把头转了过去，似乎是想要帮对方挽回一些颜面。

"你受伤了吗，妈咪？"坐在后座上的瑞吉忧心忡忡地问了一句。他总是害怕妈妈会伤害到自己。

"没有。"珍回答，"那边有位女士受伤了。她跌倒了。"

说罢，她开始等待那个女子自己爬起来，然后赶紧回到车里。可她却一直都仰面躺在地上，脸上还挂着十分痛苦的表情。这时候，绿灯亮了起来。只见停在越野车前面的一辆挂着 P 字开头车牌的小型汽车一下子就冲了出去。和地面激烈摩擦的轮胎发出了尖锐的噪音。

珍伸手按下了转向灯，小心翼翼地踩着油门绕过了那辆越野车。她正准备前往瑞吉的新学校参加迎新日的活动。尽管两人的表情都很平静，但心中还是难免有些惴惴不安。也正是因为这个原因，珍从心底里迫切地希望自己能够早点到达活动的现场。

"她还好吗？"瑞吉问道。

听到这话，珍的心里突然产生了一种莫名的挫败感。每一次，当她因为生活中的琐事而分心时，总是会及时地出现某些事或是某些人（通常是瑞吉），提醒她做回那个善良平凡而又彬彬有礼的成年人。

如果没有瑞吉的话，她可能早就开着车扬长而去了。换句话说，她此刻满脑子想着的都是该如何将瑞吉安全地送到幼儿园去参加迎新日的活动，以至于她可以无视有个受伤的女子正无助地躺在路中间、忍受着巨大的痛苦。

"我去看看她。"珍回答，好像她本来就打算要去关心一下那个女子的伤势似的。她按亮了自己车上的警示灯，伸手推开了车门。这时，一种自私的念头从她的脑海里一闪而过，让她不禁产生了强烈的抵触心理。你们这些娇滴滴的漂亮女人还真是麻烦！

"你还好吗？"她关切地问了一句。

"我没事！"那个女子费力地坐直了身子，一边发着牢骚，一边用手抚摸着脚踝。"哦，该死。我把脚踝给扭伤了。我真是个笨蛋。刚才我是特意下车去警告前面那辆车上的女司机，让她不要边开车边发短信的。真是活该，我何必非要装出一副咄咄逼人的架势来呢。"

珍俯下身来，跪在了她的身旁。眼前的这个女子留着一头精心修剪的齐肩深色头发，鼻子上隐约长着一些淡淡的雀斑。那些雀斑的分布颇具美感，和她眼周的细纹以及那对夸张得有些晃眼的耳坠相得益彰，让人忍不住想起了童年时期的美好夏日。珍心中的抵触感一下子就烟消云散了。

珍发现自己很喜欢这个女人，因而也是真心地想要帮助她。（不过，她为什么要这么想呢？如果对方是个没有牙齿，还长着酒糟鼻的干瘪老太婆，难道她就有理由继续反感吗？这是一种多么不公平、多么残忍的想法呀。她居然会因为喜欢对方脸上的雀斑而想要出手相助。）

这个女子的衣服领口上绣着精美的花朵刺绣图案。从那些镂空的花瓣中，珍隐约瞥见了对方满是斑点的深褐色肌肤。

"我们得赶紧找些冰块来。"珍说道。她根据以往打无板篮球的经验判断，对方的脚踝伤得不轻，而且已经开始肿胀了起来。"你得把脚抬高一点。"

她咬了咬嘴唇，一脸期待地四处张望，想要找人来帮忙，因为她确实不知道该如何处理这样的伤势。

"今天是我的生日。"那个女子一脸怨愤地说，"我的四十岁生日。"

"生日快乐。"珍回答。真可爱，居然会有女人在迈入四十岁的这一天主动提到自己的生日。

她低头看了看那个女人的脚，绑带高跟鞋，鞋跟像牙签一样又细又高，她的脚指甲上涂着闪亮的蓝绿色指甲油。说实话，太吓人了。

"怪不得你会扭伤脚踝。"珍若有所思地说道，"穿着这样的鞋可怎么走路呀。"

"我知道，但是它们实在是太美了。"那个女子将一只脚转换了一个角度，似乎是想要近距离地欣赏一下自己的美鞋，"哎哟！该死，痛死我了。对不起，我有点口不择言了。"

"妈咪！"一个满头深色鬈发、头顶亮晶晶的皇冠的小女孩从车窗里探出了脑袋，"你在干什么？快起来呀！我们会迟到的。"

看来有其母必有其女。

"谢谢你的同情，亲爱的！"那个女子一脸幽怨地朝着珍苦笑了一下。"我们正准备去她的幼儿园参加迎新活动。她一路上都很激动。"

"你们也要去彼利威公立学校吗?"珍一脸惊讶地问道,"我们也正要去那儿呢。我儿子瑞吉明年就要入学了。我们打算十二月份的时候搬过来住。"从表面上看,她们两人并没有任何的共同之处,就更别提在生活上会有什么交集了。

"瑞吉!是瑞吉·斯达尔达斯特吗?多好听的名字呀!"女子惊呼着,"顺便说一句,我叫玛德琳。玛德琳·玛莎·麦肯齐。我总是喜欢告诉别人我的中间名叫做玛莎。别问我为什么。"

说罢,她伸出了一只手。

"珍。珍·查普曼。"

加布里埃尔: 学校里的人分成了两派。我也不知道该怎么形容,就好像是爆发了一场内战似的。你要不站在玛德琳这一边,就站在勒娜塔那一边。

邦妮: 不,不,这么说未免有些太可怕了。这些都是子虚乌有。从来就没有什么派系之争的事情。我们是个紧密的社区。大家只不过是多喝了几杯酒,而且又恰逢满月。满月的时候大家都会变得有点儿疯狂。我是说真的。这种现象可是经过了科学验证的。

萨曼莎: 哪里有满月?我只知道那天下着倾盆大雨,把我的头发都给淋湿了。

李普曼太太: 这太荒谬了,简直就是诽谤。我已经没有什么话好说了。

卡罗尔：我知道自己一直都在喋喋不休地谈论"色情文学俱乐部"的事情。不过我确信他们之间的矛盾肯定是在某一次"开小会"的时候引发出来的。

哈珀：听着，当我们知道艾米丽是个天才的时候，我激动得哭了。这种情况在索菲亚的身上也曾发生过，所以我早就知道这一切都是命中注定的！勒娜塔和我一样，家里都有两个天才儿童。因此，没人能理解我们身上背负的压力。勒娜塔一直都很担心阿玛贝拉能否适应学校的生活，获得足够的动力，等等。所以，当那个名字古怪的小孩，瑞吉，做出那种事情来的时候——那才只不过是迎新日的早晨呀——勒娜塔当然会感到苦恼了！事情就是这么开始的。

珍 //

珍本打算趁着瑞吉参加幼儿园迎新活动的机会坐在车里读读书的，但她却选择了陪着玛德琳·玛莎·麦肯齐在一家名为"蓝色布鲁斯"的海滨咖啡馆里坐下来。

这家咖啡馆的主体是一栋形似洞穴的怪异小型建筑，就坐落在彼利威海滩旁的木板路上。玛德琳光着脚蹒跚地走着，不自觉地将整个身体的重量都压在了珍的肩膀上，仿佛她们是什么熟识的老朋友似的。这是一个很亲密的举动，珍甚至能够闻到玛德琳身上散发出来的某种好闻的柑橘香水味。在过去的五年中，珍可从未和任何的成年人有过肌肤之亲。

推开咖啡馆的大门，一个颇为年轻的男子从吧台后面走了出来，张开了双臂。他穿着一身黑色的套装，留着冲浪运动员般的金色鬈发，鼻子旁边还长了一颗黑色的痣。"玛德琳！你怎么了？"

"汤姆，我受了重伤。"玛德琳回答，"而且今天还是我的生日。"

"哦，真是一场悲剧。"汤姆边说边冲着珍眨了眨眼睛。

说罢，汤姆便搀扶着玛德琳坐到了角落的一个卡座里，然后用茶巾包裹着冰块帮她冷敷了脚踝，还在椅子上放了一个靠垫，好让她受伤的脚能够保持上翘的姿势。趁着这个工夫，珍认真地审视了一下这家咖啡馆。按照她妈妈的话来说，这里简直是"太萌了"。凹凸不平的淡蓝色墙壁上挂着看上去快要散架的书架，上面摆满了各种二手书籍。脚下的木地板在晨光的照耀下闪烁着金色的光芒。空气里夹杂着的咖啡香味缓缓地唤醒珍的嗅觉。此外，她仿佛还能够闻到大海的咸腥味和旧书的油墨香。咖啡馆一整面的落地窗户正对着大海，因此，无论你坐在店里的哪个位置上，都可以毫无障碍地将美丽的海景尽收眼底。环顾四周，一种不满足感在珍的心里如香氛般弥漫。每当身处某个全新的美好环境中时，珍的心中总是会忍不住产生这样的感觉。换句话说，她会在心里暗自感慨：要是我能够住在这里该有多好呀。除此之外，她就再也找不到合适的言语来形容自己的心情。这家小小的海滨咖啡馆是如此精致，竟让她产生了想要住在这里的渴望。可她本来就打算要搬到这个地方来的呀，她到底在胡思乱想些什么呢？

"珍，我能给你些什么呢？好表示一下我的谢意！"玛德琳开口问道，"我得给你买杯咖啡，再要些好吃的。"说罢，她转过头去对那个忙前忙后的咖啡师喊道："汤姆，这位是珍，她就是穿着闪亮盔甲前来营救我的骑士。女骑士！"

在小心翼翼地将玛德琳的那辆巨大的越野车停在路边后，珍开着自己的车将这对母女送到了学校。她从玛德琳的车上拿了一个软坐垫给克洛伊，并将它放在了自己那辆小小的掀背车后座上，好让两个孩子能够坐到一起。

这是一项工程，一次小小的"危机处理"。

和珍平日里一成不变的生活轨迹相比，这次事故的确令她感到有些激动。

对于瑞吉来说，后座上的新旅伴也引起了他强烈的兴趣。他睁着一双大眼睛，好奇地打量着这个活泼漂亮的小姑娘。一路上，克洛伊的小嘴一直都没有停下来过，事无巨细地向瑞吉讲述了有关学校的一切事项，包括班上的老师是谁，为何要在进入教室之前洗手，为何只能用一截纸巾擦手，以及在哪里吃午餐，等等。除此之外，她甚至还提到了学校不允许在午餐中掺杂花生酱，以免给某些患有花生过敏症的学生带来生命危险的事情。说罢，她告诉瑞吉，自己的午餐盒上印着冒险家朵拉的图样，还反问瑞吉的午餐盒上画着什么。

"巴斯光年。"出于礼貌，瑞吉简短地回应了一句，语气中充满了不自信的意味，因为珍还没有给他买午餐盒。他们甚至还从没有讨论过类似的需求。目前，瑞吉每周有三天的时间是在日托所里度过的，因此一日三餐也都是在那里解决的。看来，珍必须得开始练习如何打包午餐盒了。

车子很快便停在了学校的门口。由于玛德琳还不方便动弹，珍便担负起了送两个孩子进学校的任务。事实上，反倒是克洛伊主动认领了向导的角色。她轻车熟路地在他们母子俩的前面大步走着，头上的皇冠在阳光的照射下闪着夺目的光芒。在某个瞬间，瑞吉还和珍交换了一个眼神，仿佛在向彼此提问："这些不可思议的人究竟是谁呀？"

对于今天早晨的迎新活动，珍着实有点儿紧张，却又不得不将自己的情绪掩盖起来，以免引起瑞吉的不安。老实说，这简直就像是有人给她安排了一项头衔为"幼儿园学生妈妈"的新工作一样。毫无疑问，未来还有更多的规矩、文件和程序在等待她去学习。

然而，和克洛伊一起走进这座学校却让她产生了一种手握"金钥匙"的感觉。看到他们的出现，两位妈妈主动走上前来搭讪。"克洛伊！你妈妈呢？"接着，她们又热情地向珍做了自我介绍，而珍则和她们分享了玛德琳意外扭伤了脚踝的故事。最后，她又在幼儿园老师巴恩斯小姐一脸关切的注视下重述这个故事，让自己一下子成为了众人瞩目的焦点。老实说，这种感觉还不错。

彼利威公立学校拥有坐落在海岬尽头的美丽校园，因而那广阔无垠的蓝色大海似乎总是能够出现在珍的余光之中。学校的教学楼都是统一的长条形沙石建筑。四周栽满了茵茵绿树的操场上布满了令人遐想的秘密角落：树荫下的拱形空间、绿叶荫蔽下的走道，以及一座小小的幼儿尺寸的迷宫。

珍目送着瑞吉和克洛伊手牵着手向教室走去的背影，脑海里回想着儿子那小小的脸蛋上洋溢着的快乐的红晕。很快，她已经转身迈出了校门，向自己的车子走去。玛德琳在副驾驶的位置上一脸阳光地微笑着向她招手，仿佛是她多年的好友一样。这不禁让珍感到一阵放松，甚至可以说是如释重负。

此时此刻，她正紧挨着玛德琳坐在蓝色布鲁斯咖啡馆里，等待着自己的咖啡。她的目光落在了眼前的清水杯上，感觉一缕明媚的阳光正轻拂着她的脸庞。

也许搬到这里来恰好就是某些事情的开始，抑或是某些事情的结局——若是这样就更好了。

"我的朋友塞莱斯特一会儿也要过来。"玛德琳说，"你可能看到过她来学校里送孩子——两个金头发的小捣蛋。她的个子很高，是个金发美人儿，不过看上去总是一脸不安。"

"不会吧？"珍回答，"高挑的金发美女还有什么好不安的呢？"

"你说得没错。"玛德琳应付了一句，好像这就是问题的答案似的，"何况她的丈夫很帅，而且身价不菲。他们夫妻俩直到现在还会牵手呢。还有，他是个好人，总是给我买礼物。老实说，我也不知道自己为什么能和她做朋友。"她低头看了看手表，"哦，她真是没救了，总是迟到！好吧，趁这会儿工夫，让我好好地来审问你一下。"她俯身向前，将全部的注意力都集中在珍的身上。"你是最近才搬到岛上来的吗？我以前怎么没有见过你？既然我们的孩子年纪相仿，我们再怎么说也应该会在故事会或者是其他的什么地方见过面吧。"

"我们打算十二月份的时候搬过来。"珍回答，"我们现在住在纽镇。不过，我觉得能够在海边住一段时间也不错。我想，我可能只是一时性起吧。"

"一时性起"这个词到底是怎么从她的嘴巴里蹦出来的呀？珍不由得感到既兴奋又尴尬。

她努力地将故事描绘成一副异想天开的模样，好像她就是个会异想天开的女孩儿。她告诉玛德琳，自己曾在几个月前带着瑞吉到附近的沙滩旁看海，恰好看到一处公寓楼外挂着招租的标志，于是便在心里暗暗地问自己："为什么不搬到海边来住呢？"

话说回来，这也算不上是什么谎言，起码还是有几分真实可言的。

去看海的那一天，她沿着漫长的下坡路行驶的过程中一遍又一遍地和自己说着话，仿佛有人正在窥探她的思想，怀疑她的动机。

彼利威海滩是全世界最美丽的十大海滩之一！她好像在哪里见到过这样的一句广告语。她的儿子值得去看一看全世界最美丽的沙滩之一。她那个俊俏的、出色的儿子。她不断地从后视镜里偷瞄着他，心一阵阵地刺痛。

她并没有告诉玛德琳，当她牵着儿子的手走向自己那辆沾满了泥沙的车子旁时，平静的脑海中突然呼啸着闪过了一个词——"救命"，仿佛她正在祈求一条出路、一剂解药或是一刻喘息。可到底是什么事情促使她想要寻得出路、解药和喘息的机会呢？她的呼吸急促了起来，额头上也冒出了豆大的汗珠。

这时，一张招租的标志出现在了她的眼前。那时候，他们在纽镇租住的房屋恰好就快要到期了。虽说这是一间坐落在暗红色砖楼中的简陋两居室，但毕竟距离海滩只有五分钟的路程。"我们搬到这儿来住怎么样？"她问瑞吉。只见那孩子的眼神一下子就亮了起来，让她恍惚以为这套公寓就是治愈她的良药。为什么她和瑞吉的生活不能来一次翻天覆地的变化呢？

她并没有告诉玛德琳，从瑞吉还是个婴儿时起，她就带着他住遍了悉尼附近的每一个地方，且每一次都只停留半年的时间。其实她一直都在试图寻找一种能够持续下去的生活方式，而这一次次的迁徙也许正是为了要靠近彼利威海滩。

她并没有告诉玛德琳,在她签完租赁合同、走出房产中介办公室之后,才第一次注意到岛上居民都是些什么样的人——他们全都有着晒得发亮的肤色,梳着海滩度假风格的发型。眼前的景象不禁让珍联想到自己牛仔裤里包裹着的那双雪白的腿,以及父母在蜿蜒崎岖的半岛公路上紧握方向盘时的紧张表情(特别是父亲露在方向盘外侧的雪白的指关节)。尽管如此,他们肯定还是会毫无怨言地驱车来看他们的。刹那间,珍不由得感觉自己犯下了一个理应受到责罚的错误。可一切都为时晚矣。

"所以我就在这儿了。"她毫无底气地总结道。

"你会爱上这里的。"玛德琳一边热心地鼓励着她,一边调整着脚踝上冰袋的位置,脸部的肌肉还抽搐了一下,"噢,你会冲浪吗?你丈夫怎么样?或者应该说是另一半?男朋友?女朋友?我这个人很开放的。"

"我没有丈夫。"珍回答,"也没有另一半。我一直独身一人,是个单身妈妈。"

"是吗?"玛德琳惊呼道,仿佛珍刚刚说出了什么惊天动地的话。

"是的。"珍傻乎乎地笑了笑。

"嗯。你知道吗,很多人都会忘记这一点,不过我也曾经是个单身妈妈。"玛德琳回答。说着她还扬了扬下巴,似乎正在和一群与自己意见不同的人喊话。"我的前夫在我的大女儿艾比盖尔还是个婴儿的时候就离开了。她现在已经十四岁了。我那时候还很年轻,跟你一样,只有二十六岁。不过我总觉得自己已经开始走下坡路了。人生还真是艰难呀。做个单身妈妈就更难了。"

"其实,我还有我妈妈和——"

"哦,当然了,当然了。我并不是说自己没有人支持。我的父母也时常过来给我帮忙。不过，我的上帝呀，有些夜晚也是很难熬的，要不就是艾比盖尔病了，要不就是我病了，或者更糟的是——我们两个人都病了。"玛德琳停顿了一下，耸了耸肩膀，"我的前夫后来再婚了，生了一个和克洛伊差不多大的女儿。而且，内森还获得了'年度最佳父亲'的称号。男人总是要等到有人给了他们第二次机会的时候才会做得更好。"她都没跟珍解释一下谁是内森，自顾说着，"艾比盖尔就觉得她爸爸简直完美极了，这反而让我变成了家里唯一一个对他怀恨在心的人。人们总是劝我释怀，可我还挺喜欢这股怨气的，就像是对待自己饲养的小宠物一样。"

"我对'宽恕'这一类的事情也不太赞同。"珍搭话道。

玛德琳露出皓齿微微笑了一下，举起手中的茶匙指向了珍。"这就对了。永远也不要原谅别人。永远也不要忘记仇恨。这就是我的座右铭。"

珍完全听不出她这话是在开玩笑。

"那瑞吉的爸爸呢？"玛德琳继续说道，"他有没有帮你照顾孩子？"

面对这个问题，珍并没有退缩，因为她已经花了整整五年的时间让自己接受这个事实。此刻，她的心里早已波澜不惊。

"没有。我们并没有在一起。"她毫不隐瞒地回答，"其实我连他的名字都不知道。那是一次……"停。暂停。看向一边，不要和对方有眼神交流——珍在心里告诉自己。"那是一次意外。"

"你是说一夜情？"玛德琳的语气中一下子充满了同情，那惊讶的表情害得珍差一点大笑起来。大部分人——特别是那些与玛德琳同龄的人——在听到这个答案时都会露出一丝微妙而又反感的表情，好像在说：我能够理解你，也能够接受你，但你在我心里已经变成了"另外一种人"。好在珍从不介意别人怎么看她，因为她自己也对这类事情颇为反感。她只不过是想要快点终结这对话而已,所幸这一招总是屡试不爽。瑞吉就是瑞吉,他没有父亲。好啦,我们可以换个话题了。

"你为什么不干脆谎称自己和孩子的父亲分手了?"几年前,珍的妈妈曾经这样问过她。

"妈妈,撒谎只会让事情变得更复杂。"珍回答。实际上,她的妈妈就是个不会撒谎的人。"这么说反而能够帮我结束对话。"

"我也有过一夜情。"玛德琳一脸向往地回忆道,"那还是九十年代的事情呢。天哪。我希望克洛伊永远也不要知道这些事情。哦,糟糕了。你觉得刺激吗?"

珍花了好长的时间才反应过来这个问题的主旨。原来玛德琳是想问她,她的那次一夜情经历是不是感觉很刺激?

刹那间,珍仿佛又置身在了酒店那金碧辉煌的电梯里。电梯悄无声息地缓缓爬升着。他一只手握着香槟酒杯的底座,另一只手则扶着她的腰部,轻轻地让她向自己的身前拢着。他笑得那么用力,以至于眼睛周围都布满了深深的笑纹。老实说,对于爽朗的笑声、强烈的欲望和扑鼻的高档香水味,珍一向没有抵抗力。

想到这里,珍清了清喉咙。

"我觉得还不错吧。"她回答。

"抱歉。"玛德琳说,"我这么说是不是显得太肤浅了?只不过你的话让我忍不住想起了自己曾经虚度的青春。也许是因为你还年轻,而我却已经老了吧。我总是想要表现得从容一些。你多大了。如果你不介意我这么问的话?"

"二十四岁。"珍回答。

"二十四岁。"玛德琳深深地吸了一口气,"我今天就满四十岁了。

这话我是不是已经告诉过你了？你可能很难想象自己到了四十岁的时候会变成什么样子，对不对？"

"哦，其实我倒是希望自己能够快点儿活到四十岁呢。"她早就注意到了，中年妇女总是特别喜欢讨论有关年龄的话题。无论是自嘲还是哀怨，她们就是无法停止提及这个话题，仿佛衰老的过程是她们生命中最棘手的难题。举个例子来说，她妈妈身边的那群朋友就老是把年龄的事情挂在嘴边，特别是在和她说话时更要着重地提上一句。"哦，珍，你这么年轻，这么漂亮。"显然，她一点儿也不漂亮；但他们的逻辑就是这样，好像年轻的女孩自然而然就该是个美女似的。"哦，珍，你这么年轻，肯定知道该怎么修理我的手机／电脑／照相机。"老实说，珍对电子设备简直就是一窍不通。"哦，珍，你这么年轻，精力一定很充沛吧？"其实此时的她已经累得连眼睛都睁不开了。

"哦，对了，那你靠什么来养家？"玛德琳坐起身来，一脸焦急地问了一句，仿佛这是什么亟待解决的问题似的，"你有工作吗？"

珍点了点头。"我是自由会计师，到现在为止已经积累了不少的客户资源，很多都是小微企业。我的效率很高，收入也不错，房租还是能够应付得了的。"

"真是个聪明的姑娘。"玛德琳赞许地说，"艾比盖尔小的时候，我也是自己养活自己——大部分情况下都是这样。内森时不时也会发神经似的寄来一张支票。那时候的生活很艰苦，但从某种意义上来说也很容易满足。我指的是那种浑浑噩噩的满足，你明白我的意思吧？"

"当然。"珍回答。不过，作为一个单身妈妈，珍的生活却从没给任何人带来过困扰。或者至少应该说，她的生活并不像玛德琳嘴里说的那样。

"你肯定是幼儿园里最年轻的妈妈。"玛德琳开玩笑地念叨了一句。她轻轻地啜了一口杯中的咖啡,然后露出一排牙齿诡异地笑了起来。"你甚至比我前夫的那位娇艳的新妻子还要年轻。你得向我保证,你永远都不会和她交朋友,好不好?是我先认识你的。"

"我想我应该连认识她的机会都没有吧。"珍一脸疑惑地回答。

"哦,你会的。"玛德琳一脸怪样地说道,"她的女儿和克洛伊一样,也是明年上幼儿园。你能想象吗?"

珍确实感到有点儿不可思议。

"幼儿园里所有的妈妈都会一起到咖啡馆里来聚会。所以说,我前夫的妻子也会坐在桌子对面小口地喝着她的花草茶。别紧张,我们是不会打起来的。很不幸,我们都是些乏味而又温和的大人。邦妮甚至会在打招呼的时候亲吻我的脸颊。她很喜欢瑜伽和脉轮之类的东西。你知道大多数人都会憎恨自己邪恶的继母吧?我女儿却偏偏特别喜欢她。邦妮是个很'冷静'的人,这一点和我正好相反。她说话的声音总是特别温柔……低沉……悦耳,让你忍不住想要捶墙。"

玛德琳这番有关低沉而又悦耳的声音的比喻让珍忍不住笑出声来。

"你可能还是会和邦妮成为朋友的。"玛德琳说,"她这个人真是让人恨不起来。就算是我这种特别会记仇的人都很难从她的身上挑出什么毛病来。我当初可是打算用心、用灵魂去恨她的呀。"

说罢,她又伸手调整了一下脚踝上冰袋的位置。

"要是邦妮听说我扭伤了脚踝,肯定会来给我送饭的。她最喜欢找借口给我送她亲手做的饭菜了。可能是因为内森曾经告诉过她,我是个特别糟糕的厨子吧,所以她总是想要证明些什么。糟糕的是,她什么也证明不了,因为她就是个彻头彻尾的好人。虽然我也很想把她的饭菜直接倒进垃圾桶里，但是它们实在是太好吃了。我的丈夫和孩子会杀了我的。"

说到这里，玛德琳脸上的表情突然变了，满脸堆笑地挥起手来。"哦！她终于来了！塞莱斯特！这里！快来看看我都做了些什么！"

珍抬起头来，一颗心一下子就沉了下去。

没关系的。她知道这算不了什么。但事实就是如此，有些人竟能拥有如此令人心痛而又难以接受的美貌，让你不禁自惭形秽，仿佛你的自卑是丑陋的犄角，全世界都能够看到。没错，这才是一个女人应有的长相。她的存在才是正确的。相比之下，珍的存在简直就是个错误。

"你是个又胖又丑的小丫头。"一个带着潮热而又腐臭气息的声音在珍的耳边急迫地响了起来。她打了个冷战，努力微笑，望着那个美得不可方物的女人向她走来。

西娅：我想你应该已经听说了吧，邦妮嫁给了玛德琳的前夫——内森。他们的关系很复杂，你应该去深入调查一下。当然了，我并不是在对你的工作指手画脚。

邦妮：我们之间的关系和任何事情都没有关系。我们对待彼此都很友好。就在今天早上，我还在他们家门口留下了一盘素菜千层面给她那个可怜的丈夫呢。

加布里埃尔：我是这所学校里的新人，所以谁也不认识。"哦，我们学校是个很温馨的大家庭。"为了证明这一点，校长喋喋不休地跟我说了很多。不过让我来告诉你吧，幼儿园迎新日当天，我踏进操场后脑海里第一个浮现出来的词就是"小团体"。小团体，小团体，小团体。老实说，对于有人最终丧了命的事情我并不感到惊讶。哦，好吧。我想这话可能有点儿夸张了。我多少还是有点儿惊讶的。

塞莱斯特 //

塞莱斯特推开蓝色布鲁斯咖啡馆的玻璃门，一眼就看到了玛德琳。当时，她正和一个穿着蓝色牛仔裙和雪白 V 领 T 恤衫的瘦弱女孩同坐在一张桌旁。塞莱斯特并不认识那个女孩，因此刹那间感到格外的失落。"只有我们两个人。"玛德琳原本是这样对她说的。

塞莱斯特深深地吸了一口气，调整了一下自己对于这个早晨的期待。最近，每次她当着一群人的面开口说话时，总会感到哪里不对劲，但又不记得到底是哪里不对。因此，她只好不断地问自己：是不是我刚才笑得太大声了？还是根本就忘了要笑？我是不是又在重复自己的话了？

出于某种原因，她和玛德琳单独在一起的时候反而会变得比较冷静，表现也相对自然。这大概是因为她和玛德琳相识已久的缘故吧。

也许她需要来上一剂"强心针"。她的祖母应该会这样对她说。但到底什么才算是"强心针"呢？

她绕过面前的几张桌子，朝着她们走过去。她们正专注地聊着些什么，因此并没有注意到她的到来。现在，她已经能够清楚地看到那个女孩的侧脸了。她是那么的年轻，看起来并不像是某位学生的妈妈，而更像是保姆或是住家用人之类的。应该是住家用人吧。欧洲人？英语不太好？怪不得她的坐姿那么僵直紧绷，仿佛极力想要集中自己的注意力似的。当然了，她和学校也许并没有什么关系。玛德琳在各种交际圈里都游刃有余，也因此结交了许多终身的挚友和死敌。相比之下，死敌的数量可能要略多于挚友的数量吧。可以说，玛德琳就是个靠冲突为生的人，一生中最快乐的时光就是自己满怀怒火的时候。

看到塞莱斯特，玛德琳的脸色一下子就亮了起来。这应该是她最突出的优点之一吧——每一次看到你都会显得异常兴奋，仿佛你就是她在这个世界上唯一想要看见的人。

"你好呀，寿星姑娘！"塞莱斯特喊了一句。

坐在玛德琳对面椅子上的女孩转过身来，一头棕色的头发紧紧地贴着头皮，看上去像极了军队或者警局里的女士官。

"你怎么了，玛德琳？"走近后，塞莱斯特才看到玛德琳高高支在椅子上的腿，于是赶紧关切地问了一句。与此同时，她还不忘礼貌地冲着那个女孩笑了笑。不料，对方退缩了一下，似乎是误会了她善意的举动。哦，上帝呀，我刚才的确是友好地冲她笑了笑，对不对？

"这位是珍。"玛德琳介绍道，"我在路上试图挽救几个年轻的生命时扭伤了脚踝，是她救了我。珍，这位是塞莱斯特。"

"嗨。"珍说道。她的脸色惨白，看上去就像是被人用力擦拭过一样。她的嘴里小心翼翼地嚼着一块口香糖，仿佛那是什么不可告人的秘密似的。

"珍是幼儿园一位新生的妈妈。"趁着塞莱斯特坐下的工夫，玛德琳继续说道，"和你一样。所以我有责任给你们介绍一下彼利威公立学校的派系关系。这里可是危机四伏呀，姑娘们。危机四伏。"

"派系关系?"珍皱起了眉头,伸手拽了拽脑后的马尾辫,好让头发能勒得更紧一些,"我才不会加入学校里的任何派系呢。"

"我也是。"塞莱斯特赞同地附和道。

珍永远都记得自己那一天是怎样桀骜不驯地向命运发出了挑战。"我才不会加入学校里的任何派系呢。"她当时是这样说的。想必天上一定有人听到了她的这番言论,对她的态度不是很满意。她实在是太自信了!"咱们走着瞧。"这个人笑着坐了回去,等着看她会付出怎样的代价。

塞莱斯特送来的生日礼物是一套沃特福德的水晶香槟酒杯。

"我的上帝呀,真的是太美了,我好喜欢呀!"玛德琳边说边小心翼翼地从盒子里取出一只酒杯,举到灯光下仔细地端详它精美的造型和诱人的光泽,"你肯定花了不少钱吧?"

其实,她差一点儿就脱口而出:"亲爱的,感谢卜帝,你是那么的富有。"可她及时地将嘴边的话咽了回去。如果今天的约会只有她们两个人的话,她一定会毫不掩饰地把这话给说出来。但是,在家庭不算富裕的单亲妈妈珍的面前肆无忌惮地谈论钱的事情,似乎有些不太礼貌。这一点她可比谁都清楚。事实上,她之所以会这么告诫自己,完全是为了要反驳自己的丈夫,因为他总是会拿那些她最鄙视的社会规范来对她耳提面命。

为什么他们总是对塞莱斯特的财富和美貌避之不及呢?好像那是什么令人难以启齿的疾病。很多陌生人看待塞莱斯特的眼神就像是在看残疾人一样。而每当玛德琳夸赞塞莱斯特的外貌时,塞莱斯特本人的反应也总是无比的尴尬。"嘘。"她边说边警惕地环视着四周,好像是在担心有人会不小心听到她们的对话。如果说财富和美貌是每个人都梦寐以求的东西，那么真正拥有这两样东西的人又为什么非要装作自己与别人没什么两样呢？这真是个疯狂的世界。

"姑娘们，说到学校里的派系之争——"玛德琳一边说一边小心翼翼地将玻璃杯放回了盒子里，"就必须先说到'金色蘑菇头'。"

"金色蘑菇头？"塞莱斯特眯起眼睛瞥了玛德琳一眼，仿佛这是一场测试。

"学校里的事情都是'金色蘑菇头'说了算。如果你想要加入家长会，就一定得留一头金色的短发。"说罢，玛德琳伸出手来比画了一下这款发型的形状，"这应该算是一种规定吧。"

珍咯咯地笑了起来，只不过笑声干干的。这不禁让玛德琳听了有点儿不甘心。

"那这些女人心眼好吗？"塞莱斯特追问道，"还是说我们最好对她们敬而远之？"

"嗯，她们的本意是好的。"玛德琳回答，"应该都算得上是心地善良。只不过……嗯，我该怎么说呢？她们就像是妈妈团中的领导人物，而忠于这个组织就是她们的信仰，因为她们都是传统的基督教徒。"

"那幼儿园孩子的妈妈中有人属于'金色蘑菇头'这个组织吗？"珍开口问道。

"让我想想看啊。"玛德琳说，"哦，有的，哈珀。她是'金色蘑菇头'中的骨干人物，也是家长会的一员。她的女儿聪明绝顶，但是患有轻微的坚果过敏症。不管怎么说，这个幸运的小姑娘也算是同龄人中的佼佼者了。"

"算了吧，玛德琳，有坚果过敏症怎么能算是幸运呢？"塞莱斯特反驳道。

"我知道。"玛德琳回答。她只不过是想要炫耀一下自己的幽默，好博得珍的一丝笑容而已。"我在开玩笑呢。让我再想想还有谁啊。卡罗尔·奎格利。她这个人有洁癖，进出教室的时候总是会带上一瓶清洁喷雾。"

"不会吧？"塞莱斯特惊呼道。

"是真的！"

"那爸爸们呢？"珍边说边打开了一包口香糖，像是在吃什么违禁物品一样偷偷地往嘴里塞了一片。她似乎是个口香糖迷，但却不愿意让别人看到她嘴里肆无忌惮地嚼东西的画面。提问时，她并没有抬起头来盯着玛德琳的双眼。难道她正期待着能够在这里邂逅某位单亲父亲吗？

"我听小道消息说，今年的幼儿园新生家长中至少有一位是家庭煮夫。"玛德琳回答，"他妻子是商界的风云人物，叫杰基什么的。我猜她应该是某家银行的首席执行官。"

"不会是杰基·蒙哥马利吧？"塞莱斯特追问道。

"就是她。"

"上帝呀。"塞莱斯特嘟囔了一句。

"我们大概不会有机会见到她吧？毕竟又要顾家又要顾事业对于一位妈妈来说实在是太困难了。还有谁拥有全职工作来着？哦，勒娜塔。她从事的是金融方面的工作——我也不知道，是股票还是期权来着？没准儿她是个分析师。没错，她就是个分析师。每一次我请她详述一下自己的工作内容时，总是听着听着就走神了。显然她的小孩也是个天才儿童。"

"这么说来，勒娜塔肯定也是'金色蘑菇头'的成员咯？"珍问道。

"不，不，她是个职业女性，家里雇用了一个全职保姆。我猜她最近才刚从法国请来了一位新保姆呢。她一向都很崇尚欧洲的事物。勒娜塔实在是太忙了，因此根本就无暇参与学校里的事。无论你什么时候遇见她，她都在赶去开董事会的路上，或者是刚刚开完董事会回来，又或者是正在为董事会做准备。我想说的是，这些董事会的成员到底是多爱开会呀？"

"哦，这要看——"塞莱斯特开口解释道。

"这是一个反问句。"玛德琳打断了她的话，"我的意思是说，和她聊天的时候，不出五分钟的光景就一定能够听到'董事会'这个词，和西娅·康宁汉姆的聊天每五句话里就必有一句话提到她有四个孩子一样。顺便说一句，西娅也是幼儿园的家长之一。她就是忘不了自己生了四个孩子这件事。我的话听上去是不是有点儿恶毒？"

"是的。"塞莱斯特回答。

"抱歉。"这不禁让玛德琳感到有些内疚，"我只不过是想要把话说得有趣些而已。要怪就怪我的脚踝吧。说真的，这是一所十分可爱的学校，学校里的每个人都很亲切，因此我们肯定会在这里度过一段非常美好的时光，结交到不少贴心的新朋友的。"

珍又干笑了两声，默默地嚼了嚼嘴里的口香糖，同时还咽下了一口咖啡——这真是一种特殊的才能。

"所以说，这些'天才儿童'——"珍提问道，"他们都接受过什么测试吗？"

"学校有一整套的鉴定程序。"玛德琳回答，"这些孩子会参与特殊的课程并获到各种'机会'。虽然他们会与普通孩子分配在同一个班里，但我猜作业的难度是不一样的。有时候他们也会被安排接受单独的专业老师授课。显而易见，他们的家长是不会甘心让自己的孩子在班里无所事事、眼巴巴地等着那些普通的同学追上他们的学习进度的。这一点我是可以理解的，只不过心里有点儿……好了，举个例子直说吧，我去年就因此和勒娜塔发生过一次小冲突。"

"玛德琳最喜欢和别人针锋相对了。"塞莱斯特告诉珍。

"每天忙于董事会的勒娜塔不知从哪里腾出了些时间，要求学校的老师单独组织那些天才儿童外出活动，去剧院里看一出喜剧。别逗了，看戏还需要什么天赋吗？我正好是彼利威半岛剧院的市场部经理，所以提前听到了风声。"

"当然，最后获胜的还是玛德琳。"塞莱斯特咯咯地笑了起来。

"赢的人当然是我啦！"玛德琳不甘示弱地补充了一句，"我给所有的孩子都争取到了优惠票，还为所有的家长争取到了幕间休息时可享用的五折香槟礼券，大家玩得可尽兴了。"

"哦，说到这件事情，"塞莱斯特接话道，"我差点忘了把香槟送给你。我是不是——哦，对，在这里。"她火急火燎地在自己那硕大的草篮子里翻找起来，好不容易才翻出了一瓶柏林格香槟酒，"我怎么会光送你香槟酒杯而不配上一瓶好酒呢？"

"我们现在就来喝一点儿吧。"玛德琳一下子来了兴致，抓着酒瓶的瓶颈激动地说道。

"不行，不行。"塞莱斯特说，"你疯了吗？现在才几点钟呀。我们两个小时以后还要回去接孩子呢。再说了，这酒也不够冰呀。"

"香槟早餐！"玛德琳仍然兴致不减，"谁叫你把它给带出来了呢。不如我们来一杯香槟，来一杯橙汁好了。不是还有两个小时的时间吗。珍，你说呢？"

"我想喝上一口应该没有什么问题吧。"珍回答，"只不过我一喝就醉。"

"我猜也是，你实在是太瘦了。"玛德琳说，"我们肯定能处得来。我最喜欢酒量小的人了，这样我就可以多喝一点儿了。"

"玛德琳，"塞莱斯特规劝道，"下次再说吧。"

"今天可是'玛德琳节'呀。"玛德琳一脸委屈地回答，"何况我还受伤了。"

塞莱斯特无奈地翻了个白眼。"给我拿个杯子来。"

西娅：珍来迎新会接瑞吉的时候已经有点儿微醺了。所以说，你懂的，这话很有画面感，不是吗？一位年轻的单身妈妈每天早上起来的第一件事就是买醉。还有嚼口香糖。这样的第一印象可不怎么好。我要说的就这么多。

邦妮：看在上帝的分上，没人喝醉！她们只不过是为了庆祝玛德琳的四十岁生日，在蓝色布鲁斯吃了顿香槟早餐而已。我听说她们当时一直都在傻笑。其实我们没能去参加迎新日的活动，因为我们全家都在拜伦湾的家庭疗养中心疗养呢。那真是一次完美的精神体验。你需不需要疗养院的网站地址？

哈珀：从第一天起，我就看出玛德琳、塞莱斯特和珍是一个三人小团体。她们到场的时候手臂紧紧地交缠在一起，看上去就像是一群十二岁的少女。虽说勒娜塔和我自从孩子上幼儿园起就认识了玛德琳，但却并没有受邀加入她们的小聚会。不过，就像我当晚对勒娜塔所说的那样，只要能在雷米餐厅痛快地饱餐一顿（顺便说一句，当时雷米餐厅在悉尼还不算出名），我就真的什么也不在乎了。

萨曼莎：我在工作，所以是斯图带着莉莉去参加迎新活动的。他提到过有几位妈妈是吃完了香槟早餐之后才来接孩子的。当时我还说了一句："是吗？她们叫什么名字？听上去和我的风格很像啊。"

乔纳森：我什么也不知道，因为我一直都在忙着和斯图聊板球的事情。

梅丽莎：千万不要告诉别人是我说的。那天早上，玛德琳·麦肯齐显然已经喝得酩酊大醉了。她还因此摔了一跤，扭伤了脚踝。

格雷姆：我想你可能弄错了重点吧。我并不认为一顿无伤大雅的香槟早餐会导致谋杀或是重伤，你说呢？

香槟酒是永远也不会错的。这是玛德琳的口头禅。

后来，玛德琳也曾反省过：这一次也许真的是她判断失误了。这倒并不是因为她们喝醉了（她们清醒得很），而是因为她们三个人是一路有说有笑地走进校门的（玛德琳最终还是决定不要留在车里，因为她不想错过看着克洛伊走出幼儿园的那一幕。于是她蹦跳着下了车，紧紧地拽住了塞莱斯特和珍的手肘），身后留下了明显的派对气息。

要知道，人们最讨厌的就是与派对擦肩而过。

珍 //

珍返回学校接瑞吉放学的时候脑袋还是清醒的。她顶多只喝了三口香槟。

但她仍感到格外的心满意足。这也许是因为香槟软木塞突然蹦出来时发出的轻快响声，也许是因为一整个早晨意想不到的经历，也许是因为易碎的长脚玻璃杯折射出来的光线，也许是因为那个浪子长相的咖啡师送来的三个插着蜡烛的精致杯子蛋糕、大海的气息，以及她结识了两个与众不同的新朋友后获得的新鲜感——毕竟这两位姐姐都是腰缠万贯而又世故老练的女性。

"等瑞吉入学以后，你肯定会交到很多新朋友的！"她的妈妈激动地和她唠叨个不停，而她则竭力忍耐着不要冲她翻白眼，好让自己不要表现得像个临开学的阴郁高中少女一样躁动不安。二十五年前，珍的哥哥戴恩第一天上幼儿园的时候，珍的妈妈就结识了三个好朋友。那天早上，她们一起出去喝了杯咖啡，从此便一直形影不离。

"我不需要什么新朋友。"珍是这样回答妈妈的。

"不，你当然需要和其他的妈妈成为朋友了。"妈妈反驳道，"这样你们才能够互相支持！她们肯定会理解你的处境的。"事实上，珍早就尝试过要融入妈妈们的小集体了，最终却无一例外地均以失败告终。她就是无法忍受与那些活泼健谈的女人待在一起，倾听她们喋喋不休地抱怨自己那不上进的老公是如何拖延育婴房的装修工作，或是她们为何在匆忙间忘了化妆就出门的荒唐故事。喜欢素颜的珍从不化妆，因而在听到这样的话题时总是会在心里呐喊着：她们到底有什么毛病呀？

然而，令她自己都感到格外离奇的是，一向不合群的她居然与玛德琳和塞莱斯特毫无隔阂感。要知道，除了她们的孩子即将在同一年入学这件事情之外，她们三个人身上根本就没有任何的共同点。玛德琳恰好就是那种绝不可能素颜出门的女人，可珍自打认识她的第一天起便感觉自己可以和塞莱斯特一起取笑她，而她也会像对待老友一样笑着反驳她们。塞莱斯特也喜欢素颜。幸运的是，她那与生俱来的美貌根本就不需要任何的化妆术来美化。

所以，对于后来发生的一切，珍简直有些猝不及防。

她放松了警惕，一门心思想要尽快了解有关彼利威公立学校的一切。眼前的所有事物看起来都是那样的小巧可爱，让她恍惚感觉生活尽在自己的掌控之中。和煦的阳光暖暖地照耀着，不远处的大海散发着令人耳目一新的气息。对于瑞吉入学后的日子，珍的内心充满了愉悦的期待。自从瑞吉出生的那一天起，照顾他的责任便落在了她的肩头。如今，她的新家距离学校只有几步之遥。他们每天都可以步行去上学，或是到海边的沙滩和郁郁葱葱的山顶上去散步。

在珍还是个小学生的时候，她所在的那所城郊学校的门外就只有一条六车道的高速公路。隔壁的餐厅每时每刻都在散发着烤鸡的气味，操场上见不到绿树成荫的景象，更没有彩色马赛克瓷砖拼成的微笑着的海豚和鲸鱼的图样。除此之外，墙壁上的海底世界壁画和沙坑中的海龟雕塑就更是只有在梦里才能见到的画面了。

"这所学校实在是太可爱了。"在同塞莱斯特一起搀扶着玛德琳一蹦一跳地朝某个座位走去的过程中，她不禁感叹了一句，"简直太梦幻了。"

"是啊。学校去年通过校园益智问答夜的活动筹得了一笔款项，所以重修了整个操场。"玛德琳解释道，"'金色蘑菇头'对于募捐的事情很在行。那天活动的主题是'已故名人'，很有意思。嘿，你擅长益智问答吗，珍？"

"我可厉害了。"珍回答，"益智问答和拼图游戏可以说是我的两大强项。"

"拼图游戏？"玛德琳边说边在几棵摩顿湾无花果树下的蓝色木质长椅上坐了下来，伸直了受伤的那条腿，"我宁愿往自己的眼睛里扎上几根针。"

很快，参加迎新活动的其他家长开始在她们的身旁聚拢起来。玛德琳像女王一样热情地向自己熟识的家长介绍着珍和塞莱斯特，还绘声绘色地讲起了自己为挽救年轻的生命而扭伤脚踝的英雄事迹。

"这一听就是玛德琳做出来的事情。"一个名叫卡罗尔的女人对珍说道。她是个长相柔弱的女人，穿着一条印有花朵图案的无袖蓬蓬裙，头上还顶着一项大大的太阳草帽，看上去像是正准备出发前往《草原小屋》中的白色教堂一样。卡罗尔？难道说她就是玛德琳口中的那个特别爱干净的女人？有洁癖的卡罗尔？

"玛德琳最喜欢打架了。"卡罗尔的评价竟然和塞莱斯特如出一辙，"任何人都有可能激怒她。我们俩的儿子在同一支足球队里踢球。去年的时候，她就曾与某个身材健硕的爸爸吵过一架。当时，在场的所有男士都避之不及，只有玛德琳敢于站在他面前，指着他的胸膛破口大骂，简直是丝毫都不肯退让。她能够全身而退真是个奇迹。"

"哦，你说的是他呀！那个七岁以下年龄组的协调员。"玛德琳的口中轻蔑地吐出了"七岁以下年龄组的协调员"这几个字，仿佛这个人是什么"连环杀手"一样，"我到死都不会喜欢这样的人！"

珍注意到，在玛德琳大放厥词的时候，塞莱斯特总是会站在一旁皱着眉头、吞吞吐吐地搭着话。这好像也是她的个性特征之一。

"你刚才说你儿子叫什么名字来着？"卡罗尔望着珍问道。

"瑞吉。"珍回答。

"瑞吉。"卡罗尔含含糊糊地重复了一遍，"是少数民族的名字吗？"

"你好，我是勒娜塔！"一个留着利落灰色短发的女人张着双臂出现在了珍的面前，炯炯有神的棕色眼睛前还架着一副时髦的黑框眼镜。她用一种奇怪的政客般的语气特意强调了一下自己的名字，让珍在恍惚间误以为自己一直都在等她似的。

"嗨，我叫珍。你好！"珍努力地以同样热情的语气来回复她，心里还在猜想这个女人是不是就是学校的校长呢。

话音刚落，一个穿着十分得体的金发女人急匆匆地将一个黄色的信封塞进了勒娜塔的手中。她应该就是玛德琳所说的"金色蘑菇头"中的一员吧。"勒娜塔，"她像是根本就没有注意到珍的存在似的，自顾自地说道，"我已经拿到我们晚饭时谈论的那份教育报告了——"

"稍等我一下，哈珀。"勒娜塔有点儿不耐烦地回了她一句，然后转过身来继续看着珍。"珍，很高兴认识你。我是阿玛贝拉的妈妈，我儿子杰克森已经上小学二年级了。哦，对了，那就是阿玛贝拉——不是安娜贝拉哦。这是个法语名字，不是我们编出来的。"

勒娜塔说这话时，哈珀还徘徊在她的左右，一脸崇敬地朝她点着头，看上去像极了发布会上站在政客身后的随从人员。

"好了，我只是想给你介绍一下阿玛贝拉和杰克森的保姆。她正好是个法国人！多巧呀！她叫做朱丽叶。"说罢，勒娜塔伸手指了指一个红色短发的小姑娘。她的脸上十分醒目地长着一张唇肉丰满的大嘴巴，看上去就像是个漂亮的外星人。

"很高兴认识你。"小保姆操着一口浓重的法国口音，边说边无力地伸出了一只手，脸上还挂着一副无聊的表情。

"我也很高兴。"珍回答。

"我总是觉得让保姆们互相认识一下是件好事。"站在两人之间的勒娜塔眉飞色舞地说道，"就像是互助会一样！你是哪国人？"

"她不是保姆，勒娜塔。"坐在长椅上的玛德琳纠正道，似乎马上就要忍不住笑出声来了。

"哦，那就是住家用人咯。"勒娜塔不耐烦地回答。

"勒娜塔，你听我说，她是孩子的家长。"玛德琳解释道，"只不过是年轻了些而已。你懂的，就像我们曾经那样。"

听罢，勒娜塔浑身不自在地瞥了珍一眼，仿佛这是一场恶作剧似的。在珍还没有来得及开口说些什么的时候（她居然会觉得自己有必要为此而道歉），有人突然喊了一句："他们出来啦！"所有家长的视线一下子都朝着一位长着酒窝的金发女老师聚拢了过去。她引领着孩子们走出教室的身影实在是太甜美了，简直就像是一位前来应征女教师角色的漂亮女演员。

奔跑在队伍最前面的是两个留着平头的小男孩。他们像离弦的箭一样疯狂地径直跑向了塞莱斯特，一头栽进了她的怀里。"哦。"塞莱斯特嘟囔了一句。

"在认识塞莱斯特的那对小恶魔之前，我对双胞胎一直都充满了美好的向往。"几杯香槟和橙汁下肚之后，玛德琳曾这样半开玩笑地对珍说道，而一旁的塞莱斯特则只是心不在焉地笑了笑，显然并不是很在意。

　　这时，克洛伊也挽着两个同样有着公主打扮的女孩慢慢悠悠地从教室里走了出来。见状，珍赶紧焦急地在人群中寻找着瑞吉的身影。难道他被克洛伊给甩掉了吗？终于，瑞吉小小的身影出现在了教室门口的最后一批孩子当中，脸上还挂着十分快乐的表情。珍朝着儿子举起了一个大拇指，示意着问他"还好吗"，而他也咯咯地笑了起来，举起了两只大拇指以示回应。

　　突然间，人群中出现了一阵骚动。所有人都停下了脚步，转过头去张望着。

　　原来是最后走出教室的一个鬈发小姑娘正伸着脖子伤心地啜泣着，一对小肩膀剧烈地上下起伏。

　　"噢。"所有的妈妈都倒吸了一口冷气，因为那个小姑娘看上去实在是太可怜了，还留着那么漂亮的一个发型。

　　这时，珍看到勒娜塔急匆匆地赶了过去，身后则不紧不慢地跟着那个长相古怪的保姆。很快，这两人连同那位漂亮的女老师一同蹲在了小姑娘的身边，倾听着她的哭诉。

　　"妈咪！"瑞吉呼喊着朝珍跑来。她赶紧伸手把儿子抱了起来，感觉自己就像是刚刚从国外出差回来，很久都没有看到他了似的。她把鼻子深深地埋进了儿子的头发里，关切地问道："你感觉怎么样？好玩吗？"

　　还没等瑞吉开口回答，那位女老师便大声地喊了一句："能否请各位学生和家长留步？相信大家都度过了一个愉快的早晨。不过我们这里有一件十分严肃的事情需要和大家说一下。"

　　说这话时，她两颊上的酒窝微微地颤抖着，似乎是想要害羞地躲藏起来。

　　珍轻轻地将瑞吉放回了地上。

"出什么事了？"人群中有人问道。

"我猜是阿玛贝拉出了什么问题吧？"另一位妈妈搭话道。

"哦，上帝呀。"某人低声地嘀咕了一句，"看来勒娜塔又要大发雷霆了。"

"有人欺负了安娜贝拉，抱歉，是阿玛贝拉。我希望做了这件事的小朋友能够勇敢地站出来道歉，因为我们是不能够欺负学校里的小伙伴的，对吗？"女老师义正词严地说道，"如果我们犯了这样的错误，一定会站出来道歉，这才是上了幼儿园的大孩子应有的表现。"

现场一片寂静。有的孩子一脸茫然地望着那位女老师，有的则左摇右晃地低头盯着自己的双脚，或是将脸深深地埋进妈妈的裙子里。

塞莱斯特的一个儿子伸出手来拽了拽她的裙角。"我饿了！"

玛德琳从树下的座位上站了起来，一瘸一拐地走到了珍的身旁。"出了什么事啊，耽搁了这么久？"她抬起头来环顾了一下四周，"我怎么都没看到克洛伊？"

"是谁干的，阿玛贝拉？"勒娜塔问女儿，"是谁欺负你了？"

小姑娘含含糊糊地答了句什么，可谁也没有听清楚。

"或许这是场意外，对吗，阿玛贝拉？"女老师一脸绝望地问道。

"看在上帝的分上，这怎么可能是一场意外。"勒娜塔恶狠狠地打断了她的话，脸上燃起了正义的怒火，"有人居然想要掐死她。我看到她脖子上的伤痕了，肯定会留下淤青的。"

"天哪。"玛德琳惊呼了一声。

珍看到那位女老师小心翼翼地蹲了下来，用自己的双臂环抱着小女孩的肩膀，对着她的耳朵轻轻说了些什么。

"你看到发生什么事情了吗？"珍低下头来问瑞吉，可他也只是用力地摇了摇头。

这时，女老师一边拨弄着耳环一边站起身来，面向了在场的各位家长。"是这样的，有一个小男孩——嗯，该怎么说呢——孩子们还不知道彼此的名字，因此阿玛贝拉也说不出来到底是谁——"

"我们绝不能轻易放过这种事情！"勒娜塔突然打断了她的话。

"绝对不能！"站在她身后的金发跟班朋友附和道。哈珀，珍在心里默念了一遍她的名字，好让自己记住她的面孔。跟班哈珀。

女老师深深地吸了一口气。"是的。我们是不会纵容这种事情的。我想，能不能请所有的孩子，应该说是男孩子，都站到前面来一下？"

在场的家长们轻轻推了推自己儿子的肩胛骨，好让他们向前迈一步。

"去吧。"珍对瑞吉说道。

他摸索着抓住了她的手，一脸恳求地抬起头来望着她。"我现在想回家了。"

"没事的。"珍安慰他，"一会儿就好了。"

瑞吉慢慢悠悠地往前晃了晃，站在了一个比他高出一个头的男孩身旁。只见那个男孩一头黑色的鬈发，两只肩膀十分健硕，看上去流氓气十足。

十五个身材不一、身高各异的男孩稀稀拉拉地在老师的面前站成了一列。塞莱斯特的那对平头双胞胎站在了队伍的末尾，其中一个人还在对方的头上玩着火柴汽车，而另一个则像赶苍蝇一样伸手拍打着。

"这简直就是警方指认嫌疑人的画面嘛。"玛德琳说道。

人群中有人窃笑着打断了她。"别说了，玛德琳。"

"他们应该先朝前看，然后再转到一侧去展示一下自己的侧脸。"玛德琳不以为然地继续说道，"塞莱斯特，如果是你的两个儿子中的一个做的，她肯定看不出来。那样的话我们还得做个 DNA 测试。等等——同卵双胞胎是不是连 DNA 都是一样的？"

"你就尽情地笑吧，玛德琳，谁叫你的孩子不是'嫌疑犯'呢？"另一位妈妈没好气地说道。

"他们的 DNA 是一样的，可是指纹不一样。"塞莱斯特回答。

"原来是这样。那我们就得提取一下指纹了。"玛德琳说。

"嘘。"珍强忍着笑意制止了她们的对话，心里却不由得为那个即将在大庭广众之下颜面尽失的妈妈而感到担心。

名叫阿玛贝拉的小女孩紧紧地抓住了妈妈的手，而那个红头发的保姆则叉着胳膊退后了一步。

阿玛贝拉仔细地审视了一遍那群男孩。

"是他。"她很快便伸出手来指向了那个看上去流氓气十足的小男孩，"就是他想要掐死我。"

我就知道。珍在心里偷偷地附和了一句。

然而，那位女老师却不知为何将手放在了瑞吉的肩膀上。小女孩认真地点了点头，而瑞吉则在拼命地摇头。"不是我！"

"是的，就是你！"小女孩斩钉截铁地回答。

刑侦警长阿德里安·昆兰： 法医正在对尸体进行尸检，以便确定死因。目前我能够肯定的是，被害者的右侧肋骨、骨盆、颅底、右脚以及下椎骨均有骨折痕迹。

玛德琳 //

哦，糟糕了啊，玛德琳心想。

太好了。她刚刚结交的新朋友居然是个小恶棍的妈妈。在车里的时候，他看上去可是既可爱又听话的呀。感谢上帝，幸好他没打算掐死克洛伊，不然场面就会更加难堪了。克洛伊说不定会一个右勾拳把他打倒在地呢。

"瑞吉是绝不会……"珍上前一步争辩道。

此刻，她的脸色煞白，看上去简直是惊恐极了。玛德琳注意到，其他的家长都不由得向后退了一步，将珍围在了中间。

"别着急。"玛德琳轻轻地将一只手搭在了珍的手臂上，"他们都是孩子嘛！玩起来难免没轻没重的！"

"不好意思。"珍绕过两位妈妈，一个箭步冲进了人群里，仿佛是要争抢着上台似的。她伸出手来握住了瑞吉的肩膀，这个举动不由得让玛德琳感到一阵痛心。珍实在是太年轻了，看上去就像是玛德琳的女儿一样。老实说，珍也确实让她想起了艾比盖尔：她们都是那样的敏感害羞，时不时散发着一种冷幽默的气质。

"哦，天哪。"站在玛德琳身旁的塞莱斯特也焦躁了起来，"这简直是太糟糕了。"

"我真的什么也没干。"瑞吉一字一句地为自己辩解着。

"瑞吉，你只要向阿玛贝拉道个歉就好了。"巴恩斯小姐说道。丽贝卡·巴恩斯小姐曾是克洛伊的哥哥弗雷德的幼儿园老师。这也是她大学毕业后第一年教书。她是个好人，只不过还太年轻，因此总是迫不及待地想要讨好那些家长。这样的方法对于玛德琳这类家长来说自然是屡试不爽的，可若是碰到了勒娜塔·克雷恩这种报复心极强的家长便有些说不过去了。当然，公平地说，任何家长在自己的孩子差点被别人掐死的时候都会想要听到对方说一句抱歉。这样说来，玛德琳让勒娜塔误认为珍是一个保姆的闹剧并不是什么好事，因为勒娜塔最讨厌自己在别人的面前出洋相了。何况她的孩子们可都是天才儿童呀，而她也名声在外，还有无数个董事在等着她。

珍望着阿玛贝拉问道："小甜心，你确定就是这个男孩欺负你吗？"

"请你对阿玛贝拉道歉好吗？你伤她伤得可不轻。"勒娜塔对瑞吉说道，语气既温和又坚定，"这样我们就都能回家了。"

"可我真的什么也没做。"瑞吉一字一句地说道，一边还不忘直勾勾地盯着勒娜塔的眼睛。

玛德琳摘下了墨镜，默默地咬了咬镜腿。也许真的不是他呢？阿玛贝拉会不会认错了呢？可她一向都是那么的聪明乖巧，还经常约克洛伊一起出来玩，性格也算是随和。不管她们一起玩什么，她总是能够容忍克洛伊的霸道，心甘情愿地扮演配角。

"不许撒谎。"勒娜塔忍不住冲着瑞吉发起了脾气。看来，她已经完全抛却了自己伪装的那张"即便别人家的孩子欺负了我的孩子，我也依旧是个好人"的面具。"你需要做的就是说一句对不起。"

玛德琳看到珍的身体一下子就做出了本能的反应，看上去就像是一条突然蹿出来的蛇或是某种狂怒状态下的野兽。她的背挺得直直的，下巴也咬得紧紧的。"瑞吉是不会撒谎的。"

"是吗？我也可以肯定地告诉你，阿玛贝拉说的是实话。"

周围的小朋友也安静了下来，只有塞莱斯特的那对双胞胎还在操场上大吼大叫着追逐对方，嘴里还不停地念叨着"忍者"之类的台词。

"好吧，看来我们已经陷入僵局了。"巴恩斯小姐显然有点不知所措。看在上帝的分上，她才只有二十四岁呀。

这时，刚刚从攀吊架上爬下来的克洛伊气喘吁吁地回到了玛德琳的身旁。"我想要游泳。"她说道。

"嘘。"玛德琳打断了她。

克洛伊叹了一口气。"妈咪，请问我可以去游泳吗？"

"别说话。"

玛德琳的脚踝又开始隐隐作痛了。谢天谢地，看来她今天的这个四十岁生日是过不好了。天知道"玛德琳节"怎么会引来这么多的麻烦。她真的应该老老实实地坐下休息一会儿，可她却一瘸一拐地走到了人群中间。

"勒娜塔，"她叫了一声，"你知道的，孩子们玩起来难免会——"

勒娜塔转过头来瞪了玛德琳一眼。"这孩子需要为自己的行为负责。他需要知道事情的后果，而不是大摇大摆地到处去掐别的孩子，还假装自己什么都没有做过！不管怎么说，玛德琳，这件事和你有什么关系？你少管闲事！"

玛德琳身上的汗毛一下子就竖起来了。她只不过是想要帮忙而已！可对方却说出了"你少管闲事"这种令人难以接受的言辞。自从去年那次"天才儿童戏院之旅"的冲突过后，她和勒娜塔表面上还是朋友，但暗地里已是剑拔弩张。

老实说，玛德琳还是挺喜欢勒娜塔的，但两人的关系从一开始便有些暗自较劲的意味。"你知道吗，全职妈妈这种事情对我来说简直就是无聊透顶。"勒娜塔曾这样假装推心置腹地对玛德琳说道。可玛德琳并不会觉得勒娜塔冒犯了她，因为她拥有一份兼职的工作，所以也算不上什么全职妈妈。不过，勒娜塔似乎是在暗示自己才是两人中更聪明、更追求精神生活的那一个，因为她拥有一份事业，而玛德琳拥有的充其量只是一份工作。

令玛德琳倍感失望的是，和勒娜塔那个曾经荣获校内象棋锦标赛冠军的大儿子杰克森相比，她的儿子弗雷德所获得过的最高荣誉却是"彼利威公立学校历史上唯一一个敢于爬上巨大的摩顿湾无花果树、然后勇敢地跳到音乐教室的房顶上捡回三十四颗网球的人"。（为了营救他，校方不得不叫来了消防队。但这也让弗雷德在学校里的人气迅速飙升。）

"不要紧的，妈咪。"阿玛贝拉抬起头来，眼泪汪汪地看着自己的妈妈。玛德琳一眼就看到了那个可怜的孩子脖子上的红色手指印。

"不要紧？"勒娜塔反问着将目光放在了珍的身上，"请让你的孩子快点儿道歉。"

"勒娜塔。"玛德琳叫道。

"你别管，玛德琳。"

"没错，玛德琳，我们还是不要插手为好。"永远都跟在勒娜塔身后点头如捣蒜的哈珀附和道。

"很抱歉，我不能强迫他为了自己没有做过的事情道歉。"珍反驳道。

"你的孩子在撒谎。"勒娜塔厉声回答，镜片后的双眼闪烁着怒火。

"我可不这么认为。"珍也不服输地抬起了下巴。

"我现在只想回家，求求你了，妈咪。"阿玛贝拉边说边伤心地哭了起来。这时，一直在旁边默不作声的法国保姆走过来将她抱了起来。只见阿玛贝拉将两腿紧紧地盘在了那个年轻女孩的腰上，深深地将脸蛋埋在了她的脖子后面。勒娜塔前额上的一根血管隐约跳动了一下，于是她愤恨地捏了捏自己的手。

"这简直是让人……完全无法接受的。"她转身对着可怜的巴恩斯小姐抱怨道。想必那个可怜的年轻女老师此刻正迷惑不解地啄磨着师范学校为什么没有教过她如何解决这种情况呢。

勒娜塔俯下身来，将脸紧紧地靠在了瑞吉的耳畔。"如果你再敢碰我的女儿，你就会有大麻烦的。"

"嘿！"珍不满地抗议道。

然而勒娜塔并没有理会她，直起身来转头对小保姆说了一句："我们走，朱丽叶。"

她们就这样大摇大摆地朝着操场另一头走去，而周围的其他家长全都在假装忙着照顾自己的小孩。

望着她们远去的背影，瑞吉抬起头来看了看自己的妈妈，然后用手抓挠着鼻翼说道："我再也不想上学了。"

萨曼莎：所有的家长都必须到警察局里去做笔录。现在还没有轮到我，不过我一点儿也不想去。他们可能会以为我心虚吧。老实说，每一次在红绿灯处看到有警车靠近，我都会觉得很心虚。

小 谎 言

Big Little Lies

**校园益智
问答夜**／**活动五个月之前**

● 不要相信亲眼所见，那只不过是别人
想要你看见的冰山一角。

玛德琳 //

"驯鹿真的把胡萝卜给吃了！"

迎着清晨的微光，玛德琳睁开了双眼，看到眼前赫然摇摆着一根被咬了一半的胡萝卜。其实，这是正在她旁边轻声打着呼噜的艾德昨晚花了很多时间和精力啃出来的，好让它们看起来确实像是被驯鹿咬过的一样。此刻，身着睡衣的克洛伊正一脸惬意地跨坐在玛德琳的肚子上，头上顶着拖把式的乱发，嘴巴大大地咧着，一双明亮的眼睛瞪得滚圆。

玛德琳揉了揉眼睛，抬头看了一眼挂钟。现在才早上六点钟，不过已经是他们能够期许的睡得最安稳的一夜了。

"你猜圣诞老人会不会给弗雷德留下一颗土豆？"克洛伊一脸期待地问道，"因为他今年很淘气。"

玛德琳曾经告诉过她的孩子，如果他们太淘气的话，圣诞老人就会给他们留下一颗包装好的土豆，让他们懊恼地去想象自己原本应该得到什么美好的礼物。因此，克洛伊一直都迫切地希望自己的哥哥能够在圣诞节那天收到一颗土豆。若是这个梦想真的能够成真，她说不定会比在圣诞树下找到一套娃娃屋还要高兴。玛德琳确实认真地考虑过要给自己的两个孩子送两颗土豆做礼物。这样一来，他们在未来的一年里肯定会变得格外乖巧的。"还记得土豆的事情吗？"她会用这句话来对他们耳提面命。可艾德却一直不同意她的想法。他总是过分的善良。

"你哥哥起床了吗？"她问克洛伊。

"我去叫醒他！"克洛伊大声地叫了起来。在玛德琳还没来得及阻止她之前，她已经一溜烟地奔了出去，在走廊里留下了一串咚咚的脚步声。

艾德惊得一下子从床上坐起身来。"天还没亮吧，对不对？天肯定还没亮。"

"闪亮的圣诞节！"玛德琳哼唱起来，"啦啦啦啦啦啦。"

"如果你能够闭嘴的话，我愿意给你一千块。"艾德说着拉过一个枕头蒙在了自己的脸上。作为一个老好人，他对玛德琳歌声的评价实在是太毒舌了。

"你哪有一千块钱呀。"玛德琳说着又开始哼唱《平安夜》这首歌。

这时，她的手机突然响了起来。是一条短信。玛德琳从床头柜上拿起手机，嘴里却并没有停止哼唱。

是艾比盖尔发来的短信。今年圣诞节，她去了父亲和邦妮的家里，与同父异母的妹妹斯凯一起过平安夜。一头金发的斯凯比克洛伊还要小三个月，总是疯疯癫癫地像只呆萌的小狗一样跟在艾比盖尔身后。她的长相和艾比盖尔小时候简直就像是一个模子里刻出来的，这不禁让玛德琳感到有些不自在，有时甚至会有点想哭，仿佛自己珍爱的东西被别人夺走了。相比拒绝崇拜姐姐的克洛伊和弗雷德，小斯凯似乎更受艾比盖尔的宠爱。每次想到这一点，玛德琳都会在心里默念道："但是，艾比盖尔，克洛伊和弗雷德才是你的亲妹妹、亲弟弟呀。你应该更爱他们才对！"当然了，这话并不正确。可玛德琳就是无法相信这三个孩子都与艾比盖尔有血缘关系。

这条短信是这么写的：

圣诞快乐，妈妈。爸爸、邦妮、斯凯和我清早五点半就到了救助站。我已经削了四十个土豆了！能够为别人做点事真是一种美妙的经历。我感觉很幸福。爱你的艾比盖尔。

"她这辈子从来没有削过一个该死的土豆。"玛德琳嘟囔着打下了这样两句话：

太棒了，亲爱的。也祝你圣诞快乐，拜拜，亲亲！

她用力地将手机摔在了床头柜上，突然感到筋疲力尽，于是只好努力地压抑着自己想哭的冲动。

感觉很幸福……一种美妙的经历。这样的话居然会从一个连收拾碗筷都要撒娇耍赖的十四岁少女嘴里说出来。看来她的女儿已经越来越像邦妮了。

"见鬼。"她大声地喊道。

其实邦妮早在上个礼拜就告诉过玛德琳，她已经安排了全家人在圣诞节的清晨到一家流浪汉救助站里去做志愿者。"我很讨厌圣诞节期间缺少人情味的商业化氛围，你说呢？"两人在商店里偶遇时，邦妮是这样对玛德琳说的。当时，玛德琳恰好在做圣诞节前的大采购，手腕上还挂着十几个塑料购物袋，而弗雷德和克洛伊则在一旁用力地嗍着棒棒糖，嘴唇上一片猩红。与之相反，邦妮的手里只抱了一个小小的盆栽，而身旁的斯凯嘴里则咬着一只香梨。"一只该死的香梨。"玛德琳事后对塞莱斯特抱怨道。不知为何，她似乎总是要和香梨过不去。

邦妮到底是如何一大早就把她的前夫从床上拎起来，然后强迫他到流浪汉救助站去干活的呢？要知道，内森和玛德琳在一起的时候可从没有在八点钟以前起过床。想必邦妮一定使了美人计。

"艾比盖尔正和邦妮在一个流浪汉救助站里体验'美妙的经历'呢。"玛德琳对艾德说。

艾德听罢立马从枕头下钻了出来。

"真是太做作了。"他回答。

"我也觉得。"玛德琳附和道。这就是她为什么会爱他的原因。

"咖啡。"他一脸同情地喊了一声,"我去给你倒杯咖啡。"

"礼物!"走廊里传来了克洛伊和弗雷德的尖叫声。

看来这缺乏人情味的商业化圣诞节是无法满足这两兄妹的需求的。

> **哈珀:**你能想象吗?对于玛德琳来说,让自己的孩子和前夫的孩子在同一所幼儿园里读书是一件多么奇怪的事情呀!我记得勒娜塔曾经和我在一顿早午餐时谈论过这个问题。我们都很担心这样的关系会影响课堂的活力。当然了,邦妮总是喜欢假装自己和所有人都相安无事。"哦,我们圣诞节的时候还会一起吃午饭呢。"饶了我吧。校园益智问答活动当晚我看到她们了。邦妮还把饮料泼了玛德琳一身呢!

塞莱斯特 //

圣诞节的早上,当塞莱斯特睁开双眼的时候,天才蒙蒙亮。佩里还在酣睡着,就连隔壁双胞胎的房间里也是一片寂静。他们一直都疯了似的担心圣诞老人会忘了把自己的礼物送到加拿大来（他们还特意写了封信给圣诞老人，将自己出游的消息告诉他），就连生物钟也因此变得十分混乱——这可难坏了试图哄他们上床睡觉的塞莱斯特和佩里。双胞胎兄弟平日里共享一张特大号的双人床，而这张床此刻已经变成了两人互相撕咬翻滚的战场。他们没完没了地打闹着，一会儿哭，一会儿笑，气得佩里只好在隔壁的卧室里大喊道："孩子们，快去睡觉！"突然间，一切都沉寂了下来。塞莱斯特静静地等待了几秒钟，蹑手蹑脚地走到儿子们的房间门口张望，发现他们已经四仰八叉地躺在了床上，仿佛是同时被疲倦给打昏了似的。

"快过来看看。"她招呼道。佩里在她的召唤下走到了她的身旁，两人就这样静静地望着熟睡中的双胞胎，然后傻傻地笑着对视了一下，蹑手蹑脚地跑去喝了一杯利口酒，庆祝平安夜的到来。

醒来后，塞莱斯特偷偷地从柔软的羽绒被下钻了出来，走到窗边俯瞰着冰封的湖面，一只手紧紧地贴着玻璃。此刻的房间里是这样的温暖，而她的手心却感到如此的寒冷。湖面的正中央立着一棵闪着红绿彩灯的巨大圣诞树。雪花轻柔地漫天飞舞着，那场景美得让她仿佛感觉自己的舌尖都能尝到融雪的味道。当她有一天回想起这一年的圣诞节时，回味在唇边的一定是那种馥郁而又甘醇的味道吧，就像他们前几天品尝过的那瓶暖葡萄酒。

今天一早，双胞胎拆过礼物后在房间里吃了一顿丰盛的早餐——枫糖煎饼，然后便跑出去堆雪人了。佩里为他们订购了一台雪橇。想必他一定会在脸书上发布一张全家人在雪中嬉戏的照片，并配上这样一句话："孩子们的第一个白色圣诞节！"他疯狂地迷恋着脸书，还因此遭到了不少人的取笑。试想一下，一个身材健硕的成功银行家居然会热衷于在社交网站上秀照片，还会在妻子友人的菜谱帖文下留下赞美的话语——
这是一件多么不可思议的事情呀。

塞莱斯特转过头来，望了望熟睡中的佩里。只见他的眉头微微皱着，
似乎正在梦着什么令他感到困惑的事情。

他醒来之后一定会迫不及待地向塞莱斯特展示自己准备的礼物吧。
当初，正是他望着妈妈拆开他亲手准备的生日礼物时那种期待的表情，
让她第一次产生了想要嫁给他的冲动。"你喜欢吗？"只要塞莱斯特一
撕开礼物的包装纸，他便会像个长不大的孩子一样急不可耐地问上一句，
惹得全家人哄堂大笑。

塞莱斯特并不需要假装惊喜，因为他挑选的任何礼物在她看来都是
完美无缺的。从前，她一直都为自己挑选礼物的能力感到无比的自豪，
可佩里在这方面更胜一筹。上一次去海外出差时，他曾买回了一个荒唐
至极的粉红色水晶香槟瓶塞，着实令人大跌眼镜。"我第一眼看到它时，
脑海里就浮现出了玛德琳的名字。"他是这样说的。当然了，玛德琳还
真的很喜欢这件礼物。

今天无论从哪个角度来看都是完美的一天。脸书上的照片是不会撒
谎的。她的生活真的充满了欢乐，这一点是有据可查的。

在双胞胎高中毕业以前，她真的没有必要离开他。

他们完成最后一场考试的那一天，才是她离开他的正确时间。"时
间到，请停笔。"生活这个监考官应该会这样说吧，塞莱斯特放下自己
婚姻的时间也到了。

佩里睁开了双眼。

"圣诞快乐！"塞莱斯特笑着对他说。

　　加布里埃尔：校园益智问答夜那晚，我迟到了。因为我的前夫像往常一样拖拖拉拉的，以至于我不得不冒着倾盆大雨将车子停在几英里以外的地方。总之，我碰巧注意到塞莱斯特和佩里的车子正停在学校门口，两个人静静地坐在车里，眼睛直勾勾地盯着远方，既没有聊天也没有注视彼此，身上还穿着活动所要求的服饰，气氛相当诡异。当然了，塞莱斯特看起来美极了。我私底下曾经看到过塞莱斯特像是不要命了一样疯狂地吃着碳水化合物，所以你们别再说这世上有什么公平可言了。

珍　//

　　这天清早，窗外街道上一声声洪亮的"圣诞快乐"将珍从梦中唤醒。她从床上坐起来，伸手拽了拽T恤衫，那上面已经被汗水给浸透了。她梦见自己仰卧在地上，瑞吉则穿着短短的"少年骇客"睡衣站在她的身旁，一边微笑一边用一只脚踩她的脖子。

　　"让开，瑞吉，我不能呼吸了！"她竭力地想要喊出声来，不料他突然停止了微笑，俯下身来饶有兴趣地观察着她，像是在做什么科学实验一样。

　　她赶紧用手抓住了自己的脖子，急迫地吸了一大口气。

　　这只是个梦，梦代表不了什么，却能触动一些隐秘的想法。

　　此刻，瑞吉正躺在她的身旁，温暖的背部紧紧地贴着她。她转过身去望着他，用指尖轻抚着他颧骨上那块柔软而又纤薄的皮肤。

虽说瑞吉每晚都会在自己的床上入睡，但早上醒来时却总是会出现在珍的床上。母子两人都不记得他是怎么钻到这个屋里来的，因此选择了相信这定是有什么魔法在作祟。"也许有个好心的巫师每晚都会把我抱到你的床上来。"瑞吉边说边睁着大眼睛咯咯地笑着，看来就连他自己都对这种事情半信半疑。

"他终有一天会老老实实地睡在自己的床上的。"当听说瑞吉每晚都会跑来钻进珍的被窝里时，珍的妈妈是这样告诉她的，"他总不至于到了十五岁还想和你睡在一起吧。"

瑞吉的鼻尖上又长出了一颗珍此前没有见过的新雀斑。现在，他的鼻子上总共有三颗雀斑了，看起来像极了一张小小的风帆。

在未来的某一天，将有另一个女人躺在瑞吉的身旁，注视着他熟睡的脸庞。那时候，他的上唇边缘应该会布满黑色的胡楂吧，而那曾经稚嫩的肩膀也会发育成宽广的胸膛。

他会变成一个怎样的男人呢？

他一定会变成一个和珍的外祖父一样温柔而又可爱的男人。珍的妈妈肯定会固执地这样认为，脸上还挂着一副言之凿凿的表情。

珍的妈妈一直都相信瑞吉是她深爱的父亲转世的结晶。也许这只不过是她的一句玩笑话而已，因为没有人知道她到底有没有把这件事情当真。珍的外祖父是在瑞吉出生六个月前去世的。当时，珍的妈妈正好在阅读一本书，讲述的是一个小男孩回忆自己作为二战战斗机飞行员的前世生涯。正是因为这本书，她外孙的身体里有可能寄居着她父亲亡灵的想法便一直在她的脑海里挥之不去。不过，这也确实帮助她度过了痛失亲人的那段艰难时期。

当然了，好在她并没有女婿来反驳她这个纯属无稽之谈的荒唐理论。

虽然珍并不相信轮回转世的说法，但也谈不上有多排斥。有时候，她也会在瑞吉的脸上隐约看到一丝外祖父的影子，特别是在他全神贯注地做着某些事情的时候。老实说，他和珍的外祖父一样，总是喜欢皱着眉头。

"这简直是太离谱了！瑞吉是绝不会伸手去掐别的孩子的！他和你外祖父一样，连一只苍蝇都不敢碰。你还记得外祖父说什么都不肯拍死一只苍蝇的事情吗？你外祖母在一旁气得直跳脚，嘴里还大喊着：'打死它，斯坦！打死那只该死的苍蝇！'"

说到这里，电话的那一端突然安静了下来。这说明珍的妈妈又在默默地傻笑了。她老是喜欢不出声地在心里偷笑。

珍等待了一会儿，听筒里终于传来了妈妈颤巍巍的声音："哦，笑一笑对我有好处！有助于消化。好了，我们说到哪儿了？哦，对了！瑞吉！那个小鬼头。我说的不是瑞吉，是那个小姑娘。你说她为什么会赖上我们家可爱的瑞吉呢？"

"我也纳闷呢。"珍回答，"但问题在于，她看上去一点儿也不顽劣。她妈妈也许是个不好对付的人物，可她看上去倒是挺乖巧的，并不像是个坏孩子。"

她从自己的声音里听出了一丝疑惑的意味，想必她的妈妈也有同感。

"可是，亲爱的，你不会真的相信瑞吉会做出试图掐死别的孩子的事情来吧？"

"当然不会了。"珍说罢便赶紧转换了话题。

她调整了一下枕头的位置，好让自己躺得舒服一些。也许她可以再睡一个回笼觉。"瑞吉肯定天不亮就会把你给叫起来的。"她的妈妈曾经这样断言道，可瑞吉今年却并没有因为圣诞节的到来而表现得过于兴奋，这不禁让珍自责自己是否在某些事情上辜负了他。她的心里经常会产生这种不安的感觉，仿佛儿子的童年生活全都是她虚构出来的一样。尽管如此，她还是竭尽全力地想要为生日和节日等场合创造一些家庭传统仪式出来。"我们把你的圣诞袜挂出来吧！"可是挂在哪里呢？频繁地搬家迫使他们早已习惯了居无定所的生活。是挂在床尾好呢，还是挂在门把手上好呢？踌躇不定的心态导致她说话的声音变得既尖锐又做作，听上去还颇有几分自欺欺人的意味。不管怎么说，与那些有爸爸妈妈，还有兄弟姐妹的正常家庭相比，他们的生活是那样的支离破碎。有时候，她甚至感觉瑞吉是为了陪伴她才存在的。他可以轻而易举地看穿她，而她则欠了他一个很大的人情。

她专注地望着他那起伏的胸口。

他长得那么俊俏，因而是绝不可能伤害那个小女孩，还试图撒谎掩盖自己的错误的。

可是所有的孩子酣睡的时候都是美丽的，就连那些品行顽劣的孩子也不例外。她怎么就能确信这不是他干的呢？难道所有的家长都能够百分之百地了解自己的孩子吗？应该说，你的孩子对你来说就是一个陌生人。他们的人格每一天都在不断地变化、消失和再现，有时候甚至一夜之间就像变了个人似的。

说到这一点……

别想了。别想了。

回忆像一只被困住的飞蛾，胡乱鼓动着双翅。

自从那个小姑娘指认了瑞吉之后，珍的喉咙就一直有种挥之不去的压迫感。恐惧如洪水般慢慢升起，眼看就要淹没她的所有思绪。凄厉的尖叫声在她的脑海上空来回地飘荡着。

不，不，不。瑞吉就是瑞吉。他是不会干出那种事情来的。不会。

她了解自己的孩子。

这时，瑞吉的身体动了一下，布满蓝色静脉痕迹的眼皮微微震颤着。

"猜猜今天是什么日子？"珍开口问道。

"圣诞节！"瑞吉大喊着。

他飞快地坐起身来，小脑袋狠狠地撞到了珍的鼻子，害得她一头栽倒在了枕头上，眼泪无预兆地淌了下来。

> **西娅**：我一直都觉得那孩子身上有什么地方不对劲。那个瑞吉。他的眼睛长得怪怪的。男孩子的生活里终究还是需要有一位男性榜样存在的。这就是事实。

> **斯图**：我的天哪，那个名叫瑞吉的孩子还真是引起了不小的骚动。我都不知道自己该相信谁的话了。

塞莱斯特 //

"爸爸，你能飞得和这架飞机一样高吗？"乔希问道。此时，他们已经在从温哥华飞往悉尼的航班上坐了七个小时了。截至目前，一切都很平静，没有人唧唧喳喳地吵个不停。塞莱斯特和佩里特意将两个孩子安排在了同一排两端靠窗的座位上，自己则坐在靠近走道的相邻座位上，好把他们隔开。

"不能。还记得我以前是怎么告诉你的吗？我必须飞得很低才能够躲过雷达的侦测。"佩里回答。

"哦，对。"乔希附和着将目光转向了窗外。

"你为什么要躲避雷达的侦测？"塞莱斯特问道。

佩里摇了摇头，和探着身子偷听他们对话的另一个儿子麦克斯交换了一个无奈的眼神，仿佛是在感叹："女人呀！""这还不够明显吗，对不对，麦克斯？"

"妈咪，这可是最高机密。"麦克斯耐心地对她解释道，"没有人知道爸爸会飞的事情。"

"哦，没错。"塞莱斯特回答，"抱歉，是我太笨了。"

"知道吗，如果我被抓到了，他们说不定会在我的身上进行一系列的测试，搞清楚我到底是怎么获得这种超能力的。"佩里煞有介是地说着，"然后他们会招募我加入空军，派我去执行一些机密的任务。"

"没错。你们肯定不想让事情发展到这一步吧？"塞莱斯特补充道，"爸爸不在家的时间已经够多的了。"

佩里隔着走道向塞莱斯特伸出手来，轻轻地握住了她的手以示道歉。

"你不可能真的会飞。"麦克斯说。

佩里扬起了眉毛，瞪圆了眼睛，微微地耸了耸肩。"是吗？"

"反正我是这么觉得的。"麦克斯一脸疑惑地回答。

佩里背着麦克斯偷偷地朝塞莱斯特眨了眨眼睛。这么多年来，他总是对双胞胎兄弟说自己拥有一种神秘的飞行能力，还事无巨细地向他们讲述了自己是如何在十五岁那一天发现这种超能力的。除此之外，他还告诉两个孩子，既然他们已经继承了自己的能力，只要多吃些花椰菜，说不定也能在十五岁的时候学会飞行，害得两个孩子一直都搞不清楚他说的是真是假。

"我昨天在那个大陡坡上滑雪的时候也飞起来了。"麦克斯绘声绘色地说着，还举起手来比画着自己飞行的轨迹，"呼的一声！"

"是呀，你当时确实飞起来了。"佩里回答，"差一点儿就把爸爸的心脏病给吓出来了。"

麦克斯咯咯地笑了起来。

佩里将两臂交叉在了胸前，用力地舒展了一下自己的后背。"噢。为了追上你，我直到现在还全身僵硬呢。你的速度实在是太快了。"

他说这话时，塞莱斯特仔细地端详了他一下。他的状态看上去不错，皮肤已经被晒成了深棕色，看来五天的雪上运动着实让他放松了不少。这就是问题所在。她至今还在深深迷恋着他。

"怎么了？"佩里瞟了她一眼。

"没事。"

"这个假期过得真不赖，是不是？"

"是呀，真的很不错。"塞莱斯特深情地回答，"简直是太神奇了。"

"我觉得咱们今年一定会很顺利的。"佩里望着她的眼睛问道，"你说呢？孩子们就要开始上学了。你终于可以拥有一些属于自己的时间了。至于我嘛……"他停顿了一下，大拇指在座椅扶手上来回滑动着，像是在做什么质检测试。过了好一会儿，他抬起头来看着她说道："我会尽我所能保证这一年一切顺利的。"说罢，他发自内心地微笑了起来。

他时常露出这样真诚的笑容，让她恍惚地以为回到了与他相识的那顿乏味的商务午餐的餐桌旁。那也是她人生中第一次理解了这四个字的意义：一见倾心。

　　想到这里，塞莱斯特感觉全身上下都流动着一股平和的气息。一位空姐走了过来，向乘客们兜售飞机上现烤的香气四溢的巧克力曲奇饼干。没准这一年对于他们来说真的会是万事顺遂的一年呢。

　　也许她可以留下来。当她想到自己可以留下来后，心里就像是有一块大石头终于落了地。

　　"到家后，我们到海边去走一走吧。"佩里说，"我们可以堆一座巨大的沙堡。没错，堆完雪人就去堆沙堡。上帝呀，你们两个小家伙过得可真幸福。"

　　"这还用说嘛。"乔希一边打着哈欠，一边在商务舱的座椅上肆无忌惮地伸着懒腰，"我们本来就很幸福。"

　　梅丽莎：学校放假的那段日子里，我记得曾经看到过塞莱斯特和佩里带着双胞胎兄弟在沙滩上玩耍。当时我还和我丈夫提了一句："我猜那应该是某个幼儿园新生的妈妈。"他惊得眼睛都快要掉下来了。塞莱斯特和佩里有说有笑地帮自己的孩子堆着那座无比精致的沙堡。老实说，那场景真是令人感到有些恶心，就好像他们的沙堡比我们的高档很多似的。

小 谎 言

Big Little Lies

校园益智
问答夜／**活动四个月之前**

● 我们每天都在聊天，却不曾和那些自
  诩亲密的朋友讲真心话。

玛德琳 //

　　刑侦警长阿德里安·昆兰：我们正在从各个角度考察所有可能的作案动机。

　　萨曼莎：所以说，我们可以将这个案子定义为……谋杀案了吗？

　　"我想约瑞吉出来玩。"新年刚过的某个温暖的夏夜里，克洛伊突然提出了这样的一个要求。

　　"好吧。"玛德琳回答。此刻，她的眼睛正紧紧地盯着自己的大女儿。艾比盖尔刚刚花了很长的时间将自己的牛排切成了一个个大小相近的方块。可她只是翻来覆去地将那些肉块推来推去，像是要把它们拼成某种复杂的马赛克图案似的。她一块肉都没吃。

　　"你应该约斯凯出来玩玩。"艾比盖尔放下手中的叉子，对克洛伊说道，"她很高兴能够和你同班呢。"

　　"这很好呀，不是吗？"每当对话中出现她前夫女儿的名字时，玛德琳的声音都会变得格外做作而又诌媚，"这多好啊。"

她的话害得艾德差一点儿把嘴里的酒喷出来。玛德琳赶忙恶狠狠地瞪了他一眼。

"妈咪，斯凯和我应该算是姐妹，对不对？"克洛伊问道。和玛德琳不同，她也为自己能够与斯凯同班感到格外的兴奋，因此早就把这个问题问了不下四万遍。

"不，斯凯是艾比盖尔同父异母的妹妹。"玛德琳像个圣人一样平静地回答。

"可我也是艾比盖尔的妹妹呀！"克洛伊反驳道，"所以我和斯凯也应该是姐妹才对！这样我们就能像乔希和麦克斯一样做双胞胎了！"

"说到这一点，塞莱斯特一家从加拿大回来以后，你见过他们了吗？"艾德问，"佩里放在脸书上的那些照片真的太美了。我们有机会也应该去过一个白色圣诞节——如果我们能中一大笔乐透奖金的话。"

"呃。"玛德琳不以为然地说，"他们看上去冻得要死。"

"我肯定会是个出色的单板选手！"弗雷德马上就开始想入非非了。

玛德琳耸了耸肩膀。弗雷德一直都是她家的小勇士，只要是能够攀爬的东西，他都会手脚并用地征服最高地。想到这一点，她更是不敢想象他脚踏单板的画面。难道说，只有七岁的他要像那些比他大上一轮的孩子一样，让自己瘦弱的身躯在空中翻滚跳跃吗？每当她在电视上看到潮人们一脸轻松地介绍自己最近的蹦极、攀岩、寻死历险时，她都会忍不住想：这就是弗雷德——就连他那脏兮兮的冲浪男孩发型看上去都和那些人如出一辙。

"你需要剪头发了。"她开口说道。

弗雷德一脸嫌恶地皱了皱长满雀斑的小鼻子。"我才不要！"

"我会打电话给瑞吉的妈妈的。"玛德琳转过头对克洛伊说道，"然后帮你们约个时间一起玩。"

"玛德琳，你确定这是个好主意吗？"艾德悄悄地问了一句，"他听上去有点儿不好对付。他是不是就是那个——你懂我的意思吧？"

"我懂，但是我们也不能确定呀。"玛德琳回答。

"可你还说他是阿玛贝拉·克雷恩亲自指认出来的呢。"

"无辜的人被警方诬告又不是什么新鲜事。"玛德琳回答。

"哦，看在上帝的分上，艾德。"玛德琳抱怨道，"克洛伊能照顾好自己！"她转过头去看了看艾比盖尔的盘子。"你为什么不吃东西？"

"我们一直都很喜欢勒娜塔和杰夫。"艾德说，"所以如果他们的女儿认为那个叫做瑞吉的孩子伤害了她，我们就应该支持她。再说了，怎么会有人给自己的孩子起名叫瑞吉呢？"

"我们并不怎么了解勒娜塔和杰夫。"玛德琳说道，"艾比盖尔，快吃！"

"是吗？"艾德回答，"我倒是觉得自己和杰夫很投缘呢。"

"那是因为你包容他。"玛德琳反驳道，"他是个喜欢观鸟的人，艾德。他不喜欢打高尔夫。"

"是吗？"艾德的表情看上去很失望，"你确定吗？"

"你说的应该是加雷斯·哈杰克吧。"

"是吗？"艾德皱起了眉头。

"没错。"玛德琳肯定地答道，"克洛伊，别再把你的叉子挥来挥去了。你刚才差一点扎到弗雷德的眼睛。艾比盖尔，你不舒服吗？为什么不吃饭？"

艾比盖尔听罢放下了手中的刀叉。"我想我准备开始吃素了。"她义正词严地宣布。

邦妮就是个素食主义者。

"除非我死了，否则你就别想吃素。"玛德琳呵斥道。

她从没想过，自己随意说出的话会在不久后在别人身上应验。

西娅：你知道玛德琳有个十四岁的女儿艾比盖尔吗？是她和前夫生的。我对于来自破碎家庭的孩子总是倍感同情，你呢？我很高兴自己能为孩子提供一个稳定的生活环境。我敢说，玛德琳和邦妮在校园益智问答夜当晚是为了艾比盖尔的事情才打起来的。

哈珀：我确实听到玛德琳说了一句："我今晚一定会杀人的。"我猜这句话和邦妮有关。当然了，我可不是在指控她。

邦妮：是的，艾比盖尔是我的继女。这孩子身上的确有不少未成年少女的毛病，不过玛德琳和我一直都在携手努力帮助她。你有没有闻到柠檬香桃木的味道？这是我第一次烧这种焚香。听说它有助于缓解压力。深呼吸。对了。如果你不介意我这么说的话，我觉得你需要稍微放松一下。

塞莱斯特 //

又是这样的一天。自从圣诞节以来，类似的情况已经持续一段时日了。塞莱斯特的嘴巴又干又涩，头也在隐隐地抽搐作痛。她肢体僵硬地跟随着两个儿子和丈夫穿过了学校的操场，仿佛自己是个随时都有可能摔碎的高脚杯似的。

任何事物都无法逃过她的感官：轻柔拍打着她裸露手臂的暖风，脚趾间微微摩擦着她皮肤的凉鞋鞋带，将湛蓝的天空分割成一块一块的摩顿湾无花果树树叶。那种惴惴不安的紧张感让她感觉自己就像一个刚刚坠入爱河的小女孩，或是一位新近怀孕不久的准妈妈，抑或是一个第一次单独上路的新手司机。一点点风吹草动都变得无比的扎眼。

"你和艾德会打架吗？"她曾经这样问过玛德琳。

"我们常会打得不可开交，非要争个你死我活呢。"玛德琳一脸欢快地回答。

望着她的脸，塞莱斯特不知为何总感觉她有点儿答非所问。

"我们能不能先带爸爸去看看攀吊架？"麦克斯尖叫着问道。

距离学校开学的日子还有两周的时间，但校服专卖店已经提前开业了，每天早上都会营业两个小时的时间，以便家长前去为孩子购置新学年所需的装备。佩里为此专门请了一天假，并打算在取完孩子的校服之后带他们去浮潜。

"当然可以了。"塞莱斯特对麦克斯说。望着他小跑着远去的背影，她这才意识到那并不是麦克斯，而是乔希。看来她已经渐渐地失控了，居然会在心不在焉的时候误认为自己可能是太专注了。

佩里用指尖在她的手臂上轻抚了几下，吓得她忍不住打了个冷战。

"你还好吗？"他边问边抬起了墨镜，好让她能够看到自己的眼睛。他的眼白是那样的白，眼神看起来既清澈又善良。相反，塞莱斯特在经历了一夜争执之后总是会满眼血丝。

"我很好。"她笑着回答。

他也会心地笑了笑，伸出手来将她拉进了怀里。"你穿这条裙子可真漂亮。"他在她的耳畔耳语道。

每次"大战"之后，偃旗息鼓的两人都会像这样温柔体贴却又战战兢兢地对待彼此，仿佛他们刚刚逃过了什么可怕的自然灾害，差一点儿就丢了性命似的。

"爸爸！"乔希尖叫了一声，"你快过来看！"

"来了！"佩里高声地回应了一句，握着拳像只大猩猩一样捶了捶胸膛，弓着腰、甩着手追了过去，嘴里还模仿着大猩猩的叫喊声。两个孩子见状又惊又喜地疯狂逃散开来。

望着眼前的这一幕，塞莱斯特默默地告诉自己，这只不过是一次争吵而已。所有的夫妻都会争吵，不是吗？

昨晚，双胞胎留宿在了佩里的妈妈家中。"没有了那两个小无赖的打扰，我们终于可以坐下来享用一顿浪漫的晚餐了。"她这样说道。

这场战争的导火索是由电脑的事情引发的。

当时，塞莱斯特正在电脑上反复确认着校服专卖店的营业时间，屏幕上突然弹出了一个写着"灾难性错误"的对话框。"佩里！"她坐在书房里喊了一句，"电脑出问题了！"这话刚一出口，她的一部分理智便为她敲响了警钟：不，别告诉他。要是他不知道该如何修复怎么办？

愚蠢，愚蠢，愚蠢。她早该想到这一点。可一切都为时已晚了，因为他已经满脸堆笑地出现在了书房的门口。

"女人，快让开。"他说道。

他就是这样一个喜欢帮她解决问题的"电脑行家"。如果他能把这个问题修复好，一切就万事大吉了。

然而，这碰巧就是一个他无法修复的问题。

几分钟过去了，她从丈夫双肩耸起的姿势判断，事情不妙。

"不要着急。"她安慰他，"别管了。"

"我能解决。"他挪动了一下鼠标，"我知道问题在哪儿——我只需要……见鬼。"

他连着骂了两句脏话，第一句的语气还比较温和，第二句就有些刺耳了，听上去像是真的有些生气了，吓得一旁的塞莱斯特忍不住抽搐了两下。

感受到他胸中燃烧的熊熊怒火，塞莱斯特也开始变得焦躁不安起来。她已经预见到了自己即将面对怎样的一夜。而这一切都怪她犯下的那个"灾难性的错误"。

她准备的海鲜拼盘会原封不动地摆在桌子上，而那些奶油蛋白甜饼也会被直接倒进垃圾桶里——所有的时间、心血和金钱都将被浪费。她最憎恨浪费的行为了，这让她觉得恶心。

所以，当她说出"求你了，佩里，别管了"这句话时，语气中还夹杂着一种沮丧的情绪。这都是她的错。她本可以更加温柔、耐心地劝导他，或是干脆就一言不发。

他转过椅子，直勾勾地瞪着她，眼睛里燃烧着怒火。太晚了。他已经发飙了。一切都结束了。

然而她并没有退缩。她拒绝退缩。她总是会为了公平正义或是某些滑稽可笑的理由奋战到底。是她叫他过来修电脑的。这一切怎么会变成这个样子呢？她内心的火焰还在燃烧着，喊叫声此起彼伏地在她的耳边响了起来，惊得她的心怦怦直跳，全身的肌肉也随之紧绷了起来。这不公平！这不对！

没有两个孩子在场，他们再也不用压着嗓门、躲在门后窸窸窣窣地小声指责彼此了。加之房子足够宽敞，连邻居也不一定听得到他们高亢的叫骂声，仿佛这对夫妻是在故意利用这次机会无底线地争吵似的。

塞莱斯特朝着操场角落树荫下的攀吊架走了过去。双胞胎平日里最喜欢在这里玩耍，每天上学之前都要在这里流连忘返。

佩里正在攀吊架上做着引体向上，而两个男孩则在一旁带劲地数着数。他的肩膀优雅地移动着，两条腿还高高地抬着，以防自己的脚拖到地上。他从来都是个运动精英。

难道说塞莱斯特的体内藏匿着一个不堪而又病态的自我，因而对这段令人不齿的肮脏婚姻格外迷恋吗？她确实是这么想的，仿佛她与佩里之间一直都保持着某种怪异、恶心而又变态的肉体关系。

性爱也是他们争吵过程中必不可少的一部分。

换句话说，他们每一次的争吵多半都会以性爱作为结尾。凌晨五点钟，伴随着激烈而又愤怒的性爱，滚烫的眼泪滑落到了彼此的脸颊上。他们一遍又一遍地在彼此的耳畔轻声地耳语着：再也不会了，我发誓，我这辈子都不会再这样了。我们必须打住，必须打住。我们需要帮助，不能再这样下去了。

"走吧。"她对两个孩子说，"我们得赶紧去一趟校服专卖店，免得一会儿关门了。"

佩里轻松地跳到了地上，一只手抓起了一个孩子。"抓到你们啦！"

她不得不承认，自己深深地爱着他，也深深地恨着他。

"我们应该试着再找一位心理顾问。"今天早上，她是这样对他说的。

"你说得对。"他回答，好像这件事真的可行似的，"等我回来以后，我们好好地谈一谈。"

他明天就要启程去维也纳参加公司赞助的一场峰会了。会上，他还要就某些极其复杂的全球性问题做一个主题发言。到时候，他一定会举着那个红外线指示仪，在执行助理为他制作的幻灯片前口若悬河，满嘴都是些首字母缩略词和难懂的术语。

佩里似乎一直都在远行。他的存在对于塞莱斯特来说就像是一位过客，而她真正的生活中却从不曾出现他的身影。一切过节都不重要，因为他迟早是要离开的，不管是明天还是下一周。

两年前，他们也曾看过一位婚姻顾问。塞莱斯特本是带着满心的希望走进诊疗室的，可当她看到那张廉价的沙发和顾问脸上迫切而又正经的表情时，她就意识到一切都是一个错误。在整个诊疗过程中，看到充满优越感的佩里一直都在悄悄地掂量这位顾问的能力和社会地位，她知道这是他们第一次也是最后一次来看婚姻顾问了。

他们从没和这位顾问说过一句实话，反倒是讨论起了佩里为什么无法忍受塞莱斯特喜欢赖床又经常迟到的事情。为了表示反抗，塞莱斯特提到了"佩里脾气不好"的问题。

他们该如何向一个陌生人坦白自己的婚姻到底出现了什么阴影，还有他们那令人羞愧的丑陋行为呢？这么多年来，大家一直都在夸奖他们看起来简直就是郎才女貌、天作之合，言语中不免流露出羡慕与嫉妒的语气。天之骄子。海外旅行。华丽豪宅。

相比之下，他们的所作所为却是那样的粗野而又薄情。

"改掉这些毛病就好了。"那个一脸迫切表情的女顾问阴阳怪气地说道。

塞莱斯特本想让顾问好好地猜一猜，希望她能够问出实质性的问题。但她却草率地一句话带过了。

踏出诊疗室的那一刻，他们两人都激动不已——表演终于结束了。

他们趁着午后的空当到酒店的酒吧里喝了一杯。几句煽情的话语过后，两人便如胶似漆地变得难舍难分。酒还没有喝完，佩里便突然站起身来，牵着她的手来到酒店的前台，大大方方地"开了间房"。哈，哈。简直是太有趣，太性感了，好像那位顾问真的帮助他们修复了些什么。毕竟这世上能有几对已婚的夫妇还能做出这样离谱的事情来呢？然而，她事后却感觉自己简直就是个下流的荡妇，那蓬头垢面的样子背后隐藏的只有绝望的心情。

"校服专卖店在哪儿？"在穿过学校的路上，佩里问道。

"我也不知道。"塞莱斯特回答。我怎么会知道呢？为什么我就一定要知道呢？

"你说的是校服专卖店吗？在那边。"

塞莱斯特转过身来。是迎新日那天她见过的那个戴着眼镜的热情的小个子女人。而那个告状说瑞吉想要掐死自己的鬈发小姑娘正站在她的身旁。

"我叫勒娜塔。"那个女人开口说道，"去年我在迎新日那一天见过你。你是玛德琳·麦肯齐的朋友，对吗？阿玛贝拉，别闹了。你在干什么？"只见那个小女孩紧紧地拽住了妈妈的白色衬衫，害羞地扭着身子想要躲到妈妈的身后。"快来打个招呼。这两个男孩子是你的同班同学。他们可是双胞胎呢。多有意思呀！"她边说边看着佩里将两个孩子放回地面上，"你们到底是怎么区分他们两个的呀？"

佩里伸出一只手来。"我叫佩里。"他回答，"我们也认不出来，直到现在还时常把他们俩给弄混呢。"

勒娜塔热情洋溢地握了握佩里的手。佩里总是特别有异性缘。这大概是因为他笑起来的时候会像汤姆·克鲁斯一样露出一口雪白的牙齿，又或许是因为他聆听别人谈话时的表情总是格外专注。

"叫我勒娜塔吧。很高兴认识你。你们是来给孩子们买校服的吗？多么令人兴奋呀！阿玛贝拉本来是要和保姆一起来的，但我的董事会提前结束了，所以才临时决定亲自带她过来。"

佩里赞许地点了点头，好像这段话多么有趣似的。

勒娜塔压低了嗓子继续说道："自从上次的事情之后，阿玛贝拉每次来学校的时候都会很紧张。你的妻子告诉你了吗？迎新日那天，有个小男孩掐了她的脖子。她脖子上的淤青到现在还没有退呢。那个小男孩叫做瑞吉。我们正在认真地考虑要不要报警。"

"真是太可怕了。"佩里十分配合地答道，"上帝呀。可怜的小姑娘。"

"爸爸。"麦克斯用力拽了拽父亲的手，"快点儿！"

"老实说，我很抱歉。"勒娜塔满面红光地转向了塞莱斯特，"我可能说错话了。你和玛德琳是不是还和那孩子的妈妈一起庆祝生日来着？她叫什么来着？珍？就是那个很年轻的女孩子。我当时还把她给错认成了住家的用人呢。我听说你们都是很好的朋友，还一起喝了香槟！当时才几点钟呀？"

"瑞吉？"佩里听罢皱起了眉头，"我们可从来不认识什么叫做瑞吉的孩子，是不是？"

塞莱斯特清了清嗓子。"那也是我第一次见到珍。"她对勒娜塔说，"玛德琳扭伤了脚踝，所以搭了她的顺风车。她……好吧，她看起来人很好。"

虽说她并不想和小流氓的妈妈为伍，但她确实很喜欢珍。而且，当勒娜塔的女儿指认瑞吉的时候，珍脸上的表情看起来难过极了。

"她在逃避现实，就是这样的。"勒娜塔反驳道，"她肯定不想要接受自己宝贝儿子的所作所为。我已经提醒阿玛贝拉远离那个瑞吉了。

如果我是你的话，也会让自己的孩子和他划清界限的。"

"这也许是个好主意。"佩里说，"我们也不想让自己的孩子从第一天起就站错队伍。"他说话时语气既轻松又诙谐，仿佛是在谈论什么无关紧要的事情。然而，了解佩里的人都知道，这只不过是他的一个幌子而已。童年时被人欺凌的经历让他从小就在心里埋下了妄想多疑的种子。每次带两个孩子出门玩耍的时候，他都会变得像个特工一样，瞪着一双充满怀疑的眼睛，侦查公园或游乐场里是否会出现小流氓、野狗，或是伪装慈祥的恋童癖患者。

塞莱斯特张了张嘴。"嗯。"她有点儿犹豫。他们今年才只有五岁而已。这难道不会太过分吗？

可话说回来，她并不了解瑞吉，只不过在学校里和他匆匆见过一面而已。那孩子的确有些不对劲，让她不自觉地无法信任他。但他和她的两个儿子一样，是个清秀的五岁小男孩。她怎么能对一个五岁的孩子妄加评判呢？

"妈妈！走吧！"乔希猛地拽了一下塞莱斯特的手臂，痛得她赶紧伸手抓住了自己脆弱的右肩。"嗷！"刺痛感来得实在是太突然了，害得她胸中一阵恶心。

"你还好吗？"勒娜塔问道。

"塞莱斯特？"佩里喊了一句，眼中隐约露出了羞愧的神色。他知道她身上为什么会疼得这么厉害。等他从维也纳回来的时候，皮包里一定会装上一件上好的珠宝首饰，好充实她的"收藏"。可她从没有戴过其中的任何一件，而他从不问为什么。

片刻间，塞莱斯特竟然有点儿说不出话来，只好默默地想象着自己将那些巨大的块状文字一下子倾吐出来的感觉。

　　我的丈夫经常打我，勒娜塔。当然了，他从不会打我的脸。他是个谦谦君子，因此是绝不可能做出那种事情来的。

　　你的丈夫也会打你吗？

　　如果他也会打你的话，我可以好奇地问上一句吗：你会不会还手？

　　"我没事。"她终于从嘴里挤出了一句。

玛德琳　//

　　"我邀请了珍和瑞吉下周过来玩。"玛德琳刚挂上珍的电话，便迫不及待地拨通了塞莱斯特的电话，"你和双胞胎也可以一起过来，以防我们到时候不知道该聊些什么。"

　　"原来是这样。"塞莱斯特回答，"感谢你费心帮我们约上那个——"

　　"是的，是的。"玛德琳赶紧解释道，"那个喜欢掐别人脖子的孩子。可是你也知道，我们的孩子又不是胆小鬼。"

　　"老实说，我昨天去给孩子们买校服的时候恰好碰到了受害人的妈妈。"塞莱斯特说，"勒娜塔。她说她提醒了女儿不要和瑞吉扯上任何的关系，还建议我也这样教育自己的孩子。"

　　玛德琳的手紧紧地握住了电话。"她没有权力这么教训你！"

　　"我想她只不过是有点儿担心——

　　"你总不能把一个还没入学的孩子拉进黑名单里吧？"

　　"嗯，我也不知道。你应该能够理解她的立场吧。我是说，如果类似的事情发生在克洛伊身上的话，也就是说，我猜……"

玛德琳将听筒紧紧地贴在了耳朵上，努力地想要听清楚塞莱斯特的话。她以前也经常这样，聊得好好的就会莫名地神游起来。

当初，她们也正是因为塞莱斯特神游的毛病结下了不解之缘。早在几个孩子还在蹒跚学步的时候，她们就不约而同地给他们报名参加了同一个游泳班。克洛伊和双胞胎男孩一起站在泳池旁的小平台边缘，等待着老师手把手地带着每一个孩子练习踩水和漂浮的技巧。其实，玛德琳很早便注意到了班上这位寡言少语的漂亮妈妈，只是苦于自己必须随时紧盯着四岁的淘气鬼弗雷德，并没有机会和她搭讪。这一天，趁着弗雷德欢天喜地地舔着冰淇淋的工夫，玛德琳赶紧转过头来望了望像只海星一样漂浮在水面上的克洛伊，却意外地发现平台上只剩下了双胞胎男孩中的一个人。

"嘿！"玛德琳赶紧冲着泳池边的老师喊道，"嘿！"

接着，她又环顾四周找寻那位漂亮妈妈的身影，发现她正站在一旁眼神空洞地发着呆。"你的小孩！"她尖叫着。周围的人都像慢动作影片中演的那样慢慢转过头来，四周却并没有出现泳池救生员的身影。

"见鬼。"玛德琳根本来不及脱下身上的衣服和高跟鞋，纵身一跃跳进了泳池里，把麦克斯从水底捞了上来。当时那孩子已经呛得喘不过气来了。

在所有人的注视下，玛德琳把泳池的工作人员骂了个狗血淋头，而塞莱斯特则在一旁紧紧地抱着两个湿漉漉的儿子泣不成声，嘴里还不断地念叨着感谢的话语。为此，游泳学校的负责人虽然谄媚地道了歉，但却一个劲儿地推脱责任，强词夺理地说孩子当时并没有生命危险，并表示会好好反省一下教学中的安全流程。

两位妈妈毫不犹豫地带着孩子离开了游泳学校。曾经做过律师的塞莱斯特还写了封信，要求学校赔偿玛德琳损坏的高跟鞋、支付服装的干洗费用，并将全部学费都退还给她们俩。

自此，两人便成为了朋友。玛德琳明白，塞莱斯特第一次向佩里介绍自己时仅仅提了一句她们是在游泳学校里认识的。他并不需要知道事情的整个经过。

现在，轮到玛德琳转换话题了。

"佩里又出差去了吗？"她问道。

塞莱斯特的声音一下子又变得清脆响亮起来。"是呀。维也纳。要三个星期之后才能回来。"

"你是不是已经开始想他了？"玛德琳半开玩笑地追问道。

电话那头一阵寂静。

"我晚上想要吃点吐司面包。"塞莱斯特岔开了话题。

"是吗。每次艾德出差的时候，我的晚餐就只有酸奶和巧克力饼干。"玛德琳回答，"老天哪，我看起来怎么这么疲惫？"此刻，她正坐在平日里叠衣服用的客房床铺上打电话，一不小心便瞥到了映在衣橱试衣镜上的身影。她从床上爬了下来，举着电话走到了镜子前面。

"也许是因为你太累了吧。"塞莱斯特猜测。

玛德琳伸出一只手指，用指尖按了按眼睛的下面。"我昨晚睡得可香了！"她抱怨着，"我每天都以为自己只不过是看上去有点倦态而已，可我最近才明白，我根本就不是累坏了，而是，我如今就长这副样子！"

"黄瓜？你不是总喜欢贴些黄瓜片来消除眼袋吗？"塞莱斯特有一搭没一搭地回答。玛德琳心里知道，塞莱斯特对于自己追捧的那种浓妆艳抹的生活丝毫不感兴趣：无论是服饰、护肤和美妆，还是香水、珠宝和饰品，她统统都不感兴趣。每当玛德琳看到塞莱斯特将自己那一头长长的金红色头发胡乱地绑作一团时，总是忍不住想要把她揪过来，像克洛伊对待芭比娃娃那样好好地为她打扮一番。

"我正在哀悼自己消逝的青春。"玛德琳说。

塞莱斯特不屑地哼了一声。

"我知道自己本来就不漂亮——"

"你那是风韵犹存。"塞莱斯特回答。

玛德琳朝着镜子里的自己做了个鬼脸，然后便转身走开了。她不想向任何人承认面容的衰老让她感到沮丧，即便是对她自己。她想要摆脱这些肤浅的忧愁，去关心一下世界的局势，而不是担心自己脸上日益明显的褶皱和细纹。每一次，当她注意到身体自然而然展现出来的衰老迹象时，都会阵脚大乱、羞愧不已，仿佛这一切都是因为她不够努力才造成的似的。相反，眼周皱纹的加深和白发的出现却让艾德变得愈加性感起来。

她坐回了客房的床上，继续叠起了衣服。

"邦妮今天过来接艾比盖尔了。"她对塞莱斯特说，"她站在我家门前的时候看起来就像是——我也不知道该怎么形容——一台瑞典水果采集机，头上绑着一条红白相间的格纹围巾。艾比盖尔是飞奔着离开家门的。她是飞奔着的，看样子是迫不及待地想要离开自己的老巫婆妈妈。"

"啊。"塞莱斯特喊了一声，"现在我明白了。"

"有时候我感觉就快要失去艾比盖尔了。她已经和我渐行渐远，而我只想抓住她说上一句：'艾比盖尔，他也抛弃了你。他抛弃了我们两个人。'但我必须成熟地看待这件事情。更糟的是，我的脑海里总是会出现她快乐地和那愚蠢的一家人在一起冥想或是吃鹰嘴豆的画面。"

"不会吧？"塞莱斯特感叹道。

"我觉得也是。你说对不对？我最讨厌鹰嘴豆了。"

"真的吗？我挺喜欢鹰嘴豆的。多吃一些对你有好处。"

"别说了。你到底要不要带双胞胎过来和瑞吉玩？我感觉可怜的珍需要几个朋友来支持她。让我们来做这样的好人吧。"

"没问题，我们会去的。"塞莱斯特回答，"我还打算带上点儿鹰嘴豆。"

李普曼太太：不，学校举办的历届校园益智问答活动从没有以如此血腥的场面收场过。你这么问未免太冒失了吧？

珍 //

"我也想要住在这种两层的小楼里。"走在玛德琳家的车道上，瑞吉突然冒出了一句。

"是吗？"珍边说边调整了一下手肘上挂着的包带。包里装着的是一盒新鲜出炉的香蕉玛芬蛋糕。

你想要过这样的生活？我也想要。

"帮我拿一下，好吗？"她将塑料饭盒递给了瑞吉，好腾出手来往嘴里放上两片口香糖，然后仔细地端详起了眼前的这座小楼。这是一座不起眼的白砖两层住宅，看上去有些不太结实，门前的草坪已经很久都没有修剪过了。车库里停放着的汽车顶上还拴着两条双人皮划艇，墙边则靠着几块冲浪板。窗台上悬挂着大大的海滩毛巾，门前的草坪上还扔着一辆儿童自行车。

如此看来，这座房子也没有什么不同之处，倒是与珍老家的房子差不多。相比之下，珍家的房子更小也更整洁一些，而且距离海滩有一个小时的车程，因此并没有存放任何的海滩运动器具。不过，它们都散发着同样闲适简单的乡土气息。

这才是童年应有的样子。一切都是那样的质朴、单纯。瑞吉想要的并不多。他值得拥有这样的生活。

如果她那一晚没有出门，如果她没有吞下第三杯龙舌兰酒，如果她在看到他凑到了自己身边时说了一句"不，谢谢"，如果她留在家里修完了自己的艺术版权法学位，然后再找一份正经的工作，嫁一个体贴的丈夫，背上一份可观的房贷，她没准也能住进这样的一座小楼，过上正常人的生活。

可那样的话，瑞吉就不是现在的瑞吉了。

如果是那样的话，她也许一辈子都不会生育。她清楚地记得，一位医生曾在她怀孕的前一年皱着眉头、神情沉重地下过这样的结论："珍，你要明白，你可能很难怀上孩子了。"

"瑞吉！瑞吉，瑞吉，瑞吉！"前门打开的一瞬间，穿着公主裙、脚踏长筒橡胶靴的克洛伊飞奔了出来，一把抓住了瑞吉的手，"你过来是专门来陪我玩的，不是找我哥哥弗雷德的，对不对？"

玛德琳跟在她的身后，身上穿着一条20世纪50年代风格的红白圆点宽摆伞裙，脑后还拖着一条左摇右摆的马尾辫。

"珍，新年快乐！你好吗？见到你真高兴。你看，我的脚踝已经痊愈了。看到我穿起了平跟鞋，你应该感到很欣慰吧？"

她一只脚站立着，另一只脚则左右扭动着，炫耀着那双闪亮的红色平底鞋。

"它们看上去还真像是多萝西的红宝石鞋呢。"珍说着将装满了玛芬蛋糕的盒子递到了玛德琳的手中。

"是呀，你喜欢吗？"玛德琳小心翼翼地掀开了盒盖，"老天哪，别告诉我这些都是你做的。"

"是我做的。"珍回答。这时，楼上传来了瑞吉欢快的笑声，不禁让她的心情也跟着昂扬了起来。

"你看你，带了这么多新鲜的蛋糕，倒是我穿得像个上世纪 50 年代的家庭主妇似的。"玛德琳说道，"我很喜欢烘焙，不过一点儿耐性也没有，家里也总是凑不齐那些材料。你到底是从哪儿找来那么多的面粉、白糖，还有——我也不懂——香草精的？"

"呵呵。"珍回答，"是我买回来的，从一个叫做超市的地方。"

"我猜你一定很会写购物清单。"玛德琳说，"而且还会记得把单子带在身上。"

珍这才醒悟过来，原来玛德琳捧着她的烘焙成果时的感觉就和她看到玛德琳身上佩戴的那些首饰时的感觉如出一辙：不明就里却莫名崇拜。

"塞莱斯特一会儿也要带着两个双胞胎过来。她肯定会喜欢你的玛芬蛋糕的。茶还是咖啡？我们最好不要每次见面都喝香槟。不过我这个人是很容易被说服的。有什么值得庆祝的事情吗？"

玛德琳边说边带着珍走进了与开放式厨房相连的起居室。

"没有什么特别的。"珍回答，"来杯茶水就好了。"

"你搬家搬得怎么样了？"玛德琳边问边按下了水壶的开关，"那时候我们正好在沿海旅行，不然我肯定会让艾德去帮你的。我总是把他当做搬家的工人'出借'，好在他也乐此不疲。"

"真的吗？"

"不，不。他最讨厌搬家了，所以总是和我拌嘴。他是这么说的：'我不是你家的电器，可以让你随意借给别人！'"她压低了嗓门，模仿着丈夫的声音，"可是，你懂的，他花了那么多钱在健身房里练举重，为什么就不能免费搬几个纸箱子呢？请坐。家里有点儿乱，不好意思。"

珍在一张长长的木桌旁坐了下来，上面堆着的杂物简直就是这一家人日常生活的写照：芭蕾娃娃的贴纸、倒扣着的小说、防晒霜、钥匙、电动玩具，还有乐高飞机模型。

"是我的家里人过来帮我搬家的。"珍解释道，"公寓里楼梯很多，累得大家都有些恼火。可他们还是坚决不让我花钱请搬家工人来帮忙。"

"你最好不要在六个月之内让我把这该死的冰箱再搬下去。"她哥哥当时是这样说的。

"牛奶？白糖？"玛德琳把茶包丢进杯子里，然后体贴地问了一句。

"都不用，清茶就好了。嗯，我今天早上在加油站碰见了一个学生家长。"趁瑞吉不在的时候，珍赶紧起了一个话题，"我猜她是在假装没有看见我。"

其实她根本就无须猜测，因为事实就是如此。那个女人转头的速度实在是太快了，就像是被人狠狠地抽了一巴掌似的。

"哦，真的吗？"玛德琳听上去很感兴趣的样子，边说边伸手拿了一块玛芬蛋糕，"是哪一个家长呢？你还记得她的名字吗？"

"哈珀。"珍回答，"我确定那个人就是哈珀。我记得自己那天还叫她'跟班哈珀'来着，因为她总是喜欢尾随着勒娜塔。她应该就是你所说的'金色蘑菇头'之一吧，脸拉得老长，看上去就像是一只巴吉度猎犬。"

玛德琳被她逗得咯咯笑了起来。"没错，就是哈珀。她确实是勒娜塔的好朋友，而且不知为何一直对此引以为豪，就好像勒娜塔是什么名人似的。而且，她还总是想让别人知道自己和勒娜塔交往过密。'哦，我们在一间很棒的餐厅里度过了愉快的一晚。'"她怪声怪气地模仿着哈珀的声音，说罢还咬了一口手中的玛芬蛋糕。

"我猜这就是哈珀为什么不想要认识我的原因吧。"珍嘀咕着，"就是因为那天——"

"珍，"玛德琳打断了她的话，"这玛芬蛋糕的味道真是好极了。"

看着玛德琳惊讶的表情和鼻尖上的碎屑，珍满足地笑了笑。

"谢谢。我可以把配方给你，如果你——"

"哦，上帝呀，我可不想要什么配方，只想要玛芬蛋糕。"玛德琳用力地喝了一口茶，"你知道吗？我的手机在哪里？我现在就要发短信给哈珀，质问她今天为什么不搭理我这位会烤玛芬蛋糕的新朋友。"

"别这样！"珍喊道。她这才意识到，玛德琳就是那种会义无反顾地跳到朋友面前去维护他们，且唯恐天下不乱的"危险分子"。

"哦，我是不会允许这样的事情发生的。"玛德琳说，"如果这些女人为了迎新日那天的事情刁难你，我是绝不会饶了她们的。谁都不例外。"

"我会说服瑞吉，让他去道歉的。"珍这么说只不过是想要向玛德琳证明，她是那种会劝自己的小孩先道歉的妈妈，"不过我相信他说的都是实话。"

"你当然应该相信了。"玛德琳赞许地回答，"我也确信那件事绝不是他所为。他看起来是个脾气温和的孩子。"

"这一点我是百分之百能够肯定的。"珍说罢又迟疑了一下，"嗯，应该说是百分之九十九吧。我——"

说到这里，她停顿了一下，咽了咽口水，感觉自己迫切地想要向玛德琳解释一下自己心中的疑虑，告诉她自己心中不确定的那百分之一到底来自何处，然后直截了当地……把自己从未对别人倾诉过的故事说出来和她分享——从一开始的那场意外开始，从头到尾地讲述一遍。

那是某年十月的一个美得叫人沉醉的春夜，空气中飘散着茉莉花的清香。我得了花粉病，嗓子和眼睛都痒得难受。

她甚至可以连脑子都不用动一下就不动声色地把整个故事讲完。

听完之后，玛德琳也许会用她那不容置疑的坚定语气总结上一句："哦，你完全不必担心，珍。那不要紧的！瑞吉就是你所认识的那个样子。你是他的妈妈，自然是最了解他。"

可如果她的反应正好相反怎么办？如果她的脸上也因为同样的担心而闪过一丝疑虑又该怎么办？这难道不是对瑞吉最残忍的背叛吗？

"哦，艾比盖尔！快来和我们一起吃块玛芬蛋糕！"玛德琳抬起头来，对着一个刚走进厨房的年轻女孩招呼道，"珍，这是我的女儿艾比盖尔。"

玛德琳的声音一下子变得有几分虚假。她放下了手中的玛芬蛋糕，边说边玩弄起了自己的耳环。"艾比盖尔？"她又叫了一声，"这位是珍。"

珍坐在椅子上转过身来，说了一句："嗨，艾比盖尔。"只见那个女孩笔挺地站在那里，双手紧紧地扣在一起，像是在参加什么宗教仪式似的。

"你好。"艾比盖尔笑着回应了一句，脸上闪过了一种令人意想不到的温暖表情。那是玛德琳的招牌微笑。除此之外，珍就再也找不到这对母女身上有什么共同之处了。艾比盖尔的气色有些阴沉，五官也更加立体，一头乱发软塌塌地搭在背上，那副颓废的样子像是刚刚才起床似的。她的上身穿着一条肥大得如同麻袋一样的棕色连衣裙，下身则搭配了一条黑色的打底裤，复杂的棕红色指甲花花纹一直从手背延伸到小臂上，全身上下佩戴的唯一的首饰是一枚用黑色鞋带绑着挂在脖子上的银色骷髅头吊坠。

"爸爸说他会来接我。"艾比盖尔开口说道。

"什么？不，他不会的。"玛德琳回答。

"是的。我今晚打算住在他那里，因为我第二天一早要和路易莎一起出门，爸爸家距离那里比较近。"

"最多也就少 10 分钟的路程吧。"玛德琳不满地反驳道。

"还是从爸爸和邦妮家出发比较方便。"艾比盖尔回答，"我们出门的时候也会更麻利一些，不用坐在车里等着弗雷德回去找鞋，或是看着克洛伊跑回去换个芭比娃娃之类的。"

"那我猜斯凯从来都没有跑回去找过自己的芭比娃娃咯？"玛德琳反问道。

"邦妮是绝不会允许斯凯玩芭比娃娃的。"艾比盖尔说着翻了个白眼，仿佛这是什么尽人皆知的事情，"我是说，你真的不应该允许克洛伊玩那些东西，妈妈。那种东西太女性化了，会影响她对于自己体型的看法。"

"好吧，可你现在再说这些未免有些为时过晚。"玛德琳可怜巴巴地朝着珍笑了笑。

这时，门外响起了一阵喇叭声。

"他来了。"艾比盖尔说。

"你已经打电话给他了？"玛德琳的脸色一下子涨得通红，"你没有事先问过我，就把一切都安排好了？"

"我问过爸爸了呀。"艾比盖尔绕到桌子这边来，吻了吻玛德琳的脸颊，"再见，妈妈。"

"很高兴认识你。"在路过珍的身旁时，艾比盖尔也笑着和她道了别。真是个招人喜欢的女孩子。

"艾比盖尔·玛丽！"玛德琳一下子从桌旁站起身来，"这是不可以接受的。你没有权利选择自己在哪里过夜。"

艾比盖尔听罢停下了脚步，转过身来。

"为什么不行？"她问道，"为什么你和爸爸就可以决定下一次轮到谁来照顾我？"珍隐约从艾比盖尔怒不可遏的表情中看到了玛德琳的影子，"就好像我是只属于你的一件物品。我不是你的车，你也没有权力把我拿出去和别人共享。"

"事情不是你说的那个样子。"玛德琳开口说道。

"就是这个样子。"艾比盖尔毫不示弱。

门外的喇叭声再一次响了起来。

"出什么事了？"一个身穿潜水服的中年男子慢慢悠悠地走进了厨房，上半身的衣服被卷到了腰部，露出了宽广而又多毛的胸肌。他的身后还跟着一个和他一样半裸着上身的小男孩，只不过他的胸前十分光滑，一根汗毛也没有。

那个男人转过身来对艾比盖尔说："你爸爸在前门等着你呢。"

"我知道。"艾比盖尔抬头看了看他那长满了浓密汗毛的胸部，"你不应该穿成这样在大庭广众之下走来走去。真的是太恶心了。"

"什么？展示一下我强健的体格有什么好恶心的？"他一脸自豪地用拳头敲了敲自己的胸膛，冲着珍微笑了一下。她也只好不自然地回敬了一个微笑。

"真难看。"艾比盖尔说道,"我走了。"

"我们以后再说这件事情!"玛德琳在她的背后喊了一句。

"随便你。"

"不许跟我说随便!"玛德琳继续喊道。话音刚落,前门便被人重重地关了起来。

"妈咪,我快要饿死了!"那个小男孩抱怨着。

"来,吃块玛芬蛋糕。"玛德琳闷闷不乐地应付了一句,一屁股坐在了椅子上,"珍,这是我丈夫艾德和我儿子弗雷德。艾德,弗雷德,很好记吧?"

"因为我们俩的名字很押韵。"弗雷德认真地解释道。

"你好!"艾德带着浓重的澳洲口音和珍打了声招呼,还握了握她的手,"很抱歉我有点衣衫不整,弗雷德和我刚刚出去冲浪了。"

说罢,他坐在了珍的对面,用手臂紧紧地搂住了玛德琳。"艾比盖尔又让你伤心了?"

玛德琳顺势把自己的脸靠在了他的肩膀上。"你看上去就像是一只湿漉漉的'咸狗[1]'。"

"真好吃。"弗雷德大口地咬着手里的玛芬蛋糕,又伸出了另一只手想要拿第二块。看来珍下一次要多做点儿带过来了。

"妈咪!我们需要——你!"克洛伊的叫喊声从走廊的另一头传了过来。

"我要去玩滑板了。"弗雷德此时已经吞下三块玛芬蛋糕了。

"戴上头盔。"玛德琳和艾德异口同声地说道。

---

[1] 咸狗(Salty Dog)是一种用伏特加和果汁调制而成的鸡尾酒。——译者注

"妈咪！"克洛伊还在叫喊着。

"我听到了！"玛德琳回答，"替我和珍聊聊天，艾德。"

她转身走进了走廊。

正当珍思考着该如何延续这段对话的时候，艾德却一脸轻松地咧着嘴冲她笑了笑，然后拿了一块玛芬蛋糕坐回了自己的椅子上。

"所以你就是瑞吉的妈妈。你怎么会想到瑞吉这个名字呢？"

"是我哥哥提议的。"珍回答，"他是鲍勃·马利[1]的忠实粉丝，我猜鲍勃的儿子就叫做瑞吉。"她停顿了一下，脑海里又浮现出了自己怀抱着新生婴儿时的画面和哥哥郑重其事的眼神，"我喜欢这种充满个性的感觉。我的名字就太无趣了，只有一个珍字而已。"

"珍是个很好听的经典名字。"艾德斩钉截铁地说道，那坚定的语气让珍一下子就对他好感倍增，"事实上，我们在给克洛伊起名字的时候也曾考虑过珍这个字，只不过我的意见被否决了，因为弗雷德的名字就是我取的。"

聊着聊着，珍的注意力突然被墙壁上的一张婚纱照吸引了过去：玛德琳穿着一条香槟色的薄纱裙坐在艾德的大腿上，两个人都笑得眯起了眼睛。

"你和玛德琳是怎么认识的？"她问道。

艾德的脸色一下子就亮了起来。显然，这是他最喜欢讲的故事之一。

"我小时候就住在她家的对面。"他回答，"玛德琳家的隔壁住着一个黎巴嫩大家庭，家里有六个儿子，个个都牛高马大，看了让人觉得很害怕。他们经常会在街上打板球，而玛德琳有时候也会参与其中。她

---

[1] 鲍勃·马利：牙买加歌手，雷鬼乐的鼻祖。

的个子只有那些大块头的一半，头发上绑着蝴蝶结，手上还戴着耀眼的手镯，所以站在他们中间显得格外突兀——你懂的，她最喜欢的就是那些少女饰品——但是，我的上帝呀，她居然会打板球。"

说到这里，他放下了手中的玛芬蛋糕，站起身来绘声绘色地比画起来。"她走起路来仿佛脚下生风，头发左右拂动着，连衣裙的荷叶边也一抖一抖的。她潇洒地拿起球拍，然后'嘭'的一声！"他假装用力地挥舞着球拍，"那些男孩子全都吓得跪在了地上，双手紧紧地抱着头。"

"你是不是又在讲板球的故事了？"玛德琳已经从克洛伊的卧室里走了回来。

"我就是那个时候爱上她的。"艾德继续说着，"真心地、疯狂地、深深地爱上了她。我经常躲在卧室的窗口前偷看她。"

"我甚至都不知道他的存在。"玛德琳快活地搭话道。

"是的，她根本就不知道。长大后，我们都离开了家。我是从我妈妈那里听说玛德琳嫁给了一个笨蛋的。"艾德说。

"嘘。"玛德琳狠狠地拍了拍他的手臂。

"很多年以后，我去参加了一个朋友的三十岁生日烧烤派对，看到后院有个穿着细高跟鞋打板球的姑娘，浑身珠光宝气的样子和我记忆中的一模一样。我定睛一看，果然是曾经住在街对面的小玛德琳。当时我的心跳都停止了。"

"真是个浪漫的故事。"珍赞叹道。

"我根本就没有心情参加什么烧烤派对了。"艾德动情地说着。珍注意到，虽然这个故事已经被他讲过不下一百遍了，但是他的眼睛里仍然闪动着雀跃的亮光。

"我也是。"玛德琳附和道，"我还不得不取消了去做美甲的行程安排。

我可是从不会轻易取消美甲行程的。"

说到这里，两人相视一笑。

珍移开了目光，拿起空空如也的马克杯，假装抿了一口茶水。

这时候，门铃响了。

"是塞莱斯特。"玛德琳说。

太好了，珍一边在心里默念着，一边继续假装喝着马克杯里的茶水。现在我要被两个可爱的大美人给包围了。

她环顾四周，发现周围的一切都是那样的色彩纷呈，艳丽无比。看来只有我才是这座房子里唯一黯淡无光的东西。

巴恩斯小姐： 显而易见，这些家长在校外都拥有自己的社交圈。所以说，校园益智问答夜那晚发生的事情也许和彼利威公立学校一点儿关系都没有。我觉得我有必要说明这一点。

西娅： 是的，没错，巴恩斯小姐肯定会这么说的，难道不是吗？

玛德琳 //

"你觉得珍这个人怎么样？"趁着艾德在洗手间里刷牙的工夫，玛德琳边问边用指尖在眼周涂抹着贵得令人咂舌的去皱眼霜。（看在上帝的分上，她可是个拥有市场营销学位的人啊。难道她不知道自己花重金买回来的只不过是一罐希望吗？）"艾德？"

"我在刷牙，等我一下。"他漱了漱口，然后用牙刷在洗脸池的边缘敲了敲。当，当，当。每次都是三下，力道异常坚决，仿佛他手中握着的不是牙刷，而是锤子或扳手之类的东西似的。这时候，若是玛德琳手里正举着一只香槟酒杯的话，一定会被眼前的画面逗得手脚发软。

"珍在我看来就像是个十二岁的小姑娘。"艾德回答，"就连艾比盖尔都比她成熟。我实在是没法拿她当一个家长来看待。"他用牙刷指了指玛德琳，露齿一笑继续说道，"不过她可以在今年的益智问答夜活动中充当我们的秘密武器，专门回答那些新生代的问题。"

"我倒是觉得她对于流行文化的了解可能还没有我深刻呢。"玛德琳有些不屑，"我有种感觉，她不像是那种典型的二十四岁女孩，有点传统，很像是我妈妈那个年代的人。"

说到这里，她仔细地端详了一下自己的脸庞，叹了一口气之后将手中的那罐"希望"放回了架子上。

"不会吧。"艾德接话道，"你说过，她是因为一夜情才怀孕的。"

"但她并没有放弃，而是把孩子给生下来了呀。"玛德琳回答，"光是这一点就够传统了吧。"

"那她应该把孩子丢在教堂门口才对啊。"艾德说，"放在一个'扭条篮'里。"

"一个什么？"

"一个'柳条篮'。是这么发音吗？柳条？"

"我记得你刚才说的是'扭条篮'。"

"哦，是我的不对。嘿，那些口香糖是怎么回事？她的嘴就没有停过。"

"是呀，就好像她嚼上了瘾一样。"

　　说罢，他伸手关掉了洗手间的灯。两人默默地走向了属于自己的那半边床沿，拧亮了床头灯，然后熟练地同时掀开了被子。根据玛德琳的不同心境，这样的默契可以有两种不同的解读方法：第一种，他们拥有完美的婚姻；第二种，他们已经在这片中产阶级聚居地里沉沦太久了，是时候卖掉房子，去环游印度了。

　　"我很想帮珍打扮打扮。"玛德琳半开玩笑地对着枕边刚刚翻开书页的艾德说道。他是帕特丽夏·康薇尔犯罪小说的头号粉丝。"你还记得她梳头的方式吗？头发全都贴在头皮上，一点蓬松感都没有。"

　　"蓬松感？"艾德嘟囔了一句，"是呀。她确实需要好好打扮打扮了。我也是这么想的。"他轻轻地翻了一下书页。

　　"我们得给她介绍个男朋友。"玛德琳继续幻想着。

　　"那你最好赶紧行动起来。"

　　"我也很想改造一下塞莱斯特。"玛德琳说，"我知道这听起来很奇怪。她已经够漂亮的了。"

　　"塞莱斯特？漂亮？"艾德似乎很惊讶，"不得不说我从来没有注意过。"

　　"哈哈。"

　　玛德琳拿起书，随即又放了下来。"她们看上去很不一样，珍和塞莱斯特，但我总觉得她们身上有着什么共同点，只是一时间说不出来是什么。"

　　艾德也放下了手中的书本。"我知道她们哪里相似。"

　　"真的吗？"

　　"她们的感情都有残缺。"艾德回答。

　　"残缺？这话是什么意思？"

"我也说不好。"艾德说,"但我能够分辨出哪些女孩在感情上有残缺,而且还和其中的几个交往过。就算是隔着一英里的距离我也能一眼认出这种人。"

"所以说,我的感情也有残缺咯?"玛德琳追问,"这就是我吸引你的地方吗?"

"不。"艾德说着又拾起了书本,"你很完美。"

"不对!"玛德琳抗议道。显然她是发自内心地想要做一个既有趣又有残缺的人。"你认识我的时候,我正处在心碎的状态中呢。"

"心碎和感情残缺是两码事。"艾德回答,"你很难过,感觉自己受到了伤害。也许你的心已经破碎了,但是你的人却还是老样子。好了,安静一会吧。我读到了一段很复杂的案情。我是不会上当的。"

"嗯。"玛德琳自言自语道,"好吧,珍确实算得上是个感情残缺的女孩,可我并不觉得塞莱斯特有什么好抱怨的啊。她既漂亮又富有,婚姻美满,也没有前夫想要从她的手里偷走她的女儿。"

"他并没有想要偷走她。"艾德把目光转移到了书本上,"全是艾比盖尔的青春期症状闹的。青春期的少男少女哪一个不叛逆?你又不是不知道。"

玛德琳再一次拿起了胸前扣着的书。

她想起了珍和瑞吉母子俩手牵着手走在她家车道上的样子。瑞吉绘声绘色地向珍讲述着什么,一只小手还在夸张地挥舞着,而珍则一边侧着头倾听,一边掏出车钥匙准备开门。玛德琳听到她说了一句:"是嘛!那我们去那家好吃的墨西哥卷饼店吃点东西吧!"

他们的身影让玛德琳不禁回想起了自己还是个单身妈妈时的生活,记忆如潮水般向她涌来。

整整五年时间，她和艾比盖尔相依为命地挤在一家意大利餐厅楼上的两居室公寓里，每天的餐食就只有外带的意大利面和免费的咖喱面包。玛德琳还因此胖了7公斤。大家都知道租住在9单元的麦肯齐母女。她让艾比盖尔跟随了她娘家的姓氏，但又在自己嫁给艾德之后改了回来。老实说，女人改姓这件事还是少做几次为妙。她拒绝让女儿带着内森的姓氏生活下去，因为这位父亲宁愿在圣诞节时与一个平庸的小理发师一起躺在巴厘岛的沙滩上，也不愿来看看她们。顺便说一句，并不是所有的理发师都留着一头令人艳羡的头发：她的头上就暴露着黑色的发根，发梢上也满是分叉。

"我一直以为，只要艾比盖尔爱我胜过爱内森，就是对他抛弃我们母女的罪行最好的惩罚。"她对艾德说道，"以前我总是这么安慰自己：艾比盖尔是不会允许内森陪她走上红毯的。他终有一天会为自己的行为付出代价的。可是你知道吗？他根本就没有因此受到任何的惩罚，还娶到了比我年轻、漂亮、善良的邦妮，牛了个小小年纪就会默写整个字母表的女儿。现在，连艾比盖尔也回到他身边了！他简直就是占尽了便宜，没有任何事情值得后悔。"

令她没有想到的是，她说着说着居然破音了。她本以为自己只不过是愤怒，现在才意识到原来自己受到了伤害。以前，艾比盖尔也曾惹恼过她，令她既失望又烦心。可这次艾比盖尔真的伤害到了她。

"她难道不应该爱我最多吗？"她一脸孩子气地自言自语着，强撑着笑容想把这个问题说成一句笑话。只不过，她丝毫没有半点想要开玩笑的意思。"我以为她爱我最多。"

艾德放下了手中的书本，伸出一只手臂把她揽进了怀里。"要不要我去杀了那个混蛋？好好教训他一顿？我可以说是邦妮干的。"

"真的吗？"玛德琳把头深深地埋进了他的臂弯里，"那样就太好了。"

刑侦警长阿德里安·昆兰：截至目前，我们还未逮捕任何人。不过我可以肯定地说，我们已经对涉案的一名或几名犯罪嫌疑人进行了审问。

斯图：我觉得任何人——包括警察在内——都不知道这件事是谁做的。

珍 //

加布里埃尔：我觉得派对邀请函的派发方式是有一定规矩的。幼儿园开学那天发生的事情简直是太不合时宜了。

"笑一个，瑞吉，笑一个！"

瑞吉终于笑了，可珍的父亲却忍不住打了一个大大的哈欠。珍按下了快门，然后低下头来审视着数码相机屏幕上的照片。瑞吉和她的妈妈都笑得很甜美，只有她的父亲呆呆地半张着大嘴，眼睛眯成了一条缝，看上去疲惫极了。为了送外孙第一次踏进校门，他们一大早便驱车从格兰维尔赶到了半岛。珍的父母早就习惯了晚睡晚起，因此在九点钟以前起床对他们来说简直就是一种折磨。去年，她的父亲从公务员的岗位上提前退休之后便开始和她的妈妈一起玩拼图，经常玩到凌晨三四点钟才去睡觉。"我们的爸妈就要变成吸血鬼了。"珍的哥哥这样对她说道，"沉迷于拼图的吸血鬼。"

"需不需要我丈夫给你们照张合影？"站在一旁的一个女人好心地问，"我本来想亲自给你们照的，但是我的技术实在是上不了台面。"

珍抬起头来，看到一个穿着涡轮花呢长裙和褐色汗衫的女人正站在她的面前，手腕上缠绕着不知名的编织手链，编着一条长长的马尾辫，肩膀上还文着一个大大的汉字。和周围那些身着休闲沙滩衣、健身服或商务套装的家长相比，她这身装束显然有些格格不入。她的丈夫似乎要比她大上好几岁，穿着 T 恤衫和短裤，一身标准的中年父亲打扮。此时，他正抱着一个长得像老鼠一样的瘦小女孩。她的头发看起来蓬乱极了，身上的校服尺寸显然比她的身材大出了三个尺码。

"太感谢了。"珍边说边将照相机递到了玛德琳的前夫手里，然后走过去和父母以及瑞吉站在了一起。

"说'茄子和饼干'！"内森举起了相机。

"啊？"

"咖啡。"珍的妈妈也忍不住打了个哈欠。

内森按下了快门。"搞定！"

他伸手将相机递回了珍的手里。这时，一个鬈发的小姑娘蹦蹦跳跳地朝着他的女儿走了过来。珍一眼便认出了她，心头顿时涌上了一股怒火。她就是那个诬告瑞吉掐了她脖子的女孩，阿玛贝拉。珍抬起头来环顾了一下四周，想要寻找她那位愤怒的妈妈的身影。

"你叫什么名字？"阿玛贝拉一字一顿地问斯凯，手里还捧着一摞淡粉色的信封。

"斯凯。"小女孩怯生生地回答。她实在是太害羞了，以至于看着她从嘴里挤出自己的名字简直就是一种折磨。

阿玛贝拉翻了翻手中的信封。"斯凯，斯凯，斯凯。"

"天哪，你已经认识这么多字了吗？"珍的妈妈惊奇地问道。

"我三岁起就识字了。"阿玛贝拉彬彬有礼地回答，手中并没有停下翻动的动作，"斯凯！"她伸手将其中的一个淡粉色信封抽了出来，"这是我五岁生日宴会的邀请函，主题是'A'，因为我的名字是字母 A 开头的。"

"还没有上学就识字了！"珍的父亲友好地冲着内森感叹道，"必然是全班第一呀！她肯定上过家教，你觉得呢？"

"嗯，我可不是刻意要炫耀，但是我们家斯凯也已经认识不少字了呢。"内森回答，"我们可不相信家教，是不是，邦妮？"

"我们希望斯凯能够在有机的环境中成长。"邦妮附和道。

"有机的环境？"珍的父亲边说边皱起了眉头，"就像水果一样？"

阿玛贝拉朝着瑞吉转过身来。"你叫——"她停住了，脸上闪过了一丝慌乱的神情，然后将淡粉色的信封紧紧搂在了胸口，仿佛是害怕瑞吉会将它们抢走似的。很快，她一句话也没说便扭头跑开了。

"上帝呀，这是怎么回事？"珍的妈妈问道。

"哦，她就是那个说我弄伤了她的小女孩。"瑞吉一脸实事求是的表情，"可我从来也没有欺负过她，外祖母。"

珍抬起头来向操场望去，发现所有的孩子都穿着肥大而又崭新的校服。

而且，大家的手上都举着一个淡粉色的信封。

　　哈珀：你知道吗，这所学校里没有谁比我更了解勒娜塔了。我们的关系很好。让我来告诉你吧，她那天并没有无理取闹。

　　萨曼莎：我的上帝，她就是在无理取闹。

玛德琳 //

　　克洛伊第一次踏进校门的这一天，玛德琳正和严重的经前紧张症做着斗争。尽管她顽强地抵抗着，可根本就无济于事。我的情绪我做主。站在厨房里，她将一大把月见草胶囊当做糖丸一样吞了下去（她知道这并没有任何的用处，因为这种东西只有长期服用才会见效。但她必须得做些什么，即便这样做只不过是在浪费钱而已）。对于这样的精神状态，她简直是怒不可遏，甚至想过要找个人来承担一切罪责——最理想的人选自然就是她的前夫了，可她又怎么可能让内森来为自己的月经周期负责呢？想必好脾气的邦妮若是遇到情绪起伏的情况，一定会用在月光下曼舞的方法来解决吧。

　　曾几何时，经前紧张症这个名词对于玛德琳来说还很陌生，听上去应该是女性成长过程中必不可少的一个有趣部分。她甚至不相信这种东西真的存在。直到年近四十的时候，她的身体才突然忍不住向她发起了猛攻：好吧，你不相信经前紧张症？让我来告诉你那到底是一种什么样的感觉吧。尝尝我的厉害，你这个笨女人。

如今，她每个月都有那么一天需要竭尽全力才能够维持自己的正常状态：最基本的人性，对孩子的宠爱，对艾德的热情。要知道，若是她之前听说有的女性杀人犯居然会用经前紧张症来作为脱罪的借口，一定会吓得目瞪口呆。可她现在才明白，在那样的境况下痛下杀手没准是一件格外畅快淋漓的事情呢！老实说，她甚至觉得大家应该为她抑制住了想要杀人的冲动而给予她某种认可。

在前往学校的路上，她一直都在反复地做着深呼吸，试图抚平情绪。感谢上帝，弗雷德和克洛伊并没有在后座上大吵大闹，而手握方向盘的艾德也在自娱自乐地哼唱着歌曲。虽然他口中的曲调实在是令人难以忍受（对此他并不自知，且一直都乐此不疲），但他起码穿上了一件干净的衬衫，而不是那件沾着番茄酱污渍的紧身白色 POLO 衫。当然了，他总是自欺欺人地坚称那块污渍一点儿也不明显。经前紧张症是不会毁了这个具有里程碑意义的日子的。它是不会战胜我的。

他们很快便找到了一个正规的停车位，于是赶紧招呼两个孩子下车。

"新年快乐，庞德太太！"经过学校旁那座雪白的石棉小屋时，他们礼貌地和坐在折叠椅上、手捧着茶水和报纸的白头发胖老太太打了个招呼。

"早呀！"庞德太太也热情地回复了一句。

"快走，快走。"看到艾德放慢了脚步，玛德琳不耐烦地催促了一句。艾德最喜欢和庞德太太这样的年过七旬的长者没完没了地聊天了（听说她曾在世界大战期间去新加坡当过护士）。

"今天是克洛伊第一天上学！"艾德喊道，"是个大日子。"

"啊，希望她一切顺利。"庞德太太回答。

一家人继续向前走着。

玛德琳努力压抑着情绪，仿佛手中正紧握着一条拴着狂犬的锁链。

此时，操场上已经被随意聊着天的家长和大呼小叫的孩子给挤得满满当当的了。家长们三三两两地站着，而身旁的孩子则疯狂地兜着圈奔跑着，远望过去像极了弹球机里活蹦乱跳的小弹珠。幼儿园新生的父母脸上挂着既兴奋又不安的笑容。一些六年级学生的妈妈自视为学校的女皇，多年来一直经营着自己的小圈子，而"金色蘑菇头"也在忙着亲昵地和刚刚加入的成员套近乎。

啊，一切都是那样的美好。轻柔的海风，孩子们明朗的笑脸——哦，差点忘了，还有她那该死的前夫。

她并不是没有料到他会出现，只是他那副怡然自得的"慈父"表情实在是令她无法忍受。更糟糕的是，他还举着相机为珍和瑞吉母子（他们可是属于玛德琳的呀）以及一对和蔼可亲的夫妇拍了张合影。那对夫妇看上去和玛德琳同龄，很有可能是珍的父母。话说回来，内森的照相技术实在是令人难以恭维。千万不要期待他能为你记录下什么美好的瞬间。或者应该说，根本就不要对他抱有任何的期望。

"是艾比盖尔的爸爸！"弗雷德说道，"我怎么没有在校门口看到他的车子？"内森开的是一辆淡黄色的雷克萨斯。可怜的弗雷德总是希望自己能够有一个爱车如命的父亲，可艾德却连汽车的品牌都分不清楚。

"那不是我同父异母的妹妹吗！"克洛伊指了指内森和邦妮的女儿。斯凯穿着一件大得有些离谱的校服，一双充满忧郁的大眼睛配上细软的长发，活脱脱一个从《悲惨世界》里走出来的流浪儿。玛德琳一下子就从女儿的话中听出了几分端倪：克洛伊一定会竭力维护斯凯的。想当年，还在上学的玛德琳就偏爱袒护这种害羞腼腆的小姑娘。克洛伊说不定还会邀请斯凯到家里来玩，好帮她编辫子呢。

就在这时，一缕发丝飞进了斯凯的眼中，于是她赶紧眨了眨眼。玛德琳被眼前的画面惊得脸色煞白。那孩子眨眼时的动作表情简直就和艾比盖尔一模一样。换句话说，她身上有着玛德琳孩子的影子，因而一下子牵动了玛德琳的过去，揪起了玛德琳的心。这世界上难道不该出台一道禁止前夫再次生育的法令吗？

"我告诉你几百万遍了——"她嘘了一句，"斯凯是艾比盖尔同父异母的妹妹，不是你的！"

"深呼吸。"艾德安慰她，"深——呼吸。"

内森将手中的相机递还给了珍，悠闲地冲着玛德琳一家走了过来。最近，他留长了头发，浓密的灰白色额发上下抖动着，看上去就像是澳大利亚版的中年休·格兰特。玛德琳强烈怀疑他是不是为胜过已经接近秃顶的艾德而故意蓄起了长发。

"玛迪。"他喊了一声。他是这个世界上唯一称她为"玛迪"的人。曾几何时，这个昵称在她听来是那样的悦耳，而现在却只能激起她心底的狂躁。

"艾德，老兄！还有小……嗯——今天也是你第一天上学的日子，对不对？"内森似乎从不关心玛德琳的孩子叫什么名字。说罢他又伸出一只手，和一旁的弗雷德击了个掌。"你好呀，小伙子。"不料弗雷德竟然背叛了她，伸出手来回应了他的击掌动作。

内森热情地吻了吻玛德琳的脸颊，然后又和艾德握了握手，似乎格外享受自己在礼遇前妻一家时所引来的注目。

"内森。"艾德怪声怪调地回应了一句。每当说到内森的名字时，他的语气都会变得格外古怪，不仅声音低沉无力，而且重音还总是放在第二个音节上。对此，内森也总是会微微地皱一皱眉头，搞不清对方是否在嘲弄自己。不过，在这样的日子里，艾德的反应倒是挽救了玛德琳的心情。

"今天可是个大日子,大日子啊!"内森说道,"你们两个都是老手了,可这对于我们两个来说还是第一回!说出来有点儿不好意思,第一眼看到斯凯穿上校服的时候,我差一点儿哭了出来呢。"

玛德琳实在忍不住了。"内森,斯凯可不是你家里第一个上学的孩子。"

内森的脸一下子就红了。前妻的这番话显然打破了两人之间不言而喻的"互不刁难"原则。可是,看在上帝的分上,就连圣人也无法忍受他方才的那段感言吧。想当初,内森直到开学两个月之后才知道艾比盖尔已经上学的事情。某天中午,他给玛德琳打了个电话聊天。"艾比盖尔去学校了。"玛德琳是这样对他说的。"学校?"他结结巴巴地问道,"她还不到上学的年龄吧,是不是?"

"玛迪,谈到艾比盖尔的事情,你能不能和我对掉一下周末的安排?"内森说,"这周六是邦妮妈妈的生日,我们准备到她家去吃晚饭。她可喜欢艾比盖尔了。"

这时,邦妮突然鬼使神差地出现在了他的身边,脸上还挂着无邪的笑容。她总是笑得这样天真,以至于让玛德琳怀疑她是不是吸食了某种毒品。

"我妈妈和艾比盖尔之间有种很特殊的交情。"她忙不迭地告诉玛德琳,似乎这对于玛德琳来说是什么喜闻乐见的好消息似的。

这就是问题的症结所在:谁会愿意让自己的女儿和前夫的岳母之间建立起某种"特殊的交情"呢?也只有邦妮会认为你听了这个消息会欣喜若狂吧。可你又不能抱怨,对不对?你甚至不能去想:"闭嘴,贱女人。"因为邦妮并不是什么贱女人。所以,玛德琳所能做的就是站在那里忍气吞声地听着,任由自己的内心狂躁地咆哮着,好像随时都有可能会挣脱那根缰绳。

"当然。"她回答，"没问题。"

"爸爸！"斯凯跑过来扯了扯内森的衣角，顺势爬到了他的身上，站在一旁的邦妮温柔地注视着这父女俩。

"对不起，玛迪，看来我天生就不是当爸爸的料。"艾比盖尔只有三周大的时候，内森曾经这样对玛德琳抱怨道。那时候，还在襁褓中的艾比盖尔刚刚出院，似乎每次入睡都不会超过二十三分钟。面对内森的牢骚，玛德琳也打着哈欠回应了一句："我也不是当妈妈的料。"然而，她却并没有意识到他是认真的。一个小时之后，她目瞪口呆地看着他将自己所有的衣物都塞进了那个长长的红色板球包里，眼神甚至来不及在孩子身上停留——仿佛艾比盖尔是别人的骨肉似的——然后便离开了。她永远也不会原谅和忘记他临走时瞥向自己宝贝女儿的那种草率的眼神。然而，如今已经可以自己准备午餐、独自赶车去上高中的女儿却忍心在出门的时候背对着她喊上一句："别忘了我今晚会住在爸爸家哦！"

"嗨，玛德琳。"这时，珍走过来和她打了个招呼。

和往常一样，珍还是穿着一件朴素的 V 领白色 T 恤衫（难道她就没有别的衣服可穿了吗）和一条单色的牛仔裙，脚踏一双平底的人字拖鞋。她将头发高高地束起，紧紧地绑成了一个马尾辫，嘴里还默默地嚼着一块口香糖。不知为何，她的朴实打扮倒是让玛德琳的情绪平复了不少，气力也恢复了些许。

"珍。"她热络地回答道，"你好吗？我想你应该已经见过我可爱的前夫和他的家人了。"

"呵，呵，呵。"内森干笑了三声，并刻意模仿起了圣诞老人的声音，因为他根本就不知道该如何回应"可爱的前夫"这种刺耳的形容。

话音刚落，玛德琳便感到艾德的一只手轻轻地搭在了她的肩膀上，暗示着她已经濒临失礼的边缘了。

"是呀。"珍的脸色丝毫也没有改变，"这是我的父母，蒂和比尔。"

"嗨！你们的外孙真可爱。"玛德琳挣脱了艾德，走上前去和珍的父母握了握手。不知为何，他们看起来是那么的可爱，光是看面相就可以心知肚明。

"其实我们一直都觉得瑞吉是我那可爱的老父亲投胎转世的呢。"珍的妈妈一脸容光焕发地说道。

"不，才不是呢。"珍的父亲说。看到克洛伊紧紧地拽着玛德琳的裙角，他温柔地问了一句："这个一定就是你家的小宝贝了，对不对？"

克洛伊将一个粉红色的信封递给了玛德琳。"你能帮我拿一下吗，妈咪？这是阿玛贝拉派对的邀请函。受邀参加的人都必须打扮成以字母'A'开头的人物造型。我打算穿成公主的样子。"说完，她就跑开了。

"看来可怜的小瑞吉并没有收到派对的邀请函哦。"珍的妈妈压低了嗓门说道。

"妈妈。"珍抱怨了一句，"少说两句吧。"

"怎么会这样？若是没有邀请全班同学，她就不应该在操场上发邀请函呀。"玛德琳嘀咕着。

她环顾四周，开始在操场上寻找勒娜塔的身影，却只看到迟到的塞莱斯特牵着双胞胎的手，风光无限地出现在了学校门口，整个人的气场是那样的格格不入。玛德琳甚至看到，一个二年级学生的父亲因为偶然间瞥到了塞莱斯特而神情恍惚，差一点儿被面前的书包绊了一跤。

紧接着，盛气凌人的勒娜塔出现在了她的面前，二话不说便将两个淡粉色的信封塞进了她的手里。

"我真想杀了她。"玛德琳说道。

李普曼太太：是这样的，我真的什么也不想再多说了。你们就不能让我们安静安静吗？一个学生的家长因此丧了命呀。整座学校都还没有从悲痛中缓过劲来呢。

加布里埃尔：嗯，我是不会断言整座学校都沉浸在悲痛之中的。这样说未免有点儿太牵强了吧。

塞莱斯特斜眼瞥到了那个因为偷看她而险些摔倒的男人。

也许她应该开始一段婚外情，让节外生枝的感情将自己苟延残喘了多年的婚姻无情地推下悬崖。

然而，每当想到要和佩里以外的男人相处，一种沉重而又倦怠的感觉便会涌上她的心头。那些无趣的男人想必会令她感到百无聊赖吧。这个世界上只有佩里能够燃起她的热情。离开佩里，她说不定会成为一个独身主义者，从此孤老一生。这不公平。他已然毁掉了她的人生。

"你把我的手捏痛了。"乔希抱怨道。

"就是的，妈咪。"麦克斯也附和了一句。

塞莱斯特赶紧放松了双手。

"抱歉，孩子们。"她回答。

回忆起来，这并不是一个美好的早晨。首先，乔希的衣橱怎么也找不出一双成对的袜子。紧接着，麦克斯临出门前又遍寻不到那顶印着乐高小人图案的黄色帽子。

两个孩子哭哭啼啼地喊叫着父亲的名字，全然不顾他此刻正身处地球另一端的事实。他们只想要依偎在他的身边。塞莱斯特也很想念佩里，因为他一定能够找到乔希落单的袜子和麦克斯遗失的乐高图案帽子。其实，塞莱斯特早就知道开学这一天会是她的劫难。她和两个孩子都很贪睡，起床时不免带上几分起床气。相反，早起的佩里却总是神清气爽、精神百倍。若是他在家，一家人肯定早早就能赶到学校了——车子里也会充满欢声笑语，而不是一片冷漠而又寂寥的沉默。

最后，她不得不往双胞胎的手里硬塞了两根棒棒糖，以示安慰。直到下车之前，他们的小嘴还在忙碌地舔舐着棒棒糖。一位在迎新日那天与他们结识的家长甜甜地微笑着从双胞胎身旁走过，一边还不忘给塞莱斯特留下了一个"坏妈妈"的眼神。

"克洛伊和瑞吉在那里！"乔希喊道。

"我们去追杀他们！"麦克斯兴奋地应了一句。

"孩子们，不许那样说话！"塞莱斯特怒斥道。仁慈的上帝呀，这世界到底出了什么问题？

"我们只是假装追杀他们而已，妈咪。"乔希开心地回答，"克洛伊和瑞吉可喜欢这个游戏了。"

"塞莱斯特，你就是塞莱斯特，对吗？"两个男孩跑远后，一个女人出现在了她的面前，"几周前，我在校服店碰见过你和你的丈夫。"说罢，她用手抚了抚自己的胸膛。"我叫勒娜塔，阿玛贝拉的妈妈。"

"哦对！嗨，勒娜塔。"塞莱斯特打了个招呼。

"佩里今天没来吗？"勒娜塔一脸期待地环顾着四周。

"他去维也纳了。"塞莱斯特回答，"他常出差。"

"我猜也是。"勒娜塔摆出了一副无所不知的表情，"我一看见他便有种似曾相识的感觉，于是回家后便搜索了一下他的名字。果然，他就是鼎鼎大名的佩里·怀特！老实说，我听过好几次他的演讲呢。我自己也是从事资金管理行业的。"

太棒了。又是佩里的追随者。塞莱斯特总是忍不住去想，若是佩里的这些追随者知道了他的所作所为，会作何感想呢？

"我这里有两份邀请函，希望双胞胎能够来参加阿玛贝拉的五岁生日派对。"勒娜塔说着向她递来两个淡粉色的信封，"当然了，我们也很欢迎你和佩里一同过来参加。希望所有的家长都能够借机熟络起来！"

"听上去很棒。"塞莱斯特接过信封，顺手将它们塞进了自己的手提包里。

"早上好呀，女士们！"话音未落，如往常一样耀眼夺目的玛德琳已经走到了两人的面前，身上那条连衣裙就像是写了她的名字一般合身。她的两颊涂抹着两团嫣红，眼睑上的彩妆闪烁着星星点点的诡异亮光。"谢谢你邀请克洛伊参加阿玛贝拉的派对。"

"哦天哪，难道说阿玛贝拉已经开始发邀请函了？"勒娜塔皱着眉头拍了拍自己的手提包，"她一定是偷拿了我手提包里的东西。我本想私下里将它们分发给各位家长的。"

"没错。看来你邀请了全班同学，却唯独落下了那个小男孩。"

"我想你指的一定是瑞吉吧。难道你忘了他在我女儿的脖子上留下了好几道淤青吗？"勒娜塔回答，"所以他当然不在受邀名单之列了。这有什么奇怪的吗？"

"算了吧，勒娜塔。"玛德琳说，"你不能这么做。"

"那你去告我呀！"勒娜塔边说边朝塞莱斯特调皮地眨了眨眼睛，仿佛两人之间有什么不为人知的笑话似的。

塞莱斯特倒吸了一口冷气。她并不想卷入这样的是非之中。"我看我还是——"

"我很抱歉，勒娜塔。"玛德琳盛气凌人地打断了她的话，眼神里却丝毫没有任何的歉意，"克洛伊可能无法如期赴约了。"

"那真是太遗憾了。"勒娜塔回答。她用力地拽了拽手提包上的斜纹背带，看上去就像是在调整身上套着的防弹背心。"你知道吗？我觉得我最好先终结这段对话，以防自己会说出什么令人后悔的话。"她朝着塞莱斯特点了点头。"很高兴再见到你。"

望着她远去的背影，玛德琳的情绪一下子高涨了起来。

"开战了，塞莱斯特。"她欢欣鼓舞地说道，"我告诉你，开战了！"

"哦，玛德琳。"塞莱斯特叹了一口气。

哈珀：我知道我们都很崇拜塞莱斯特，但她在照顾孩子这方面实在是有些无能。我甚至看见过她开学的第一天拿棒棒糖给双胞胎当早饭！

萨曼莎：做了父母的人总是喜欢对别人品头论足。我也不知道是为什么。也许是因为我们都不知道该如何是好吧。我猜这就是冲突的根源，不过也不至于发展到这种程度。

杰基：就拿我来说吧，我根本就没有时间，也没有兴趣去评价别的父母。我的孩子只是我生活中的一部分。

刑侦警长阿德里安·昆兰：除了此次的谋杀案调查之外，我们还将以伤害罪起诉多名学生家长。对于他们的所作所为，我们感到十分痛心和震惊。

玛德琳 //

"玛德琳，"艾德叹了一口气。他停好车，将钥匙从点火装置上拔了下来，转过身来望着她。"你不能因为瑞吉没有被邀请就剥夺克洛伊参加朋友生日派对的机会。这简直是太疯狂了。"

他们从学校出发，一路开到了海边，好去蓝色布鲁斯和珍以及她的父母坐下来喝杯咖啡。这是珍的妈妈提议的。显然，她知道对于孩子们的学校生活过于热心的玛德琳是无论如何也不会拒绝的。

"不，这一点儿也不疯狂。"尽管玛德琳嘴上强硬，心里却已经开始有些悔意了。要是克洛伊知道了自己不能去参加阿玛贝拉的"A派对"，肯定会闹个天翻地覆的。去年，阿玛贝拉的生日派对就是孩子们狂欢的天堂：蹦床城堡、魔术师和迪斯科舞厅。

"我今天心情不好。"她向艾德坦白。

"真的吗？"艾德追问，"我怎么没有注意到？"

"我好想孩子们啊。"玛德琳回答。此刻的汽车后座是如此的空虚和寂静。她的眼睛里一下子溢满了泪水。

艾德被眼前的这一幕逗得狂笑了起来。"你是在开玩笑吧，是不是？"

"我的宝贝都上学了。"玛德琳抽泣着。克洛伊大摇大摆地跟在巴恩斯小姐身边走进了教室，看上去俨然一副小老师的样子，同时还不忘抬起头来说上几句，没准是在提议修改一下课程安排。

"是呀。"艾德迎合着，"现在说这些都已经太晚了。我觉得你昨天和你妈妈通话的时候就该提到这件事才对。"

"可我还得站在操场上佯装礼貌地和我那该死的前夫聊天！"玛德琳的情绪一下子从委屈升级成了愤怒。

"哦，我可不会用'礼貌'这个词来形容那段对话。"艾德笑着答道。

"难道说单身妈妈的日子还不够折磨人吗？"玛德琳没头没脑地冒出一句。

"嗯，什么？"艾德有点儿困惑。

"珍！我说的当然是珍了。我还记得艾比盖尔第一天上学时的情景。我觉得自己就像个疯子一样。周围所有人都甜蜜地牵着自己的伴侣，只有我一个人形单影只地站在那里。"说到这里，玛德琳的脑海中又浮现出了前夫今天惬意地站在操场上的画面。内森根本无法理解，玛德琳多年以来是如何含辛茹苦地独自将艾比盖尔抚养成人的。这一点就连他自己也不会否认。哦，不。如果玛德琳尖叫着对他喊道："这简直不是人过的日子！不是人过的日子！"他也只能露出难过而又同情的表情，却无论如何也不能理解。

她的内心就快要被无力的愤怒感给淹没了，无处可逃，只好将怒火发泄到勒娜塔的身上。"可想而知看到自己的孩子被同学排挤时心里有多难受。难道不是吗？"

"我明白你的意思。"艾德回答，"可我觉得，既然发生了那种事情，我们也应该能够理解勒娜塔的立场——"

"不，不行！"玛德琳扯着嗓子喊了一句。

"上帝啊。抱歉。好吧，不行。"艾德看了看后视镜，"哦，你看，你那可怜的小朋友已经把车子停在我们后面了。要不我们一起吃个蛋糕吧。一切问题都会迎刃而解的。"

他伸手解开了安全带。

"如果你不想邀请班上的所有同学,就不应该在操场上分发邀请函。"玛德琳依然没有停嘴的意思,"这一点所有做妈妈的都知道。这就是法律。"

"关于这个话题,我可以陪你聊上一整天。"艾德假意附和着,"我真的可以。除了'阿玛贝拉的五岁生日派对'之外,我今天什么都想跟你聊。"

"闭嘴。"玛德琳怒斥道。

"我还以为一家人之间不会用到'闭嘴'这么重的措辞呢。"

"那你就赶紧滚开。"

看出玛德琳的怒火还没有平息,艾德露齿一笑,伸出一只手来拢住了她的半边脸庞。"你明天就会感觉好多了。你可是从来都不会生隔夜气的。"

"我知道,我知道。"玛德琳深吸了一口气,推开了车门,扭头看到珍的妈妈急匆匆地下了车,朝她挥着手走了过来。只见她将手提包挂在了肩头上,脸上还挂着异常灿烂的笑容。"嗨!嗨!玛德琳,趁他们点咖啡的工夫,能不能陪我到沙滩上散散步?"

"妈妈,"珍和她的父亲紧跟了上来,"你不是不喜欢沙滩吗?"

老实说,就算你天生愚钝,也能够明显地看出珍的妈妈想要和玛德琳独处一会儿。

"当然可以了,迪。"好在玛德琳及时想起了对方的名字。

"那我和你们一起去吧。"珍叹着气说道。

"不,不,你陪你爸爸去咖啡馆里坐着吧,顺便帮我点些好吃的东西。"

迪婉拒了女儿的提议。

"是呀，你看我已经老得走不动路了。"珍的父亲假装用颤抖的声音说着，顺势拽住了女儿的胳膊，"帮帮我，亲爱的孩子。"

"你们去吧。"迪的语气很坚定。

玛德琳看到，珍的脸上闪过了一丝犹豫的神情，但最终还是微微耸了耸肩膀，放弃了抵抗。

"早点儿回来。"她转过头来嘱咐妈妈，"不然你的咖啡就凉了。"

"帮我点一杯双份的浓咖啡，再来一块加奶油的巧克力泥巴蛋糕。"玛德琳对艾德说。

艾德朝着她竖起了大拇指，然后便领着珍和她的父亲向蓝色布鲁斯咖啡馆走去。玛德琳俯下身来，脱掉了脚上的高跟鞋。

珍的妈妈也跟着脱了鞋。

"你丈夫是特意请假来送克洛伊上学的吗？"两人沿着沙滩向海边走去时，迪开口问道，"哦，上帝呀，太刺眼了！"尽管她的鼻梁上架着一副太阳眼镜，却还是用手搭起了凉棚。

"他是当地报社的记者。"玛德琳回答，"工作时间很灵活，也常在家办公。"

"这多好呀，是不是？那他会不会很碍事？"迪跟跟跄跄地在沙滩上穿行着，"有时候我会特意安排比尔到超市里去买些我不需要的东西，就为了给自己留出一些喘息的空间。"

"我们俩倒是挺和谐的。"玛德琳回答，"我在彼利威半岛剧院上班，一周工作三天。我工作的时候艾德就负责接孩子。我们赚得不多，但是都很喜欢自己的工作，也很满足于现在的生活状态。"

天哪，她为什么要谈起钱的事情？仿佛她是在故意攻击对方所选择的生活方式似的。而且，老实说，他们两个也并没有那么热爱自己的工作。难道她的心里一直都在偷偷和勒娜塔这样的职场女强人较劲吗？还是因为她还没有从今天早上寄来的那份令人咂舌的电费数额中缓过劲来？尽管他们并不富裕，但也从未为家计担忧过。而且，得益于玛德琳出色的网购能力，她的衣橱看上去一点儿也不寒酸。

"啊，是呀，都是钱闹的。人们都说千金难买合家欢。我倒不这么认为。"迪伸手捋了捋飞进眼角的发丝，然后环顾了一下整片沙滩，"这里真美。我们都不是热爱沙滩的人，何况也没人愿意看到我这样的人穿着比基尼招摇过市。"

迪装出了一副厌恶的表情，然后指了指自己平淡无奇的身材。然而，玛德琳却觉得她看上去和自己并没有什么太大的差别。

"别这么说。"玛德琳安慰她。对于这样的对话，她一向都很缺乏耐心。女人之间通过自我嘲讽来加深彼此感情的方式总是会让她心不在焉。

"不过，住在海边对于珍和瑞吉来说倒不失为一件好事。我想，呃……其实我只是想要真心地谢谢你，玛德琳。谢谢你那么护着他们母子俩。"说罢她摘下了墨镜，直视着玛德琳。她的眼睛是淡蓝色的，上眼睑涂抹着一层哑光的粉红色眼影。虽然这个颜色不是很适合她，但至少表现出她为了今天精心打扮的诚意。

"哦，那是我应该做的。"玛德琳回答，"搬到一个陌生的地方总是会遇到很多困难的嘛。"

"是呀。珍这几年已经搬了很多次家了。自从有了瑞吉，她似乎就无法安顿下来，也找不到合适的朋友圈。虽然这么说让我很难过，但我总是担心她是不是有什么事情在瞒着我。"

她停下了脚步，转过头来望着不远处的咖啡馆，紧紧地咬住了嘴唇。

　　"当自己的孩子不愿意跟自己交流的时候，做妈妈的总是心如刀割，是不是？"玛德琳沉默了一会儿，开口说道，"我也有个十几岁的女儿，是我和前夫生的。"每次谈到有关艾比盖尔的事情，她都感觉自己有必要澄清这一点，可话一出口便又觉得自己好像做错了什么，毕竟她并不是有意想要把这个孩子归纳到某个特殊的类别里去的。"当我发现艾比盖尔开始对我有所隐瞒的时候，我也不知道为什么会吃惊。叛逆期的少男少女不都是这个样子的吗？但她曾经是那么开朗的一个小孩子呀。当然，珍已经不是小孩子了。"

　　她的话似乎启发了迪的诉说欲望。她拉住玛德琳，滔滔不绝地讲了起来："我明白你的意思！她今年已经24岁了，是个成年人，却一点儿也没有成年人的样子。对于这一点，她爸爸总是说我多虑了。没错，在独立抚养瑞吉方面，她做得真的很出色，从不开口向我们要一分钱！以至于我不得不像小偷一样把钱偷偷塞进她的口袋里。但她真的变了。她的身上有什么地方和以前不一样了。虽然我说不出个所以然来，但还是能够感觉她在努力掩饰着内心的不快乐。我不清楚她是不是患上了忧郁症还是厌食症，或者是嗑了什么药之类的。她现在简直瘦得令人揪心。她过去可是很丰满的。"

　　"是吗？"玛德琳一边附和着，一边在心里偷偷想着：如果真的是厌食症的毛病，说不定是迪遗传给自己女儿的呢。

　　"我为什么要和你说这些呢？"迪自嘲道，"你可能都不想再和她做朋友了吧！她真的不是个瘾君子！如果说染上毒瘾之后会有十种迹象的话，她身上顶多有三个，顶多是四个。总之，网络上的话是不可信的。"

　　玛德琳笑了，迪也跟着笑了起来。

　　"有时候我甚至觉得需要在她的眼前挥挥手，嘴里还呼喊着：'珍，珍，你还好吗？’”

"我确信她——"

"在瑞吉出生之后，她就再也没有和任何人交往过。她曾经的男朋友叫做扎克，是个很不错的男孩子。我们都很喜欢他。这段感情的结束对于珍的打击很大，以至于——哦天哪，那是多久之前的事情了？六年？她根本就忘不掉他。话说回来，他真是个英俊的小伙子！"

"原来如此。"玛德琳应付着说了一句，心里却悄悄向往着蓝色布鲁斯桌上的那杯凉了的咖啡。

"他们分手后不久，珍就怀孕了，但扎克并不是孩子的父亲。当然了，我们打心底里希望瑞吉是他的孩子，可珍却坚称事情不是我们想的那样。她一遍又一遍地向我们重申这孩子是她一夜情的结果，因此无法与孩子的父亲取得联系。可是你知道吗，她当时正在攻读艺术版权法的学位呢。虽说这孩子来得不是时候，但事出皆有因，你说呢？"

"那当然。"尽管她自己也是半信半疑，玛德琳还是装出了一副胸有成竹的表情。

"一位医生曾经说过她的身体很难自然受孕，但命运就是这样神奇——我那挚爱的父亲离世不久珍便怀孕了，仿佛是他的灵魂投胎转世回到了我们的身边——"

"妈妈？玛德琳！"

珍的妈妈吓了一跳。两人一起回过头去，看到珍正站在蓝色布鲁斯旁边的人行道上用力地朝她们挥着手喊。"你们的咖啡准备好了！"

"来了！"玛德琳喊道。

"很抱歉。"在朝着咖啡馆走去的路上，迪开口说道，"我太唠叨了，还希望你不要介意我所说的话。当我看到可怜的小瑞吉没有收到同学生日派对的邀请函时，心里真的有种想哭的冲动。这些日子以来，我总是很情绪化。为了送孩子上学，我们很早就起了床，以至于现在还觉得有点头重脚轻的呢。其实我的性格很直率，很少掉眼泪。想必是因为我年纪大了吧。你知道吗？我今年已经58岁了。有一天，我和同龄的朋友们一起出去吃饭——我们从孩子上幼儿园起便认识了——大家一直都在谈论自己如何像个15岁的小姑娘似的，连丢了顶帽子都要说上半天。"

玛德琳停下了脚步。"迪。"她叫了一声。

迪紧张地转过身来，以为自己刚刚说错了什么话。"怎么了？"

"我会帮你照顾珍的。"她说道，"我向你保证。"

加布里埃尔：你看，问题的一部分就在于，玛德琳简直就像是收养了珍似的，表现得像个疯狂的、充满保护欲的大姐姐。但凡你说了任何一句有损于珍的话，玛德琳就会疯狗一般向你反扑。

珍 //

现在是早上十一点钟，瑞吉已经开始了第一天的学校生活。

他有没有吃完自己的早茶点心？一颗苹果、一块奶酪、几片咸饼干？还有一小盒的葡萄干？一想到他小心翼翼地打开自己新买的午餐盒的画面，珍的心便一下子揪了起来。他会坐在哪里呢？又会和谁说话？她希望克洛伊和双胞胎能够带着他一起玩，但是他们应该很容易就会忽略他吧。

想必他们大概是不会悠闲地晃到瑞吉身边，然后伸开双臂对他说道："哎哟，你好呀！你是不是瑞吉？我们几周前曾经一起玩过。你最近怎么样？"

她从自己工作的餐桌前站起身来，两臂高高地举起来伸了个懒腰。他会没事的。每一个孩子都要上学。他们最终也都会找到属于自己的生存之道。

她走进这间新公寓里小小的厨房，按下烧水壶的按钮，准备泡上一杯茶。其实她此刻并不想喝茶，只是想要找个借口让自己从"完美皮特管道公司"的账目中抬起头来休息一会儿。皮特也许是个完美的水管修理工，但他在管理账目方面的能力实在惨不忍睹。每个季度，她都会收到一个装满了奇怪单据的鞋盒，里面装着的纸片不是蜷缩着的，就是脏兮兮的，还有些散发着奇怪的气味。无论是发票、信用卡账单还是收据，大部分字迹都难以辨认。她甚至可以想象皮特在屋子里来回跳着脚、用那双胖乎乎的肉手在衣服口袋和汽车手套箱中翻找东西的画面。等到他能够找得到的一切单据都被塞进了那个鞋盒里，他便会长长地舒上一口气——他终于可以解脱了。

她走回餐桌旁，从桌子上随手拾了起一张收据。完美皮特的妻子在一家美容院里花 335 澳币享受了一次"经典脸部按摩"、一次"奢华美足"和一次"比基尼线脱毛"的服务。想想就让人觉得飘飘欲仙。接下来，她又看到了一张没有人签字的"塔隆加动物园游园活动同意书"，上面还写着去年的日期。在同意书的背面，一个孩子用紫色的蜡笔歪歪扭扭地写上了一行字：我恨汤姆！！！

珍好奇地研读了一下同意书的内容。

我愿意 / 不愿意作为家长助理参加此次游园活动。

完美皮特的妻子在"不愿意"三个字上画了一个大大的圈。看来，比基尼线脱毛的事情已经占去了她大部分的时间，以至于她根本就没有时间参加孩子学校组织的活动。

壶里的水开了。珍一把攥住那张收据和同意书，快步走回厨房。

如果瑞吉也要去参加学校组织的游园活动，她一定会报名去做家长助理的。毕竟，她就是为了能够拥有"灵活的工作时间"以便陪伴瑞吉，"平衡家庭和事业之间的关系"才选择做一名簿记员的。然而，每当她讲到这一点时都会感觉自己既愚蠢又不诚实，仿佛她并不是一个称职的妈妈，或者她的整个人生都是虚构出来的。

要是能够再参加一次学校的出游活动，该是一件多么有趣的事情呀。她至今还记得那种令人兴奋不已的感觉。孩子们欢快地吃着零食。她可以坐在一旁偷偷地观察瑞吉和其他孩子之间的互动，确定他是一个正常的孩子。

他当然是个正常的孩子了。

一整个早晨，那个淡粉色的信封一直在她的脑海里挥之不去。那么多个信封！话说回来，他有没有受到邀请其实并不重要。他还太小，根本不懂得什么叫做受伤，和周围的孩子也还不熟识。这样说来，她的这番顾虑实在是有些愚蠢。

然而，她却从心底里为他难过，甚至感觉自己应该为此负责，仿佛她才是那个搞砸了一切的人。她本想彻底遗忘迎新日那天的闹剧，不料它又卷土重来，占据了她的全部思维。

壶里的水烧开了。

如果瑞吉真的伤了阿玛贝拉，或是继续这样下去，也许就再也收不到任何派对的邀请函了。没准学校的老师还会请她过去开会，劝她带着孩子去看儿童心理诊所呢。

这样一来，她就必须坦白自己内心对瑞吉的所有隐秘的恐惧了。

她的手颤巍巍地举起了水壶，将热水倒进了面前的马克杯中。

"如果瑞吉没有收到邀请函，克洛伊也不会去参加。"今天早上，坐在咖啡桌旁的玛德琳是这样说的。

"请不要这样。"珍说，"这只会让事情变得更糟。"

可玛德琳却只是挑了挑眉毛，耸了耸肩膀。"我已经告诉勒娜塔了。"

珍的心里一下子变得惶恐起来。太好了。现在勒娜塔又多了一个不喜欢她的理由。换句话说，珍的敌人又多了一个。她上一次给自己树敌还是小学时候的事情呢。她可从没有想过，送自己的孩子入学竟然会像亲身重返校园一样困难重重。

也许她早就该让瑞吉道歉，再佯装表达一下自己的歉意。"我真的很抱歉。"她应该这样对勒娜塔说，"实在是万分抱歉。他之前可从没有做过这样的事情。我保证不会再有第二次了。"

可这又有什么用呢？瑞吉说他是无辜的呀。她又能怎么办呢？

她将茶杯端回了餐桌旁，重新坐在了电脑前，顺手剥开了一片口香糖。

是的。没错，她会参加学校组织的一切志愿活动。显而易见，家长的参与对孩子的教育是有益的，虽然她一直怀疑这个理念只不过是学校的宣传手段而已。除了玛德琳和塞莱斯特，她还要试图多结交其他同学的妈妈。若是她偶尔碰见了勒娜塔，也会礼貌而友好地和她打招呼。

"不出一个礼拜，这件事就会被大家遗忘。"今天早上，当大家围坐在咖啡桌旁谈论生日派对的事情时，她的父亲是这样断言的。

"我倒不这么想。"玛德琳的丈夫艾德提出了反对意见，"我的妻子已经正式宣战了。"

听了这话，珍的妈妈大笑了起来，好像她是玛德琳的多年好友，深知她的脾气秉性。她们在沙滩上聊了那么久，到底都说了些什么？珍的心里隐约有些不安，生怕妈妈将自己生活中的种种顾虑悉数透露给了别人，包括她担心自己再也找不到男朋友的事情，以及她莫名消瘦和无论如何也找不到适合自己的发型的事情。

玛德琳一直都在摆弄着手腕上一个厚重的银质手镯。"嘭！"她突然圆睁着眼睛大喊了一句，双手朝着相反的方向打着转，像是在模仿爆炸的场景。珍也忍不住笑出声来，可心里却在偷偷地想着：太好了，我竟然和一个疯女人做了朋友。

读小学的时候，珍唯一的敌人其实并不是她自找的，而是那个头发上总别着一个红色瓢虫发夹、名叫艾米莉·贝里的漂亮小女孩替她发起的战局。玛德琳会不会就是不惑之年版本的艾米莉·贝里呢？只不过柠檬水换成了香槟酒，草莓味的唇彩换成了猩红色的口红。她们都是那种能为你惹来一身麻烦，你却仍会对她们忠贞不贰的女孩。

珍摇了摇头，想要整理一下自己的思绪。这太荒谬了。她已经是个成年人了，不能再像个十岁小女孩一样总是被叫到校长办公室里去了。(在办公室里，每当校长看向别的地方时，坐在珍旁边的艾米莉便会踢她的腿、大嚼口香糖或是朝她做鬼脸，一脸乐在其中的表情。)

是的。集中注意力。

她从管道修理工皮特的鞋盒中又抽出了一张单据，然后用指尖小心翼翼地托着它。这张单据的表面沾满了油渍，是某个水管器材批发供货商开出的发票。干得漂亮，皮特。你总算是找到了一张有用的单据。

她将双手放回了键盘上。加油。准备好，一、二、三，走。为了从这百无聊赖的工作中获利，她必须提高自己的工作效率。第一次接到簿记工作时，那位会计师给了她六到八个小时的时间，可她却只花了四个小时便赚到了六个小时的工时费。从此以后，她对这一行更是轻车熟路，就像是在玩某种电脑游戏，每一次都能够晋升到一个更高的等级。

这并不是她梦想中的职业，但是将一堆乱糟糟的单据转换成几行整洁的数据确实也为她带来了不少的满足感。她最喜欢做的事情就是给她的客户打电话（他们大多数都是像皮特一样的小生意人），告诉他们自己又找到了一个新的减项。令她倍感骄傲的是，在过去的五年中，她靠这份工作养活了自己和瑞吉，从没有开口向父母要过一分钱，尽管她经常不得不趁着儿子熟睡的工夫熬夜加班。

这也并不是她十七岁时充满雄心壮志想要加入的行业，但她已经很久都想不起单纯而又鲁莽地向往某一种生活是怎样的感觉了。年轻时，你总觉得还有机会选择自己的未来。

一只海鸥发出了一声叫喊，可她却用了好长时间才反应过来那是什么声音。

好吧，这终究还是她自己选择的道路。她选择住在了海边，假装自己和所有人一样拥有平等的选择权利。她可以犒赏一下自己，每工作两个小时就到沙滩上去散散步，即便是烈日当空也毫不在乎。她可以返回蓝色布鲁斯，点上一杯外带咖啡，然后坐在栏杆前，以大海为背景拍上一张充满文艺气息的照片，然后上传到脸书网上去，附言写上"工间休息！我是多么幸运"之类的话。想必大家一定会纷纷留言表示"嫉妒"的。

如果她能够在脸书网上营造出一种人人歆羡的生活，说不定她自己也会相信生活是完美无缺的呢。

或者她也可以任性地更新一下状态，写上一句"气到快要爆炸！！瑞吉是班上唯一一个没有被邀请去参加生日派对的孩子！！"（一定要很多叹号），想必大家也会纷纷留言安慰她"怎么搞的"，或是"噢，可怜的瑞吉"之类的吧。

她可以将自己的恐惧写进一条无关痛痒的网络状态中，然后任由它随着朋友们的动态消息推送逐渐地被淹没，就像不曾发生过一样。

这样一来，她和瑞吉就能和其他人一样正常地生活了。也许她会遇到一个新的约会对象，成为一个快乐的妈妈。

想到这里，她拿起手机，重新读了一遍朋友安娜昨天发来的信息。

记得格雷格吗？我的表兄，我们十五岁的时候，你和他见过一面。他已经搬到了悉尼，想要找我要你的电话号码，约你出来喝一杯！可以吗？不要有压力哦！（他现在长得可帅了。果然和我有一样的基因！！哈哈。）亲亲。

是的。她记得格雷格，那个腼腆、矮小的红发男孩。记得他当时说过的那个蹩脚而又难懂的笑话，以至于大家都在追问："什么意思？什么意思？"可他却只是不好意思地答了一句："没什么！"那个画面一直都印在她的脑海里，因为她是真的发自内心地同情他。

为什么不呢？

接受格雷格的邀约出去喝一杯还是没有问题的。

是时候了。瑞吉已经开始上学了，而她又住在海边。

于是她轻轻地按下了回复键：好的，亲亲。

她抿了一口茶，将双手再一次放回了键盘上。

这时，她的身体突然变得十分反常。可她并没有想着那条短信呀，满脑子琢磨的都是管道修理工皮特的那些破烂单据而已。

一种排山倒海的呕吐感几乎将她整个人都折成了两半。她将前额靠在桌边上，一只手掌紧紧地捂住嘴巴，感觉有一股热血正蹿上她的脑门。她仿佛能够嗅到某种气息，某种真真切切飘荡在这间公寓里的气息。

有时候，若是瑞吉的情绪转变得太快，毫无预警地从快乐跳转到愤怒，他的身上就会散发出这种气息。

她勉强坐直了身子，一边捂着嘴一边拿起了手机，用颤抖的手指给安娜写下了一条信息：别把我的电话给他！我改变主意了！

然而，对方的回复很快便推送了进来。

太晚了。（笑脸）

西娅：我听说珍和某个学生的父亲"有不正当关系"。虽然我不知道是谁，但肯定不是我的丈夫。

邦妮：真是胡说八道。

卡罗尔：你知道吗？她们的色情文学俱乐部里居然有一个男人。感谢上帝，那人幸好不是我的丈夫。他只读《澳洲高尔夫》之类的书。

乔纳森：是的，我就是所谓的色情文学俱乐部成员之一。不过这只不过是个玩笑而已。这是一个再普通不过的读书俱乐部了。

梅丽莎：难道珍不是和一个家庭煮夫有婚外恋吗？

加布里埃尔：珍才没有什么绯闻呢。我总觉得她像个重生后的圣人。她只穿平底鞋，平时不戴珠宝也不化妆。可她的身材却是一级棒的！一丁点儿的肥肉都没有。她可以算得上是学校里最苗条的妈妈了。上帝呀，我饿了。你试过"5∶2减肥法"吗？今天是我应该节食的日子。我简直就快要饿死了。

塞莱斯特 //

塞莱斯特很早赶到学校接双胞胎回家。虽然他们结实的小身体撞得她全身酸痛，但她还是任由他们紧紧地搂住自己的脖子，直到快要喘不上气来才催促他们放开。她吻了吻两个孩子温热的、充满了香味的额头，看着他们雀跃着跑开的背影。尽管此刻的画面如此美好，她心里十分清楚自己连十五分钟都忍不了便又会恢复"虎妈"的本色。放学后的双胞胎既疲惫又疯狂。她昨晚一直折腾到九点钟才将他们哄上床——这对于他们来说显然太晚了。她承认自己不是个好妈妈。"赶紧睡觉！"她尖叫道。若是佩里不在家，她总是要花上好长一段时间才能让他们睡下，因为他们只听佩里的话。

他是个好爸爸、好丈夫。在大多数情况下。

"你得订一张就寝时间计划表。"今天，她那住在奥克兰的哥哥打电话来时是这样劝告她的。"哦，这真是一个革命性的好主意！我怎么就没有想到呢！"塞莱斯特阴阳怪气地回答。

但凡遇到老老实实上床睡觉的小孩，家长便会认为是自己教子有方，却全然不知自己只不过是运气较好罢了。就这样，他们盲目遵循着自己设立的规则，并向外界宣传这样的方法是行之有效的。相比之下，塞莱斯特就是那种不愿遵循规则的家长，却又苦于无力反驳，只能任由那些自以为是的家伙在自己面前耀武扬威。

"嗨！塞莱斯特。"

塞莱斯特吓了一跳。"珍！"她边说边用手按了按胸口。平日里，她经常像这样兀自神游，根本就听不到脚步声的临近，因此看到某人突然出现在自己面前时总是会像个疯子一样跳起来。对此，她也感觉十分困扰。

"抱歉。"珍说道，"我并不是要故意吓唬你的。"

"你今天过得怎么样？"塞莱斯特问道，"工作完成得如何？"

她知道珍为了养家糊口一直都在做簿记员的工作。塞莱斯特想象着她坐在那间狭小简朴的公寓里，面对着一张整洁的书桌。（她并没有拜访过珍的住所，只知道她住在滨海的博蒙特街那排光秃秃的红砖公寓楼里，所以只能推测里面的陈设就像珍的打扮一样朴实无华，没有任何多余的摆设。）在塞莱斯特看来珍简单的生活是如此的令人向往。家里只有珍和瑞吉——那个甜甜的、拥有淡黑色头发的小男孩（当然，除却那次诡异的"掐脖子事件"不谈）——没有争执。生活平静而单纯。

"进展不多。"珍回答。她的嘴里依旧嚼着口香糖，说起话来就像只尖嘴的小老鼠一样，"今天早上，玛德琳和艾德陪着我和我父母喝了杯咖啡。时间一下子就过去了。"

"是呀，时间过得可真快啊。"塞莱斯特附和着，心里却在回想自己刚刚度过的这纠结的一天。

"既然孩子们已经开学了，你有没有打算回去工作？"珍问道，"你在生下双胞胎之前是做什么工作的？"

"我曾经是个律师。"塞莱斯特回答。那并不是真的我。

"哈，我本来也想做个律师的。"珍的声音里似乎隐藏着几分扭曲而又悲情的意味，可塞莱斯特怎么也猜不出个所以然。

她们沿着绿草茵茵的车道一直向下走着，经过了学校旁一座又一座的石棉水泥房子。

“我不是很喜欢那份工作。”塞莱斯特继续说道。这是她的真心话吗？她是那样憎恨压力，每天都故意迟到早退。尽管如此，她真的从没有爱过律师这个职业吗？小心翼翼地解开一个个法律纠纷，就像是在做一道道写满了文字的数学题。

“我没有办法再回去从事法律这一行了。”她解释说，“两个孩子让我根本没法脱身。有时候我也想过做个法律老师，教教法律系的学生。不过我也不确定这个工作是否有趣。”她早已经失去了工作的勇气，就像是她早就没有胆量再站上滑雪板一样。

珍沉默了。说不定她正默念着塞莱斯特是个被人宠坏的“花瓶妻”呢。

“我很幸运。”塞莱斯特说，“我不需要工作，因为佩里……他是个对冲基金经理。”

她这话本意是要对丈夫的付出表示感恩，不料说出口后却充满了炫耀的意味。女人一谈到工作，口气便容易变得世故起来。若是玛德琳也在场的话，一定会阴阳怪气地补上一句“佩里赚的钱足够在家里堆上一座金山，塞莱斯特不用干活也可以坐享其成”。然后，她又会来个一百八十度的大转弯，替塞莱斯特抱怨几句养育双胞胎到底有多辛苦之类的话，结论则是佩里的辛苦根本就抵不上塞莱斯特付出的一半。

佩里很喜欢玛德琳。“精力充沛。”他总是这么形容她。

“趁着瑞吉上学的工夫，我必须得开始系统地锻炼一下身体了。”珍说，“我的体质实在是太弱了，连上坡都能喘上半天，真是太可怕了。这里的每个人看上去都是那么的健壮。”

“我就不算健壮呀。”塞莱斯特回答，“我也不爱锻炼。玛德琳总是敦促我和她一起去健身房。她上起那些健身课程来就像是疯了一样。可我最讨厌健身房了。”

"我也是。"珍做了个鬼脸,"到处都是汗流浃背的大块头男人。"

"孩子们上课的时候,我们可以一起去散散步。"塞莱斯特提议,"绕着海岬那里走一走。"

珍一脸惊喜地转过头来朝着她羞涩地笑了一下。"没问题。"

哈珀: 你知道吗?珍和塞莱斯特本来可以成为非常好的朋友的。显然,她们之间也并非一派祥和。校园益智问答夜那一天,我就不小心听到了些什么。就在事情发生之前的几分钟。我本打算到露台上去呼吸一下新鲜空气——好吧,如果你非要追问的话,我是去那里抽烟的。当时我的脑子乱得很。总之,珍和塞莱斯特正好也在那里。我听到塞莱斯说了一句:"很抱歉。我真的真的很抱歉。"

距离学校放学还有一个小时的时间。玛德琳的上司——彼利威剧院的萨米拉突然打电话来,要和她讨论一下《李尔王》新排剧目的市场营销计划。就在她挂上电话之前,(她终于要挂电话了。玛德琳接电话的这些工作量是不计费的。就算她的上司提出付费给她,她应该也会摆出高风亮节的姿态,委婉地拒绝对方吧。)萨米拉提到,如果玛德琳需要的话,自己那里恰好有"一大沓"的迪斯尼冰上巡演前排赠票。

"是哪一天的演出呢?"玛德琳边问边瞥向了墙上的日历。

"嗯,让我看一下。周六,2月28日,下午2点。"

日历上,这一天的格子里空空如也,但这个日期却隐约让她感到有些眼熟。玛德琳将手伸进了手提包里,拿出了克洛伊早上递给她的那个淡粉色的信封。

阿玛贝拉的"A字"主题生日派对正好就是2月28日周六下午2点

钟开始。

玛德琳笑了笑答道："那我就笑纳了。"

西娅： 在收到阿玛贝拉生日派对邀请函的那天下午，玛德琳便开始神气活现地分发起迪斯尼冰上巡演的门票。

萨曼莎： 那些门票价值不菲，莉莉已经等不及要去看演出了。我并没有意识到演出的日子正好和阿玛贝拉的生日派对撞车。但话说回来，莉莉和阿玛贝拉又不熟。所以，我虽然很内疚，但也不至于那么内疚。

乔纳森： 我总是说，做家庭煮夫最好的地方就是能够远离办公室里的是是非非。结果，开学的第一天我就卷进了两个女人的战争之中。

邦妮： 我们如约去参加了阿玛贝拉的派对。我想玛德琳应该是忘了送我们迪斯尼的门票吧。我相信这只不过是她的疏忽而已。

刑侦警长阿德里安·昆兰： 我们向家长们详细了解了学校的各项事务。可以肯定地说，这已经不是第一起因为无关紧要的小事而演变成暴力纠纷的案件了。

小　谎　言

Big
Little Lies

**校园益智
问答夜／活动三个月之前**

- 生活中有各种可能——听起来很诱
  人。实际上，你真的可以选择的十分
  有限。

塞莱斯特 //

　　塞莱斯特和佩里坐在沙发上，一边饮着红酒、吃着巧克力，一边连续看着《行尸走肉》第三季的录像。双胞胎已经睡熟了。整座房子安静得只能够听见电视里发出的清脆脚步声。剧集的主角正慢慢地穿越一座森林，手里还握着一把尖刀。突然，一只僵尸出现在了树后，脸上满是黑乎乎的腐肉，一口利齿，还不时地发出僵尸专有的刺耳喉音。塞莱斯特和佩里都吓得尖叫着跳了起来。

　　佩里拍了拍不小心溅在 T 恤上的一滴红酒。"吓得我魂都没了。"

　　电视屏幕上，那个男人用手中的尖刀刺穿了僵尸的头盖骨。

　　"干得漂亮！"塞莱斯特惊呼。

　　"暂停一下，我再给咱们倒点酒。"佩里说道。

　　塞莱斯特拿起了遥控器，按下了暂停键。"这一季比上一季还要精彩。"

　　"我也这么觉得。"佩里回答，"不过它总是让我做噩梦。"

　　他说着举起了边桌上的红酒瓶。

　　"我们明天是不是要去参加某个孩子的生日派对？"他一边倒酒一

边问道，"我今天在卡特琳娜酒店碰见了马克·惠特克。是他提醒我的。他说那个孩子的妈妈提到了我们也在受邀宾客的名单之列——她好像叫做勒娜塔之类的。那天我和你一起去学校的时候是不是碰见过她？"

"没错。"塞莱斯特回答，"我们确实收到了阿玛贝拉的派对邀请函。不过我们不需要去了。"

说这话时，她其实有些心不在焉。她没有料到佩里会提出这个问题，满脑子都惦记着她的红酒、巧克力和僵尸电视剧。佩里几天前才刚刚出差回来，而返家之初的这段时间往往是他最有爱、最爽朗的时候，尤其是在结束了一段跨国旅行之后。不知为何，这样的旅程总是能够起到帮他洁净身心的作用，不仅让他的脸部皮肤变得更加光滑，也让他的眼神变得熠熠生辉。以此为起点，那些令人不悦的情绪恐怕还要累积上好几个星期才会再度爆发出来。今晚，两个孩子闹了些小情绪。"妈咪今晚要休假咯。"佩里很早便这样宣布，并主动承担起了帮他们洗澡、刷牙、讲故事的任务，任由她坐在沙发上品着红酒翻着书。佩里自己酿制的红酒混合了巧克力、奶油、草莓和肉桂的香气，喝过它的女人没有一个不会为它疯狂。"我愿意用自己的孩子来交换你的配方。"玛德琳就曾这样对佩里说过。

佩里往自己的酒杯里添了些酒。"我们为什么不去呢？"

"我要带两个孩子去看迪斯尼的冰上巡演。玛德琳弄来了一些免费的门票。很多人都打算跟着她一起去看演出。"塞莱斯特说着又掰下了一块巧克力。她早就给勒娜塔发了短信，抱歉地表示自己无法带着孩子出席派对，但没有收到对方的回复。除了开学那天，她家一般都是由保姆来负责接送孩子的，因此塞莱斯特也没有机会再与她碰面。她清楚自己的选择会让她站到玛德琳和珍的那一边去，但是话说回来，她本来不就是她们的人吗？再说了，只不过是一场五周岁的生日派对而已，又不是什么生死攸关的大事。

"这么说，我就不能去看迪斯尼的演出了？"佩里说罢默默地啜了一口杯中的红酒。塞莱斯特的胃部轻轻地抽搐了一下。好在他的语气还很放松，甚至透露出了几分说笑的意味。如果她小心措辞的话，说不定还能拯救这个美好的夜晚。

她放下了手中的巧克力。"对不起。"她说道，"我以为你会需要一点儿独处的时间呢。你可以去趟健身房呀。"

佩里站起身来，手里依旧握着红酒的酒瓶。他笑着说道："我已经出差三个多星期了，周五又要出发。我要独处的时间做什么呢？"

他的声音和表情都没有流露出一丝愤怒的意思，但她依然能够嗅得到空气中飘荡着的硝烟味道，仿佛是暴风雨前犀利的闪电一般。她手臂上的汗毛一下子就竖了起来。

"真的很抱歉。"她回答，"我没有多想。"

"你已经开始嫌弃我了吗？"他看上去似乎很受伤。他居然会觉得自己很受伤。都是她考虑不周。她本可以做得更周全一些的。佩里一直都在寻找她已经不爱他的证据，而这就是他所期待的。一旦事情正中他的下怀，他便会恼羞成怒，并说服自己一切都是真的。

她真想从沙发上站起身来和他对峙，但那只会让事情更加一发不可收拾。有时候，若是她甘愿表现得正常一些，还是有机会通过撒娇的方式把佩里的情绪拉回正轨上来的。然而，这一次她却抬起头来望着他说道："孩子们根本就不认识那个小姑娘，而且我也很少带他们出去看现场演出。这显然是个更好的选择，难道不是吗？"

"那你平时为什么不带他们去看现场演出呢？"佩里问道，"我们又不是买不起票！你为什么不让玛德琳把票送给更需要的人呢？"

"我也不知道。不过这真的不是钱的问题。"

她确实没有想过自己这样做是在剥夺其他妈妈获取免费门票的机会。她本应该在佩里回家后多留出一些时间让他和两个孩子相处的。但他实在是太常出差了，以至于她早就习惯了按照自己的需求来安排社交活动。

"对不起。"她冷静地说了一句。她并没有说谎，只是这话丝毫没有起到任何的作用，因为佩里根本就不相信她。"我也许确实应该选择去参加派对。"她站起身来，"我要去摘隐形眼镜了。我的眼睛有点痒。"

经过佩里身旁时，她的上臂一把就被他给抓住了。他的手指深深地掐进了她的皮肉里。

"嘿。"她叫道，"你弄疼我了。"

作为"游戏"的一部分，她最初的反应要不就是愤怒，要不就是惊讶，仿佛这一切都从未发生过似的，而他也会对自己的下一步行为装作一无所知的样子。

他的手抓得更用力了。

"不要这样。"她央求道，"佩里，不要这样。"

疼痛加剧了她的愤怒。那股从未离开过她的怨气就像是一个填满了可燃性液体的水库一样。她听到自己的声音越来越高，近乎歇斯底里，最后演变成了尖叫着的泼妇语调。"佩里，这没什么大不了的！你不要小题大做了好不好？"

事情发展到这一步，派对的事情早已不再是两人争论的焦点了。他的手掐得更紧了，脸上的表情似乎在暗示着他内心的犹豫：他到底要伤害她多深？

他一把推开了她，力道足以让她跌跌撞撞地退后好几步。

接着，他向后退了一步，扬起下巴，鼻孔里喘着粗气，任由两臂松垮地垂在体侧。他想要看看他的妻子下一步将如何反应。

塞莱斯特有很多种选择。

有时候，她会像个成年人一样愤愤地说上一句："这是完全不可接受的。"

有时候，她会大声地尖叫。

有时候，她会默默地走开。

有时候，她会举起手来还击，用她曾经与哥哥打架时的招数来踢打佩里。遇到这种情况时，他往往会纵容她一会儿，仿佛这就是他想要的，然后再一把抓住她的手腕。在这场战斗中，她并不是唯一一个带着淤青醒来的人。她也曾在佩里的身体上看到过青一块紫一块的痕迹。而这只能说明，她和他一样坏，一样病态。"我不在乎是谁先挑起事端的！"她对孩子们说。

然而，此时此刻，所有的选择仿佛都是无益的。

"如果你再这么做的话，我会离开你的。"早在第一次出现这种情况时，她便郑重其事地说出了这句话。上帝啊，她竟然是那样的严肃。她清楚自己在做什么。两个孩子当时只有八个月大。佩里哭了。她也哭了。他做出了承诺，甚至用孩子们的性命发了重誓。后来，心碎的他为她买回了第一件她永远也不愿戴上的首饰。

双胞胎过完两周岁生日的那一周，同样的剧情再次上演了，其严重程度甚至有过之而无不及。她心力交瘁，感觉自己的婚姻就此终结了。她应该离开，这是毋庸置疑的事实。可就在那一天晚上，两个孩子都因剧烈的咳嗽而从梦中惊醒。是假膜性喉头炎。第二天，乔希的病症愈加严重，诊所的医生不得不为他叫来了医院的救护车。他就这样在重症监护室里躺了三个晚上。当医生缓缓地说出"我想我们必须进行插管治疗了"这几个字时，塞莱斯特左臂上那道淡紫色的淤痕一下子就变得无关痛痒起来。

　　她一心只希望乔希能够快点好起来。幸运的是，她的愿望实现了。乔希的病情有了好转，不久便能从床上坐起来，咿咿呀呀地索要自己的"摇摆小精灵"玩具。尽管嘴巴里还插着可怕的管子，他依然能够喘着粗气呼喊自己兄弟的名字。如释重负的塞莱斯特和佩里简直是欣喜若狂。就在他们将乔希接回家后的几天，佩里便离开家去了香港。

　　戏剧化的一幕就此告一段落。

　　其实，她之所以如此优柔寡断正是因为一个不争的事实：她爱佩里——她至今仍深爱着她，迷恋着他，怀念着他给自己带来的欢声笑语。她至今仍喜欢和他聊天，和他一起看电视，伴着他在每一个下雨的清冷早晨慢慢醒来。她是那样的需要他。

　　然而，她知道自己的每一次留守都是在默许佩里的行为。她是一个接受过良好教育的知识女性，手中握有选择权，也不乏躲避的地方，更有一大堆的家人、朋友可以给予她支持，甚至可以请律师为她维权。她可以回到工作岗位上自食其力，丝毫不用惧怕自己的离开会引来杀身之祸，也不必担心对方会将孩子带离她的身边。

　　学校里的另一位妈妈——加布里埃尔——经常在放学之后和她在操场上聊天，远远地看着两人的儿子玩着忍者的游戏。"我明天要开始一个新的节食计划了。"前一日她这样对塞莱斯特说道，"我可能坚持不下去，但过不了多久又会开始自我怨恨。"她上下打量了一下塞莱斯特。"你是不是完全不理解我到底在说些什么？骨瘦如柴的小米妮？"

　　其实我懂，塞莱斯特在心里默默地回答，我完全理解你所说的意思。

　　此时此刻，她正用一只手按着自己的上臂，努力抑制着想哭的冲动。她明天应该不能穿无袖的连衣裙了吧。

"我不知道为什么……"她欲言又止。我不知道自己为什么会选择留下来。我不知道自己为什么会落得如此下场。我不知道你为什么要这么做，为什么要如此地对待我，为什么要无休止地伤害我。

"塞莱斯特。"他嘶哑地喊了一声。她仿佛看到暴力的火苗正一点点从他的身体里熄灭。DVD又开始播放了。佩里拿起了遥控器，关掉了电视。

"哦，上帝。对不起。"他的脸上充满了歉意。

一切都结束了。没有人会为了派对的事情继续纠结下去。相反，他会变得既温柔又体贴，在未来的几天中将塞莱斯特视为手心里的宝贝。老实说，她身体里的一部分是如此地享受整个过程：那种战栗的、充满泪水的、被人误解却又心存正义的感觉。

她任由自己的手滑落了下来。

真是不幸中的万幸。他很少打她的脸。她也从未摔伤过四肢或是需要赶到医院里去缝针。一件高领毛衣、一件长袖衬衫或是一条长裤便能轻易地遮住那些淤痕。佩里也从不会动孩子们一根汗毛，他们甚至不知道自己的父母三番五次地大打出手。哦，真是不幸中的万幸。她曾经在新闻报道中读到过许多有关家庭暴力的描写。太可怕了，真的是太可怕了。她们才是真正的受害者。相比之下，佩里的所作所为又算得了什么呢？他们争执的原因充其量只是些鸡毛蒜皮的小事，除了有些丢人之外，实在是太过于幼稚和迂腐。

起码他从未背叛过她，也不爱赌博和酗酒。他不会像她的父亲那样无视她的妈妈——那样就太糟糕了。她讨厌变成隐形人的感觉。

佩里的狂暴是一种病，一种精神疾病。她看得到他被这种病态控制时的样子，也感受得到他想要抵抗的努力。实在抵抗不住时，他的眼睛会变得通红而又呆滞，仿佛是被人下了药一般，嘴里还不停地念叨着些没有意义的胡话。那不是他。那个愤怒的他不是真正的他。如果他是真的得了脑瘤，因而影响了他的人格，她还会选择离开他吗？当然不会了。

除了这一点小小的障碍之外，他们的感情可以说是完美无瑕的。每一段感情都会遭遇障碍，随之起起伏伏。这一点和母爱是一样的。每天早晨，两个孩子都会爬进她的被窝里搂抱着她。然而，仅仅十分钟过后，这个宛如天堂般的画面就会演变成一场不可开交的恶战。她的一对双胞胎既是最窝心的小宝贝，也是最凶残的小动物。

她是绝不可能离开佩里的，就像她是绝不可能离开两个孩子一样。

佩里举起了双臂。"塞莱斯特？"

她转过头来，向后退了一步。可除了佩里之外，这里还有谁可以安慰她呢？

她木讷地走上前去，将头轻轻地靠在了他的胸膛上。

萨曼莎：我永远也忘不了佩里和塞莱斯特走进校园益智问答活动现场的那一刻。他们的脚步仿佛在整个房间里搅起了涟漪，所有人都停下来盯着他们。

珍 //

"真是不可思议！"坐在巨大的溜冰场贵宾席上，玛德琳兴奋地冲着克洛伊尖叫道，"我甚至能够感受到冰面散发出来的冷气！哦！不知道公主们——"

克洛伊站起身来,将一只小手轻轻地盖在了妈妈的嘴巴上。"嘘。"

玛德琳知道自己有些啰唆,因为她不仅有点儿焦虑,还有点儿自责。今天必须是完美的一天,不然怎么能够对得起她和勒娜塔挑起的这番激战?为了玛德琳的赠票,幼儿园的八位同学都放弃了参加阿玛贝拉生日派对的机会,转而跑来观看迪斯尼的冰上巡演。

玛德琳绕过克洛伊,将目光投在了瑞吉的身上。此刻,他正玩弄着大腿上放着的一个巨大的玩具布偶。瑞吉才是他们今天来到这里的真正原因,玛德琳再一次提醒自己。可怜的瑞吉不能够出席那个派对。可爱的、没有父亲的小瑞吉。他本有可能默默发展成一个精神病人的,但是……

"瑞吉,你这个周末有没有好好地照顾小河马哈利?"她语气轻快地问道。小河马哈利是他们班的"班宠"。每个周末,班里的孩子们都会轮流将这个玩具带回家,并在图画本上画上自己与它玩耍的经历,再贴上相应的照片。

瑞吉默默地点了点头。真是个腼腆的孩子。

珍俯下身来,像往常一样偷偷地嚼着口香糖。"这次带哈利回家,我们的压力可不小,所以无论如何也要让它在我家度过一个愉快的周末。听说它上周还去坐了过山车——噢!"珍惨叫着缩了回去,因为邻座的双胞胎在打斗的过程中不小心用手肘击中了她的后脑勺。

"乔希!"塞莱斯特厉声喊道,"麦克斯!快停下来!"

玛德琳不知道塞莱斯特今天到底怎么了。她看起来是那样的苍白而又疲惫,下眼睑上还挂着两个泛紫的黑眼圈。不过,这番倦态在塞莱斯特天生丽质的脸庞上倒是营造出了别人无法企及的烟熏妆效果。

舞台上的灯光逐渐暗了下来,现场变得一片漆黑。克洛伊紧紧地拽住了玛德琳的手臂。随着音乐节奏的响起，玛德琳的整个身体也跟着震颤了起来。滑冰场中央霎时间就挤满了各式各样五彩斑斓的迪斯尼人物。他们彼此簇拥着，旋转着。玛德琳低下头来，偷偷地瞥了瞥自己带来的这一批嘉宾。从冰面上射过来的刺眼灯光将他们的侧影映衬得清清楚楚。所有的孩子都挺直了身体盯着前方，仿佛早已被眼前的热闹景象迷住了。坐在他们身旁的家长则默默地注视着孩子专注的神情，脸上洋溢着幸福的微笑。

这当中，只有塞莱斯特一个人深深地埋着头，用一只手无力地支撑着前额。

我必须要离开他，塞莱斯特想。有时候，在她思考别的事情时，这个念头也会毫无预兆地蹦出来，在她的心头重重地来上一拳。*我的丈夫会打我！*

上帝呀，她到底出了什么问题？她是不是疯了？一个小小的障碍，看在上帝的分上。是的，她必须要离开他。就是今天！就是现在！表演结束后，她一回家就要开始打包。

可是，想必两个孩子到时候又会因为疲惫而耍起小性子来吧。

"非常棒。"妈妈打电话过来询问今天的演出怎么样时，珍是这样回答她的，"瑞吉看得很开心，还说要去学一学如何滑冰呢。"

"你的外祖父也喜欢滑冰！"妈妈的声音听起来很雀跃。

"又来了。"珍没有告诉妈妈，所有的小朋友在看完演出后都说了想要去学滑冰——这并不是"背负"着曾外祖父亡魂的小瑞吉的特殊要求。

"好吧。你肯定猜不到我今天在商店里碰见谁了。"她的妈妈说，"露丝·沙利文！"

"是吗？"珍应付了一句，心里却在猜测这是不是妈妈打电话来的真正原因。露丝是她前男友的妈妈。"扎克最近怎么样？"她随口问道。

"很好。"妈妈回答，"亲爱的，他，呃，他订婚了。"

"真的吗？"珍边说边剥开了一块口香糖，然后顺势把它丢进了嘴里，小心翼翼地咀嚼了起来。她试图了解自己此时此刻的感受，但思绪却随着某种隐隐的不安感越飘越远。她开始在乱糟糟的公寓里来回地走动起来，拾起四处散落的靠垫和衣服。

"我也不确定是不是应该把这个消息告诉你。"她的妈妈说，"我知道这是很久以前的事情了，但他终究还是伤过你的心。"

"他才没有伤过我的心呢。"珍含糊其辞地答道。

老实说，他确实伤害了她。在他想要飞去欧洲游学、泡妞的时候，他以一个拥有良好教养的19岁男孩所能使用的最温柔、最有节制、最满怀歉意的方式伤害了她。

如今回想起有关扎克的一切，她感觉自己仿佛是在回忆一位老校友。若是自己真的在返校活动中偶然碰到对方，她应该会含着泪温柔地献上一个真心的拥抱，然后等到下一次返校时再见。

珍跪在地板上，俯身看了看沙发下面。

"露丝还问候了瑞吉。"妈妈的话似乎意味深长。

"是吗。"珍回答。

"我给她看了瑞吉第一天上学时拍的照片。虽然她当时不动声色，但我知道她在想些什么。因为我不得不说，照片里的瑞吉看上去还真的有一点儿像——"

"妈妈，瑞吉长得一点儿也不像扎克。"珍边说边站起身来。

她最讨厌自己没事便盯着瑞吉那张漂亮的小脸蛋想入非非，试图找出一点点熟悉的特征：那嘴唇、那鼻子、那眼睛。有时候她在恍惚间会发现他的眼角与自己的有些神似，但随即就摆脱了这种无聊的想法。

"哦，好吧！"她的妈妈附和道，"一点儿也不像扎克。"

"扎克也不是瑞吉的父亲。"

"好了好了，我知道了，亲爱的。上帝呀，我知道了。我早就告诉过你了。"

"说得更确切一些，我也早就告诉过扎克了。"

在瑞吉出生后不久，扎克便给她打来了电话。"珍，你是不是有什么事情要告诉我？"他的声音听上去有些紧张，却很明亮。"没有。"珍回答道。话音刚落，电话那头便传来了轻微的吐气声。他解脱了。

"嗯，这我也知道。"说罢，她的妈妈赶紧转换了话题，"跟我说说，你有没有给瑞吉的'班宠'拍出几张好照片？你爸爸正在给你发邮件，里面标注了一家不错的打印店——多少钱来着，比尔？多少钱？不，我是说珍的照片！就是她要帮瑞吉拍的那些照片！"

"妈妈！"珍打断了妈妈的话。她走进厨房，拾起了瑞吉扔在地板上的书包，试图把里面的东西倒出来，却发现书包里空空如也。"没事的，妈妈。我知道到哪里去洗照片。"

她的妈妈忽略了她的回答。"比尔！听我说！你不是说有个网站吗……"她的声音逐渐弱了下去。

珍走进瑞吉的卧室，看到他正坐在地板上玩弄着自己的乐高玩具。她伸手拿起了他的睡衣，轻轻地抖了抖。

"他会把细节都写在电子邮件里的。"她的妈妈说道。

"太好了。"珍心不在焉地回答，"我得挂电话了，妈妈。明天再打给你吧。"

她挂上电话，心怦怦地狂跳起来，于是只好用手掌按住了前额。不。不会的。她不可能这么傻。

瑞吉好奇地抬起头来看着她。

珍开口说了一句："我想我们有麻烦了。"

玛德琳刚接起电话时，听筒的另一端一片寂静。

"你好？"玛德琳追问了一句，"是哪位？"

她听到对方一边哭着一边含含糊糊地说了几句话。

"珍？"她突然听出了对方的声音，"怎么了？出什么事了吗？"

"没什么。"珍边说边擤了一下鼻子，"不是什么人命关天的事情，说起来还挺好笑的。我居然会为了这种事情掉眼泪，真是荒谬。"

"到底发生了什么？"

"是这样的——哦，其他的妈妈会怎么看我呀？"珍的声音颤抖了起来。

"谁在乎她们怎么想！"玛德琳安慰她。

"我在乎！"珍回答。

"珍，快告诉我，怎么了？出什么事情了？"

"我们把它给弄丢了。"珍啜泣着说道。

"你们把谁给弄丢了？瑞吉吗？"玛德琳的心一下子就揪了起来。听到这些，她立马就联想到了自己的孩子，于是赶忙四处确认他们的"下落"：克洛伊已经上床睡觉了，弗雷德正和艾德一起读书，而艾比盖尔则再一次留宿在了她爸爸家。

"我们把它留在了座位上。我记得自己当时还在想，要是把它给弄丢了可就糟糕了。我真的这么想来着。可是，乔希流鼻血的事情分散了我们全部的注意力。我给失物认领处的电话留了言，但直到现在也没有找到它……"

"珍，你能不能把话说清楚些。"

"河马哈利！我们把河马哈利给弄丢了！"

西娅：珍的孩子真是有些不正常，简直是太粗心了。河马哈利已经在这所学校里住了十多年的时间了。她送来作为替代品的那个廉价的人造材料玩具总是散发着一种怪味。就连它的脸看上去也不是很友好。

哈珀：是这样的，她弄丢哈利的这件事情其实不是最重要的，重要的是她居然在涂鸦本里画上了那一群人去看迪斯尼冰上巡演的事情。所有的小朋友都能够看到这个涂鸦本。那些可怜的孩子一定会想：为什么我没有收到邀请呢？就像我对勒娜塔所说的那样，这简直是太自私了。

萨曼莎：没错，你知道最令人震惊的是什么吗？这些竟然是河马哈利此生最后的几张照片。它从此就成为了"历史上的河马哈利"。对不起，这不好笑。这一点儿也不好笑。

加布里埃尔：我的上帝，虽然所有人都装作一副不以为然的样子，但是可怜的珍把"班宠"弄丢了的事情还是引起了不小的骚动。我想，大家就不能好好地去过自己的生活吗？嘿，我有没有比上次见面时苗条一些？我瘦了三公斤。

小 谎 言

Big
Little Lies

校园益智
问答夜／活动两个月之前

● 一旦心中有了秘密，处处都是蛛丝马迹。

玛德琳 //

"绿队，加油！"玛德琳一边呐喊着，一边将绿色的发胶喷在了克洛伊的头发上。

今年的运动会上，克洛伊和弗雷德所在的"海豚队"选择了绿色作为他们的标志色——这对于玛德琳来说无疑是一件无比幸运的事情，因为绿色正好能够完美衬托她的肤色。艾比盖尔曾经就读的小学就选择了毫无特点的黄色作为自己的标志色。

"那玩意会破坏臭氧层的。"艾比盖尔在一旁念叨着。

"真的吗？"玛德琳高高地举起了发胶罐，"我们不是早就把那个问题给解决了吗？"

"妈妈，臭氧层是补不上的！"艾比盖尔轻蔑地翻了个白眼，嘴里还嚼着她自己做的新鲜亚麻饼和不知道加了些什么的牛奶什锦早餐。这些日子，她每次从内森家回来时总是会带回大包小包的食物，好像是要去野外旅行一样。

"我说的不是臭氧层，是发胶里的成分。叫做……呃，就是那个什么。"玛德琳皱着眉头举起了发胶的喷雾罐，想要试图阅读上面的内容，可字体实在是太小了。她曾经交往过一个男朋友，说自己最爱的就是她的可爱和愚蠢。这话并不假，和他在一起时，她的确是既可爱又愚蠢——和一个未成年的女儿生活在一起时也是一样的。

"是氟氯烃。"艾德说道，"喷雾罐里已经不再含有氟氯烃了。"

"随你怎么说吧。"艾比盖尔回答。

"双胞胎觉得他们的妈妈会赢得今天的妈妈赛跑。"克洛伊一边看着妈妈为自己编着绿色的辫子，一边骄傲地宣称，"但我告诉他们，你的速度要比他们的妈妈快上一万亿倍。"

玛德琳笑了。她无法想象塞莱斯特赛跑的样子。她说不定会在比赛中跑错方向，或是根本听不到起跑的枪声，毕竟她总是一副心不在焉的样子。

"邦妮才是最后的赢家。"艾比盖尔插话道，"她跑得可快了。"

"邦妮？"玛德琳问道。

"呃哼。"艾德故意清了清嗓子，以示警告。

"怎么了？"艾比盖尔火冒三丈，"她为什么就不能跑得快？"

"我以为她更喜欢瑜伽之类的运动。"玛德琳说罢又低下头编起了辫子。

"邦妮的速度很惊人。我看见过她和爸爸在沙滩上赛跑。何况她比你年轻多了，妈妈。"

艾德咯咯地笑了起来。"你的胆子可真不小，艾比盖尔。"

玛德琳也跟着笑了起来。"有一天，艾比盖尔，等你三十岁的时候，我会把你这么多年来对我说过的话悉数奉还给你——"

艾比盖尔扔下了手中的勺子。"我只不过想要告诉你，若是你输了的话也不必太伤心。"

"好了好了，谢谢你。"玛德琳用安慰的语气说道。她和艾德总是会被艾比盖尔在不经意间说出来的笑话给逗乐，而这孩子却一点儿也不明白自己的话到底有什么好笑的。为此，她常常会因为尴尬而恼羞成怒。

"我的意思是说，我不知道你为什么一定要和她比。"艾比盖尔恶狠狠地说，"你又不打算再和爸爸复婚，对不对？你到底想要干什么呀？"

"艾比盖尔，"艾德收敛了笑容，"我不喜欢你说话的语气。请客气一点对待你妈妈。"

玛德琳轻轻地朝着艾德摇了摇头。

"上帝呀！"艾比盖尔将早餐碗一把推开，随即站起身来。

糟糕了，玛德琳心里默默地想着，一大早就不得安宁。克洛伊将玛德琳的手从自己的头上推开，好转过头来看着姐姐。

"我现在连话都不能说了！"艾比盖尔全身都在颤抖着，"我在自己的家里都不能做自己！你让我怎么放松！"

玛德琳不禁想起了艾比盖尔第一次发脾气时的样子。那时候她还只有三岁。玛德琳本以为女儿在自己的调教之下会变成一个永远也不会发脾气的小姑娘。看到艾比盖尔小小的身体被暴力的情绪驱使着，她简直吓呆了。（当时，她坚持要继续吃完自己掉在超市地板上的那块青蛙巧克力。早知如此，玛德琳就应该依了这个可怜的小家伙。）

"艾比盖尔，你不用这么小题大做。冷静一下。"艾德说。

玛德琳在心里默默地想道：谢谢你，亲爱的。让一个女人冷静一下这种话真是屡试不爽，对不对？

"妈——妈！我找不到我的另一只鞋了。"走廊的另一头传来了弗雷德的怒吼声。

"马上就来，弗雷德！"玛德琳应了一句。

艾比盖尔缓缓地摇了摇头，似乎是不敢相信自己竟然受到了如此的待遇。

"你知道吗，妈妈？"她看都没看玛德琳一眼，"我本来想要晚点再告诉你的，但我改主意了。"

"妈——妈！"弗雷德又吼了一声。

"妈妈很忙！"克洛伊尖叫着回应道。

"看看你的床底下！"艾德补充了一句。

玛德琳感到有点儿耳鸣。"你说什么，艾比盖尔？"

"我打算彻底搬到爸爸和邦妮家去。"

"你再说一遍？"其实玛德琳听得清清楚楚，一个字都不落。

对于这一天的到来，她已经担忧了很长时间了。可每个人都在安慰她说："不会的，不会的，这种事情是不会发生的。艾比盖尔是绝不可能这么做的。她需要她的妈妈。"然而，玛德琳早在几个月以前就已经预见到了这个结局。她知道这是迟早的事情。她只想朝着艾德尖叫着喊上一嗓子："你为什么要叫她冷静！"

"我只是觉得这么做对我有好处。"艾比盖尔说，"尤其是在精神上。"她现在已经不再颤抖了，而是冷静地将自己的早餐碗从餐桌端到了水池旁。最近，她走路的姿势越来越像邦妮了，背挺得像芭蕾舞演员那般笔直，眼睛则直视着远方。

克洛伊的脸一下子就拉了下来。"我不想让艾比盖尔搬去和她爸爸住！"眼泪如珍珠一般从她那涂满了绿色颜料的脸颊上滑落下来，留下了两条浅浅的泪痕。

"妈——妈！"弗雷德还在锲而不舍地尖叫着。邻居们说不定会以为有人要谋杀他呢。

艾德无奈地用手撑住了额头。

"如果这真的是你想要的生活——"玛德琳开口说了一句。艾比盖尔从水池旁转过身来，眼神恰好与她相遇。就在那一瞬间，房子里似乎只剩下了她们母女两人，时间又退回到了她们曾经相依为命的那些岁月。玛德琳和艾比盖尔。麦肯齐家的女人。那时的生活是多么的宁静而简单。她们会在上学前肩并着肩赖在床上吃早餐，背后靠着枕头，腿上摊着书本。玛德琳一动不动地盯着女儿。还记得吗，艾比盖尔？还记得曾经的我们吗？

艾比盖尔移开了眼神。"这就是我想要的生活。"

斯图：我去参加了运动会。妈妈们赛跑的场面简直是太荒谬了。请原谅我的法语。其中的一些女人真的是……你会以为这真的是奥运会呢。真的。

萨曼莎：哦，都是些鬼话。请忽略我的丈夫。谁会把那种比赛当真呢？我笑得都快岔气了。

内森也来参加运动会了。当玛德琳在场外的香肠摊前碰见他手牵着斯凯时，她简直不敢相信自己的眼睛。这还真是个祸不单行的早晨啊。

很少会有孩子的父亲出席运动会，除非他们是家庭煮夫或拥有运动天赋超群的孩子。相反，玛德琳的前夫竟然为了参加今天的活动特地向公司请了假，还穿上了条纹 POLO 衫、短裤、棒球帽和太阳眼镜的"好爸爸制服"。

"所以说……这对你来说也是第一次咯！"玛德琳说。她看到内森的脖子上挂着一个小小的口哨。看在上帝的分上，他居然报名参加了志愿服务——这也太投入了吧？艾德也是那种会志愿参加学校活动的爸爸，可他今天不得不留在家中赶写稿件。内森一定是在效仿艾德，假装自己是个完美好男人，好让所有人都听信他的鬼话。

"当然了！"内森满脸堆笑地回答。突然，他脸上的笑容一下子僵住了，看来他这才想起自己的大女儿上小学的时候也曾参加过类似的活动。毫无疑问，他近来从不会缺席艾比盖尔参加的任何活动。艾比盖尔并不喜欢运动，但却是个出色的小提琴手。只要有她参加的演奏会，内森和邦妮便绝不会缺席，永远都会坐在台下灿烂地微笑、鼓掌，仿佛他们一直都陪在她的身旁，不厌其烦地送她到无法停车的彼得沙姆去上小提琴课似的。要知道，曾经作为一个单身妈妈的玛德琳可谓是倾尽了全力才为女儿凑齐了昂贵的学费，而她那不负责任的前夫却没有付出一分一毫。可她现在却选择了留在他的身旁。

"艾比盖尔有没有和你说起……"内森眨了眨眼睛，好像自己正在谈论什么私密的健康问题似的。

"说起她打算搬去和你一起住的事情？"玛德琳说，"是的，她说了。就在今天早上说的。"

一种痛彻心肺的感觉再次席卷了她的全身。那是刚刚患上流感时的感觉，是遭人背叛的感觉。

他看着她问道："你觉得……"

"我无所谓。"玛德琳回答。她是不会让他感到满足的。

"我们得谈谈钱的事情。"内森说。

自从改过自新以后，内森便开始向玛德琳支付抚养艾比盖尔的费用。

除了及时付钱之外，他从不抱怨任何事情。两人也从未谈及过艾比盖尔十岁以前的抚养费问题，仿佛在那之前孩子吃饭穿衣都不用钱似的。

"你是不是想说，我现在应该开始向你支付抚养费才对？"玛德琳问。

内森看上去似乎有点儿震惊。"哦，不，我不是那个意思——"

"不过你说得对。既然她已经打算搬到你那里去了，公平起见，我应该给你付钱。"

"玛迪，我是永远也不会拿你的钱的。显然，"他打断了她的话，"不管是过去、现在还是未来，我都不会拿你的钱，毕竟那些年——"说到这里，他扮了个鬼脸，"你看，我知道自己在艾比盖尔小的时候不是一个合格的爸爸。我本来就应该对钱的事情闭口不谈的。但我们家的经济情况近来有些紧张。"

"也许你该卖掉自己那辆招摇的跑车。"玛德琳说。

"你说得没错。"内森的表情看上去有些窘迫，"我确实应该把它卖掉。只不过它已经卖不到当初的价钱了——算了，不说了。"

斯凯用一双焦虑的大眼睛紧紧地盯着父亲，不时像艾比盖尔常做的那样快速地眨着眼睛。玛德琳看到他朝着女儿露出一个灿烂的笑容，同时还不忘紧紧地攥了攥她的小手。她怎么忍心羞辱他呢，她怎么忍心当着他那骨瘦如柴的女儿的面羞辱他呢。

你的前夫不应该和你住在同一个社区里，也不应该把自己的子女送到你孩子的学校里读书。政府难道不应该出台相应的法规来阻止类似情况的发生吗？一个人该如何在孩子的运动会上处理背叛、伤害与内疚这么复杂的感情呢？这样的窘境难道不应该留到私下里去解决吗？

"你为什么一定要搬到这里来，内森？"她叹了一口气。

"什么？"内森问道。

"玛德琳，妈妈赛跑就要开始了！你报名参加了吗？"幼儿园老师巴恩斯小姐今天扎了一个高高的马尾辫，容光焕发，看上去就像是美国的啦啦队队长。她是如此的年轻而又丰腴，仿佛是一盘令人垂涎的熟透了的水果。是的，比邦妮还要诱人。她没有眼袋，整张脸庞一点瑕疵都没有。在她那充满活力的年轻生命的衬托下，一切都显得那样的清晰、简单而又光鲜。为了好好端详她的样子，内森特意摘下了太阳眼镜，心情也因为她的出现而明朗了许多。想必艾德也应该会有同样的反应吧。

"来吧，巴恩斯小姐。"

刑侦警长阿德里安·昆兰：我们正在调查死者与出席校园益智问答夜活动的所有家长之间的关系。

哈珀：是的。老实说，我这里的确有好几种推论。

斯图：推论？我的脑子可是空空如也，只剩下宿醉后的晕眩感了。

珍 //

幼儿园孩子的妈妈们嬉笑着站上起跑线，脸上都挂着轻松的表情。耀眼的阳光反射在她们的墨镜上。天空就像一个巨大的蓝色罩子，远处的海平面上闪烁着宝蓝色的光芒。珍朝着其他的妈妈微微地笑了笑，她们也友好地回敬了一个微笑。一切都是那样的美好，气氛相当和谐。"我就说嘛，这都是你自己妄想出来的。"珍的妈妈早就说过，"大家说不定早就把迎新日那天的事情忘得一干二净了。"

为了融入学校社区，珍可谓是费尽了心机。她每两周便会到学校的餐厅去参加志愿服务，周一的早晨还要和另外一位家长一起义务帮助巴恩斯小姐教孩子们阅读。每次接送孩子时，她都会友好地和其他的父母攀谈一番，并经常邀请班上的孩子到她家里来玩。

尽管如此，珍还是觉得事情不尽如人意。偶然的侧目，隐秘的笑容和品头论足的悄悄话总是不免让她疑神疑鬼。

这没什么大不了的。她不断地告诫自己。

都是些鸡毛蒜皮的小事，没必要提心吊胆。成堆的午餐盒和图书馆的书袋、擦伤的膝盖和邋遢的小脸蛋——这些都与那个丑陋的暖春之夜，天花板上如偷窥之眼一样闪耀着的吊灯，喉咙上的压力，以及那些像蠕虫般爬进了她脑袋里的耳语没有任何的关系。别想了。别想了。

珍朝着端坐在场边露天看台上的瑞吉招了招手。巴恩斯小姐正小心翼翼地照料着看台上的孩子们。

"你知道我赢不了比赛的，对不对？"今天早餐时，她关切地问了瑞吉一句。要知道，参赛的好几位妈妈都有私人教练，其中有一位甚至本身就是私人教练。

"各就各位！"和蔼可亲的家庭煮夫乔纳森喊出了口令。他也跟着玛德琳他们去看了迪斯尼的冰上巡演。

"我们到底要跑多少米呀？"哈珀问道。

"终点线看上去有点远啊。"加布里埃尔也抱怨了一句。

"拉着终点线的是不是勒娜塔和塞莱斯特？"萨曼莎问道，"她们怎么没有来参赛？"

"我记得勒娜塔说自己——"

"勒娜塔得了外胫炎。"哈珀打断了对方的话，"你没看出她正忍受着剧痛吗？"

"姑娘们，我们应该做做伸展运动。"邦妮穿着一件露出了半边肩膀的黄色汗衫，看上去就像正准备赶去瑜伽教室一样。她懒洋洋地抬起了一只脚踝，抓着它在腿后使劲地压了压。

"哦，对了，杰丝？"那个叫做奥黛丽还是安德莉亚的女人说了一句。珍似乎永远都记不清她的名字。此刻，她正站在珍的身旁，故意压低了语气，仿佛在试图解释一个高深莫测的黑暗秘密。好在珍早已经习惯了她们这种神秘兮兮的聊天方式。记得有一个女人就曾凑到她的跟前，就只小声地问了一句："今天是不是图书馆日？"

"我叫珍。"珍回答。（即便是被人叫错了名字，她一点儿也不生气。）

"抱歉。"奥黛丽（或者是安德莉亚）说，"听着，你是支持还是反对？"

"支持什么？反对什么？"珍问道。

"女士们！"乔纳森喊了一句。

"杯子蛋糕呀。"奥黛丽（或者安德莉亚）解释道，"支持还是反对？"

"她支持。"玛德琳插了一句，"搞笑警探。"

"玛德琳，让她自己来说。"奥黛丽（或者安德莉亚）说，"我看她挺有健康意识的。"

玛德琳翻了个白眼。

"嗯，你是在问我喜不喜欢吃杯子蛋糕吗？"

"我们正在起草一封请愿书，希望能禁止家长在自己孩子生日那天给全班同学送杯子蛋糕。"奥黛丽（或者安德莉亚）回答，"孩子们每两天就要吃一次甜点，这样容易引起肥胖危机。"

"我不理解的是，这所学校里的人怎么就这么喜欢请愿。"玛德琳
不耐烦地评论道，"这未免太激进了吧？你们为什么不能仅仅提个建议
呢？"

"女士们，注意了！"乔纳森举起了发令枪。

"杰基今天怎么没来，乔纳森？"加布里埃尔问道。自从前几天乔
纳森的妻子接受过晚间新闻商业板块的采访之后，她在学校里突然就成
了妈妈们眼中的明星。出现在电视屏幕里的她看上去是那么的精明，分
析起上市公司收购的事情也是头头是道，连采访她的记者都对她赞不绝
口。此外，乔纳森本人长得与乔治·克鲁尼确实有几分神似，因此妈妈
们为了避嫌都很少提起他的妻子，以免别人误会自己在与他调情。

"她去墨尔本了。"乔纳森回答，"别说我的事情。大家各就各位！"
女人们纷纷站上了起跑线。

"邦妮，你看起来很专业呢。"看到邦妮蹲下身子摆出了起跑的姿势，
萨曼莎评论了一句。

"这些日子我已经很少跑步了。"邦妮答道，"跑步对膝盖损伤太大。"

珍看到玛德琳瞥了邦妮一眼，随即将运动鞋的前掌深深地扎进了草
地里。

"闲话少说！"乔纳森吼了一句。

"你管事的时候真霸气，乔纳森。"萨曼莎说，

"准备！"

"这事很伤脑筋。"奥黛丽（或者安德莉亚）还在和珍说着话，"这
些可怜的孩子怎么能够——"

发令枪响了。

西娅：我大致猜到了事情的原委，但我可不想说死者的坏话。就像我教育自己的四个孩子时所说的那样："如果你不知道说什么好，就干脆闭嘴。"

塞莱斯特 //

感觉到勒娜塔正死死地拽着终点线的另一头，塞莱斯特也铆足了力气想要和她比试一番，却无论如何也无法集中注意力，一回神便忘了自己身在何方、所做的又是何事。

"佩里还好吗？"勒娜塔问道，"他在国内吗？"

无论勒娜塔何时出现在学校，或是出席学校的任何活动，总是故意不搭理珍和玛德琳（虽然玛德琳看上去乐在其中，但可怜的珍心里却似乎不太好受）。不过，她倒是莫名地愿意和塞莱斯特聊上两句。每当这种时候，她老是喜欢摆出一副自我防卫的姿态，言语间还掺杂着一些刺耳的措辞，仿佛塞莱斯特是一位误解了她的老朋友，而她却选择了成熟与超脱。

"他非常好。"塞莱斯特回答。

乐高玩具是塞莱斯特家昨晚的主题。满地都是两个孩子扔下的乐高拼图块。佩里是对的，她应该让他们把玩具都捡起来的。可对塞莱斯特来说，待他们睡着后再收拾要比当面和他们争执容易多了。那哀鸣，那喜剧效果。作为一个懒惰的家长，她完全无法应对昨晚的闹剧。她真是一个坏妈妈。

"你会把这两个小家伙宠坏的。"佩里曾经这样对她说过。

"他们才五岁。"塞莱斯特回答。她正坐在沙发上叠着衣服，"放学之后肯定累坏了。"

"我可不想住在猪圈里。"佩里说着踢了踢地板上的乐高玩具。

"那你自己来捡呀。"塞莱斯特疲惫不堪地说。

对。就是这样。这都是她自找的。每一次都是这样。

佩里看了看她，然后跪了下来，开始一片一片地捡拾散落在地毯上的玩具，然后把它们悉数收进了那个绿色的大盒子里。她边折衣服边望着他的身影。他真的会把所有的玩具都收拾干净吗？

他站起身来，将盒子放在了她的座位旁边。"就是这么简单。要不就让孩子们捡，要不就是你自己捡，要不就花钱请一个该死的管家。"

还没待她反应过来，佩里已经将一整盒的乐高玩具一股脑地从她的头顶用力倒了下来。那声音简直是震耳欲聋。

一种愤慨而又羞耻的感觉让她差一点儿喘不上气来。

她站起身来，顺势抓起了一大把乐高玩具，奋力地把它们丢在了他的脸上。

又来了。都是塞莱斯特的错。她总是像个孩子一样可笑。真是一出低俗的闹剧，两个成年人居然抓着一堆玩具丢来丢去。

他用手背狠狠地抽了她的脸庞一下。

他从没有这样打过她，更不会做出如此粗野的动作。她踉跄着后退了几步，膝盖磕在了玻璃咖啡桌的边缘。找回平衡后，她伸出两只如利爪一样的手飞身扑向丈夫，却被他厌恶地一把推开。

是呀，为什么不呢？反正她的行径也同样令人不齿。

后来，他转身进了卧室，留下她一个人去收拾那些散落的乐高玩具，再将他们吃剩下的晚餐丢进垃圾桶里。

第二天早晨，她的嘴唇有了淤紫，痛得厉害，就像是伤风感冒时得了唇疱疹一样。不过这还不足以引起大家的非议。由于撞到了咖啡桌的边缘，她的膝盖变得既僵硬又肿痛。还不算太糟，一点儿也不糟。

佩里看上去倒是十分雀跃，一边为孩子们煮着鸡蛋一边哼唱着小曲。

"爸爸，你的脖子怎么了？"乔希问道。

他的脖子侧面有一道又细又长的红色抓痕。想必是塞莱斯特和他扭打时留下的。

"我的脖子？"佩里伸出一只手捂住了抓痕，转过头来看了看塞莱斯特，眼神里满是笑意。那是家长之间谈论到有关圣诞老人或性的话题时才会露出的诡秘笑容，假装无辜却又不失做作，仿佛昨晚发生的一切都只不过是正常夫妻生活的一部分。

"没什么，小家伙。"他对乔希说，"我忘了看路，所以撞在了一棵树上。"

塞莱斯特无法忘却佩里脸上的表情。他竟然认为那样做很有意思——他是发自内心地觉得这一切很有趣，因此根本就不值得一提。

塞莱斯特将一只手指轻轻地压在嘴唇上。

这真的正常吗？

佩里肯定会说："不，我们不正常。我们不是'普通先生'和'普通太太'。平凡人才会拥有平凡的爱情。我们不一样。我们总是标新立异，但同时也更爱彼此。凡事对我们来说都要来得更猛烈一些，所以性生活也更加和谐。"

发令的枪声响彻了天空，吓了她一跳。

"她们来了！"勒娜塔喊道。

十四个女人齐刷刷地朝着她们跑来，手臂胡乱挥舞着，胸脯和下颚都高高地挺着，像是在争先恐后地追逐小偷。除了零星的几个人脸上还带着些许的笑意之外，其他人看上去都很认真。坐在一旁的孩子们也开始大声地叫喊起来。塞莱斯特试图在人群中找寻双胞胎的身影，却什么也看不清楚。

"我没办法参加妈妈赛跑了。"早起时她对两个孩子解释道，"昨天晚上你们睡着之后，我从楼梯上摔下来了。"

"噢。"麦克斯不自觉地哀号了一声，可听上去却并不是很在乎的样子。

"你应该小心一点儿。"乔希小声地说了一句，但并没有抬头看她。

"我会的。"塞莱斯特附和道。她真的应该小心一点儿。

跑在队伍最前面的是邦妮和玛德琳。她们一路领先，旗鼓相当。

"是邦妮先用鼻子撞的线！"勒娜塔喊道。

"不，不，我确定是玛德琳第一。"邦妮对勒娜塔说。她看上去并没有竭尽全力，脸色只不过比平常稍显红润了一些而已。

"不，不，第一名是你，邦妮。"玛德琳已经累得有些喘不上气来了，因为她刚才一直都没敢让邦妮的身影离开自己的视线。她弯下身来，手扶着膝盖，试图歇口气。这样的姿势让她脖子上的项链顺势滑到了颧骨下方，脸上不禁感觉痒痒的。

"我确信是玛德琳。"塞莱斯特说。

"当然是邦妮了。"勒娜塔毫不示弱的样子害得玛德琳差点笑出声来。

你我之间的深仇大恨如今已经落到这般地步了吗，勒娜塔？你连妈妈赛跑都不肯让我赢一回？玛德琳想。

"我也确信是玛德琳。"邦妮附和道。

"我认为是邦妮。"玛德琳反驳了一句。

"哦，看在上帝的分上，不如算作平局好了。"负责颁发绶带的一位六年级学生家长说道。她也是"金色蘑菇头"的成员。

玛德琳挺直了身体。"绝对不可以。邦妮才是真正的获胜者。"她从那位妈妈的手上抢过了蓝色绶带，一把塞进了邦妮的手里，同时还不忘把她的手指扳回去，看样子就像是将两美元的硬币托付给了一个孩子。"我被你打败了，邦妮。"她望了望邦妮那淡蓝色的双眼，从中看到了一丝理解的目光，"你光明正大地把我给打败了。"

萨曼莎：玛德琳赢了。看到勒娜塔坚持邦妮才是获胜者的那副表情，我们简直快要笑死了。但这会不会是谋杀案的导火索呢？不，我可不这么认为。

哈珀：我是第三个冲线的，如果有人在乎的话。

梅丽莎：严格地说，朱丽叶才是第三个冲线的。她是勒娜塔的保姆，还记得吗？可是哈珀却不这么认为。一个二十一岁的小保姆怎么能够算数呢！当然了，这些日子以来，我们都想要假装朱丽叶从没有存在过。

塞莱斯特　//

萨曼莎：听着，你需要先搞清楚这里的人口结构。首先是商人。彼利威有很多商人。比方说我的斯图，他就是社会的中坚力量，或者是中"流"砥柱，因为他们都很会冲浪。大部分的商人都是土生土长的本地人，一辈子也没有离开过这里。接下来就是流动人口了，比方说那些昏头昏脑的嬉皮士。最近十年以来，很多富有的高管和卑鄙的银行家也搬了过来，在悬崖上盖起了一座座巨型豪宅。不过！这里只有一所小学可供我们的孩子读书。因此，每逢学校活动时，校园里便会出现水管工、银行家与水晶治疗师围成一圈与彼此搭话的场景。真的是太可笑了。难怪这里会发生暴乱。

从运动会现场回到家的塞莱斯特看到自家保洁员的车正停在院子门口。当她把钥匙插进前门的锁孔里时，吸尘器的声音正在楼上轰鸣。

她走进厨房，泡了一杯茶。保洁员每周五的上午都会到她家来打扫卫生，一次收费两百美元。他们离开后，家里定会变得一尘不染，每个角落都闪闪发光。

听到塞莱斯特每周都要花上一大笔钱来打扫卫生，她的妈妈倒吸了一口冷气。"亲爱的，让我每个礼拜过去帮你一次吧。"她说，"你可以把钱省下来做点别的事情。"

她的妈妈很难想象佩里到底有多少钱。当她第一次到访这栋坐拥海滩美景的大房子时，脸上一直都挂着谦逊而又拘谨的表情，就像一个前来参观文化展览的游客。最后，她绞尽脑汁才想出了"通透"这样一个形容词。对她来说，花两百美金雇人去做一件自己可以做，也应该去做的事简直就是一种耻辱。若是她看到塞莱斯特坐在一旁镇定自若地看着别人清理房屋的样子，一定会露出万分惶恐的表情。塞莱斯特的妈妈永远都闲不下来。从医院下了夜班之后，她一到家便会钻进厨房里给全家人准备早餐，而塞莱斯特的父亲则坐在一旁看报纸，任由他们兄妹俩在一旁打闹。

仁慈的上帝呀，她和哥哥打架的时候从来都不曾示弱，每挨一拳必将还手。

要是她从小没有和哥哥一起长大该多好呀，要是她没有学到澳洲假小子的那股强硬作风——如果有人打了你，你就必须以牙还牙——该多好呀！佩里第一次动手打她的时候，若是她当即便花容失色地痛哭一场，事情可能也不会发展到今天这种地步。

吸尘器的声音停了下来。她听到了一个男人的声音，紧接着又传来一阵沙哑的狂笑声。她请来的保洁员是一对年轻的韩国夫妇。他们在塞莱斯特家里干活的时候通常都是默不作声的，脸上一副恪尽职守的表情。也许他们并没有听到她进门的声音。她感到很受伤，心里有些不耐烦。难道她曾经期待自己能够和他们成为朋友吗？让他们在尽情的欢笑中完成打扫房间的工作？

一阵奔跑的脚步声过后，她的头顶上又传来了一连串少女般的欢笑声。

不要在我的房子里嘻嘻哈哈的，赶紧打扫！塞莱斯特心里默念着。

塞莱斯特抿了一口热茶。马克杯烫到了她的嘴唇。

她有点儿嫉妒自己的保洁员。

她一个人坐在大房子里暗自生着闷气。

她放下茶杯，从钱包里掏出了自己的美国运通卡，打开了世界宣明会[1]的网站，逐一点击着可供资助的孩子的照片。对于她这样的女人来说，这些孩子就像货架上的货品一样可供随心选择。她已经资助了三个孩子，并且一直都在试图吸引双胞胎的注意。你看！这就是津巴布韦的小福，为了接到新鲜的饮用水，她需要走上好几英里的路才能够找到水龙头。"她为什么不直接从自动柜员机里取点儿钱出来呢？"乔希问道。佩里耐心地给孩子们做出了解答，还教育他们要知恩图报，热心帮助那些不幸的孩子。

塞莱斯特又资助了第四个孩子。

给他们写信、邮寄生日贺卡是件多么耗时费力的事情呀。

没有良心的贱人。

难怪会遭遇家暴。活该。

她用力地掐住了大腿，直到眼泪从眼睛里溢了出来。这道掐痕明天又会变成新的淤青——不过，这是她自己造成的。她喜欢观察着它们一点点加深、变黑，然后慢慢消失的过程。这已经成了她的一种嗜好。有点嗜好难道不是一件好事吗？

她又走神了。

她点开了一个又一个展示着世间疾苦的慈善网站：癌症、罕见遗传病、贫穷、人权迫害、自然灾害。她不断地给予，给予，给予。短短20分钟之内，她已经捐掉了佩里的两万多澳币。但这并没有给她带来丝毫的满足感、自豪感和愉悦感，反而让她觉得恶心。她在各种慈善网站上慷慨解囊，却雇用一个年轻的女孩跪在地板上替她刷洗着淋浴间的角落。

那就自己动手打扫房子吧，解雇你的保洁员！但这对他们来说也是

---

[1] 国际世界宣明会（World Vision International），一个国际性救援及发展机构。

无益的，对吗？还是多捐些钱给慈善事业吧，捐到你的心都滴血为止。

她又挥霍了五千澳币。

这会不会损害到他们家的财务状况呢？她也说不上来。平日里都是佩里负责管理家中收支，毕竟这是他的专长。他从不曾向塞莱斯特隐瞒家里的财务情况。她也知道，只要自己愿意，他随时都很乐意坐下来和她一起查阅账户和投资项目的情况。只不过密密麻麻的数字总是令她感到头晕眼花。

"我今天打开电子账单的时候简直就快要哭了。"某一次聊天时，玛德琳曾经这样向她抱怨过。塞莱斯特提出帮她偿还账单，但被玛德琳婉拒了。玛德琳自然是不需要塞莱斯特来可怜自己的。她和艾德过得很舒服。如果"舒服"这个概念存在很多不同等级的定义的话，那在塞莱斯特对于"舒服"的理解中，电子账单是不足以让人痛哭流涕的。无论如何，你是不能轻松、直接地拿钱给朋友的。你可以不时地请对方吃一顿午饭或是喝一杯咖啡，但也要小心谨慎，若是你出手过于频繁，对方说不定会以为你在故意炫富。话说回来，塞莱斯特手里的钱全都是佩里的，和她一点儿关系都没有。她的富有和美貌都是运气所致，完全不是她所能左右得了的。

当年她还在大学读书的时候，每逢心情大好的日子，她都会一蹦一跳地钻进助教办公室里，坐在一个叫做琳达的女孩身边。

"早啊！"她说。

琳达的脸上闪过一种既滑稽又沮丧的表情。

"哦，塞莱斯特，"她哀叹了一声，"我今天没法接待你。我的心情糟透了，可你却是跳着华尔兹、脸上带着那种表情进门的。"她冲着塞莱斯特的脸摆了摆手，像是在驱赶什么令人恶心的东西。

周围的女孩子爆发出了一阵愉悦的笑声，看来终于有人敢于将某些荒谬而又冒失的话大声地说出来了。她们笑啊笑啊，害得塞莱斯特只能像傻瓜一样僵硬地赔着笑脸。她到底该怎么应付这样的场面呢？她就像是挨了对方的一记耳光，却还要千恩万谢地表达感恩的心情。永远不要再表现得那么开心，她告诫自己，这样只会惹得旁人恼羞成怒。

知恩图报，知恩图报，知恩图报。

楼上的吸尘器再一次响了起来。

在一起这么多年，佩里从没有对她花钱的方式发表过任何评论，只会偶尔温柔地笑着提醒她，若是她喜欢的话，可以再多花一点儿。"你知道我们有钱，完全可以再买一个新的嘛。"一次，他在洗衣房里看见她正愤怒地搓洗着一件丝绸衬衣领子上的污渍，于是有感而发。"可我就喜欢这一件。"她回答。

那污渍其实是一摊血迹。

自从辞职之后，钱与她之间的关系就发生了微妙的变化——她花钱的方法就像是在借用别人家的卫生间一样：谨慎而又谦恭。虽然她知道自己在别人的眼中是个操持家务、相夫教子的女主人，但她却永远也不会像花自己的钱那样来花佩里的钱。

当然，如果这些都是她的积蓄，她是绝不会一个下午就挥霍掉两万五千澳币的。他会怎么说呢？他会生气吗？难道她是为了激怒他而故意这么做的吗？有时候，她能够隐约感觉到愤怒正在他的胸口燃烧。等待片刻过后，当空气里开始飘荡着那种气息时，她便会故意去激怒他。一切都是她自找的。

即便是打着慈善的旗号，这样的行为不也是他们病态婚姻中的一部分吗？

　　这并不是什么新鲜事。每次去参加慈善晚会，佩里总是会板着脸默默地点头出价，两万、三万、四万澳币。重要的并不是给予，而是赢取。"我的出价永远比别人高。"他曾经这样告诉过她。

　　对于钱的事情，佩里从不计较。只要他发现哪个亲友急需用钱，便会体贴地写上一张支票或是直接汇款，然后摆摆手谢绝别人的谢意，赶紧转换话题，好像自己解决了别人的经济困难是件令人尴尬的事情。

　　门铃响了。她走过去开了门。

　　"怀特太太？"一个满脸胡须的健壮男子递过来一大捧鲜花。

　　"谢谢。"塞莱斯特说。

　　"某位女士可真是幸运呀！"男子打趣地说道，仿佛从没有见到过哪个女人受到过如此隆重的礼遇似的。

　　"我也这么觉得！"

　　一股馥郁的香气撩动着她的鼻子。她曾经很喜欢收到鲜花，可现在却觉得手中捧着的是一系列难题。找个花瓶来，剪掉花茎，把它们一枝枝插好。

　　没有良心的贱人。

　　她翻开了那张小小的卡片。

　　我爱你。对不起。佩里。

　　是花店工作人员的字迹。每次看到别人替佩里写下他的心里话，塞莱斯特的心里总是有种不自在的感觉。难道对方不会好奇佩里到底做了些什么吗？是不是这位丈夫昨晚做了什么出轨的事情？还是他回家太晚了？

　　她抱着怀中的花束走向厨房。那束花微微地颤抖着，仿佛是因为寒冷而打着寒战。于是，她更加用力地抓住了花茎。她本可以将它们顺势甩到墙上去，但那样做未免有些太不知足了。它们只会从墙壁上纷纷滑落下来，将浸湿了的花瓣撒满地毯。若真是这样，她还得赶在保洁员下楼之前跪在地上把花瓣一一捡拾起来。

　　看在上帝的分上，塞莱斯特，你知道应该怎么做。

　　她想起了自己刚满 25 岁的时候。那一年，她第一次走进了法庭，第一次为自己买了辆车，并开始投身于股票之中，每周六还会好胜地打上一场壁球。她的肱三头肌是那样的强壮，笑声也是那么的爽朗。

　　就在那一年，她遇见了佩里。

　　母性与婚姻让她回归了那个柔和而又温润的自己。

　　她小心翼翼地把花束放在了餐厅的桌子上，转身取来了笔记本电脑。

　　打开谷歌搜索引擎的页面，她在键盘上敲打出了"婚姻顾问"几个字。

　　写到这里，她停了下来。退格，退格，退格。不。他们去过了，没有任何的效果。他们之间的矛盾并不是繁琐的家务和受伤的情感那么简单的事情。她需要找个能够理解他们这种行为的人聊一聊——那些能够一针见血地提出问题的人。

　　打下这两个令人倍感羞愧的词时，她感觉自己的双颊一下子滚烫了起来。

　　家庭，暴力。

玛德琳 //

　　这还算不上什么过不去的难关。玛德琳边想边折起了一条细腿的白色牛仔裤，然后将它放进了艾比盖尔床上那个已经装了一半的行李箱里。

　　玛德琳到底何德何能，竟有资格体验这样的情感冲击？强烈的羞耻感早已超越了她所能忍受的极限。与之相比，她所面临的问题只不过是小巫见大巫。

　　艾比盖尔想要搬去和自己的父亲同住，态度还十分强硬。可她只有十四岁呀。十四岁的孩子很少会有同理心的。

　　玛德琳不断地安慰自己这算不了什么。她是一定可以跨过这个关卡的，没什么大不了的。她还有别的事情需要操心。然而，胡思乱想的念头却一次又一次地向她席卷而来，就像是有人在用重拳不断地击打她的腹部。她急促地呼吸着，感觉自己变成了一个正在生产的孕妇。

　　当初，她花了二十七个小时才把艾比盖尔生下来。其间，内森和助产士一直都在拿足球的话题开着玩笑，丝毫不在乎玛德琳的死活。当然，玛德琳活下来了，但她永远也无法忘怀那种生不如死的疼痛感。而她在昏睡过去之前听到的最后一件事竟然是曼利联队到底有没有机会赢得英超联赛的冠军。

　　她从洗衣篮里拿起艾比盖尔的一件上衣。那是一件淡蜜桃红色的衣服，虽然一点儿也不适合艾比盖尔的肤色，却是她的心头最爱，必须要手洗才行。这个任务现在可以转交给邦妮了。没准"新升级"后的内森也学会了洗衣服呢。2.0版的内森会老老实实地和妻子待在一起，去流浪汉收容所里做志愿者，还会亲手洗衣服。

今天晚些时候，他会开着他弟弟的多功能货车来搬走艾比盖尔的床。

昨晚，艾比盖尔特意问了问玛德琳，自己能否把床也搬到内森家里去。那是一张带有天篷的精美四柱床，是玛德琳和艾德送给艾比盖尔的十四岁生日礼物。看到艾比盖尔第一次见到它时脸上绽放出的光芒，他们觉得自己的每一分钱花得都是值得的。现在回想起来，当时那个兴奋得手舞足蹈的女孩如今已恍若他人。

"你不能把床带走。"艾德说。

"那是她的床。"玛德琳回答，"如果她想带走的话，我无所谓。"她这么说自然是为了伤害艾比盖尔，为了报复她残忍的行径，为了表示自己一点儿也不在乎她打算搬到哪里去住。她可以利用周末的时间回来看看，但是她的生活、她的家都已经搬去了别的地方。可气的是，艾比盖尔似乎一点儿也没有感觉到受伤，反而为自己能够拿回小床而雀跃不已。

"嘿。"艾德出现在了卧室的门口。

"嘿。"

"艾比盖尔应该自己收拾衣服。"艾德说，"她已经是个大孩子了。"

这话说得没错。可家里的洗衣工作一直都是玛德琳承包的。她清楚清洗、甩干、折叠和收纳这条流水线上的每一个环节，从未觉得自己大包大揽的行为有什么不合适。自从艾德第一次见到艾比盖尔，就一直对她抱有过高的希望。"她已经是个大孩子了。"这句话她到底听到过多少遍？他并不了解艾比盖尔这个年龄的孩子。在玛德琳看来，艾德才是那个好高骛远的人。不过，在对待弗雷德和克洛伊时，他的态度就完全不同了。自从两个孩子出生起他便陪伴在他们身边，因而他也就可以用他不曾用于理解艾比盖尔的角度去看待自己的骨肉。当然了，他还是很喜欢艾比盖尔的，甚至可以算得上是一个体贴的合格继父。想当初，他可是毫无怨言地即刻进入了继父的角色（在他们刚刚开始约会后的第二个月，艾德就以父亲的身份参加了学校的父亲节早茶会。那时候的艾比盖尔可喜欢他了）。不料，在艾比盖尔十一岁的那一年，她的浪子父亲内森搬了回来。他的年纪大了，根本就听不进去别人的话。而她的年纪又太小了，根本就不知该如何消化和控制自己的感受。她一夜之间就像变了个人似的，认为自己对艾德表现出最基本的礼仪也是对于亲生父亲的一种背叛。面对艾比盖尔的不敬，艾德那保守的严父教育风格显然是完全抵不过内森放任自流的慈父作风的。

"你是不是觉得这都是我的错？"艾德问道。

玛德琳抬起头来。"什么？"

"我是说艾比盖尔搬去她父亲家这件事。"他的表情看上去很沮丧，很迷茫，"我是不是对她太严厉了？"

"当然不是了。"即便她确实觉得艾德负有不可推卸的责任，现在追究起来又有何用呢。

"也许邦妮的吸引力的确很大。"她回答。

"你觉得邦妮接受过电休克的治疗吗？"艾德半开玩笑地问。

"她确实就像是一张白纸。"玛德琳附和道。

艾德走进屋子，伸出一只手摸了摸艾比盖尔的床柱。"我费了好大的工夫才把这张床给拼起来。"他说，"你觉得内森也能做到吗？"

玛德琳不屑地哼了一声。

"也许我应该去帮帮忙。"艾德一脸严肃地自言自语道。他最不能忍受的就是粗糙的手工活。

"你敢。"玛德琳说，"你不是该走了吗？不去采访了？"

"去，我这就去。"艾德俯下身来吻了吻她。

"是什么有意思的选题？"

"彼利威历史最悠久的读书俱乐部。"艾德回答，"俱乐部成员每个月都会聚会一次，已经坚持了四十年了。"

"我也该组建一个读书俱乐部。"玛德琳若有所思地回答。

哈珀： 在这件事情上，我不得不说说玛德琳。她邀请了所有的学生家长去参加她的读书俱乐部，包括勒娜塔和我。我已经参加了一个俱乐部了，所以婉拒了她的邀请。勒娜塔的情况应该和我差不多。我们都喜欢阅读高质量的文学作品，而不是什么无足轻重的恶俗畅销书。那种书没一本有营养的。

萨曼莎： "色情文学俱乐部"这个名字完全是我们的一个玩笑。老实说，这都是我的错。当时我正和玛德琳一起在餐厅值班，并随口提起了她选的书中某一段猥亵的描写。其实那段内容一点儿都不猥亵。我只不过是在开玩笑而已。于是玛德琳回敬了我一句："哦，我是不是忘了告诉你，你参加的就是一个'色情文学俱乐部'？"后来这个名字就被叫开了。哈珀和卡罗尔等人实在是有些大惊小怪。

邦妮： 每周四的晚上我都要给别人上瑜伽课，不然我肯定会去参加玛德琳的读书俱乐部的。

校园益智 问答夜 / **活动一个月之前**

● 那些忘不掉、说不出的过去，终究会像荆棘一般，从身体里由内而外地生发，捆缚你的现在。

珍 //

　　"我明天就要上交我的家谱作业了。"瑞吉说。

　　"不，是下个礼拜。"珍回答。

　　此刻她正靠着墙壁坐在浴室的地板上，陪着瑞吉泡澡。空气中充满了水汽和草莓泡泡浴的味道。这孩子最喜欢把身子深深地埋进热乎乎的泡泡浴里了。"再热一点儿，妈咪，再热一点儿。"尽管皮肤已经越来越红了，他还是不断地要求加热水，以至于珍都担心会把他烫坏。"再来点儿泡泡。"说着，他开始在浴缸扮演起了火山、绝地武士、忍者和凶巴巴的妈妈的角色，好久都不愿意出来。

　　"我们需要把自己的家谱写在硬纸板上。"瑞吉说道。

　　"好的，我们周末就去买。"珍朝着用泡泡在头上摆弄着莫西干造型的儿子笑了笑，"你看上去真好笑。"

　　"不，我看上去酷毙了。"瑞吉说罢又沉浸在了自己的角色扮演游戏中，"嘭！小心，尤达大师！你的激光剑呢？"

　　随着飞溅的水花，一大堆的泡泡从浴缸里飘散出来。

珍低下头，继续读起了玛德琳为他们的读书俱乐部挑选的第一本书。"我选了一本包含了大量性描写以及毒品和谋杀主题的书。"玛德琳是这样说的，"这样一来我们的讨论就能生动起来。理想的话，现场说不定还会发生一些争论。"

故事发生在上个世纪 20 年代，写得很好。其实珍早就已经戒掉了为了消遣而读书的习惯。重新拾起一本小说就像是回到了自己曾经深爱的某一个度假胜地。

此刻，她正读到一个描写性爱的片段。

"我要冲着你的脸来上一拳，黑武士！"瑞吉尖叫着。

"别那么说话。"珍头也不抬地说道，"这不礼貌。"她继续读着。一个夹杂着草莓香气的泡泡落到了她的书页上。她用手指轻轻地推了推泡泡，心里感觉痒痒的，于是便在浴室的瓷砖地板上挪动了一下。不。不会是这样的。这只不过是一本书，两段笔触优美的文字而已。但事实就是如此。她竟然感到有点儿兴奋。

原来她还保有对于生理快感的基本需求。

刹那间，她仿佛又看到了天花板上那双直勾勾的眼睛，想起了喉咙被人紧紧扼住的感觉，于是忍不住鼓起了鼻翼，愤怒地喘起了粗气。我拒绝，她对回忆说道。我今天不想要想起你，因为，你猜怎么着，我还有许多有关性爱的记忆。我有过许多正常的男朋友，躺过许多张普通的床。那里的床单不会皱皱巴巴的，天花板上也没有人盯着我看，更没有人用什么东西蒙着我不许我出声。我的回忆背景里飘荡着音乐，平实的光线自然而然地洒满了整个房间。他觉得我是如此的美丽，你这个混蛋，他觉得我是如此的美丽。我真的很美丽。你怎么敢这样对待我。你怎么敢，你怎么敢。

"妈咪？"瑞吉叫了一声。

"什么事？"她回答。她感到心头正燃烧着一种喜怒参半的感情，仿佛有人正在挑战她的权威。

"我需要一把长这个样子的勺子。"他在空中画了一个半圆，比画着煎蛋锅铲的样子。

"哦，瑞吉，浴室里的厨具还不够多吗？"虽然她嘴上是这么说的，实际却已经放下了书本，起身去厨房给他取铲子。

"谢谢你，妈咪。"瑞吉的声音听上去就像个天使。她俯下身来看着他那双绿色的大眼睛，发现他的眼睫毛上正挂着一排细小的水珠。"我实在是太爱你了，瑞吉。"

"我现在就需要那个勺子。"瑞吉说道。

"好的。"她回答。

就在她转身离开浴室时，瑞吉突然说了一句："如果我没有交家谱作业的话，你说巴恩斯小姐会不会生气？"

"亲爱的，那是下个星期的事情。"她走进厨房，照着冰箱磁铁下压着的通知内容大声地读了起来，"所有的小朋友在上交家谱作业的时候都有机会向大家介绍自己的家人。上交的时间为周五，24 号——哦，糟糕了。"

他是对的。家谱作业的上交日期就是明天。她本以为那个周五和父亲的生日晚宴正好是同一天呢。可是，由于她的哥哥要和新女友出去度假，晚宴的时间推迟了一周。都赖该死的戴恩。

不，这都是她的错。瑞吉是她唯一的孩子。不就是一项作业嘛——这一点儿也不难，不过他们得马上动手，就是现在。她不能让孩子空着手去学校，那样只会为他招来更多非议的眼光。他讨厌成为别人关注的焦点。如果换做是玛德琳家的克洛伊，事情应该就不会这么棘手了吧。她应该会咯咯地笑着耸耸肩膀，露出一副萌萌的表情。克洛伊最享受被人瞩目的感觉了，而可怜的瑞吉却只想像珍一样悄悄地躲进人群中。不过，出于某种原因，一切总是事与愿违。

"快把浴缸里的水放干净，瑞吉！"珍大叫了一声，"我们得赶紧做作业了！"

"我需要那把特殊的勺子！"瑞吉也尖叫着回应她。

"没时间了！"珍吼了一句，"现在就把水放干净。"

硬纸板。他们需要一块大大的硬纸板。这么晚了，他们到哪里去找硬纸板呢？指针已经走过了七点钟。所有的商店都已经关门了。

玛德琳。她家里肯定能够找到多余的硬纸板。他们可以驱车赶到她家里。她打算让瑞吉穿着睡衣在车里等着，然后自己冲到她家门口去取东西。

她给玛德琳发了一条短信：求救！忘了做家谱作业！！！（我真是个笨蛋！）你有没有多余的硬纸板？如果有的话，我能不能开车过去取？

她将写着作业要求的通知一把从冰箱上扯了下来。

家谱作业的目的旨在"加强孩子的传承意识，帮助他们了解曾经或正在对他们的生活产生重要影响的人"。作业要求孩子画一棵树，将自己的照片贴在中央，然后把家庭成员的照片和名字写在旁边。理想的情况下，最少要追溯家族中的两代人，包括兄弟姐妹、叔叔阿姨、祖父母以及"曾祖父母甚至是曾曾祖父母"！

通知的最后写着一行带有下画线的注释。

各位家长请注意：显然，孩子们需要在你的帮助之下才能够完成这项作业，但请确保他们全程参与作业的完成过程！我希望看到他们的成

果，而不是你的成果！（笑脸）巴恩斯小姐

这应该用不了太长的时间。她早就把所有的照片都准备好了。想到幸而没有把事情拖延到最后一刻，她不由得得意起来。她的妈妈早就从家族相册中翻拍出了所需的照片，其中甚至还包括瑞吉的曾曾曾祖父于1915 年于法国战场上牺牲前不久拍摄的一张照片。珍所要做的就是让瑞吉画上一棵大树，然后再抄上几个名字。

可现在已经过了瑞吉睡觉的时间。她纵容他在浴缸里玩了太长的时间。想必他早已经做好了听完故事就上床睡觉的准备。若是强行让他坐到书桌前，他一定会打着哈欠抱怨个不停。这样一来，珍就必须使出浑身解数、说尽甜言蜜语才能哄骗他完成这个作业。

真的是太愚蠢了。她应该直接把他抱到床上去。强迫一个年仅五岁的孩子为了学校的作业而熬夜，这难道不荒谬吗？

也许她明天可以替他请个假？病假怎么样？可瑞吉是那么喜欢周五。奇妙的周五——这是巴恩斯小姐的说法。珍明天必须送他去学校，不然她怎么工作呢？她还有三个项目要等着交差。

早上上学之前再做？哈。没错。可她连早起给他穿鞋的力气都没有。他们两个起床时都是迷迷瞪瞪的。

深呼吸。深呼吸。

谁知道上个幼儿园也会这么辛苦呢？哦，这太好笑了。这实在是太好笑了。可她已然笑不出来了。

她的手机安静地躺在那里。她拾起手机，翻看了一下短信记录。空空如也。玛德琳通常都会第一时间回复她的短信的。也许她也厌倦了笨手笨脚的珍闹出的一场场闹剧。

"妈咪！我需要我的勺子！"瑞吉尖叫着。

她的手机响了。她一把把它抓了过来。

"玛德琳?"

"不,亲爱的,我是皮特。"是水管工皮特。珍的心一下子就沉了下去。"是这样的,亲爱的——"

"我知道!对不起!我还没有做完工资单。我今晚会把它完成的。"

她怎么可能把这件事情给忘了呢?她总是会赶在周四午饭之前把皮特的工资单给做好的,这样他就可以在周五的时候给他的"手下们"发工资了。

"不用着急。"皮特说,"回聊,亲爱的。"

他挂上了电话。又是一个不多话的人。

"妈咪!"

"瑞吉!"珍大步流星地走进了浴室,"该放水了!我们得赶紧做完你的家谱作业!"

瑞吉挺直了脊背,两只手慵懒地插在了脑后,看上去就像是在泡泡海滩上晒着日光浴。"你说过我们明天不需要交作业的。"

"我们需要!我说的是对的,你说的是错的!我是说,你是对的,我是错的!我们现在就得行动起来!快点!我去给你拿睡衣。"

她把手伸进了温暖的洗澡水中,拧开了排水塞。其实,早在她刚刚伸出手来的时候,就已经意识到自己犯了一个错误。

"不!"瑞吉愤怒地大喊道。他喜欢亲手拧开浴缸的排水塞,"让我自己来!"

"我已经给了你很多次机会了。"珍一脸严肃认真地说,"该出来了。别磨磨蹭蹭的。"

浴缸里的水哗哗地流淌着,却丝毫掩盖不住瑞吉的吼叫声。"小气的妈咪！我说了我会自己来的！你以前都会允许我的！不要，不要嘛。"

他扑过来抓住了排水塞，想把它塞回去再拧开，可珍却将它举到了他够不到的地方。"我们没时间胡闹了！"

瑞吉从浴缸里站起身来，纤瘦的小身体上沾满了泡泡，一张小脸已经被愤怒扭曲得变了形。珍死死地抓住了他的手臂，以防他摔倒或是昏倒。但他还是脚底滑了一下。

"你弄疼我了！"瑞吉嘶喊着。

瑞吉险些摔倒的举动刺痛了珍的心，惹得她一下子火冒三丈。

"别叫了！"她扯着嗓子吼了一句。

说罢，她从晾衣竿上扯下一条毛巾，紧紧地裹住他，任由他又踢又叫，把他直接抱进了卧室。她小心翼翼地把儿子放在了床上，生怕自己一气之下把他摔到墙上。

躺在床上的瑞吉仍然没有停止嘶吼和挣扎，"我恨你！"他尖叫着。

若是邻居们听到这样的声音说不定会打电话报警吧。

"安静。"她试图用成年人的声音和他平心静气地讲道理，"不要像个小孩子似的。"

"我要换个妈咪！"瑞吉边喊边用脚踹着她的肚子，差一点把她踢倒。

她一下子就失去了控制。"停下！停下！停下！"她像个疯女人一样尖叫着。这种感觉真好，仿佛这才是她的真性情。

瑞吉吓呆了，慌乱地爬向了床头，一脸惊恐地看着她。他光着身子蜷缩成了一团，脸深深地埋进自己的枕头里，撕心裂肺地哭了起来。

"瑞吉。"她叫了一声，伸出手抚摸着他清晰可见的脊骨，却被他执拗地躲开了。她的心里充满了内疚。

"对不起，我不该那样对你喊。"她说着拿起浴巾盖在了他裸露的身体上。对不起，我不该想要把你摔到墙上。

他翻过身来朝着她爬过来，像只考拉一样紧紧地搂住她的脖子，然后又把两腿盘在了她的腰上，满是鼻涕的湿乎乎的小脸深深地扎进她的脖子里。

"没事了，都没事了。"她从床上重新拾起了那条浴巾，紧紧地包裹着他，"快点。趁你还没感冒之前赶紧穿上睡衣。"

"有人在按门铃。"瑞吉说。

"什么？"珍问道。

瑞吉抬起头来，机警的小脸上似乎充满了疑问。"你听到了吗？"

确实是有人在按着他们家的门铃。

珍将瑞吉抱到了客厅里。

"是谁呀？"瑞吉激动地问道。虽然他的两颊上还挂着泪珠，眼睛里却闪动着明亮而又清澈的光芒。想必他已经将这段可怕的回忆抛到九霄云外去了。

"我也不知道。"珍回答。难道是有人在抱怨他们扰民吗？是警察？还是前来带走瑞吉的儿童福利机构的工作人员？

她接起了门禁电话。"你好？"

"是我！快让我进去。外面冷死了。"

"玛德琳。"她赶紧按下了开门键，放下瑞吉，打开了公寓的大门。

"克洛伊也来了吗？"瑞吉兴奋地蹦跳着，浴巾从肩膀上滑落了下来。

"克洛伊应该已经上床睡觉了。你也应该去睡了。"珍边说边朝楼梯口张望着。

"晚上好！"玛德琳容光焕发地出现在楼梯上，身上披着一件西瓜红的开襟羊毛衫，下身穿着一条牛仔裤，脚上则踩着一双尖头的高跟靴。

"你怎么来了？"珍问道。

"我给你送硬纸板来了。"玛德琳拿起了手中的黄色纸筒，像举着一根指挥棒似的挥了挥。

珍的眼泪一下子夺眶而出。

玛德琳 //

"没关系！我很高兴能找个借口出来走走。"玛德琳望着珍感激涕零的表情说道，"快，去拿胶棒来。穿上衣服，瑞吉，让我们来解决这个作业。"

别人的问题看上去总是小菜一碟，别人的孩子看上去总是乖巧可爱，看着瑞吉一路小跑的背影，玛德琳在心里默默地想着。趁着珍收拾家庭照片的工夫，玛德琳参观了一下这间紧凑而又整洁的公寓，不禁回想起了自己和艾比盖尔同住在一居室里的日子。

她知道，自己总是故意美化那段生活，同时主动忽略了偶尔的经济危机，忘却了艾比盖尔入睡后自己内心的空虚，忘却了没有任何电视节目好看的夜晚。

如今，艾比盖尔搬去与内森和邦妮同住已经有两个多礼拜了。除了玛德琳之外，所有人似乎都很开心。今晚，当她收到珍的求救短信时，两个孩子都已经睡了，艾德正在赶写一篇报道，而她刚刚坐下来准备收看《全美超模大赛》。"艾比盖尔！"她打开电视时习惯性地喊了一声，这才想起那间原来摆放着四柱床的卧室里如今已经空无一人。他们买了一张沙发床摆在那里，以备艾比盖尔周末回来小住。玛德琳已经不知道自己该如何与女儿相处了，因为她感觉自己被人从妈妈的职位上解雇了。

她和艾比盖尔经常一起收看《全美超模大赛》。母女俩一边嚼着棉花糖一边毒舌地批评那些参赛选手。可如今，艾比盖尔已经欢天喜地地搬去了一座没有电视的房子。邦妮"从不相信"电视。相反，他们全家人饭后会围坐在一起听着古典音乐聊天。

"真是胡闹。"艾德刚听说这个消息时还曾一度把它当成了笑柄。

"显然这是真的。"玛德琳说。正是因为如此，艾比盖尔每次回来"探亲"的时候最想做的就是赖在沙发上看电视。而被迫转换身份的玛德琳也总是听之任之。若是有人强迫她连续一个礼拜只能听着古典音乐聊天，她也会想念有电视看的日子的。

邦妮存在的目的好像就是为了要掌掴玛德琳的脸。（那是一记温柔的耳光，或者应该说是邦妮充满优越感地轻轻刺激到了玛德琳，因为她是绝对做不出任何暴力的事情来的。）这也是她为什么如此愿意帮助珍的原因。和珍在一起时，她永远是那个能够冷静地拿出解决方案的人。

"我找不到粘照片的胶水了。"两人把所有东西都摊在了桌面上时，珍才着急地喊了一句。

"我带了。"玛德琳从手提袋中掏出了一个铅笔盒，取了一支黑色的马克笔递给瑞吉，"让我们看看你怎么画大树吧，瑞吉。"

一切都进展得很顺利，直到瑞吉的一句话打破了和谐的场面。"我们得把我爸爸的名字也写上去。巴恩斯小姐说了，没有合影没关系，我们至少得写下所有人的名字。"

"嗯，你知道你没有爸爸的，瑞吉。"珍平静地回答。她曾经告诉过玛德琳，对于瑞吉的父亲到底是谁这个问题，她对孩子一向十分坦诚。

"但是你很幸运，因为你有戴恩舅舅，祖父。"她举起了几张印着微笑人像的照片，就像是在举着一手好牌，"而且，我们还有一张你曾曾曾祖父当兵时的照片！"

"是的，可我还是得把我爸爸的名字写在那个框框里啊。"瑞吉回答，"你必须得替我画出两条线来，一条上面写上妈妈的名字，一条上面写上爸爸的名字，这样才可以。"

他指了指巴恩斯小姐附上的家谱示例，上面清楚地画着一个完美（也是完整的）家庭的家谱，里面有妈妈，有爸爸，还有两个兄弟姐妹。

巴恩斯小姐真的应该重新考量一下这项作业，玛德琳心里想着。她在帮克洛伊绘制自己的家谱时就已经忙得焦头烂额了。讨论到是否应该给艾比盖尔和艾德画上两条横线的时候，玛德琳和克洛伊着实纠结了好一阵子。"你还得给艾比盖尔的亲爸爸贴上一张照片。"弗雷德趴在他们的肩膀上一脸期待地提议道，"还有他的车？"

"不，我们不需要这么做。"玛德琳回答。

"我们不必完全遵照巴恩斯小姐给你的例子来做作业。"玛德琳告诉瑞吉，"每个人的作业都会有所不同。这只不过是个示例而已。"

"你说得对，但至少要写下爸爸和妈妈的名字吧？"瑞吉反问道，"我爸爸叫什么名字？告诉我吧，妈咪。帮我拼写一下。我不知道该怎么拼写。如果我不把他的名字写上的话，会有大麻烦的。"

小孩子就是如此。每当他们察觉到什么敏感的话题，便会锲而不舍地一点点推进，就像是一个小小的公诉人。

可怜的珍还是无动于衷。

"甜心。"她耐心地望着瑞吉，"这个故事我已经给你讲过很多遍了。

如果你的爸爸知道你的存在的话，他一定会非常爱你的。不过，很抱歉，我不知道他的名字。我知道这不公平——"

"但是你必须要写下一个名字！这是巴恩斯小姐说的！"瑞吉的声音里传出了一种熟悉的歇斯底里的语气。原来，五岁的小孩子太过疲惫的时候就会变成一颗定时炸弹。

"我不知道他的名字！"珍喊道。玛德琳从她的声音里听出了一种咬牙切齿的意味。养育孩子的过程往往会暴露出你内心的幼稚，因为没有什么人能比你的孩子更让你火大。

"哦，瑞吉，亲爱的。你看，这是常有的事。"玛德琳说。看在上帝的分上，她说的也许没错。这附近的确生活着不少的单身妈妈。玛德琳明天就打算去找巴恩斯小姐谈一谈，确保她不会再给孩子们留这种荒谬的作业。现在都什么年代了，为什么非要把那些各奔东西的家庭成员都归类到一个一个的小框框里呢？

"这样吧，你在这条横线上写上'瑞吉的爸爸'。你知道怎么写'瑞吉'这两个字的，对吧？你当然知道了。这就对了。"

令她感到无比欣慰的是，瑞吉听话地照做了。他吐着舌头舔了舔嘴角，好帮助自己集中注意力。"写得多漂亮呀！"玛德琳假装兴奋地鼓励他，"你的字写得比我们家克洛伊的好看多了。就是这样，完成了！你妈妈和我会帮你把其余的照片给贴上的。现在睡觉去吧。要听故事对不对？我在想，我能不能给你讲个故事？行吗？能不能让我看看你最喜欢的故事书？"

瑞吉默默地点了点头，似乎是被玛德琳的喋喋不休吓得有些不知所措。他站起身来，小小的肩膀无力地垂着。

"晚安，瑞吉。"珍说道。

"晚安，妈咪。"瑞吉回答。他们就像一对刚刚吵完架的夫妻一样互致了一个晚安吻，看都没有看彼此一眼。紧接着，瑞吉便牵起了玛德琳的手，领着她朝自己的卧室走去。

还不到十分钟，玛德琳就回到了客厅。珍抬起头来。她正准备小心翼翼地将最后一张照片贴到家谱上去。

"他一下子就睡着了。"玛德琳说，"我刚开始读书，他就闭上了眼睛，就像是电影里的孩子似的。我都不知道现实生活中的孩子能睡得这么快。"

"我很抱歉。"珍说道，"我不该让你大老远跑过来帮我哄孩子睡觉的。只不过我不想在他睡前和他讨论那种事情——"

"嘘。"玛德琳坐在了她的身旁，将一只手放在她的手臂上，"这没什么。我知道是怎么回事。上幼儿园对于孩子来说压力的确很大。他们也挺累的。"

"他以前可从没有这样过。"珍说，"我是说，他从没有像今天这样追问过有关自己父亲的事情。虽说我知道这一天迟早都会到来，可我一直都以为那应该是他十三岁以后的事情。我本以为自己到了那个时候就能找到一个合理的答案了。爸爸妈妈经常告诫我要实话实说，但你是知道的，真相往往不是，往往不是……不是……"

"往往不是那么美好的。"玛德琳替她说出了口。

"没错。"珍边说边整理了一下自己刚刚粘上的照片的一角，然后审视了一下整块纸板，"他应该是班里唯一一个没有贴上自己父亲照片的孩子吧。"

"这又不是世界末日。"玛德琳安慰她。她伸手摸了摸珍的父亲怀抱着瑞吉的那张照片。"他的生命中还有很多个深爱他的男人。"她转过头去望着珍，"班上居然没有一个孩子拥有两个妈妈或是两个爸爸，真讨厌。想当年，艾比盖尔在中西区上小学的时候，班上就有各式各样的家庭。在半岛上，像我们这样的白人中产家庭其实很常见。我们总是自以为自己特立独行、与众不同，实际上只不过是银行账户里的数字不太一样而已。"

"其实我知道他的名字。"珍小声说道。

"你是说瑞吉的父亲吗？"玛德琳也压低了嗓门。

"是的。"珍回答，"他叫萨克森·班克斯。"说到这几个字的时候，她的嘴唇微微地颤抖着，仿佛是在努力模仿着某种外语似的。"听上去像是个品格高尚的人，对不对？一个杰出的正直青年。没准还有点儿小性感呢！性感的萨克森。"她耸了耸肩膀。

"你有没有试图联系过他？"玛德琳问道，"告诉他瑞吉的事情。"

"并没有。"珍的措辞似乎有些过于正式，听上去怪怪的。

"为什么没有呢？"玛德琳模仿着她的语气接着问道。

"因为萨克森·班克斯不是什么好东西。"珍回答。她的声音听上去很呆，下巴也抬得高高的，眼神却格外的闪亮。"他根本就不是什么好人。"

玛德琳恢复了正常的嗓音："哦。那个混蛋到底对你做了些什么？"

珍 //

珍简直不敢相信，自己竟然把那个名字大大方方地告诉了玛德琳——

萨克森·班克斯，仿佛他只不过是一个普通的路人。

"你想要和我说一说吗？"玛德琳说，"你不必什么都告诉我。"

她当然感到很好奇，但并不是珍的朋友们在事发后的第二天所表现出来的那种好奇。（"快说，珍，快说！给我们说点儿劲爆的！"）她是如此地同情她，但这种同情并不是出于母爱，不然她的反应应该和珍的妈妈差不了多少。

"其实也没什么大不了的。"珍回答。

玛德琳靠在了身后的椅背上，脱下手腕上戴着的两个木质手镯，将它们小心翼翼地摆在面前的桌子上，然后将家谱作业推到了一旁。

"好吧。"她回答。她知道这肯定不是什么小事。

珍清了清喉咙，从桌子上拿起了一片口香糖。

"我们去了一个酒吧。"她开口说道……

事发的三周前，扎克和珍分手了。

这对于她来说无疑是个莫大的打击，仿佛有人将一整桶的冰水冷不防地倒在了她的脸上。她本以为在未来等待自己的会是一枚订婚戒指和一张房贷合同。

她的心碎了，彻彻底底地碎了。但她知道自己的伤终有一天会好起来。她甚至有点儿期待那一天的到来，就像是偶尔期待自己得一场头痛伤风一样。她饶有兴致地沉醉在悲痛之中，抱着她和扎克的照片一哭就是好几个小时。哭完之后，她会擦干眼泪给自己买上一条新裙子，因为她值得拥有些什么，因为她的心被别人给摔碎了。听说他们分手了，所有人都在扼腕叹息。"你们俩是多么般配的一对呀！""他一定疯了！他会后悔的！"

都过去了。她感觉身体里的一部分早已准备好了站在遥远的地方回望这段历史。那是我第一次心碎。除此之外，她身体里的另一部分则在期待着接下来的剧情。她的生活一直都在沿着同一个方向前进。如今，"嘭"的一声——这条单行道改换了方向。太有意思了！也许在她毕业之后，她会出去旅居一年，就像扎克一样。也许她会遇见一个与他完全不同的男人。一个颓废的音乐家，一个电脑宅男，总之，未来还有各式各样的男人在等待着她。

"你需要来杯伏特加！"她的朋友盖尔劝导她，"还需要去跳跳舞。"

在一个温暖的春夜里，她们去了某个坐拥海港美景的城市酒店酒吧。她染上了花粉症，不仅眼睛痒痒的，就连喉咙也阵阵刺痛。春天总是会害她染上花粉症，但空气中也飘散着某种夏天即将到来的迷人味道。

几个三十岁出头的高管模样的男子正好坐在她们的桌子旁边，还送了她们几大杯昂贵的奶油鸡尾酒。珍和盖尔像喝奶昔一样使劲地摇了摇酒杯。

几个男人是从内陆地区过来的，正好就住在这家酒店里。他们其中的一个人对珍好像格外地感兴趣。

"萨克森·班克斯。"他伸出一只大手握了握珍的手。

"你就是班克斯先生。"珍幽默地说道，"《欢乐满人间》里的那个爸爸。"

"我觉得自己更像是《扫烟囱的孩子》里的孩子。"萨克森望着珍的眼睛唱起了电影里的那首歌。

像他这种下巴轮廓鲜明、口袋里又揣着一张运通黑卡的熟男想要引诱一个喝得醉醺醺的19岁少女并不是什么难事。一点点眼神的交流，一首五音齐全的温情歌曲，就够了。

"去吧。"她的朋友盖尔对她耳语道，"你还犹豫什么呢？"

她也想不出什么拒绝的理由。

他的手上并没有戴婚戒。说不定他在家乡有个女朋友，但是珍已经来不及做什么背景调查了（真的吗），而是不顾一切地投入了他的怀抱。不过是一次一夜情而已嘛。她以前从未体验过一夜情，一直都徘徊在安分守己的边缘。是时候趁着年轻、趁着单身疯狂一把了，就像是一个旅人突然决定尝试一次蹦极。话说回来，这应该会是一次格外高档的一夜情吧——在五星级的酒店里，身旁躺着一个五星级的男人。她是绝对不会后悔的。此刻，扎克没准正坐在欧洲的某辆公交车上偷看别的女孩子呢。

萨克森既风趣又性感，还是个成功的房地产开发商。虽然他从未直白地说出过"成功"两个字，不过字里行间都充满了暗示。站在酒店中央上升的透明玻璃电梯里，他们笑啊笑啊，不一会儿就走进了铺满地毯的寂静走廊。他刷了一下手中的房卡，一个小小的绿色指示灯亮了起来。

她并没有喝醉，只不过正好微醺，还有点儿小兴奋。为什么不呢？她不停地劝诫自己。为什么不尝试一下蹦极呢？为什么不能从深不见底的悬崖上一跃而下呢？为什么不能打破陈规呢？这很有意思，甚至有些好笑。这就是生活。这就是扎克想要的生活，坐着巴士环游欧洲，爬上埃菲尔铁塔的顶端。

萨克森为她斟了一杯香槟，两人坐在观景玻璃前共饮了这杯美酒。接着，他从她手中拿走了香槟酒杯，把它放在了床头柜上。她预感到，等待着自己的就是她曾经看过不下一百次的电影桥段了。她甚至在心里暗自嘲笑他那副自命不凡的样子。

他伸出一只手揽住了她的头，将她拉进了自己的身体，就像是准备牵着她优雅地跳上一支舞。他轻吻了她，用另一只手紧紧地搂住了她的后腰，脸上的须后水味道闻起来充满了铜臭味。

她本就打算和他缠绵悱恻一番——这一点不曾改变过。她并没有拒绝对方，因此这也算不上是强奸。她帮助他脱掉了自己的衣服，咯咯地笑得像个傻瓜。当他们裸露着身体并肩躺在床上时，她偶然瞥见了对方那陌生的、毛茸茸的胸膛。一瞬间，她突然疯狂地开始想念扎克那可爱的身体，还有他身上那股熟悉的气味。不过，没关系，她早就准备好要看穿这一切了。

"安全套？"在某个适当的时机，她压低了嗓子呢喃了一句。她本以为对方会像之前那样体贴地处理好一切事情，戴上一个她从未用过的高档品牌安全套，不料他却用双手扼住了她的脖子，问道："试过这种方法吗？"

她能够感觉到他的双手正用力施加着压力。

"很有意思的。你会喜欢的。一下子就过去了。类似吸了可卡因的感觉。"

"不。"她一把抓住了他的双手，想要阻止他。她根本就无法想象不能够呼吸的感觉。她甚至不喜欢在水下游泳。

可他依旧紧紧地钳着她，一双眼睛直勾勾地盯着她。他露齿一笑，仿佛正在给她搔痒，而不是扼住她的脖子。

他松手了。

"我不喜欢这样！"她用力地喘息着。

"对不起。"他说了一句，"这只不过是一种嗜好。珍，你需要放松。这么一本正经的，得了吧。"

"不要这样，求求你了。"

可他并没有停手。珍听到，自己正拼命地发出一阵阵令人作呕的喘息声。她觉得自己就快要吐出来了，浑身冷汗直流。

"还没有感觉吗？"他抬起了双手。

他的眼神一下子变得冷峻起来。也许他一直都是如此的冷峻。

"求求你，不要这样。请不要再这么做了。"

"你真是个无聊的小贱人。只想到这里来寻欢作乐。你说你是不是这么想的，嗯？"

他把她压在了身下，强行进入了她的身体，仿佛正在操作某种简单的机器。与此同时，他俯下身来凑近她的耳边，没完没了地说着一连串粗鲁而又残忍的话。那些字眼像蠕虫一样爬进她的脑袋里，蠕动着不肯离开。

你知道吗？你不过就是个又胖又丑的小丫头。身上戴着廉价的珠宝，穿着俗不可耐的裙子。顺便说一句，你的口气真恶心。记得去学习一下牙科保健知识。上帝呀。你的脑袋里到底有些什么稀奇古怪的想法呀？还想要小费？有点儿自尊好不好？减减肥吧。办张健身卡，见鬼。别再吃垃圾食品了。就算你不会变成个大美女，至少也别做个肥婆。

她并没有挣扎，只是呆呆地盯着天花板上的吊灯。那些灯泡就像一只只可憎的眼睛，冷眼旁观着一切，还附和着他说的每一个字。当他从她的身体上移开时，她仍然一动没动，仿佛她的身体已经不再属于自己，或是她已经被人全身麻醉似的。

"我们要不要看会儿电视？"他说着拿起了遥控器，按开了床尾的电视机。电视里播放的是《虎胆龙威》的电影。他来回调换着频道，而她则默默地套上了自己最喜欢的那条裙子。（她以前可从未在一条裙子上花过那么多钱。）她的动作缓慢而又僵硬。几天之后，想必她的手臂、双腿、腹部和脖子上就会充满淤青。穿衣服时，她并没有刻意回避他的目光，因为他刚刚就像医生一样从她的身上割走了某种可怕的东西。既然他已经看到了她的身体到底有多么令人作呕，那她为什么还要试图躲开呢？

"你要走了吗？"看到珍穿好了衣服，他随口问了一句。

"是的。再见。"她的声音听上去就像是一个头脑迟钝的十二岁小孩。

其实她也想不明白自己为什么要说出那句"再见"。有时候，她想起这个细节时仍会恨得咬牙切齿。那句呆头呆脑的"再见"！为什么？为什么她要那么说？为什么她不干脆再加上一句"谢谢"？

"回头见！"他似乎在强忍着笑意。他觉得她很可笑。既恶心又可笑。她是一个既恶心又可笑的人。

她走进了透明玻璃电梯，回到了大堂里。

"需要出租车吗？"酒店的门童问道。她知道他也在掩饰自己内心的反感：这个蓬头垢面、喝得酩酊大醉的邋遢的胖丫头终于要回家了。

自此以后，一切都不一样了。

玛德琳 //

"哦，珍。"

玛德琳只想伸出双臂将她搂入怀中，或是像抱克洛伊一样把她放在自己的膝头，轻轻地来回摇晃着。她想要揪出那个男人，使劲地殴打他，然后用最恶毒的话语攻击他。

"我猜我本应该吃上一颗口服避孕药的。"珍说，"但我连想都没有想。我很早就被查出患有子宫内膜异位症。医生对我说，我可能很难怀孕。

之后，我连续好几个月都没有来月经。当我终于发现自己怀孕了的时候，已经……"

她故意把声音压得很低，以至于玛德琳费了好大的力气才听明白她所说的内容。讲到这里时，她的话已经变成了耳语，两眼直勾勾地望向走廊尽头瑞吉的房间。"做流产已经太晚了。那时候，我的外祖父突然离世。全家人都深受打击。我就是从那时候开始变得情绪异常的。抑郁症？我也说不清楚。我从大学里退了学，搬回了家里，每天只顾蒙头大睡，看上去就像是吃了镇静剂或是在倒时差，因为我根本就不敢让自己清醒。"

"你大概是还没有从震惊中缓过来。哦，珍，很抱歉这种事情居然发生在你的身上。"

珍摇了摇头，似乎是在婉拒某种她配不上的荣誉。"这么说吧，我又不是在小巷里被人强奸了。我也有责任。这没什么大不了的。"

"他侵犯了你！他——"

珍抬起了一只手。"很多女人都有不好的性经历。这只不过是我的版本而已。教训就是：不要随便和你在酒吧认识的男人回家。"

"我向你保证，我也曾经跟在酒吧里认识的男人回过家。"玛德琳回答。她的确做过一两次类似的事情，但却从未遇到过这样的情况。如果换做她是受害者，她一定会把对方的眼睛给挖出来的。"你可千万不要有自责的想法，珍。"

珍摇了摇头。"我知道。我一直都在努力劝自己想开一些。有些人就是很喜欢窒息式性爱之类的东西。"玛德琳看到她下意识地把手放在了脖子上，"据我所知，你没准儿就很喜欢呢。"

"只要床中间没有一个翻来覆去的孩子，我和艾德就已经感恩戴德了。"玛德琳回答，"珍，我亲爱的姑娘，那不是什么性的试验，那个男人的所作所为根本就不是——"

"好了，别忘了你只听了我的陈述。"珍打断了她的话，"他的版本可能会和我正好相反。"她耸了耸肩膀，"说不定他已经不记得了。"

"还有那些言语上的侮辱。他对你说的那些话。"玛德琳的怒火一下子又燃烧了起来。她怎样才能够教训一下这种败类呢？她怎样才能让他付出代价呢？"那些恶毒的话。"

复述这个故事时，珍似乎根本就不需要费力回想。她用单调乏味的语气背诵着他的话，就像是在背诵一首诗歌或是一段祷告。

"是啊。"珍念叨着，"又胖又丑的小丫头。"

玛德琳的脸抽搐了一下。"你不是那样的。"

"我当时确实有点儿超重。"珍说，"很多人都觉得我很胖。无论什么我都觉得好吃。"

"一个吃货。"玛德琳说。

"没那么复杂。我只不过是喜欢吃而已，特别是那些热量高的食物，比如蛋糕、巧克力、黄油之类的。我简直爱死黄油了。"她的脸上闪过一丝敬畏的表情，似乎对自己所说的话坚信不疑。

"我给你看一张照片吧。"她说着翻了翻自己的手机，"我的朋友艾米曾经在'复古周四'的活动上将这张照片发到了脸书上。这是我在她19岁生日派对上的样子。那是我怀……几个月前的事情。"

她举起了手机，好让玛德琳能够看清屏幕上的照片。照片上的珍穿着一条低领的红色紧身连衣裙，身旁站着两个与她同龄的姑娘，三个人都对着镜头灿烂地笑着。珍看起来简直就像是另外一个人：表情温和自然，看上去格外年轻。

"你那是丰满。"玛德琳说着把手机递还给了珍，"不是胖。你这张照片看起来美极了。"

"现在回想起来还挺有意思的。"珍瞟了瞟照片，然后用大拇指按下了退出键，"我为什么会对那两个字那么纠结呢？即便他做了那么多伤害我的事情，可伤我最深的竟是他说的那两个字——胖，丑。"

她不屑地念出了这两个字。玛德琳真希望她从此再也不要提到它们。

"我是说，又胖又丑的男人还可以变得幽默、成功。"珍继续说道，"可女人一旦和这两个字沾边就变得无可救药了。"

"可你一点儿也不——"玛德琳刚要开口说。

"好了，好了，就算我真的很胖很丑，又能怎么样！"珍打断了她的话，"到底又能怎么样！这就是我想说的。假使我有点儿超重，也不是特别漂亮，又能怎么样？这有什么可怕的？有什么令人难以接受的吗？难道说这就是世界末日了吗？"

玛德琳发现自己竟无言以对。对她来说，变得又胖又丑的后果的确堪比世界末日。

"这是因为女人的全部自尊都建立在外表之上，因为我们生活在一个'盲目审美'的社会里——这就是为什么女人一生中最重要的事情就是要让自己对异性充满吸引力。"珍说。

玛德琳以前从未听到过珍这样说话。她的语气是那样激进，那样流畅。相反，平日里的她看起来那么缺乏自信，常常自我贬低，以至随便什么人都可以对她评头论足。

"这是真的吗？"玛德琳问道。出于某种原因，她很想要否定这种说法。"你知道吗？面对勒娜塔和乔纳森那样娇贵的女人，我心里总是感觉自己很卑微。她们赚着大把的钞票，每天出入董事会之类的场合，可我却只能做着那份兼职的营销工作。"

"没错，但你也知道，即便如此自己还是会赢，因为你比她们漂亮。"珍说。

"好吧。"玛德琳回答，"这一点我倒是从来都没有想过。"她注意到自己正不经意地摩挲着发梢，于是赶紧放下手来。

"当你毫无防备地和一个男人赤身裸体地躺下，心里多少都会期待他能够被自己吸引。可当他开口说出那种话的时候，真的是让人心里很——"她给了玛德琳一个扭曲的眼神，"很崩溃。"她停顿了一下。

"还有，玛德琳，当我发现自己崩溃了的时候，简直火冒三丈。我居然让他的话占据了自己的全部思维。每天照镜子的时候我都会对自己说，我已经不再是个胖子了。但他依然是对的，我还是个丑八怪。虽然我真心觉得自己并不难看——至少是可以让人接受的，但我还是会担心别人认为我丑，很丑。因为那个男人曾经这样评价过我。这真的是太可悲了。"

"他是个蠢货。"玛德琳无奈地回答，"他就是个愚昧的蠢货。"她这才意识到，珍越是强调自己丑陋，她的美丽对珍来说就越发刺眼。此刻她披散着头发，两颊红扑扑的，双眼还在熠熠放光。

"你很漂亮。"她开口说道。

"不！"珍生气地回绝了她，"我不漂亮，我也不在乎自己漂不漂亮。不是所有人天生就拥有美丽的外表，就像不是所有人天生就拥有音乐才华一样。这没什么大不了的。你也别跟我说什么'内在美才是最重要的'之类的场面话。"

正打算宣扬"内在美才是最重要的"这句废话的玛德琳赶紧闭上了嘴巴。

"我并不是刻意要减肥的。"珍说，"看着日渐消瘦的自己，我也很生气，因为我感觉自己是在为他而减肥。然而，从那以后我便对食物彻底失去了兴趣。每一次吃饭之前，我的眼前都会浮现出自己狼吞虎咽的画面。这让我看到了他眼中的我：一个丑陋的、不修边幅的、只顾胡吃海塞的胖丫头。想到这里，我的喉咙就……"她伸出一只手摸了摸自己的喉咙，咽了咽唾沫，"总之，这一招倒是很有效果！就像是有人给我做了缩胃手术。我应该对外宣传一下这种方法，萨克森·班克斯减肥法：酒店客房里的一次微痛疗程就能让你患上终身的饮食失调症。性价比很高！"

"哦，珍。"玛德琳哀叹了一声。

她想起了珍的妈妈站在沙滩上说的那句"何况没人愿意看到我这样的人穿着比基尼招摇过市"。看来，珍的妈妈对于女儿的厌食症也负有不可推卸的责任。在媒体的大肆宣传之下，大部分女性都倾向于看轻自己，这才是萨克森·班克斯这类人能够轻易得手的根本原因。

"不管怎么说。"珍总结道，"很抱歉逼迫你听我讲了这么多的话。"

"别这么说。"

"对了，我没有口臭。"珍补充了一句，"我向我的牙医求证了很多次。不过我们回酒店之前一起去吃了个比萨饼。我嘴里残留的可能是大蒜的味道。"

难怪她会口香糖不离嘴。

"你的口气很好，闻上去有雏菊的味道。"玛德琳安慰她，"我的鼻子最灵了。"

"我猜自己可能是被他给吓坏了吧。"珍说，"他一下子就像是变了个人似的。他本来看上去很不错，而且我一直都觉得自己看人的眼光还挺不错的。在那之后，我甚至都不敢相信自己的直觉了。"

"我明白。"玛德琳回答。她为什么会选中他呢？难道是被他唱的那首《欢乐满人间》的主题曲给迷惑了？

"我并不后悔。"珍说，"因为我有了瑞吉。我的奇迹宝宝。我感觉自己仿佛是一觉醒来就有了他似的。他的出生和那一晚没有任何关系。这个漂亮的小宝宝。只不过，随着他一天天地长大，个性也开始日渐明显起来。我这才意识到他有可能——你知道的——有可能遗传了他父亲身上的一些特征。"

她的声音第一次颤抖了起来。

"每当瑞吉显露出自己的真实性情，我都会变得格外的焦虑。迎新日那一天，当阿玛贝拉说瑞吉掐了她的脖子的时候，回忆一下子涌进了我的脑海。掐脖子。我简直不敢相信自己的耳朵。有时候，我甚至觉得自己能够从他的眼神中看到他父亲的影子。每当这时我便会问自己，我美丽的瑞吉到底做错了什么？他会不会也是个生性残忍的人？如果我的儿子有一天也对某个女孩做出了同样的事情，我该怎么办？"

"瑞吉肯定不会是个生性残忍的人。"玛德琳必须尽力安抚珍的情绪，破除她对于瑞吉善良本性的怀疑，"他是个可爱的小甜心。你妈妈说的是对的。他就是你外祖父的转世。"

珍笑了。她拿起手机，看了看屏幕上的时间。"太晚了！你也得回去了。我已经唠唠叨叨地把你困在这里好久了。"

"你一点儿也不唠叨。"

珍站起身来，高高地举起手臂伸了个懒腰。透过她撩起的 T 恤衫，玛德琳隐约看到了她那纤细、雪白而又娇嫩的腹部。"谢谢你帮我完成了这项该死的作业。"

"我的荣幸。"玛德琳也站起身来，顺势低头看了看瑞吉在横线上写下的那句话，"瑞吉的爸爸"。

"你会不会告诉他那个人的名字？"

"哦，上帝。我也不知道。"珍回答，"也许吧，等到他年满二十一岁或是能够接受这样的事实时再说。"

"那个家伙可能早就死了。"玛德琳一脸期待地说，"他是逃不过因果报应的。你有没有搜索过他的名字？"

"没有。"珍脸上的表情复杂。玛德琳分辨不出她到底是在撒谎，还是感觉搜索这个人的名字是一件非常痛苦的事情。

"我倒是要去搜一搜这个肮脏的变态。"玛德琳说，"他叫什么名字来着？萨克森•班克斯，对吗？我会找到他的，然后再雇个人去干掉他。网络上有很多类似'买凶杀人'的服务呢。"

珍并没有笑出声来。"玛德琳，求你不要搜索他。千万不要。我不知道自己为什么不想让你这么做，但是请你千万不要这么做。"

"如果你不喜欢，我当然不会去做。是我太轻率、太愚蠢了。我连提都不该提起这件事情的。请忽略我的话。"

她伸出手给了珍一个大大的拥抱。

令她倍感意外的是，每次只会被动地与她互致吻面礼的珍这次居然主动走上前来紧紧地抱住了她。

"谢谢你特意送硬纸板过来。"她说道。

玛德琳轻轻拍了拍珍飘散着清香的头发，差一点儿就像对待克洛伊那样说出了一句话："不用谢，我漂亮的姑娘。""漂亮"这个词在此情此景之下未免显得太复杂、沉重了。想到这里，她只好改口说了一句："不用谢，我可爱的姑娘。"

塞莱斯特 //

"你的家里有没有什么武器？"顾问说道。

"你说什么？"塞莱斯特追问，"你刚才是说'武器'吗？"

想到自己真的踏进了这个门槛，她的心怦怦地狂跳起来。这是一间拥有黄色墙面的小屋，窗沿上种了一排仙人掌，墙壁上挂满了政府印制的彩色宣传画，上面标注着各种热线电话的号码。陈旧却不失优雅的木地板上摆放着各种廉价的办公家具。顾问办公室坐落在下北岸的太平洋高速公路旁，是一座国有的小楼。她此刻身处的这个房间说不定曾是某人的卧室。有人曾经夜夜在这里入睡，完全没有想象过一个世纪之后这里会成为别人倾吐黑暗秘密的地方。

今天早上起床时，塞莱斯特本以为自己是不会到这里来的。她打算送完孩子之后打个电话取消预约，却鬼使神差地将办公室的地址输进了导航系统之中，沿着蜿蜒曲折的半岛公路开了过来。一路上，她也曾想过再过五分钟便停车拨通对方的电话，道一声抱歉，谎称自己的车子坏在了半路上，因此不得不将约见改期。但她根本就无暇停车，仿佛是进入了催眠的状态，脑子里只顾琢磨着晚饭吃什么之类的杂事。还没等她反应过来，已经将车子开进了停车场。她看到一个女人满脸怒气地吸着烟从楼里走了出来，猛地拉开了一辆破旧的白色汽车车门。她穿着牛仔裤和露脐上衣，身上文着刺青，纤细的白色手臂上满是难看的伤痕。

她的眼前出现了佩里的脸。他那张嘻嘻哈哈、充满了优越感的脸。"你不是认真的吧？这简直是……"

太有失水准了？没错，佩里。一家位于郊区的专门提供家庭暴力解决方案的咨询服务机构，根据网站上的内容显示，这里还可以为患有抑郁症、焦虑症和饮食失调症的病人提供帮助。网站上登出了这家机构的两个分支。塞莱斯特选择了一家距离彼利威较远的，以防碰到任何熟人。当然了，她本来也没打算出现，只不过是想要预约一次见面罢了，好证明自己不是个受害者，让冥冥之中的某个人看到自己是真的有勇气行动起来的。

"我们的所作所为才有失水准呢，佩里。"她坐在寂静的车子里大声地喊了一句，然后关闭了点火装置，走进了小楼。

"塞莱斯特？"顾问不耐烦地催了她一句。

顾问知道她的名字。除了佩里之外，这位顾问比世界上任何一个人都了解她的真实生活。她惊悚地梦到自己赤裸着身体穿行在拥挤的购物中心。所有人都在一脸鄙夷地看着她裸露的身体。她已经回不去了，只能说服自己试着看穿这一切。她准备快速地交代完所有的事情，眼睛微微地偏离顾问的面庞，佯装和对方进行眼神的交流。她还要压低嗓门，用中性的声音说话，假装自己正在和医生讨论着某种令人作呕的症状。这就是作为一个成年人、一个女人和一位妈妈的一部分。你必须将某些不安的事实大声地讲出来。"我的分泌物增多了。""我丈夫常常对我拳脚相加。""有一点儿吧。"就像是一个言辞躲闪、故意疏远的少女。

"抱歉。你刚才是不是提到了武器？"她交换了一下两腿交叠的方式，伸手抚了抚连衣裙的布料。今天她特意穿上了佩里在巴黎给她买的一条格外漂亮的连衣裙。在此之前，她可一次都没有穿过它。作为搭配，她还化了个完整的妆容：粉底、蜜粉之类的。她想要给自己寻找一个定位。当然了，她不需要比别的女人更加优越——她永远都不会那么想，但起码要比停车场里的那个女人强一些。她只不过需要一些策略来修补一下自己的婚姻而已。她需要一些建议。让我的丈夫不再对我拳打脚踢的十个建议。让我不要对他以牙还牙的十个建议。

"是的，武器。你的家里有没有什么武器？"顾问边说边将目光从手中的标准问题清单上抬了起来。看在上帝的分上，塞莱斯特默念道。武器！难道她以为塞莱斯特的丈夫会在床底下非法窝藏枪支吗？

"没有。"塞莱斯特回答，"不过我家的双胞胎倒是有两把激光剑。"她注意到自己正操着一种私立学校女生惯用的斯文口音，于是赶紧停顿了一下。

她从未上过什么私立学校，她只不过是一只飞上枝头的麻雀而已。

顾问礼貌地笑了笑，在面前的写字板上记下了些什么。她的名字叫做苏西，听上去似乎有点儿缺乏判断力，因此难免让人感到担忧。她为什么不干脆称自己为苏珊呢？苏西听上去很像钢管舞娘的名字。

苏西身上的另一个问题是，她看上去就像是个没心没肺的十二岁小姑娘，且根本就不知道该如何好好地画眼线。晕开的眼线让她变成了一只活生生的小浣熊。这个乳臭未干的小女孩怎么能够给她那冷漠而又复杂的婚姻提出任何合理的建议呢？塞莱斯特倒是可以教她些化妆和约会的技巧。

"你的伴侣会不会殴打或者虐待家里的宠物？"苏西语气温和地问了一句。

"什么？不！我们没有养宠物，但他绝不是那种人！"塞莱斯特感到一阵怒火攻心。她为什么要允许自己蒙受如此的羞辱呢？她想要荒唐地大叫一声：这条裙子可是从巴黎买回来的！我丈夫开的是保时捷！我们不是那种人！

"佩里绝不会伤害小动物的。"她回答。

"但他却会伤害你。"苏西说。

你一点儿也不了解我！塞莱斯特在心里生起了闷气。你以为我和那个满身刺青的女人一样。可我不是，偏不是。

"你说得对。"塞莱斯特回答，"我说了，他……我们偶尔会发生一些肢体上的……暴力行为。"她又找回了自己优雅的语调，"但我一直在努力向你解释，我也有不可推卸的责任。"

"没有人理应被人虐待，怀特太太。"苏西说。

这一定是顾问学校教给他们的标准台词。

"是的。"塞莱斯特回答，"当然。我知道。我并不觉得自己应该被人虐待。不过我不是受害者。我也会还击，也会朝着他扔东西。所以说，我和他一样恶劣。有时候还是我先动手的。我是说，我们的关系是有毒的。我们需要一些技巧和策略来帮助自己……来强迫自己停手。这就是我来这里的原因。"

苏西缓缓地点了点头。"我明白了。怀特太太，你觉得你的丈夫怕你吗？"

"不怕。"塞莱斯特回答，"从身体的角度而言，他不怕我。但我觉得他可能怕我会离开他。"

"当这些意外发生的时候，你的心里有没有害怕过？"

"嗯，没有。好吧，有一点儿吧。"她明白了苏西试图说明的问题，"是这样的，我知道有些男人会变得很暴力，但是佩里和我没有那么严重。

这并不是说情况一点儿也不严重。我知道这样不好，我也没有妄想症。可是，你也看到了，我从没有被他打到非要住院不可。我不需要搬去什么收容所、避难所。我相信你肯定见过比我更糟的案例。不过我很好，真的很好。"

"你有没有担心过自己会死？"

"当然没有了。"塞莱斯特毫不犹豫地回答。

她停顿了一下。

"好吧，有那么一次。他把我的脸压在了……压在了沙发的角落里。"

她记得他的手死命地压着自己后脑时的感觉。她的鼻子差点就要被压弯了，鼻孔也闭合了起来。她疯狂地挣扎着，像一只被钉住的蝴蝶。"我觉得他并没有意识到自己在做什么。那一刻我确实以为自己快要窒息了。"

"那种感觉一定很可怕。"苏西的语调竟然出奇地平和。

"是有那么一点儿。"她停顿了一下，"我还记得那幅尘土飞扬的画面。"

片刻间，塞莱斯特以为自己快要哭出来了，而且是泣不成声地号啕大哭。她们面前的茶几上摆着的纸巾显然就是为了满足这种不时之需而准备的。她应该会哭花自己的睫毛膏，在脸上留下两个大大的黑眼圈吧。若真是这样，坐在她对面的苏西肯定会在心里嘲笑她："你现在也不比我高级到哪里去，是不是，小姐？"

想到这里，她赶紧将自己从自我贬低的边缘拽了回来，目光转向远离苏西的方向，仔细研究起戴在对方手上的订婚戒指。

"那段时间里，我也曾经收拾过行李。"她说，"可是……两个孩子还那么小，我实在是有些折腾不起。"

"大部分受害者在永远离开施暴者之前通常都会有六到七次离家出走的经历。"苏西说着咬了咬手中的钢笔，"你的两个儿子呢？你丈夫有没有——"

"没有！"塞莱斯特的脸上突然出现了一种惊慌失措的表情。亲爱的上帝呀，我一定是疯了才会到这种地方来。他们说不定会把她的情况上报给社区服务部门，然后带走她的孩子。

她想起了双胞胎今天交去学校的家谱作业。两个孩子小心翼翼地在自己的名字上画上了两条线，分别连着她和佩里。那两张散发着幸福光泽的小脸蛋呀。

"佩里从没有打过两个孩子。他是位优秀的父亲。如果我觉得两个孩子有什么危险，我肯定会离开的。我是永远也不会让他们受到任何威胁的。"她的声音颤抖了起来，"这也是我为什么选择留下的原因之一——因为他对他们那么好，那么有耐心！他对待孩子可比对待我要耐心多了，简直是把他们捧在了手心里！"

"那你觉得——"苏西刚一开口就被塞莱斯特打断了。她需要苏西明白佩里到底是如何对待孩子的。

"为了怀上孩子和防止流产，我们前前后后经历了很多的困难。我曾经连续四次流产。想起来都觉得可怕。"

那种感觉就像是她和佩里在无穷无尽的沙漠中浪迹了两年的时间。有一天，他们终于抵达了绿洲。一对双胞胎！是一对自然妊娠的双胞胎！她至今仍记得产科医生发现了第二个心跳时的那副表情。双胞胎。这对于一个习惯性流产的人来说风险实在是太高了。产科医生有些犹豫。"我们是绝不会放弃的！"他们就这样撑过了三十二周。

"因为两个孩子是早产儿，所以我们前前后后跑了很多次医院，就为了在入夜后给他们喂奶。当我们终于可以把他们带回家时，我们简直都不敢相信自己的眼睛。我们站在育婴房的门口呆呆地看着他们，然后……刚开始的几个月就是一场噩梦。他们根本就不能老老实实地睡觉。佩里为此还特意请了三个月的假。他实在是太体贴了，一路陪着我熬了过来。"

"我明白了。"苏西说。

然而，塞莱斯特一眼就看出她根本就不明白。她无法理解塞莱斯特和佩里的共同经历以及他们对于双胞胎的热爱为什么能够把他们永远紧紧地拴在一起。和他分手简直就如同从自己的身上撕下一块肉来一样。

"你觉得自己受虐待的经历会不会影响到两个孩子？"

塞莱斯特真希望她不要再用"虐待"这个词了。

"这对他们没有产生任何影响。"她说，"他们并不知情。我是说，大多数时候，我们都是一个幸福的、充满爱意的普通家庭。我们经常几个礼拜，甚至几个月都不会出任何的事情。"

"几个月"的说法未免有些牵强。

身处这间狭小的房间，她开始怀疑自己患上了幽闭恐惧症。屋里的空气实在是太稀薄了。她用指尖摸了摸自己的眉毛，感觉眉头上渗出了细细的汗珠。她到底想要从这里得到些什么呢？她为什么非要过来？难道她不知道自己是找不到答案的吗？看在上帝的分上，这里哪有什么策略、建议和技巧可供她参考呀！佩里就是佩里，除了离开之外，别无他法。但她不会在两个孩子还小的时候离开他。她打算等到他们上了大学以后再说。就这么决定了。

"你今天到底为什么要到这里来，怀特太太？"苏西仿佛读懂了她内心的潜台词，"你说这种情况从孩子们很小的时候便开始了，那这样的暴力行径最近有没有升级？"

塞莱斯特试图回忆一下自己为什么要预约今天的会面。她是在运动会那天打的电话。

一定是因为乔希问及佩里脖子上的伤痕时，佩里脸上露出的那副顽皮的表情。对了，运动会结束之后，家中保洁员的嬉笑声也燃起了她心中的妒火。为了泄恨，她一下子捐掉了两万五千块钱。"有没有感觉自己很乐善好施，亲爱的？"几周之后，佩里收到信用卡账单的时候阴阳怪气地说了一句，然后就再也没有多说什么了。

"不，情况并没有恶化。"她对苏西说，"我也不知道自己为什么打电话预约。佩里和我曾经去看过婚姻顾问，但是收效……甚微。这并不容易，因为他总是出差在外。他下周还要走。"

"他不在家的时候，你会想念他吗？"苏西问道。这个问题显然并不是写字板上标注的，而是她发自内心想要知道的。

"想。"塞莱斯特回答，"也不想。"

"听上去很复杂。"苏西回答。

"的确很复杂。"塞莱斯特附和道，"不过婚姻本来就不简单，不是吗？"

"是呀。"苏西说着微笑了一下，"也不尽然。"那一丝笑容稍纵即逝，"你知道吗，怀特太太？在澳大利亚，每周都有一个女人因为家庭暴力而丧命。每周。"

"他是不会杀了我的。"塞莱斯特争辩道，"事情不是那样的。"

"你今天能不能安全到家？"

"当然了。"塞莱斯特回答，"我很安全。"

苏西挑了挑眉毛。

"我们的关系就像一个跷跷板。"塞莱斯特解释道，"两个人轮流占上风。每次佩里和我发生争执，特别是当口角发展为肢体冲突时，若是我受了伤，权力便会回到我的手里。我就占了上风。"

她越说越起劲。虽说和苏西分享这些细节并不是什么值得骄傲的事情，但是能够和某人聊一聊、解释一下事情的经过，甚至倾吐出心中的秘密，还是令塞莱斯特倍感解脱。"他伤我伤得越重，我的地位就变得越高，手握控制权的时间也就越长。几周之后，跷跷板会逐渐向他的方向倾斜。他不再感觉愧疚和抱歉，我身上的淤青——我很容易产生淤青——也消失了。他又开始变得易怒，会为我做过的一些小事发火，情绪开始变得越来越不耐烦。我会试图安抚他，脚下如履薄冰。但我同时也会为自己的境遇而感到愤怒，于是决定不再畏畏缩缩，反而要重重地踩上一脚。我是故意激怒他的，因为我实在是太生气了——不仅为他的暴怒而生气，也为自己的小心翼翼而生气。剧情就这样轮番上演。"

"所以说，你现在正是占上风的时候。"苏西说，"因为他最近伤害了你。"

"没错。"塞莱斯特回答，"老实说，我现在可以随心所欲，因为他还在为上一次的'乐高事件'而懊恼呢。眼下一切都很顺利。我的心情也好得不能再好了。你明白吗？这就是问题所在。这种感觉简直是太爽了，甚至让人觉得——"

她停顿了一下。

"让人觉得一切都是值得的。"苏西替她补充道，"一切都是值得的。"

塞莱斯特望了望苏西那双小浣熊般的眼睛。"是的。"

　　苏西直率的眼神只表达了一个意思：我明白了。她看上去并不善良，也没有任何的同情心，只不过是想要尽快完成手头的工作而已。她和银行或者电话公司里那些语气轻快、手脚麻利的女办事员没有什么区别，满心只想要快点儿帮你找出问题的症结。

　　她们面对面地沉默了一会儿。塞莱斯特可以听到办公室门外喋喋不休的谈话声、接二连三的电话声和远处街道上车来车往的轰鸣声。一种平和的力量盈满了她的身体。她脸上的汗水蒸发了。五年来，她一直都在悄悄背负着这份沉重的羞耻感生活着。就在那一瞬间，她感觉身体轻快了起来，似乎找回了记忆中的自己。虽然她依旧毫无头绪、没有出路，但她的对面却多了一个能够理解她的人。

　　"他还是会动手的。"苏西又恢复了专业口吻，语气中没有半点同情，也没有半点评判。这并不是一个问题。她只不过是在陈述一个事实，好推动她们之间的对话继续进行下去。

　　"我知道。"塞莱斯特回答，"我知道这样的事情还会发生。他会动手打我，我也会动手打他。"

　　外面又下起了雨。我又要感冒了。生病的日子肯定不好过。可我为什么不能趁机好好休息一下呢？

　　我为什么非要坐在这里呢？

　　"接下来，我想要和你聊聊我们的计划。"苏西说着伸出手来翻过了一页纸。

　　"计划。"塞莱斯特重复了一遍。

　　"计划。"苏西说，"接下来的计划。"

玛德琳 //

"你有没有尝试过那种东西,所谓'通过窒息来获得快感'的方法?"玛德琳询问躺在她身边的艾德。艾德的手中正捧着一本书,而她则怀抱着自己的平板电脑。

昨晚她刚刚给珍送去了救命的硬纸板。一整天过去了,珍讲述的那个故事一直在她脑海里挥之不去。

"当然。我是很开放的。不如我们来试一试吧。"他摘下眼镜,放下书,一脸热情地转过身来。

"什么呀,不要!你在开玩笑吗?"玛德琳说,"我才不想和你卿卿我我呢。我晚饭时吃了太多的意大利烩饭。"

"好吧。没事。看来我又犯傻了。"艾德重新戴上了眼镜。

"有人还曾为此送了命!他们随时都有可能死掉!这多危险啊,艾德。"

艾德透过镜片的上方瞟了她一眼。

"我真不敢相信你刚才想要掐死我。"玛德琳说。

他摇了摇头。"我只不过是想要向你展示一下我有多随和。"他又瞥了瞥她的平板电脑,"你是不是在搜索如何让床上生活更加多姿多彩?"

"哦,上帝,我才没有呢。"玛德琳娇嗔地叫道。

艾德不屑地哼了一声。

玛德琳打开了"窒息式性爱"在维基百科上的词条。"所以说,当脖子一侧的动脉受到压迫时,大脑会突然缺氧,使人进入半致幻的状态。"

她想了想，"怪不得我伤风感冒的时候总是会变得格外的饥渴。原来这就是原因。"

"玛德琳，"艾德开口说道，"你感冒的时候并没有变得格外饥渴。"

"真的吗？"玛德琳问，"也许我忘了告诉你。"

"嗯，也许吧。"他再次将目光移回书上，"我曾经交往过的一个女朋友就很喜欢这样做。"

"你说真的吗？哪一任女朋友？"

"严格来说，她也许算不上是我的女朋友。我们只不过是点头之交。"

"这个和你只有点头之交的女孩想要你——"玛德琳伸出手来握住了自己的脖子，伸着舌头模仿着被噎住时的声音。

"天哪，你做这个动作的时候看上去真性感。"艾德说。

"谢谢。"玛德琳松开了双手，"那你照做了吗？"

"我三心二意地配合了她一下。"艾德摘下眼镜，露出一排牙齿自顾自地笑了起来，陷入回忆中，"我喝醉了，有点儿跟不上她的指令。我记得当时她对我挺失望的。这一点你可能不能理解，不过其实并没有表面上看起来那么放荡不羁——"

"好了，好了。"玛德琳挥了挥手，示意他闭嘴，然后低下头继续看自己的平板电脑。

"你为什么突然对这玩意儿感兴趣了？"

她将珍的故事告诉了他，看着他下颚上的肌肉微微地颤抖着，眼睛也越眯越小。每一次听到牵涉儿童的伤害案新闻时，他总是会露出这副表情。

"混蛋。"他最后说了一句。

"我也觉得。"玛德琳附和道，"而且他并没有受到任何的惩罚。"

艾德摇了摇头。"愚蠢，愚蠢的姑娘。"他叹了口气，"这种男人就靠折磨——"

"不许说她愚蠢！"玛德琳一下子坐起身来，手中的平板电脑滑落到她的腿上，"听起来好像你在责备她！"

艾德举起一只手，像是要躲避什么东西似的。"我当然没有那种意思。我只是想说——"

"如果出事的是艾比盖尔或者克洛伊怎么办？"玛德琳带着哭腔说。

"我想的就是艾比盖尔和克洛伊。"艾德回答。

"所以说你是在责备她们咯，是不是？你会不会对她们说'你这个愚蠢的姑娘，真是罪有应得'？"

"玛德琳。"艾德冷静地叫了她一声。

他们之间的争执总是以这样的结局收场。玛德琳越生气，艾德就越冷静，听上去就像某个人质谈判专家正在和一个怀揣炸弹的疯子对峙似的——简直让人气不打一处来。

"你竟然会责备受害者！"她说着说着又想起了珍坐在那间寒冷、简陋的小公寓里的画面，还有她向自己坦白时脸上一闪而过的惊恐表情。多年之后再度讲起这个肮脏的小插曲，她的心里还是倍感羞耻。"我也有责任。"她是这么说的，"这没什么大不了的。"玛德琳想起珍向她展示的那张照片。照片上，珍的脸上挂着开朗活泼的笑容。那条红色的连衣裙。珍竟然穿过那么鲜艳的颜色。还有那傲人的"事业线"！如今，珍那骨瘦如柴的身体总是害羞地包裹着一些朴素的衣服，像是希望自己随时都能变成隐形人似的。这全都是那个男人的错。"男人寻花问柳就可以被称为花花公子。换做是女人，就变成了愚蠢。这不是双重标准嘛！"

"玛德琳，"艾德说，"我没有责备她。"

他的声音明显是在表达“我是个成年人，你是个疯子”，而且眼神中还闪烁着愤怒的火花。

“你就是这个意思！我简直不敢相信你会这么说！”这些话无法控制地从她的嘴里蹦出来，“你和那些人都是一丘之貉，就只会说：‘哦，难道她还期待什么美好的结局吗？凌晨一点钟还在外面喝得昏天暗地。哼，她没有被一个足球队强奸就已经不错了！’”

“我不是那个意思！”

“你就是那个意思！”

艾德的脸色变了，两颊涨得通红，声调也抬高了许多。

“这么告诉你吧，玛德琳。”他说道，“如果我的女儿有一天跟一个在酒吧里认识的龌龊男人走了，我保留骂她愚蠢的权利！”

玛德琳的一部分理智知道，他们为了这样的事情吵得不可开交完全没有必要。她知道艾德并没有想要责备珍，她也知道丈夫是一个比她脾气好得多的人，可她就是不能原谅他刚才的那句“愚蠢的女孩”。不知为何，这似乎代表了一种可怕的错误的立场。作为一个女人，玛德琳觉得自己有义务站在珍和所有“愚蠢的女孩”的立场上和艾德一争高下。对她而言，这种事情也不是没有可能发生在自己身上。因此，即便是一个如“愚蠢”这般温和的形容词听上去也像是一记响亮的耳光。

“我现在没法和你待在一间屋子里。”她从床上一跃而起，顺手抓起平板电脑。

“简直是无理取闹。”艾德说罢重新戴上了眼镜。虽然他看上去很沮丧，但是玛德琳心里清楚，二十分钟之后，他便会合上书本，关上灯，安安稳稳地进入梦乡。

玛德琳关上门，力道拿捏得刚好，既看起来气愤，又不至于制造太大的噪音（她本想要摔门的，却又害怕惊醒孩子们），然后摸着黑走下了楼梯。

"小心不要在楼梯上扭了脚！"艾德的声音从门后面传出来。看来他的气已经消了，玛德琳想。

她给自己倒了一杯菊花茶，然后在沙发上坐了下来。她讨厌菊花茶的味道，但它应该具有舒缓和镇静的效果，因此她逼着自己咽下了好几口。邦妮是个只喝花草茶的人。据艾比盖尔说，内森现在也戒掉了咖啡。这就是有了孩子后才离婚的弊端。你总是能够听到自己最不想听到的有关前夫的各种信息。比方说，她知道内森称呼邦妮为他的"美人邦邦"（Bonnie Bon）。这是艾比盖尔某天在厨房里告诉她的。站在她身后的艾德默默地将一只手指放进嘴里，逗得玛德琳一下子笑了出来。即便是这样，她也不能当做自己没有听到。内森一向对"头韵"这件事情十分着迷。以前他就经常称呼玛德琳为"疯狂的玛迪"（Mad Maddie），听起来没有邦妮的那么浪漫。艾比盖尔为什么会想要和她分享这些无聊的小事呢？艾德认为她是故意的，说她这是在有意挑衅，以达到伤害玛德琳的目的。可玛德琳怎么也不相信艾比盖尔的心会如此歹毒。

现如今，一提到艾比盖尔的名字，艾德便气不打一处来。

这也是她为什么会在卧室里突然朝他发火的原因之一。她的怒气也许和"愚蠢的女孩"这句话并没有太大的关系，而是在变相地埋怨艾德把艾比盖尔气得搬去和内森、邦妮同住的事情。时间过去越久，她就越觉得那是艾德的错。没准艾比盖尔当时正犹豫不决呢，她不知道自己是否该认真地思考一下这件事情，而艾德的那句"冷静"却恰好推了她一把。若非如此，她现在可能还会留在家里。未成年少女的心绪总是转瞬即逝。

难道不是吗？

最近，玛德琳满脑子都是那些自己和艾比盖尔相依为命的回忆。有时候，她甚至会恍惚，觉得艾德、弗雷德和克洛伊都是闯入她们生活中的外人似的。他们到底是谁呀？他们凭什么吵吵闹闹地拖着一堆破烂、带着嘈杂的电脑游戏和无穷无尽的争吵闯进她们的家里，还赶跑了可怜的艾比盖尔呢？

若是弗雷德和克洛伊知道自己的亲生母亲曾经怀疑过他们的存在，想必一定会火冒三丈的——尤其是克洛伊。想到这一点，她忍不住笑了。"那我在哪里呢？"每次翻看玛德琳和艾比盖尔的旧照时，克洛伊总是会这么问，"还有爸爸呢？弗雷德呢？"

"你在我的梦里。"玛德琳回答。这话并不假。但是他们并没有出现在艾比盖尔的梦里。

她抿了一口茶，感觉怒气正一点点地从自己的身体里蒸发出去，不过和这该死的茶一点儿关系也没有。

这一切都是那个男人的错。班克斯先生。萨克森·班克斯。

一个不寻常的名字。

她把视线放在了冰冷而又光滑的平板电脑屏幕上。

不要去搜索他的名字。珍是这样恳求她的，而她也满口答应了下来。虽然她明知这么做是错的，但是"想要看一看那个混蛋"的欲望实在是难以抗拒。这就像是她读侦探故事时总是会迫不及待地想要看一看谁是罪犯一样（她总是能够一眼就把他们给揪出来）。何况这并不是什么难事，只需要在小小的键盘上敲几个字母就可以了。她发现自己的手指不听话地敲击、移动着，搜索结果很快便出现在了眼前，仿佛谷歌就是她思维的延伸，只需要动动脑子便可以搜索到想要的词条。

她打算飞快地浏览一遍，用眼睛扫视一下屏幕上的字，然后就关掉网页，从自己的搜索历史里删掉所有有关萨克森·班克斯的记录。珍永远也不会知道。况且玛德琳又不会对他怎么样，更不会实施什么精密的复仇计划。尽管如此，她的一部分思绪已经开始沿着复仇延伸开去：一点诡计？偷光他的财产？公然羞辱或诋毁他？总有一种方法可行。

她双击了一下，一张经过精心打光后拍摄的高管肖像照出现在了屏幕上——家住墨尔本、名叫萨克森·班克斯的房地产开发商。他直勾勾地盯着玛德琳。会是他吗？这个下颚棱角分明、堪称传统帅哥的男人志得意满地傻笑着，眼神里却散发着一种咄咄逼人的挑衅意味。

"你这个混蛋。"玛德琳大叫着，"你以为自己可以征服所有人吗？"

换做是她，她又会怎么做呢？玛德琳无法想象自己像珍一样忍辱负重地生活下去。她应该会给那个男人几巴掌吧。她绝对无法容忍那句"又胖又丑"的形容，因为她对自己的颜值自视甚高——即便是她年仅十九岁的时候，或者应该说，尤其是她年仅十九岁的时候。她想要打扮成什么样子，就可以打扮成什么样子。

也许这个男人就是要特意挑选那些无力反抗他的姑娘下手。

难道她这么想不是在责备受害者吗？这不应该发生在我的身上。我应该会反击。我不会坐视不管。我不会允许他击碎我的自尊。那时候的珍完全无力反抗，因为她只不过是裸着身子躺在他床上的一个愚蠢的女孩。

玛德琳这才意识到"愚蠢的女孩"这个词竟然闪现在了自己的脑海里。原来她和艾德的想法是一样的。她打算第二天一早就向他道歉。好吧，也许她不必说得那么明白。一个软软的水煮蛋就足以帮助她传递所有的讯息。他会理解的。

她再一次端详了一下屏幕上的照片，却无法从这个男人身上找到任何一点与瑞吉相似的地方。也许只有眼睛周围有一点儿像？她将目光移到照片旁的简介上。这个专业的学士学位，那个专业的硕士学位，还有什么什么机构的成员等等。萨克森的业余爱好包括航海、攀岩以及陪伴妻子和三个女儿。

玛德琳的脸抽搐了一下。瑞吉有三个同父异母的姐妹。

玛德琳现在知道了，她知道了一些自己不应该知道，也不可能假装不知道的事情。她对瑞吉身世的了解甚至比珍本人还要多。她不仅违背了自己的诺言，还侵犯了珍的隐私。她是个低级趣味的偷窥狂，在网络上搜寻着瑞吉父亲的照片。她为珍的遭遇感到愤怒，却又为这个故事深深着迷。难道不是吗？难道她不享受自己因为珍那悲哀而又龌龊的性事经历而义愤填膺的感觉吗？她的同情来源于自己充满了优越感的舒适的中产阶级生活：一个丈夫，一个家，一份抵押贷款。玛德琳和她妈妈的那些朋友没什么区别。他们都曾为内森撤下她们母女的事情扼腕叹息过。他们嘴里不住地发出"啧啧"的声响，替她的境遇感到愤怒和悲伤。就算他们会在她的厨房台面上留下可口的砂锅菜以示安慰，她还是变得愈加敏感和自卫起来。

玛德琳凝视着萨克森的双眼，感觉他也在狡黠地瞪着她，仿佛对她所有不堪的过往都心知肚明。一波又一波恶心的感觉朝她席卷而来。她开始手脚冰冷，全身颤抖。

一声尖叫如利剑般划破了家中的寂静："妈咪！妈咪，妈咪，妈咪！"

玛德琳知道，一定又是克洛伊在做噩梦了。

"来了！我来了！"她一边沿着走廊奔跑，一边喊着。解决这件事情对于她来说简直是易如反掌。她突然想到，虽然艾比盖尔已经不再需要她的保护了，但是世界上还有许多像萨克森·班克斯这样的人谋划着用各种方式伤害她的孩子。面对这样的险境，至少还有一件事是她可以做到的，那就是亲手把那个藏匿在克洛伊床底下的恶魔揪出来撕个粉碎。

Big Lies

小 谎 言

Little

校园益智
问答夜 ／ **活动两周前**

● 你尝试着想要做个无害的好人时，也
  就成了某些人眼中的坏人。

珍 //

巴恩斯小姐：迎新日的那场闹剧过后，我支撑着自己度过了艰难的一年。一切似乎都回到了正轨——这群孩子其实不错，家长们也不恼人。眼看着第一学期即将过去一半的时候，美好的局面却开始分崩离析了。

"一杯拿铁，一个玛芬蛋糕。"

珍将目光从笔记本电脑的屏幕上移开，然后低头看了看面前的盘子，只见一个冒着诱人香气的胖乎乎的玛芬蛋糕满满地盖着一层糖霜，悠悠地散发着热气，而盛放蛋糕的盘子上还堆着一坨奶油。"哦，谢谢，汤姆，但我没有点——"

"我知道。玛芬蛋糕算我请客。"汤姆说，"我从玛德琳那里听说你也会烘焙，所以想请你从专业的角度评价一下我的新配方。桃子、夏威夷果和酸橙。很疯狂吧。我指的是酸橙。"

"我只会烤。"玛德琳说，"但从不吃。"

"真的吗？"汤姆的脸似乎一下子垮了下去。

珍赶紧补救道："不过我今天可以破例一次。"

本周的天气已经开始转寒，似乎是在为冬季的到来做铺垫。珍的小公寓里冰冷至极，而窗外的银灰色海景似乎进一步加重了这种感觉。夏日的温暖回忆已经一去不复返了，她仿佛生活在一个永恒灰暗的重生世界里。"上帝啊，珍，这未免太夸张了吧。你为什么不搬着笔记本电脑到蓝色布鲁斯去坐坐呢？"玛德琳提议。于是，珍和她的电脑、文件便开始每天出现在小小的咖啡馆里。

咖啡馆里温暖如春、光照充足，汤姆还生起了壁炉。和她那晦暗潮湿的小公寓比起来，她现在简直就像是坐在飞机上，飞向了一个完全不同的季节。她只有在非高峰的时间才会过来坐坐，以免影响咖啡馆的生意。当然了，她也会顺手为自己点上一小份午餐，喝几杯咖啡。

渐渐地，汤姆仿佛变成了和她分享同一个办公隔间的同事。他是个很健谈的人。两人都喜欢同样的电视连续剧，爱听类似的音乐。（音乐！她早就忘记了这世上还有音乐的存在，就像她早已不记得书的存在一样。）

汤姆露齿一笑。"我啰嗦得像个老太太，是不是？非要强迫所有人都来尝一尝。至少咬上一口吧，不用出于礼貌全都吞下去。"珍一动不动地盯着他离去的背影，这才发现自己很欣赏他那掩盖在朴素黑T恤衫下的宽阔肩膀。玛德琳告诉过她，汤姆是个同性恋，和男友惨淡分手后至今都没缓过神来。这话说起来有些俗不可耐，不过倒是一点儿也不假：同性恋男人的身材真的都不错。

自从她几周前在浴室里读到了那段有关性的描写之后，有什么东西正在她的心里悄悄起着变化，就好像她那被人遗弃的、生锈了的身体恢复生机，又开始蠢蠢欲动了。她偶尔还会发现自己无所事事时，会不由自主地注视着男人——或是女人，但大部分都是男人——只不过不是出于性的目的，而是出于感官审美的需要。

能够吸引珍的注意力的并非都是塞莱斯特那样的美人，还有些拥有美丽身体的普通人，比如，加油站里伸出的一条带有太阳图案文身的深褐色前臂，超市收银台队伍里一位老人的后背、小腿及锁骨。这真是太奇怪了。她想起父亲几年前做的那次鼻窦手术。手术过后，他恢复了自己此前从未意识到已经失去的嗅觉，就连最普通的味道都能让他狂喜。他还努力地嗅着珍的妈妈的脖子，一脸痴迷地说道："我都忘了你妈妈身上有这样的味道！我竟然没有意识到自己已经忘了！"

这并不只是因为书的缘故。

也许是因为她向玛德琳坦白了萨克森·班克斯的事情，一字一句地重温了他说过的每一个混蛋字眼。这些字眼只有在不为人知的时候才最有力量。如今那段记忆就像泄了气的充气城堡一样，随着空气的流失皱成了一团。

萨克森·班克斯是个肮脏不堪的人。这个世界上藏匿着肮脏不堪的人。每个孩子都知道这一点。你们的父母肯定也曾经教过你们远离他们的方法。忽视他们，径直走开。如果他们还不停手的话，记得要大声而又坚定地说上一句"不，我不喜欢那样"，然后去告诉老师。

就连萨克森的凌辱之词也不过是校园里小孩子玩的那套陈词滥调。你好臭。你真丑。

她一直都清楚，自己对于那一晚的反应不是太过激就是太轻视。她从未因此掉过眼泪，也从未向任何人倾诉过。她默默地吞下了所有的苦果，假装没什么大不了的，以至于整个人被它反噬。

事到如今，她反倒变成了那个急于和别人分享的人。几天前的一个早晨，她和塞莱斯特一起散步的时候便简短地把她告诉玛德琳的事情又说了一遍。塞莱斯特并没有多说，只是露出了抱歉的表情，赞同了玛德琳的说法，还安慰她说瑞吉是绝不可能变成自己父亲那个样子的。第二天，塞莱斯特送给了珍一个红色的天鹅绒袋子，里面装了一条项链。那是一条缀着蓝色宝石的精致银链。"这种宝石叫做青金石。"塞莱斯特羞涩地说，"听说可以'治愈感情创伤'。虽然我不是很相信这种东西，但起码它看上去很漂亮。"

想到这里，珍伸出手来摸了摸那个吊坠。

她这就交到新朋友了吗？

经常锻炼一下身体似乎真的很有好处。她和塞莱斯特都变得越来越健康了。当她们发现自己不需要停下来喘气就可以登上墓园附近的阶梯时，两个人都高兴坏了。

是的，也许是健身的缘故。

她现在所需要的就是戴上那颗宝石，呼吸着新鲜的空气外出走一走。

她把手中的叉子扎进了玛芬蛋糕里，咬了一口。

和塞莱斯特一起散步也帮助她找回了麻痹多年的胃口。如果不稍加注意的话，她说不定又会胖回去的。想到这里，她的喉咙潜意识地紧了紧，吓得她再度把叉子放回了原处。好吧，也许她还没有痊愈。她对于食物的感觉依旧怪怪的。

但她不能让可爱的汤姆失望。

她拾起了叉子，小心翼翼地咬了一小口。那个玛芬蛋糕口感清爽、质地蓬松。一口咬下去，汤姆刚才提到的所有食材的味道一下子充满了她的口腔：夏威夷果、桃子、酸橙。她闭上眼睛，细细体会着各种感官的冲击：咖啡馆的温暖、玛芬蛋糕的香甜、熟悉的咖啡香气以及二手书的味道。

她又舀了一大勺的奶油。

"还好吗？"汤姆斜倚在吧台上，朝着她的方向靠了过来，顺便从身后的口袋里拿出了一块抹布。

她举起了一只手，示意自己满嘴都是食物。汤姆拿起一位顾客留在桌面上的书，将它放回一个高高的架子上。他的黑色 T 恤微微地提了起来。珍顺势瞥到了他的后背。那是极其普通的后背，没有任何值得注意的地方。秋天时他的皮肤是淡淡的拿铁颜色，一到夏天就会变成热巧克力的颜色。

"真美。"她说道。

"嗯？"汤姆缓过神来。此刻的咖啡馆里就只有他们两个人。

珍用手中的叉子指了指那个玛芬蛋糕。"味道太棒了。你应该要个高价才对。"她的电话铃声响了起来。"不好意思。"

手机屏幕上显示出了"学校"两个字。难道是瑞吉感冒了？学校可从来都没有给她打过电话呀。

"查普曼小姐吗？我是帕特里夏·李普曼。"

是校长。珍的胃抽搐起来。

"李普曼太太？出了什么事情吗？"她并不喜欢自己声音中夹杂着的那股懦弱的味道。玛德琳和李普曼太太说话的时候就总是兴高采烈、理直气壮的，仿佛对方是她家的一位老家丁。

"没事。一切都好。不过我想要和你约见一下，谈一件紧急的事情，可以吗？最好是今天。下午两点钟如何？放学以前？"

"当然可以。有什么事情——"

"太好了。期待到时候见到你。"

珍放下了手中的电话。"李普曼太太想要见我。"

汤姆和学校里的大部分孩子、家长和老师都很熟悉。他是本地人，也曾是彼利威公立学校的学生。他上学的时候，李普曼太太还只是一个卑微的三年级老师。

"我相信你没什么好担心的。"他说道，"瑞吉是个好孩子。也许她是打算把瑞吉转到特长班去。"

"嗯。"珍心不在焉地咬了一口玛芬蛋糕。瑞吉并不属于"天才儿童"。何况她已经从李普曼太太的语气中听出来了，等待她的肯定不是什么好事。

萨曼莎：校园霸凌事件再次发生的时候，勒娜塔简直快要疯了。问题的一部分在于，她家的保姆在沟通上存在一定的问题，因此事情过去好久之后她才知道。当然了，我们现在也知道朱丽叩除了自己的本职工作之外还有别的事情要操心。

巴恩斯小姐：家长们无法理解的是，一个孩子上一分钟可能是施暴者，下一分钟就可能变成受害者。他们就是这样变化无常！当然了，我也知道这是不一样的。简直是……太糟糕了。

斯图：我爸爸曾经教过我，如果别人打你，你就打回去。就是这么简单。现如今大家总是喜欢大惊小怪。足球比赛后所有的孩子都能搬回一座奖杯。玩击鼓传花时每个人都能得到一份奖品。我们培养的就是一群懦夫。

西娅：勒娜塔应该怪她自己才对。她每天工作那么长时间，哪有时间陪自己的孩子！我实在是同情那些可怜的小家伙。他们显然还不能接受这个现实。或者应该说是根本就无法接受这个现实。他们的人生从此再也回不去了。对不对？

杰基：没有人提及杰夫也是个工作狂的事情。没有人问过杰夫是不是清楚阿玛贝拉的遭遇。我知道勒娜塔比杰夫工资更高，压力也更大，但是竟然没有人责备杰夫低头忙于事业，也没有人说上一句"哦，我们很少在学校里看到杰夫"之类的话。不！那些家庭主妇看到谁家的爸爸来学校里接孩子，都会争相夸奖他应该获得一枚金牌。就拿我的丈夫来说吧，他就有不少粉丝呢。

乔纳森：她们是我的朋友，不是我的粉丝。请原谅我妻子的话。她正在处理一桩恶意收购案，所以对谁都有点儿敌意。我觉得学校应该负起相应的责任。出事的时候学校里的老师都躲到哪里去了？

珍 //

"勒娜塔·克雷恩发现她的女儿阿玛贝拉在过去的一个月中一直是某个系统的隐秘的霸凌行为的受害人。"珍刚一坐下来，李普曼太太便迫不及待地说道，"不幸的是，阿玛贝拉说不清楚到底是怎么回事，也不知道是谁干的。不过勒娜塔坚信那些事情都是瑞吉所为。"

珍倒吸了一口冷气。说来也奇怪，尽管她心中那个盲目乐观的自己并没有想过瑞吉有可能被转到特长班去，听到这个消息时她还是倍感震惊。

"请问是什么——"珍的声音沙哑了。她艰难地清了清嗓子，感觉自己就像是在扮演一个她无法胜任的角色。她应该带父母来参加这次会面的——毕竟他们是李普曼太太的同龄人。"是什么样的霸凌行为？"

李普曼太太微微做了个鬼脸，看上去就像个迷迷糊糊的学生，或者是社会上那种衣食无忧、经常出入美容院的家庭主妇。她的声音清清楚楚地传达着一种"不要惹我"的意味，就连以调皮著称的六年级男孩子估计也要惧她三分。

"很不幸，我们并没有掌握太多的细节。"李普曼太太回答，"不过阿玛贝拉的身上确实莫名其妙地出现了很多淤青和擦伤痕迹，还有……一个齿痕。她只是提到'有人对她很凶'。"她叹了一口气，用修剪过的指甲轻敲着大腿上摊着的办公文件夹。"是这样的，如果不是因为迎新日那天的小插曲，我也不会在获得确凿证据之前打电话请你过来。巴恩斯小姐认为那次的事故只是偶然。为此，她还特意近距离地观察过瑞吉。她说他是个讨人喜欢的小孩，十分好学，和其他小朋友一起玩时也表现得十分友爱和体贴。"

巴恩斯小姐口中的这些溢美之词让珍不禁想要大哭一场。

"毫无疑问，彼利威公立学校对于校园霸凌行为采取的是零容忍的态度。零容忍。虽说类似的情况实属罕见，但我希望你能够了解，我们认为自己有责任保护受害者的同时也主张教育施暴者。所以，如果我们发现瑞吉真的在欺负阿玛贝拉的话，我们的重点不会放在惩罚他身上，而是会确保他不再犯类似的错误。刻不容缓。然后，我们还会追根究底地弄清楚他为什么要这么做——毕竟他只不过是一个五岁的小男孩。有专家认为，五岁的孩子是不可能自己学会欺负别人的。"

李普曼太太朝着珍笑了笑，而珍也警惕地回敬了她一个微笑。不过，等一等，她刚才不是说他是一个招人喜欢的小孩吗？他怎么可能会做出这种事情来！

"除了迎新日那天的小插曲之外，瑞吉之前还有没有出现过类似的情况？在托儿所里？学前班里？课外时间和小朋友之间的互动？"

"没有。"珍回答，"绝对没有。他一直都……好吧。"她本打算陈述一下瑞吉一直都坚称自己从未欺负过阿玛贝拉的事情，但这似乎只会让当下的局面变得更加混乱。李普曼太太说不定会以为他早已经习惯了撒谎。

"所以说，瑞吉的过去、家庭生活和家族背景方面没有什么我们应该了解的不正常的地方吗？"李普曼太太一脸期待地望着她，表情既和蔼又温暖，仿佛珍无论说出什么都不会吓到她似的，"我听说瑞吉从出生起就没有见过自己的父亲，是这样的吗？"

每当有陌生人无意间提到"瑞吉的父亲"这几个字时，珍总是要好半天才能反应过来。在珍的心里，她一直都将"父亲"这个词与爱和安全感联系在一起，因此总是第一个想到自己的父亲，仿佛他才是别人口中问起的那个人。几秒钟之后，她的思绪才会重新回到那间酒店客房，想起那几盏向下照射的大灯。

哦，李普曼太太，这又有什么关系呢？我只知道瑞吉的父亲沉迷于窒息式性爱，还喜欢羞辱女性。他看上去既英俊又和蔼，还会唱《欢乐满人间》里的歌曲。老实说，我本以为他也是个"招人喜欢"的男人。你可能也会这么认为。但他却是个表里不一的人。如果你想用"恶霸"这个词来形容他，那倒是可以和这件事情扯上点关系。除此之外，多说两句，瑞吉很有可能是我已故的外祖父投胎转世后的结果——想当年，他老人家可是个很温顺的老人家呢。所以说，这就要看你是愿意相信暴力倾向是可以遗传的，还是更愿意相信投胎转世这件事了。

"我想不出这两件事情之间有什么联系。"珍回答，"这孩子身边有很多男性榜样——"

"哦，当然，当然，我也是这么想的。"李普曼太太说，"上帝呀。有些孩子的父亲不是成天到处出差就是经常加班至深夜。他们很少在意自己的孩子。我并不是在暗示瑞吉缺乏父爱，他只不过是出生在一个单亲家庭而已。我之所以这么问也是为了了解事情的全貌。"

"你有没有和他谈起过这件事情？"珍问道。想到瑞吉有可能在她不在场的情况下被叫到校长办公室里来，她的心一下子就揪了起来。他还是一个连睡觉都要抱着泰迪熊的孩子呀。每次他疲惫地坐在她的大腿上时，还会不自觉地吮吸自己的大拇指。对她而言，儿子能够学会说话、走路、自己穿衣服并独立生活在一个没有她的世界里——身边还满是成年人才会遇到的夸张闹剧——简直就是一个奇迹。

"我的确问过他。他断然否认了自己曾经欺负过阿玛贝拉。所以，如果得不到阿玛贝拉的证实，我们很难知道下一步——"

就在此时，她的话被突然响起的敲门声给打断了。校长助理从门口探进头来，一脸不安地瞥了瞥珍。"呃，我得通知你一下，克雷恩夫妇已经到了。"

李普曼太太的脸抽搐了一下。"他们不是应该一个小时之后才来吗？"

"我的董事会改期了。"一个熟悉而又刺耳的声音响了起来。勒娜塔出现在了校长助理的身后。显然，她早就做好了直接推门而入的准备。"不知道你现在有没有时间接待我们——"看到珍的出现，她的脸一下子就变得僵硬起来，"哦。我明白了。"

李普曼太太似乎有些恼火，转过头来抱歉地看了珍一眼。

玛德琳告诉过珍，杰夫和勒娜塔定期会向学校捐赠一笔数目不小的赞助款。"去年的校园益智问答夜活动开始之前，我们就像一帮感恩戴德的农夫似的坐在那里，听着李普曼太太感谢克雷恩夫妇为学校捐赠空调的致辞。"说罢，玛德琳的脸色突然明亮了起来，似乎想到了什么好点子。"也许塞莱斯特和佩里今年能够赢过他们。他们可以一起参加'我才是土豪'的游戏。"

"我猜在场的所有人都在讨论同一个话题吧。"勒娜塔说。

李普曼太太赶忙从办公桌后面迎了出来。"克雷恩太太，我觉得你最好还是——"

"这实在是太凑巧了。"勒娜塔绕过校长助理，大步流星地走进了办公室，身后跟着一个肤色惨白、西装革履、一头姜黄色头发的矮壮男人。他应该就是杰夫吧。珍此前从没有见过他。学校里大部分学生的父亲对她来说都是陌生人。

珍站起身来，手臂自卫式地挡在了胸前，两只手紧紧地拽着衣服，简直就快要把衣料给撕破了。克雷恩夫妇就要当着其他家长的面揭露她那肮脏而又羞耻的秘密了。瑞吉并不是一次美好交合的结晶，而是一个年轻、愚蠢、丑陋的胖姑娘不堪回首的冲动产物。

瑞吉不是一个正常的孩子。他之所以不正常是因为珍允许那个男人成为他的父亲。她知道这并不符合逻辑，但若非如此，瑞吉也不会存在。

他注定是她的儿子，她也注定是他的妈妈。但他不应该这么早、以这样的方式来到人世。他应该等珍为他找到了一个称职的父亲和一种舒适的生活之后再出生。如果不是她的错，他也不会沾染上如此可怕的"基因污渍"，更不会做出这样的事情。

她想起了自己第一次看到他时的情景。他是那么不情愿来到这个世界上，用尽了全身的力气尖叫着，纤细的四肢胡乱扑腾着，仿佛整个人正从高处坠落下来。她的第一个想法就是：*很抱歉，我的小宝贝，我不该让你承受这一切*。一种尖锐的疼痛感刺激着她的全身，让她忍不住伤感起来。她骗自己那就是愉悦的感觉，毕竟二者之间并没有什么区别。她本以为自己对于这个可爱的红脸小家伙汹涌的母爱会冲淡那晚的污秽记忆。但一切总是事与愿违。回忆如同一条黏糊糊的黑色水蛭一样死死地抓着她的头皮不肯离去。

"你得管教一下自己的儿子。"勒娜塔三步并两步地站到珍的面前，躲在镜片后面的眼睛充满了血丝，一只手指狠狠地指向了她的胸口。面对珍的种种疑惑，她并没有打算掩饰自己的愤怒，反倒是一副理直气壮的样子。

"勒娜塔，"杰夫规劝道。他向珍伸出了一只手。"杰夫·克雷恩。请原谅勒娜塔。她的心里很乱。"

珍握了握他的手。"我叫珍。"

"好了，既然大家都到齐了，不如就进行一次建设性的谈话吧。"李普曼太太紧张得连声音都有些变调了，"需要我为你们倒杯茶水或是咖啡吗？白水？"

"我不需要饮料。"勒娜塔回答。看到勒娜塔气得全身都在发抖，珍在心里偷笑了一下，赶紧将目光移开。目睹勒娜塔原形毕露的过程简直就像看到她浑身一丝不挂一样。

"勒娜塔。"杰夫用一只手臂护住了妻子的身体,仿佛她正准备冲向一辆汽车。

"告诉你我想要什么吧。"勒娜塔对李普曼太太说道,"我想要她的儿子离我的女儿越远越好。"

玛德琳 //

玛德琳拉开后院的滑动门,看到艾比盖尔正坐在沙发上,眼睛盯着笔记本电脑。"嘿,你好呀!"她打了声招呼,不禁为自己的矫情感到有些难堪。

她已经忘了如何自然地和自己的女儿进行交流。由于艾比盖尔只有周末的时候才会回来小住,玛德琳感觉自己仿佛成了房东,而艾比盖尔就是家里最重要的房客。玛德琳应该替她端茶倒水,确保她在这里住得开心愉快。这简直是太荒谬了。每当想到自己的所作所为,她都会变得格外愤怒,从而唐突地要求艾比盖尔做些例如晾衣服之类的家务。最糟糕的是,艾比盖尔表现得就像一个有礼貌的房客,一言不发地端起了洗衣筐。每当这个时候,玛德琳的心里总是感觉既愧疚又困惑。艾比盖尔又没有带回来什么要洗的衣服,怎么能要求她去晾衣服呢?这就像是强迫你的房客晾你家的衣服一样。

想到这里,她赶紧冲出去帮忙,顺便客套、生硬地和女儿聊上几句:

回来吧艾比盖尔。回来吧，别闹了。他抛弃了我们母女俩。你应该报答我才对。错过你的童年是对他的惩罚。你怎么能选择他呢？

"你在干什么呢？"玛德琳一屁股坐在了艾比盖尔的身边，偷瞄了一下电脑屏幕，"是不是在看《全美超模大赛》？"

她不知道该和艾比盖尔聊些什么。这让她想起了自己试图和前男友做朋友时的感觉。互动过程中故意营造出来的随意感，易碎的情感，失宠之后的自信流失，想起来都恼人。

玛德琳一直都扮演着滑稽而又疯狂的妈妈角色。任何事情都能惹得她情绪失常。孩子不听话时，她会气得如同膨胀的气球。站在储物室门口时，她会哼起好笑的自编歌曲："番茄罐头在哪里？番茄番茄，你在何方？"艾德和孩子们喜欢拿她开玩笑。无论是她对明星的痴迷还是她眼睛上闪亮的眼影，都会成为他们口中的笑柄。

在艾比盖尔回家时，玛德琳仿佛变成了一个拙劣的仿冒品。她本来是下定了决心不要伪装自己的。她已经四十岁了，现在再想转变自己的个性似乎为时已晚。每每在艾比盖尔的眼中看到自己的影子，她总是忍不住感觉自己输给了邦妮。因为艾比盖尔选择了邦妮，不是吗？邦妮才是艾比盖尔心中理想的妈妈人选——原来这一切和内森没有半点关系。妈妈决定了整个家庭的基调。那些一直以来令玛德琳感到心烦意乱的、不为人知的小缺点（比方说她是个暴脾气，总是想都不想就乱下结论，而且过分注重外表，经常在鞋子上浪费大量的金钱。还有那些她自以为风趣幽默，实际上却既讨厌又低俗的玩笑等等）如今全都涌上了她的心头。成熟点吧，她对自己说。别放在心上。你的女儿依旧深爱着你。她只不过是选择了搬去和自己的父亲同住而已。没什么大不了的。和艾比盖尔的每一次互动都像是一场旷日持久的战争。她就这样一个人在"我就是如此，艾比盖尔，接不接受随你"和"加油，玛德琳，像邦妮一样做个冷静和蔼的人"之间徘徊。

"你知不知道，艾洛伊斯上周被淘汰了？"玛德琳问道。这似乎是个稀松平常的问题。

"我没看《全美超模大赛》。"艾比盖尔叹了一口气，"我正在看有关国际特赦组织[1]的内容，里面讲到了很多违反人权的事情。"

"哦。"玛德琳感叹了一句，"上帝呀。"

"邦妮和她的妈妈都是国际特赦组织的会员。"艾比盖尔说道。

"这还用说嘛。"玛德琳嘀咕着。

"怎么了？"

"很好呀。"玛德琳回答，"我记得艾德好像也是。我们每年都要向这个组织捐一笔钱呢。"

哦，上帝，你听到自己刚刚都说了些什么吗？别再比了！满嘴胡话！艾德什么时候参加过这种组织？

她和艾德一直都在试图做一个好人。她曾经买过福利彩票，为街头艺人捐过钱，甚至赞助过某些参加慈善马拉松比赛的讨厌朋友（即便她知道对方的真正意图是为自己牟利）。等孩子们再长大些，她还计划像自己的妈妈那样参与一些志愿工作。对于一个忙碌的上班族妈妈来说，这就够了，不是吗？邦妮怎么敢让她怀疑自己做出的每一个选择？

据艾比盖尔说，邦妮最近决定以后不再生育了（尽管玛德琳很想知道为什么，却并没有开口多问），于是便将斯凯用过的婴儿车、小推车、婴儿床、可调桌和宝宝服装悉数捐献给了受虐妇女避难所。"这很伟大，

---

[1] 一个人权监察的国际性非政府组织，主要监察世界各地违反人权的事件。

是不是，妈妈？"艾比盖尔叹了一口气，"换做是其他人，可能早就把这些东西给卖了。"玛德琳近几日才刚刚在易趣网上卖掉了克洛伊的一些旧衣服，然后用挣来的钱欢天喜地地买了一双半价的时髦皮靴。

"那你都看到了些什么呢？"让一个十四岁的小女孩去洞悉世界上的各种暴行，这样到底是对是错呢？也许对她来说是一件好事吧。邦妮教会了艾比盖尔社会良心，而玛德琳却只知道给她灌输肤浅的审美意识。想到这里，她不禁回想起了可怜的珍说过的那些有关社会病态审美的话。玛德琳想象着一个陌生男子带着艾比盖尔走进了酒店房间中，像萨克森对待珍那样对待她。她胸中的怒火不可抑制地膨胀起来，想象着自己紧紧抓住对方的头发，把他的头使劲地往水泥地面上碰撞，直到那里只剩下一摊烂泥般的血迹。

仁慈的上帝啊，她一定是看了太多的暴力电视剧。

"你在看什么呢，艾比盖尔？"她又问了一遍，对于自己语气中透露出的急躁情绪很不满意。她是不是又得了经前紧张症？不，时间不对呀——看来她连这个借口都不能找了。她永远也改不了自己的坏脾气。

艾比盖尔叹了一口气，眼睛并没有离开电脑屏幕。"童婚和性奴役。"她回答。

"真是太可怕了。"玛德琳停顿了一下，"你最好不要……"

她闭上了嘴巴。她本打算说上一句"你最好不要因此而难过"之类的话，却又觉得那种话只有自命不凡、轻薄肤浅的西方白人妇女才说得出来。对于那种女人来说，没有什么能比一双新鞋或是一瓶香水更令人高兴的事情了。邦妮会怎么说呢？艾比盖尔，让我们一起来冥想吧。嗯，看到了吧。玛德琳就是这样肤浅，居然会拿冥想这种事情开玩笑。冥想招谁惹谁了？

"他们还只是和布娃娃一起玩的小孩子。"艾比盖尔的声音里充满了怨气,"现在却被迫在妓院里工作。"

你才应该和布娃娃一起玩呢,玛德琳心想,或者至少去学学化妆。

她因内森和邦妮而感到愤怒。艾比盖尔实在是太年轻、太敏感了,她不该这么早就接触贩卖人口的新闻。她不幸地遗传了玛德琳的火爆脾气,因而总是难以控制情绪。然而,她的心却又比玛德琳的要柔软许多,简直可以说是同情心泛滥(当然了,如此泛滥的同情心从来也没有被她用在玛德琳、艾德、克洛伊和弗雷德的身上)。

玛德琳回想起了艾比盖尔五六岁时为自己刚刚学会认字而颇感自豪的样子。一天,她坐在厨房的餐桌旁吧嗒着小嘴,朗读着报纸的头条标题,脸上带着恐惧而又怀疑的神情。玛德琳已经记不起那篇文章的内容了,大概是和谋杀、死亡或是自然灾害有关吧。不,其实她记得很清楚。那篇报道回顾的是 80 年代初一个孩子被人从床上抱走后下落不明的案件。那时候的艾比盖尔还相信圣诞老人是真实存在的呢。"这不是真的。"玛德琳草草地说了一句,赶忙把报纸抢了过来,准备把它藏到一个她找不到的地方,"都是人们瞎编的。"

对此,内森并不知情,因为他不在。

相比之下,克洛伊和弗雷德简直就是另一个物种的生物,适应能力极强。那两个精通高科技产品、满脑子消费主义的小野人。

"我得为他们做些什么。"艾比盖尔边说边向下滚动着页面。

"真的吗?"她问道。好吧,难道你打算飞到巴基斯坦去?你还是留在这里好好看你的《全美超模大赛》吧,年轻的姑娘。"你想要怎么帮他们?写信吗?"她的心情一下子就明朗了起来。她可是个拥有市场营销学位的人啊。她写出来的信肯定要比邦妮的好上不知几百倍。"我可以帮你给国会议员写一封请愿书——"

"不用了。"艾比盖尔轻蔑地打断了她，"那么做是没用的。我倒是有个主意。"

"什么样的主意？"玛德琳问。

说罢，她开始猜想艾比盖尔是否会诚实地回答她，以及艾比盖尔是否要让这段疯狂的对话再继续下去。然而，就在这时，突然有人敲响了她家的前门。艾比盖尔啪的一声合上了笔记本电脑。

"是爸爸来了。"她说着站起身来。

"现在才四点钟啊。"玛德琳边抗议边跟着她站了起来，"我不是说了五点钟的时候开车送你回去吗？"

"我们要去邦妮的妈妈家吃晚饭。"艾比盖尔回答。

"邦妮的妈妈家。"玛德琳重复了一遍。

"别大惊小怪的，妈妈。"

"我还没有说话呢。"玛德琳说，"我还没有告诉你，举个例子来说吧，你已经好几个礼拜没有去看我的妈妈了。"

"外祖母忙着参加自己的社会活动呢，根本就不会注意到的。"艾比盖尔这话说得没错。

"艾比盖尔的爸爸来了！"弗雷德站在门前大喊了一句。他话中的含义其实应该是"艾比盖尔的爸爸的车子来了"。

"你好呀，小家伙！"玛德琳听到内森朝弗雷德打了个招呼。有时候，即便是听到内森的声音，玛德琳的心中也会涌现出无数的回忆：背叛、反感、愤怒和迷惑。他就这么走了。他就这么抛下我们母女两个走了，艾比盖尔。我真不敢相信，我简直不敢相信。那一晚你一直在哭啊哭啊。可是哪个新生儿不会无休止地啼哭呢……

"再见了，妈妈。"艾比盖尔充满热情地俯身吻了吻她的脸颊，仿佛玛德琳是她前来探望的一位年迈的阿姨似的。现在，啧啧啧，她终于可以离开这发霉的地方回家去了。

塞莱斯特 //

斯图： 告诉你一些我记得的事情吧。我碰见过塞莱斯特·怀特一次。那时候我正在悉尼的另一边办事，打算顺便买几个新的水龙头，因为我家的旧水龙头莫名其妙地堵住了。长话短说，我正走在哈维诺曼商店的卧室家具展厅里，突然看到塞莱斯特·怀特正躺在一张双人床上，两只眼睛直勾勾地望着天花板。我犹豫了一下才确定是她，于是赶紧上前打招呼："你好啊，亲爱的。"她吓得像掉了魂似的，仿佛是在行窃过程中被逮了个正着。这件事情看起来有些蹊跷。她为什么会跑到这么远的地方来，躺在一张打折的双人床上呢？她确实是个漂亮的女人，但总是有点儿……轻佻。你懂的。现在想起来真令人惋惜。非常惋惜。

"你是这里的新房客吗？"

塞莱斯特吓了一跳，手里提着的台灯差一点儿就掉到了地上。

"抱歉，我不是有意要吓唬你的。"一个穿着运动套装的四十多岁的胖女人出现在了公寓对门的走道上，身边还站着两个小女孩。她们看起来像是一对双胞胎，年纪和乔希、麦克斯差不多大。

"应该算是吧。"塞莱斯特回答，"我是说，是的，我是这里的新房客。不过我还没有决定什么时候搬进来。可能还要再等一段时间。"

和别人交谈并不是计划中的一部分。这未免有些过于真实了。一切都是假想而已，将来未必能够成真。她只不过随便畅想了一下自己的新生活，并想要借此给苏西留下个好印象。下次赴约的时候，她打算带上一个周密的"计划"过去。大部分女人都会唠叨上好几个月却不采取任何行动，但塞莱斯特是个特例。她一直都是那个会按时完成作业的女孩。

"我为那间公寓支付了六个月的租金。"她想要这样轻快而又随意地告诉苏西，"在麦克马洪角那边，我走路就可以进入悉尼北区。我有个朋友就在北区的一间小律所工作。她去年曾经给过我一份工作，被我拒绝了。不过我相信她还是能够给我找点儿事做的。总之，如果这条路走不通的话，我还可以到城里来找工作。乘坐渡轮很快就能进城。"

"哇。"苏西肯定会惊讶地挑一挑眉毛，"干得漂亮。"

第一名的得主就是塞莱斯特。多么好的一个妻子呀，受尽了折磨却还能保持清醒的头脑。

"我叫罗丝。"那个女人说道，"这是伊莎贝拉和丹妮埃拉。"

她是认真的吗？她真的给自己的小孩起名叫做伊莎贝拉和丹妮埃拉吗？

两个女孩懂事地朝她笑了笑，其中一个还开口说了一句你好。显而易见，这对双胞胎可比塞莱斯特的两个儿子乖巧多了。

"我叫塞莱斯特。很高兴认识你们！"塞莱斯特飞快地转动了一下手中的钥匙，"我最好先——"

"你有孩子吗？"罗丝和两个女孩都一脸期待地望着她。

"两个儿子。"塞莱斯特回答。如果她提及自己也有一对双胞胎的话，对方肯定会惊讶于这一奇妙的巧合，再拉着她至少废话上五分钟。

想到这里，她用肩膀顶开了公寓的大门。

"需要任何东西的时候随时知会我一声哦！"罗丝热情地告诉她。

"谢谢！再见。"塞莱斯特松开了门把手，听到两个女孩开始叽叽咕咕地争论这一次到底该谁去按电梯。"哦，看在上帝的分上，姑娘们，我们每一次都要这么做吗？"和刚才那种谦和的社交语气不同，此时的罗丝恢复了自己的本来面目。

房门关上的那一刹那，整个世界都安静了下来。门外那位妈妈的话被硬生生地截成了两半。看来公寓的隔音效果不错。

门边的墙壁上镶着一面镜子，似乎出自上世纪 70 年代某个热情的设计师之手。屋子里其他的地方看起来十分平凡：雪白的墙壁、耐磨的灰色地毯，果然是典型的租赁房。佩里名下的那些用于出租的房子大概也是这个样子的。理论上讲，塞莱斯特也是那些房子的房东，可她却连它们在什么方位都不知道。

要是他们能够一起存钱买一座房子——就只要一座——那该有多好呀。她可以帮忙重装，挑选瓷砖，和房地产商周旋。每当房客要求修补什么东西的时候，她都会十分乐意地说上一句："哦，好的，当然没问题！"

这才是她梦想中的富足生活。佩里那无尽的财富只会令她感到恶心。

她看到过人们第一次到访她家时的那副表情。他们的眼神游走在宽敞的房间和高耸的天花板之间，仿佛每一间富丽堂皇的客房都是他们富裕家庭生活的展馆。每当这个时候，她便会感觉既自豪又羞愧，好像豪宅里的每一个房间都在无声地呐喊着：我们是土豪！我们比你有钱！

华丽的宅邸就像佩里时不时上传到脸书网上的那些照片一样，为他们的生活奠定了一个基调。是的，他们有时会坐在那张看起来就很舒适的沙发上，将香槟酒杯放在咖啡桌上，观赏着海面上的落日。是的，这就是他们的生活。虽说这样的日子有时候很美好，但是她也不能忘记自己的脸被佩里压在同一张沙发里就快要喘不过气来的时候。脸书上那张写着"和孩子们一起外出的快乐一天"的照片并没有撒谎。他们确实带着两个孩子出去玩了，只不过没有把他们入睡后发生的事情拍下来而已。塞莱斯特的鼻子总是特别容易流血。从不例外。

她将带过来的台灯搬到了公寓的主卧室里。房间不大，但至少摆得下一张双人床。当然了，她和佩里现在睡的是一张特大号的双人床。可这里连普通的大号双人床都塞不进来。

她把手里的台灯放在了地板上。这是一盏彩色的蘑菇形状艺术装饰灯。她之所以把它买下来是因为它恰好是佩里最讨厌的那种风格。如果她坚持要买的话，他倒也不会阻止她，只不过每一次瞥到它的时候都会露出嫌恶的表情，就像她会对着他在画廊里指着的现代艺术作品露出不屑的眼神一样。好在他从不会兀自决定把它们买下来。

婚姻意味着妥协。"亲爱的，如果你真的喜欢那种色情的复古玩意，我可以给你买些真的回来。"他肯定会这样温柔地对她说，"这只不过是个廉价的仿冒品而已。"

每当他这样说话时，她隐约听到的都是另一句话：你是个廉价的贱货。

她打算慢慢地用自己喜欢的各种廉价而又低俗的物品来布置这间公寓。她用指尖摸了摸落着薄土的窗台。这地方并不脏，但她下一次打算带些清洁用品过来，把这里打扫得焕然一新。

直到现在为止，她一直都没有办法离开佩里，因为她想象不出自己还有什么地方可去，或者该如何生存。正是这种心态让她感觉自己永远也踏不出那个家门。

通过租下这套房子，塞莱斯特感觉自己的未来已经是万事俱备，只欠东风了。她准备给两个孩子铺好床铺，还要填满家里的冰箱，用玩具和衣服塞满所有的橱柜。她甚至都不需要打包。对了，她还要填上一张当地学校的入学申请书。

她已经准备好了。

若是佩里再动手打她，她一定不会还手，也不会号啕大哭或是瘫倒在床上。她一定会说："我现在要离开你了。"

她低头端详了一下自己的指关节。

或者她可以趁着他出国的机会搬出来。这样似乎更好。她可以在电话里告诉他自己的决定："你知道我们不能再这样耗下去了。等你回来的时候，我们已经搬出去住了。"

她不知道佩里会有什么反应，如果她真的离开了。

等到她终结了这段关系，那些暴力行径也就随即结束了，因为他再也找不到任何理由对她动手了，就像他再也没有权利吻她一样。在他们两人的关系之中，暴力就等同于性。如果她离开了他，一切就无法顺理成章了。她不再像往常那样归属于他，因而也就能得到他的尊敬。他们的关系将会和谐起来。他会变成彬彬有礼却又冷漠无情的前夫。她清楚地知道，他的冷漠会比他的拳头更令自己伤心。不过，不出五分钟的工夫，他便会找到新欢。

她走出了主卧室，沿着狭小的走廊迈向了给两个孩子准备的房间。这里应该摆得下两张并肩的小床。她会为他们买回崭新的被褥，让房间的气氛变得活跃起来。想到那两张迷惑的小脸蛋，她突然有些喘不上气来。哦，上帝。她真的要这样对待他们吗？

苏西推测，佩里肯定会试图取得孩子的独立监护权——看来她并不了解佩里。佩里的愤怒就像喷灯里的火焰一样稍纵即逝。（在这一点上，他和塞莱斯特似乎不太一样。塞莱斯特总是那个火气更大的人，还时常记仇，不肯放手。和她相比，佩里就从不记仇。所以说，她才是那个可怕的人。她清清楚楚地记得每一次的经过，每一个恶毒的字眼。）苏西建议她开始记录自己"受虐"的经历——这是她的原话。把每一件事都写下来，她说。给自己的伤处拍照，保存好医生的报告。这些东西在庭审以及监护权听证会上都是重要的证物。"没问题。"塞莱斯特嘴上答应着，心里却并不打算照做。将它们的所作所为全都记录下来是一件多么令人羞愧的事情呀。那些文字读起来简直就像是在描写小孩打架一样。我扇了他一巴掌。他朝我吼叫了起来。我又吼了回去。他推了我。我打了他。我的身上留下了一道淤青，他的身上留下了一道抓痕。

"他不会试图把孩子从我的身边带走的。"塞莱斯特曾经告诉过苏西，"他只会做对他们最有利的选择。"

"他没准会以为孩子和他在一起才是最好的呢。"苏西用冷淡而又实事求是的语气反驳了她一句，"像你丈夫这样的男人常会出手争取监护权。他们有资源、有财力、有人脉。你得做好准备。他的家人可能也会加入混战。你会感觉所有人的立场都一下子鲜明了起来。"

他的家人。塞莱斯特的心头突然涌起了一阵悲哀。她是那么喜欢佩里那个人丁兴旺的大家庭：无数个姑妈姨妈、一大堆表兄妹，还有三个脾气古怪的白发叔祖父。她喜欢佩里不用带上一份清单就能够从免税店里买回各种香水的感觉。"香奈儿的可可小姐是给阿妮塔姨妈的，三宅一生是给艾芙琳姨妈的。"他会这样嘀咕着。她喜欢看到佩里含着泪、张开双臂拥抱自己最宠爱却又许久没有见面的侄子。这一切的一切似乎都能证明她的丈夫其实是个不错的好人。

自从第一次见到塞莱斯特起，佩里的家人就向她伸出了热情的手，仿佛是担心她会觉得自己那个渺小而又平凡的家庭配不上他们似的。除此之外，他们还想让她知道，除了金钱之外，他们还能给她带来许多其他的东西，毕竟看起来佩里和他的家人什么都不缺。

每当塞莱斯特坐在阿妮塔姨妈家的巨型长桌旁，吃着她亲手烹饪的希腊菠菜派，看着佩里耐心地和脾气古怪的叔祖父们聊着天，而双胞胎则和其他的孩子疯狂地围着桌子跑来跑去时，她的脑海中都会浮现出佩里对她拳脚相加时的画面。这听起来的确有些不切实际，甚至有点儿荒谬：因为事情就发生在前一天的晚上。在感觉不可置信的同时，她也为自己感到羞愧。她知道这都是她的错。在这个温暖有爱的大家庭里，她才是局外人。试想一下，若是他们看到自己对他们钟爱的佩里又踢又挠的话，会不会感到很惊愕呢？

想必在这个其乐融融的大家庭里，没有人会相信佩里有暴力倾向，而塞莱斯特也不想当众戳穿他。她不想让他们知道那个会给自己的姨妈买香水的人其实是一个喜怒无常的暴徒。

苏西并不了解佩里。她了解的只不过是案例和数据而已。她并不知道佩里的火爆脾气只不过是他身体里的一部分，而不是他的全部。

换句话说，他不仅是一个会对自己的妻子拳打脚踢的人，还是一个会捏着鼻子给自己的小孩读睡前故事的人，一个会和善地和女服务生交谈的人。总之，他不是一个恶人，只是偶尔控制不住自己的负面情绪而已。

很多深陷类似困境的女人都会担心，若是丈夫发现自己试图逃跑，一定会毫不留情地追杀她们。然而，塞莱斯特担心的却是自己在离家出走之后会不会想念佩里。对她来说，每当他出差回家时，看到他丢下行李、直接跪坐在地上、张开双臂抱住两个飞奔而来的孩子的画面简直就是一种享受。"我得去亲亲妈咪了。"他会说。

这段诡异的婚姻远没有想象中的那么简单。

她走回了客厅，眼神故意略过了那间又小又简陋的厨房。她根本就无法想象自己在里面做饭的样子。两个孩子肯定会哭喊着：我饿了！我也是！

她想着想着又蹲回了主卧室，将台灯的插销插进了电源里。屋子里的电还通着。五颜六色的灯光从灯罩中迸发出来，看起来是那样的鲜艳夺目。她坐在一旁，仔细地观赏起来。她是真心喜欢这盏滑稽的台灯。

等她搬进来之后，她打算邀请珍和玛德琳过来作客。她会给她们展示自己买回来的这盏台灯，然后和她们一起挤在狭小的阳台上喝下午茶。

如果她离开了彼利威，说不定会想念那段和珍一起绕着海岬散步的日子。大部分时间中，她们并不会和彼此交谈，就像是在肩并肩地做着冥想一样。如果玛德琳也加入的话，她们三个肯定会聊个没完没了的——不过，在只有珍和塞莱斯特的情况下，气氛就截然不同了。

最近，她们都开始试验性地向彼此开口倾诉。有趣的是，人在走路的时候似乎更容易敞开心扉。这也许是因为缺少了桌子对面那双好奇的眼睛所带来的压力吧。塞莱斯特回忆起了珍向她坦白瑞吉的亲生父亲到底是谁的那个早晨。想到那个应该算是强奸了珍的男人，她无奈地耸了耸肩膀。

至少她和佩里的夫妻生活从没有半点的暴力因素。即便是在两人大打出手之后，即便是他想要请求她的原谅，整个过程也都是爱意绵绵、令人飘飘欲仙的。在遇见佩里之前，她从没有对一个男人如此地着迷过。她也知道自己此生都不会再对第二个男人这般动心了。这是不可能的。这样的感情是专属于他们两个人的。

她应该会想念有人能与她耳鬓厮磨的感觉。她应该会想念能够住在海滩旁的日子。她应该会想念和玛德琳一起喝咖啡以及和佩里一起熬夜看 DVD 的时光。她应该会想念佩里的家人。

当你和某人离婚的时候，也就是和他的整个家庭决裂的时候，玛德琳曾经这样告诉过她。玛德琳曾经和内森的姐姐亲如姐妹，可如今却很少有机会见到彼此。这样说来，塞莱斯特也要像放弃了其他东西那样放弃佩里的家人。

太多的东西，她会怀念。太多的东西，她割舍不下。

好吧。权当这是一次练习吧。

她没必要非得强迫自己经历这种种苦难。这只不过是一次理论练习，为的就是要给她的顾问留下一个好印象而已。归根结底还是因为她有钱。换句话说，塞莱斯特并不是在展示自己拥有怎样的勇气。她只不过想要炫耀自己可以用丈夫赚来的钱租赁、装修一间她可能永远也用不到的公寓。苏西的大部分客户都穷困潦倒，只有塞莱斯特可以从佩里的各种账户里取出大笔的现金，而且还不会惊动到他。就算是被他发现了，塞莱斯特也能够轻易编造出一个借口。她可以谎称自己的一个朋友急需现金，而他会连眼睛都不会眨一下，甚至还有可能主动提出多给她一些钱。他不会像别的男人一样严格控制妻子的去处、没收她们的财产。塞莱斯特自由得就像一只鸟儿一样。

她环顾了一下整间公寓。没有嵌入式衣橱。她必须要买一个才行。她怎么会在收房的时候错过了这一点呢？

当玛德琳第一次看到塞莱斯特那间庞大的步入式更衣室时，她的眼睛一下子就亮了起来，仿佛是听到了什么美妙的音乐。"这里，就是这里，我的梦想竟然成真了。"

塞莱斯特过着的正是别人梦想中的生活。

"没有人值得过这样的生活。"苏西曾经这样告诉塞莱斯特。可她又怎么能够了解他们生活的全貌呢？她没有看过两个孩子在倾听佩里讲述自己清晨乘飞机漂洋过海时脸上露出的那种表情。"你不可能真的会飞，爸爸。他会飞吗，妈咪？他会吗？"她没有见过佩里和两个孩子在一起群魔乱舞的样子，也没有看到过佩里和塞莱斯特沐浴着月光在阳台上翩翩起舞的场景。月亮低垂在海面上。那种场景仿佛就像是为他们量身定制的一样。

这是值得的，她会告诉苏西。甚至，这是公平的。用一点点的暴力发泄来交换令别人羡慕的、沐浴着皎洁月光的奢侈生活。

这样说来，她像个秘密谋划越狱的囚犯一样跑来这里做什么呢？

珍 //

"瑞吉。"珍开口叫了一声。

此刻，他们母子二人正用冰冷的沙子盖着一座城堡。傍晚的天空沉沉地低垂着，风儿在耳边吹着轻快的口哨。现在已经是五月份了，想必明天又会是一个晴朗的艳阳天。尽管如此，沙滩上依旧人迹寥寥。在很远的地方，珍隐约能够看到一个正在遛狗的人。不远处，一个穿着全身防寒泳衣的冲浪者正孤独地一步步走向水边，腋下还夹着一块巨大的冲浪板。大海愤怒地咆哮着，卷起一个个巨大的浪花，嘭的一声狠狠甩在沙滩上。海浪翻滚着吐着泡泡，就像沸腾的热水一样在空中溅起了一个又一个的水花。

瑞吉一边小声哼哼着，一边用外祖母买给他的铲子拍了拍城堡的外墙。

"我昨天去见李普曼太太了。"珍说道，"还有阿玛贝拉的妈妈。"

瑞吉抬起头来。他头戴着一顶灰色的无檐小便帽，帽角盖住了他的耳朵和头发。由于寒冷的缘故，他的两颊冻得通红。

"阿玛贝拉说，班上总是有人趁老师不注意的时候偷偷地欺负她。"珍继续说道，"掐她，甚至还……咬她。"

上帝呀。想想都可怕。难怪勒娜塔会那么生气。瑞吉没有吭声，他放下手中的铲子，拾起了一把塑料耙子。

"阿玛贝拉的妈妈觉得是你干的。"珍说。

她差一点就脱口而出："不是你干的，对不对？"但她把刚到嘴边的话又咽了回去。

她换了一种问法："是你干的吗，瑞吉？"

他无视了她的问题，两眼直勾勾地望着沙子，小心翼翼地耙出了几条直线。

"瑞吉。"

他放下手中的耙子，抬起头来望着她，光滑的小脸看起来是那样的漠然，眼神似乎在注视着她身后的某个地方。

"我不想说这件事情。"他回答。

Big

Little Lies

小 谎 言

校园益智
问答夜／**活动一周之前**

● 那些你期待着会不了了之的事件，不
　过是在悄悄酝酿着爆发。

萨曼莎：你有没有听说请愿书的事情？那时候我就意识到事情已经失控了。

哈珀：毫不羞愧地说，请愿书是我发起的。老天哪，校方一直无动于衷！可怜的勒娜塔已经束手无策了。你送自己的孩子去上学的时候起码应该知道他是安全的，对吗？

李普曼太太：我坚决不同意这种说法。校方并非"无动于衷"，而是进行了全面的规划。请允许我明确一点：我们至今没有证据证明瑞吉参与了这些霸凌事件。

西娅：我签字了。那个可怜的小姑娘。

乔纳森：我当然没有签字。那个可怜的小男孩。

加布里埃尔：别告诉别人，不过我好像不小心在请愿书上签了字。我还以为里面的内容是向市政府申请在公园大道上加建人行道呢。

玛德琳 //

"欢迎来到彼利威半岛色情文学俱乐部成立大会！"玛德琳一边拉开她家的大门一边挥手灿烂地微笑着。此时的她已经灌下了大半杯的香槟。

在为今晚做准备的过程中，她一直都在为开设一个读书俱乐部而苛责自己。她只不过是想要借此来哀悼一下因为艾比盖尔搬出去住而沉重的坏情绪而已。"哀悼"这个词是不是太过于戏剧化了？也许吧。但她就是这样觉得的。她感觉自己似乎痛失了一个亲人，却没有人给她送来慰问的鲜花，于是她只好让自己沉浸在读书俱乐部的事务当中。（她为什么不直接去逛逛街呢？）她大张旗鼓地邀请了幼儿园里所有孩子的家长，其中有十位答应出席今晚的活动。接下来，她选择了一本自己爱看的小说，并给大家留出了充裕的读书时间。直到这时她才意识到，俱乐部的每个成员都有一次机会为大家选书。也就是说，她不久就必须被迫埋首于一些晦涩难懂的大部头书籍之中了。哦，好吧。反正她经常不完成作业，到时候临时抱佛脚就好。或者，她也可以向塞莱斯特索要一份内容摘要。

"别再说这是什么色情文学俱乐部了。"她的第一位客人萨曼莎递上一盘布朗尼蛋糕的同时说道，"别人会对我们指指点点的。卡罗尔最喜欢说人闲话了。"

萨曼莎身材瘦小却很结实，看上去就像一个袖珍版的运动员。玛德琳并没有怪罪这个能跑马拉松的女人，因为萨曼莎恰好说出了她的心声，而且还深深臣服于她的幽默感。玛德琳经常会在学校的操场旁看到萨曼莎被别人逗得笑弯腰，以至于必须抓着别人的手臂才能够直起身来。

玛德琳很喜欢萨曼莎，因为早在开学第一周的时候，克洛伊便不可救药地迷上了萨曼莎的女儿莉莉（她也是一个活泼好动的小公主）。看来，玛德琳害怕克洛伊会和斯凯成为朋友的担心完全是多余的。感谢上帝。在艾比盖尔离家之后，玛德琳再也无法忍受邀请前夫的孩子来家里聚会了。

"我是不是第一个到的？"萨曼莎问道，"我很早就出门了，因为我已经迫不及待地想要远离自己的孩子了。我还告诉斯图：'一切就交给你了，兄弟。'"

玛德琳带着她走进了客厅。"坐吧，喝点饮料。"

"珍也会过来的，对吗？"萨曼莎问。

"是呀，怎么了？"玛德琳停下了脚步。

"我只是在猜她知不知道有人最近正在分发一份请愿书。"

"什么请愿书？"玛德琳咬紧了牙关。珍前段时间告诉她，学校里又有人在告瑞吉的状了。

显而易见，阿玛贝拉拒绝指认谁在欺负她。据珍所说，当她向瑞吉问起这件事时，这孩子的反应似乎有点儿奇怪。珍也不知道他这么做是因为内心愧疚还是怎么回事。昨天，她还让自己的医生帮忙介绍了一位收费颇高的心理医生。"我必须得确定一下。"她告诉玛德琳，"你懂的，这完全是因为他的——因为他的出身。"

玛德琳不禁开始猜想瑞吉的三个同父异母的姐妹是否也会有暴力倾

向。想到这里，她的脸一下子就红了起来，似乎是在为自己知情不报的行为感到羞愧。

"是一份要求校方让瑞吉休学的请愿书。"萨曼莎说着露出一副愁眉苦脸的样子，好像她刚刚踩了玛德琳的大拇指。

"什么？这简直太荒谬了！勒娜塔不会以为大家会心胸狭窄到愿意在那上面签字吧？"

"不是勒娜塔干的。我想这件事应该是哈珀发起的。"萨曼莎回答，"我记得她们是很好的朋友，对吗？我直到现在还没搞清楚学校里的人际关系呢。"

"哈珀确实和勒娜塔关系不错，而且还特别热衷于把自己的友情炫耀给别人看。"玛德琳说，"她们是因为家里都有天才儿童才走得那么近的。"她拿起自己的香槟酒杯，一饮而尽。

"我的意思是，阿玛贝拉看上去是个很可爱的小姑娘呀。"萨曼莎接着说，"我不愿去想象她被人偷偷欺负的画面。但是……请愿书？就为了躲开一个五岁的孩子？这实在是有些过分。"她摇了摇头，"我猜，若是莉莉也遇到了类似的麻烦，而瑞吉一直盯着那双绿色的大眼睛，我也会不知如何是好的。莉莉说瑞吉对她很好，还帮她找过她最喜欢的弹球之类的。你到底要不要给我倒点喝的东西呀？"

"抱歉。"玛德琳赶紧给萨曼莎倒了一杯饮料。

"原来这就是西娅语无伦次地给我打电话的原因。"玛德琳回想着，"她说她想要退出俱乐部。我还觉得纳闷呢，因为她一直都在说自己是多么多么想要加入一个读书俱乐部，又是多么多么想要为自己做些事情。她还一本正经地针对书里那段猥亵的性爱描写发表了一番评论。可就在十分钟以前，她却突然打电话来说自己有事脱不开身。"

"你也知道，她家里有四个孩子呢。"萨曼莎安慰她。

"哦，是呀。算起来确实是一场噩梦。"

两人满怀恶意地坏笑起来。

"我快要渴死了！"弗雷德在自己的卧室里喊道。

"爸爸会给你倒水喝的！"玛德琳回答。

萨曼莎脸上的笑容消失了。"你知道莉莉今天对我说了些什么吗？她说：'我可不可以和瑞吉一起玩？'我回答：'当然可以了。'然后她说——"萨曼莎突然停顿了一下，换了一种语气叫道："你好呀，克洛伊。"

克洛伊出现在了门口，怀里还抱着自己的泰迪熊。

"我以为你睡着了呢。"玛德琳故作严厉地说道，可心里却早已经被女儿穿着睡衣的模样融化了。在她主持俱乐部的会议时，艾德本应该负责照看孩子的。虽然他也读了玛德琳推荐给大家的那本书，但却并不打算加入俱乐部。他说，读书俱乐部让他想起了英国文学课上那些自命不凡的同学给他带来的可怕回忆。"如果有人提到了'超凡的意向'或是'叙事弧'这两个词，替我抽他们几个耳光。"他告诉她。

"我睡着了，但是爸爸打呼声把我吵醒了。"克洛伊回答。

自从最近的"卧室怪兽入侵"事件之后，克洛伊便养成了一个新的习惯，就是央求爸爸或妈妈在她上床之后陪她一起"躺上几分钟"。只是大多数情况下，玛德琳或是艾德总是会忍不住和她一起睡着，然后一个多小时以后迷迷瞪瞪地眨着眼睛从女儿的卧室里走出来。

"莉莉的爸爸也爱打呼噜。"萨曼莎告诉克洛伊，"听上去就像是有一辆货车开过来了。"

"你们是不是在说瑞吉的事情？"克洛伊一脸八卦地问道，"他今天又哭了，因为奥利弗的爸爸让奥利弗离他远一点儿，还说他是个霸道的坏孩子。"

"哦，看在上帝的分上。"玛德琳感叹道，"奥利弗的爸爸才霸道呢。你真应该看看他在家长会上的那副德行。"

"所以我就打了奥利弗。"克洛伊说。

"什么？"玛德琳问道。

"我就轻轻地打了他几下。"克洛伊回答。她抬起头来天真地望着她们，手里还紧紧地抱着自己的泰迪熊，"我没怎么伤害到他。"

门铃再度响起的时候，弗雷德又大喊了一声："我就想让你们知道，我还在等我的水杯！"萨曼莎一把抓住了玛德琳的手臂，却被她无助地笑着甩开了。

珍 //

珍是在出发前往玛德琳家参加俱乐部第一次活动前的十分钟听闻请愿书的事情的。当时她正在浴室里刷牙，手机突然响了起来，于是瑞吉便跑过去接电话。

"我去叫她。"她听到他说。一阵欢快的脚步声之后，他出现在浴室的门口。"是我的老师打来的！"他的声音里夹杂着一丝畏惧，随即把手机塞到了她的怀里。

"稍等一下。"珍嘟囔着满是牙膏的嘴巴，高高地举起了牙刷。可瑞吉还是硬要将手机放进她的手里，然后就快步跑开了。"瑞吉！"她差点儿把手机掉在了地上。趁着漱口的工夫，她把手机高高地举了起来，然后吐了一口，擦了擦嘴巴。到底又怎么了？瑞吉下午放学回家之后表现得很安静，一直都在反省自己，还告诉她阿玛贝拉今天没有来上学。所以说，这应该不可能是有人打电话来告状。哦，上帝啊。难道他又对别人做了什么事情吗？

"嗨，巴恩斯小姐……丽贝卡。"她和巴恩斯小姐打了个招呼。她很喜欢和自己同龄的丽贝卡·巴恩斯（听说巴恩斯小姐就快过 25 岁生日了，孩子们都很兴奋）。虽说两人也算不上是朋友，但珍总是感觉和她有种不言而喻的默契。围绕在一群长辈和小辈之间，她们自然而然地产生了某种共鸣。

"嗨，珍。"丽贝卡说道，"很抱歉，我本想等瑞吉上床之后再打电话给你的。希望现在还不是太晚——"

"哦，没事。他正准备上床呢。"她冲着瑞吉做了一个"快去——快去"的手势。他一脸惊愕地跑进了自己的卧室里，心里也许正担心老师这么晚打电话来是不是因为自己又犯了什么错误。在学校里，瑞吉是个守规矩的乖孩子,总是急迫地想要取悦巴恩斯小姐。正是因为这个原因，珍很难想象瑞吉会冒着被人抓住的危险去欺负别的同学，可她的想法却一再碰壁。瑞吉不像是会做出这种事情的孩子呀。

"有什么事吗？"珍问道。

"你需要我晚点儿再打过来吗？"丽贝卡反问。

"不，没事的。他已经进屋了。出了什么状况吗？"她发现自己的声音变得尖利起来。她已经约了心理医生下周见面。幸好有人临时推掉了约会，才给她留出了空当。她已经警告过瑞吉很多次了，不许碰阿玛贝拉或是别的孩子一根手指。他先是平淡地答了一句："我知道了。我不会伤害任何人的，妈咪。"然后，过不了几分钟，他又改口说道："我不想说这件事情。"她还能做些什么呢？为了一件无凭无据的事情而惩罚他吗？

"我只是想要问一下，你知不知道他们正在分发请愿书的事情？"丽贝卡说，"我希望你先从我的口中听说这个消息。"

"请愿书？"珍问道。

"一份要求校方让瑞吉休学的请愿书。"丽贝卡回答，"真的很抱歉。我也不知道是谁在背后捣鬼。我只是想要让你知道，我感到很愤怒，李普曼太太也会感到很恼怒的。这显然和任何事情都不相干。"

"你是说，有不少人真的在上面签字了吗？"珍说着伸手抓住了椅背，发现指关节都已经变得惨白了，"可我们甚至还不确定——"

"我知道。"巴恩斯小姐安慰她，"我们还不能确定是不是瑞吉的错。据我所看到的情况来判断，阿玛贝拉和瑞吉是朋友！所以我也很困惑。我每天都像只老鹰一样紧紧地盯着他们，真的，我试过了。但我的班上一共有 28 个孩子，其中两个有多动症，还有一个有学习障碍，再加上两个天才儿童、四对自以为自己的孩子是天才的家长以及一个患有过敏症的孩子，我感觉自己随时随刻都在揪着一颗心。还有——"巴恩斯小姐加快了语速，音调也随之升高了许多。说到一半时，她突然停顿了一下，清了清嗓子，然后又降低了嗓门。"对不起，珍，我不该向你说这些的。这太不专业了。我只是为你——也为瑞吉感到难过。"

"没关系的。"珍回答。她嗓音里的压抑感让珍感到莫名的安慰。

"我对瑞吉总是格外的心软。"巴恩斯小姐说，"还有，我不得不说，我对阿玛贝拉也是格外的心软。他们两个都是很可爱的孩子。我是说，我感觉自己对于孩子的事情总是看得很准。所以，这一切简直是太奇怪、太离奇了。"

"是呀。"珍回答,"我也不知道该怎么办了。"

"我们会有办法的。"巴恩斯小姐说,"我答应你,我们会找到解决的办法的。"

显而易见,她也束手无策。

挂上电话之后,珍走进了瑞吉的卧室。

他正盘着腿坐在自己的小床上,背靠着墙壁,脸上还挂着晶莹的泪珠。"大家现在是不是都不能和我玩了?"他问道。

西娅: 你可能也听说了,珍在校园益智问答夜那天又喝多了。这种行为出现在学校活动中简直是有失稳妥了。是这样的,我能理解所有的矛头都指向瑞吉的时候她心里的难过。但我不断地问自己:她为什么不干脆让他退学呢?她又不是土生土长的当地人。她应该回到自己生长的西部乡下去。她在那里可能会适应得更快一些。

加布里埃尔: 我们当时都有点微醺。我记得玛德琳就是这么说的。"我感觉自己有点儿微醺。"玛德琳就是这样。可怜的她……总之,都是那几杯鸡尾酒的错。那酒肯定有一千多卡路里。

萨曼莎: 所有人都喝醉了。那本来应该是个格外美好的夜晚,不料却发展成了一个烂摊子。

塞莱斯特 //

"佩里这次又去哪儿了？"怀抱着毛线活儿的格温一坐上塞莱斯特的沙发便会这样问。

双胞胎还是襁褓中的婴儿时，格温就经常过来帮忙照看他们。她现在已经是两个十二岁孩子的祖母了，语气中总是有着令人羡慕的坚定，手提包里还老装着金纸包的巧克力金币。不过,这些今晚都派不上用场了,因为两个孩子早就酣然入睡了。

"日内瓦。"塞莱斯特回答，"或者，等一下，也许是热那亚？我记不清了。他现在应该还在飞机上。他今天早上才走的。"

格温一脸心驰神往地看了看塞莱斯特。"他过着飘忽不定的生活，是不是？"

"没错。"塞莱斯特回答，"我猜是这样的。我不能迟到。这是个新成立的俱乐部，所以我还不确定自己什么时候才能——"

"要看讨论的是哪本书！"格温替她回答道，"我参加的读书俱乐部刚刚才讨论完一本很有意思的书。那本书叫什么来着？讲的什么来着？老实说，大家并不是那么喜欢这个俱乐部，不过我的朋友皮普很会做菜，从某种程度上弥补了书本内容的不足。她给我们做了一盘美味的鱼肉咖喱，虽然有点辣，但是大家吃过之后都惊呼了一句：'皮普！'"格温在嘴巴前面挥舞着两只手，回味着那股辛辣的味道。

格温身上的唯一问题就是聊起天来没完没了。佩里总是能够婉转地"全身而退"，但塞莱斯特却怎么也不好意思开口。

"嗯，我得赶紧走了。"塞莱斯特俯身从格温面前的咖啡桌上拿起了自己的手机。

"哎哟，好大一块淤青啊！"格温惊呼，"你怎么了？"

塞莱斯特拽了拽丝绸衬衫，遮住了手腕。

"打网球的时候受伤了。"塞莱斯特回答，"我的双打搭档和我跑去接同一个球来着。"

"噢！"格温的眼神一动不动地盯着塞莱斯特。两个人就这样沉默了半天。

"好了。"塞莱斯特开口说道，"就像我刚才说的，两个孩子应该不会醒——"

"可能是时候换一个网球搭档了。"格温不温不火地随口答道。塞莱斯特的两个儿子打架的时候，格温也曾用这样的口吻说过他们，效果惊人。

"嗯。其实都是我的错。"塞莱斯特回答。

"我敢打赌不是。"格温望着她的双眼。她这才意识到，自己认识格温这么多年以来，从没有听她谈起过自己的丈夫。她看上去就像是一个完全自给自足的老太太，每天忙前忙后，不时和朋友、孙辈们一起聊聊天。丈夫这个角色对于她来说似乎有些多余。

"我得赶紧走了。"塞莱斯特扔下了一句。

珍 //

直到小保姆来敲门的那一刻，瑞吉的脸上还挂着泪珠。他告诉珍，班上有三四个孩子（她并没有听清具体的数字，因为他已经哭得上气不接下气了）都对他说，他们的爸爸妈妈不允许自己和他玩。

他啜泣着钻进了珍的怀里，小脸蛋不自在地顶着她的肚子和大腿。她坐下来，不料他却一下子扑了过来，差点儿把她按倒在地。她能够感觉到他正努力地吸着堵塞的小鼻子，眼泪滴湿了她的牛仔裤。接下来，他硬生生地把头顶在了她的腿上，仿佛是想要躲进她的身体里。

"一定是切尔西来了。"珍抓住了瑞吉瘦弱的肩膀，企图把他从自己的身上拉起来，但瑞吉连喘息的工夫都不留给她。

"他们都躲着我。"他继续啜泣着，"见到我就跑！我感觉自己就像是在玩星际大战一样。"

太好了，珍默念着。看来今天她是去不成读书俱乐部了，她不可能在瑞吉这个样子的时候把他扔在家里。再说了，如果现场还有其他在请愿书上签了字的家长怎么办？或者是那些警告自己的小孩不准靠近瑞吉的家长呢？

"你在这里等我一下。"她嘟囔了一句，把他那软绵绵的沉重身体从自己的腿上挪开。他满脸通红、鼻涕眼泪横流地望着她，然后扑在枕头上大哭了起来。

"很抱歉，我临时取消了行程。"珍对切尔西说道，"不过我还是会付钱给你的。"

她身上并没有小于 50 澳币面额的纸币。"哦，啊，没事，谢谢。"切尔西回答。看来青少年从不懂得找钱给别人。

珍关上门，拨通了玛德琳的电话。

"我不能去了。"她告诉玛德琳，"瑞吉——瑞吉感觉不太舒服。"

"又是阿玛贝拉的事情，对不对？"玛德琳问道。珍隐约听到电话那头还有别人谈话的声音。看来有些家长已经到场了。

"是啊。你也听说请愿书的事了？"她努力平复着自己的语调。玛德琳肯定已经厌倦她了吧：她为了河马哈利的事情哭天抢地，又拽着她没完没了地回忆自己那龌龊的性经历。她肯定很后悔自己那天扭伤了脚踝吧。

"真是太过分了。"玛德琳说，"我简直就快要气炸了。"

电话的背景里传来了一阵哄堂大笑，听上去倒像是一个鸡尾酒派对而不是读书俱乐部。那笑声让珍备受冷落，虽然她知道自己也受到了邀请。

"我得挂电话了。"珍说，"祝你们玩得开心。"

"我会给你打电话的。"玛德琳回答，"别担心。会有办法解决的。"

珍挂上了电话，又听到一阵敲门声。原来是住在她家楼下的那个女人——切尔西的妈妈艾琳，手里还举着一张 50 元面值的纸币。她的个子很高，打扮得十分朴素，有着灰色的短发和一双充满智慧的眼睛。

"你不能什么也不让她做就给她 50 块钱呀。"她开口说道。

珍感激地接过了钱。老实说，把钱递到切尔西手里的那一刻，她便开始后悔了。50 块钱可不是一个小数目。"我觉得自己给她添麻烦了嘛。"

"她已经 15 岁了。何况只不过是爬几层楼梯的事情而已。瑞吉还好吗？"

"学校里出了点事情。"珍回答。

"哦，亲爱的。"艾琳说道。

"霸凌事件。"珍补充道。其实她和艾琳并不是那么熟络，只不过站在楼梯上说过几句话而已。

"有人欺负可怜的小瑞吉？"艾琳皱起了眉头。

"他们说是瑞吉在欺负其他的同学。"

"哦，胡说八道。"艾琳说，"别相信他们。我在小学任教已经二十四年了，哪怕隔着一英里我也能认出谁是班上的小霸王。瑞吉绝不是那样的孩子。"

"嗯，我也是这么想的。"珍回答，"我是说，我也觉得他不是。"

"我敢说，那些家长又在小题大做了。"艾琳精明地看了珍一眼，"现在的家长总是过分关注自己的孩子。回想起来，过去那种适度的放任也许是件好事。如果我是你，一定会有所保留地看待这一切。小孩子之间的问题都不是什么大问题。等到他们有可能接触到毒品、性和社交媒体的时候，那才真的叫人担心呢。"

珍礼貌地回敬了她一个微笑，然后举起了手中的50元纸币。"好吧，谢了。告诉切尔西，我下次需要人帮忙照看瑞吉的时候还会去找她的。"

她硬生生地关上了门，对于艾琳的那句"小孩子之间的问题都不是什么大问题"感到有些恼火。她迈进走廊的时候，隐约还能够听到瑞吉的哭声：那不是小孩子在寻求家长的关注时发出的百般索求的哭声，也不是不小心弄伤自己之后惊慌失措的哭声。那是成年人才会有的啜泣：无助而又软弱的啜泣。

珍走到他的房门口，在门外站了好长一段时间，看着儿子脸朝下地扑倒在自己的小床上，双肩不住地颤抖着，两只小手紧紧地攥着星际大战花纹的被单。她感觉一股坚定的力量正从心底萌发出来。此时此刻，她已经不在乎瑞吉到底有没有伤害阿玛贝拉了，也不在乎他是否遗传了生父的暴力基因。不管怎样，谁说他的暴力基因就一定是从父亲身上继承而来的呢？若是勒娜塔此刻就站在她的面前，她倒是很乐意揍勒娜塔一顿。而且，她动手的时候不会给勒娜塔留任何的情面，一定会把勒娜塔脸上那副看上去很昂贵的眼镜一并打飞。她甚至还会像个真正的恶霸一样用鞋跟踩碎那副镜片。她才不会在乎别人说自己"护犊子"呢。

"瑞吉。"她坐在了他的身边,轻轻地揉着他的后背。

瑞吉抬起了满是泪痕的脸。

"我们去看看外祖父外祖母吧。带上睡衣。我们今晚在他们家里过夜。"

他吸了吸鼻子,浑身颤抖了一下。

"路上我们还可以一起吃些薯片、巧克力之类的零食。"

萨曼莎:我知道我一直都在开玩笑,你大概会以为我是个没有良心的贱女人。但这其实是我的心理防御机制。我是说,这的确是场悲剧。葬礼简直是……那个可怜的小男孩是什么时候把信放在棺材上的?我甚至都……我的情绪一下子就失控了。我们都失控了。

西娅:真是太痛苦了。这画面让我想起了小王子哈利在戴安娜王妃的葬礼上留下的那张写着"妈咪"的字条。不过我们显然并没有什么皇室情结。

塞莱斯特 //

塞莱斯特很快就意识到,在这个读书俱乐部里,书本并不是大家谈论的主题。她感到有些失望,因为她本来是很期待能够和别人聊一聊这本书的内容的。说出来有些难为情，为了参加这次聚会，她甚至像个负责任的小律师一样用便利贴标注出了几个页码，还在书中的空白处简短地写下了几句评语。

她悄悄地把书本从大腿上拿下来，塞进书包里，以免被旁人看到，招来取笑。虽说那些可能被用来取笑她的话也只不过是善意诙谐的字眼，她却早已丧失了能够一笑而过的达观态度。嫁给佩里意味着她随时随地都要调整自己的言行，不时地反省刚刚说过的话或是做过的事，同时保持防卫的心理。她的思维和感情都被绞成了解不开的绳结。有些时候——例如现在和这样一群正常人坐在一起时，那些她无法说出口的话全都郁结在她的喉咙里，憋得她喘不过气来。

如果他们真的了解此刻坐在他们对面、为他们递送着寿司的女人身上所经历的一切，他们会作何感想？这是一群彬彬有礼、不会抽烟、热衷于参加读书俱乐部的人。每个人都是精神百倍、语气轻快。想必在这种意气相投的小小社交圈子里，夫妇之间是不会对彼此拳脚相加的。

大家之所以把读书的事情抛到九霄云外全都是因为那封请愿书。一部分人对此并不知情，而另一部分人则在热情洋溢地描述着事情的前因后果和新进展。大家都尽力提供着自己所知的信息。

在对话的过程中，塞莱斯特一直都面带微笑地小声认同着大家的说法，而玛德琳则涨红着脸，情绪激动地主持着"会议"。

"显然，阿玛贝拉并没有说过就是瑞吉干的。勒娜塔之所以会这样以为，完全是因为迎新日那天的事情。"

"我听说那孩子的身上还有被人咬过的痕迹。小小年纪就能做出这种事情来，真是可怕呀。"

"莉莉的日托所里也有一个爱咬人的小孩儿。她回家的时候身上经常是青一块紫一块的。我必须得承认，我真想杀了那个小混蛋。但是她的妈妈实在是太善良了，每次听到有人告状都会变得很紧张。"

"问题就在这里。老实说，当你发现自己的孩子其实就是小霸王的时候，事情往往会变得更糟糕。"

"我想说一句，我们讨论的可都是一群孩子啊！"

"我的问题是，老师们为什么没看见事情的经过？"

"难道勒娜塔就不能强迫阿玛贝拉说出到底是谁欺负她吗？她已经五岁了呀！"

"我猜你想说的是，她的家长还称她是个天才儿童吧——"

"哦，这我就不清楚了。瑞吉是个天才儿童吗？"

"我说的不是瑞吉。是安娜贝拉。她确实挺聪明的。"

"是阿玛贝拉，不是安娜贝拉。"

"这个名字难道不是他们瞎编的吗？"

"哦，不，不。那是法语！你难道没听勒娜塔提起过吗？"

"哦，这孩子估计这辈子都要被人念错名字了。"

"哈里森每天都和瑞吉一起玩。他怎么从来都没遇见过任何问题？"

"请愿书！真是太荒谬了。简直是心胸狭隘。顺便说一句，这乳蛋饼做得可真不错。玛德琳，是你做的吗？"

"是我加热的。"

"对了，当初勒娜塔在班上分发邀请函的时候唯独跳过了瑞吉。我觉得她太没有良心了。"

"我的意思是，公立学校可以随便开除学生吗？这可能吗？公立学校不就是要容纳各式各样的人吗？"

"我丈夫觉得我们的心肠都太软了。他还说，如今的人总是急于给一些孩子贴上'霸道'的标签，可他们还只是孩子而已啊。"

"他说得有道理。"

"不过咬人和掐人——"

"嗯。如果是我的孩子的话——"

"你肯定不会发起请愿活动的。"

"嗯，是呀。"

"勒娜塔有的是钱。她为什么不干脆把阿玛贝拉转到私立学校去呢？这样她就不用和我们这群乌合之众打交道了。"

"我喜欢瑞吉。我也喜欢珍。独立抚养孩子肯定不是什么容易的事情。"

"有没有人知道孩子的父亲是谁？"

"我们要不要来聊聊这本书？"这次开口的是玛德琳了。看来她终于想起自己主持的是一个读书俱乐部的活动了。

"我觉得可以。"

"到目前为止，有没有人在请愿书上签过字了？"

"是哈珀牵的头。"

"勒娜塔是不是和哈珀的丈夫在一起工作之类的？或者，等一下，我是不是搞混了？是你的丈夫吗，塞莱斯特？"

所有人的目光一下子都集中到了塞莱斯特的身上，仿佛是在对她暗示什么。她赶紧抓住了酒杯的柄脚。

"勒娜塔和佩里是同行。"塞莱斯特回答，"他们应该认识彼此。"

"我们还没有见过佩里呢，对不对？"萨曼莎说道，"他可真是个神秘的男人啊。"

"他经常出差。"塞莱斯特说，"现在在热那亚呢。"

不对，是日内瓦。绝对是日内瓦。

这段对话诡异地停顿了一下，空气中飘荡着一种期待的氛围。难道她刚刚说了什么不合时宜的话吗？

她感觉所有人都在期待她继续说下去。

"益智问答夜那天你们会见到他的。"她回答。和大多数男人不同，佩里最喜欢的就是华丽的服饰了。在塞莱斯特与他核实日程安排、想要确定他能否出席的时候，他的脸上甚至露出了期盼的表情。

"你需要一条珍珠项链，就是赫本在《蒂凡尼的早餐》里戴过的那一种。"他对她说道，"我去日内瓦的时候会在瑞士珍珠店里给你买一条的。"

"不用了。"她回答，"真的不用。"

参加益智问答夜的变装派对时，你只需要从道具店里租借一套廉价的道具珠宝就可以了。毕竟这场活动的目的是集资为学校购买智能白板，为什么要花上一笔无益的费用来添置一条项链呢？

他肯定会给她买回一条和电影里一模一样的项链的。他热爱珠宝，情愿在珠宝商店里花掉足以买回一辆汽车的钱，只为了带走那件心爱的首饰。若是玛德琳看到她的项链时露出了狂喜的表情，她倒是很愿意把它从脖子上解下来递到玛德琳的手中。"也给玛德琳买一条吧。"她本想这么说来着。只要她开口，佩里一定会欣然照做的。不过，玛德琳是肯定不会接受这么昂贵的礼物的。想到自己竟然不能把一件能够让玛德琳感到真心快乐的东西送给她，塞莱斯特突然觉得自己很可笑。

"大家都会去参加校园益智问答夜的活动吗？"她语气轻快地问道，"听上去很有意思的样子！"

萨曼莎：你有没有看过校园益智问答夜那晚拍摄的照片？塞莱斯特看上去美极了。所有人都在盯着她看。显然，她脖子上戴着的那条珍珠项链是货真价实的 McCoy。不过你知道吗？我看照片的时候发现她的脸上似乎有些失落，眼神里藏着某种东西，就像见鬼了似的。说不定她早就预料到那晚会发生什么可怕的事情呢。

玛德琳 //

"真有趣。也许我们下一次会记得好好讨论一下书里的内容。"玛德琳说道。

塞莱斯特是最后一个离开的人。她麻利地清理完了所有的碗碟，并把它们一一放进了玛德琳的洗碗机里。

"放着我来！"玛德琳说，"你总是这样！"

塞莱斯特最擅长的就是默默地做完清理收尾的工作。无论玛德琳何时请她过来小聚，厨房里总是会变得窗明几净、一尘不染，到处都在闪闪发光。

"走之前和我一起坐下来喝杯茶吧。"玛德琳对塞莱斯特说，"你看，我这里还留着几个珍新做的玛芬蛋糕。我可舍不得把它们拿出来在俱乐部上分享。"

塞莱斯特的眼睛一下子就亮了起来。她坐了下来，然后又尴尬地站起身来。"艾德呢？他会不会介意我留在这里？"

"你说什么呢？别管艾德了。他可能还躺在克洛伊的床上打呼噜呢。"玛德琳回答，"总之，管他呢。这也是我的家。"

塞莱斯特无力地笑了笑，再度坐了下来。

"可怜的珍实在太倒霉了。"塞莱斯特说着接过玛德琳递过来的玛芬蛋糕。

"至少我们知道今晚在场的人都不会在那封愚蠢的请愿书上签字。"玛德琳回答，"大家你一言我一语的时候我一直在回想珍的经历。她跟你提起过瑞吉的生父的事情，对吗？"

这是一个十分必要的问题。尽管珍已经告诉过她，自己会把这些话原封不动地复述给塞莱斯特听，可玛德琳还是出于内疚的心理好好反省了一下自己是不是又在八卦。不过这没关系，因为和她一起八卦的人是塞莱斯特。她喜欢八卦的习惯是健康的，毕竟她不会像有些妈妈那样到处贪婪地挖掘别人的秘密。

"对的。"塞莱斯特一边附和着一边咬了一口手中的蛋糕，"太恐怖了。"

"我在谷歌上搜索了他的名字。"玛德琳坦白。这才是她提起这个话题的真正原因。虽然这话让她感觉很内疚，但她实在是太想要找塞莱斯特倾诉一下了。或者说，她需要塞莱斯特和她一起分担这个秘密的重量——不过这么想似乎只会让事情变得更糟。

"你说谁的名字？"塞莱斯特问道。

"孩子的父亲。瑞吉的父亲。我知道我不应该这么做。"

"你怎么知道如何去搜索？"塞莱斯特皱起了眉头，"她把他的名字也告诉你了吗？我怎么不记得她和我提到过这一点。"

"她说他的名字叫做萨克森·班克斯。"玛德琳说，"你知道吧，听上去就像《欢乐满人间》里的班克斯先生。珍说他还真的给她唱过里面的主题歌呢。所以我才记得这么清楚。你还好吗？我是不是说错了什么？"

塞莱斯特用拳头捶了捶自己的胸口，咳嗽了几声，脸色一下子涨得通红。

"你刚才是说萨克森·班克斯吗？"塞莱斯特用嘶哑的声音问道，然后又清了清嗓子，一个字一个字地重新问了一遍，"萨克森·班克斯？"

"是呀。"玛德琳回答，"怎么了？"说罢，她突然明白了些什么。"哦，我的上帝。你认识他，对不对？"

"佩里有个表兄就叫做萨克森·班克斯。"塞莱斯特说，"他是个……"她停顿了一下，眼睛突然睁得滚圆，"房地产开发商。珍说到过，那个男人是个房地产开发商。"

"这个名字并不常见。"玛德琳嘟囔着。面对这个可怕的巧合，她试图让自己不要显得过于激动。当然了。她激动的原因并不是因为佩里和这个男人是亲戚，毕竟现在不是感叹"世界可真小啊"的时候。这简直太可怕了。一种让人无法抵抗却又胸闷气短的兴奋感油然而生。这和那份恼人的请愿书一样，都是能够帮助玛德琳暂时遗忘自己对于艾比盖尔有多抓狂的"好事"。

"他还有三个女儿。"塞莱斯特的目光飘向了远方，似乎在努力回想着什么。

"我知道。"玛德琳一脸内疚地说，"瑞吉同父异母的姐妹。"她转身走进厨房，拿着自己的平板电脑重新坐回了桌旁。

"他对自己的妻子一直都很忠诚。"趁着塞莱斯特说话的工夫，玛德琳又滑动了一下屏幕上的网页，"他很可爱！热情，风趣。我根本就无法想象他竟然是一个不忠的男人。更别说他的所作所为会如此的……

残忍了。"

玛德琳把平板电脑塞到了塞莱斯特的手中。"是他吗？"

塞莱斯特低头看了看照片。"没错。"她把大拇指和食指放在了屏幕上，放大了那张照片，"我可能想多了，但我觉得自己似乎看出了他和瑞吉的相似之处。"

"眼睛那一部分吗？"玛德琳附和道，"是呀，我也是这么想的。"

屋子里一片寂静。塞莱斯特呆呆地看着平板电脑的屏幕，手指不住地在桌子上敲打着。"我本来还挺喜欢他的！"她抬起头望着玛德琳，脸上挂着一种羞耻的表情，仿佛她也应该对珍的不幸遭遇担负什么责任似的，"我一直都挺喜欢他的。"

"珍确实说过他是个很有魅力的男人。"玛德琳安慰她。

"是的，但是——"塞莱斯特靠在了椅背上，推开面前的平板电脑，"我不知道该怎么办。我是说，难道我也有责任吗？我不知道。我是不是该做点儿什么？这简直是……太棘手了。如果他真的强奸了她，我肯定希望他受到法律的制裁的。可是——"

"他有可能强奸了她。"玛德琳说，"听上去像是强奸，但也许只能算是骚扰。我也不懂。大概就是这个意思吧。"

"你说得对，可是——"

"我明白。"玛德琳说，"我明白。你不能因为一个人卑鄙龌龊，就把他关进监狱里去。"

"我们还不能肯定就是他吧。"塞莱斯特缓了缓神，目光又回到了那张照片上，"她也许听错了他的名字，或者——"

"还有另一个萨克森·班克斯。"玛德琳替她补充道，"一个没有出现在谷歌上的人。并不是所有人都会在网上留下自己的信息的。"

"没错。"塞莱斯特过分热心地回答。其实她们都清楚他也许就是那个伤害珍的男人——他符合珍口中所有的描述。在房地产开发的领域里，两个同龄男子都叫做萨克森·班克斯的几率到底有多少呢？

"佩里和他亲近吗？"玛德琳问道。

"我们很少见到他，但是和他的孩子们都很熟。他住在内陆地区。"塞莱斯特说，"不过佩里小时候和他倒是走得很近。他们的妈妈是同卵双胞胎。"

"怪不得你会怀上双胞胎。"玛德琳感叹道。

"我们也是这么猜的。"塞莱斯特含糊地回答，"不过后来我发现只有异卵双胞胎的基因是遗传的，同卵双胞胎的则不是。所以说，我怀上双胞胎只不过是巧合而已……"她说着说着又破音了，"哦，上帝。我下一次看到萨克森的时候该怎么办？他们一直都在商议明年要在西澳大利亚的什么地方举办一次家族聚会。我该怎么向佩里解释？我要不要告诉他？这会让他很伤心的，对不对？何况我们什么也做不了，难道不是吗？我们什么也做不了。"

"如果我是你——"玛德琳说，"我会告诉自己永远也不许把这个秘密告诉艾德，但最终还是会忍不住说漏了嘴。"

"他也许会很生气吧。"塞莱斯特说着给了玛德琳一个鬼鬼祟祟的、充满了孩子气的眼神。

"生他那个混蛋表兄的气吗？我觉得应该会吧。"

"我是说生我的气。"塞莱斯特紧紧地抓住了自己的领口。

"生你的气？你是说他会袒护自己的表兄？"玛德琳心想：那又怎么样？让他袒护去吧。"也许吧。"她回答。

"那事情就……尴尬了。"塞莱斯特接着说，"比方说，佩里在学校活动中见到珍的时候，心里一定会出现很多的潜台词。"

"是呀。所以说，你可能真的要对他保守这个秘密了，塞莱斯特。"玛德琳一脸严肃地告诫她，心里却在偷偷想着，若是换成自己的话，可能艾德一踏进家门的时候就会听到她忍不住高声大喊的声音了："你知道你那个可怕的表兄对我的朋友做了些什么吗！"

"而且我们也不能告诉珍？"塞莱斯特的脸抽搐了一下。

"那当然。"玛德琳回答，"我是这么想的。"她咬了咬嘴唇，"你说呢？"

如果珍发现了事情的真相，只会再一次受到伤害。这对她来说又有什么好处呢？何况她从未想过要让瑞吉和这个男人建立什么关系。

"嗯，我同意。"塞莱斯特说，"总之，事实就是，我们也不确定是不是他。"

"说得对。"玛德琳附和道。重申这一点对于塞莱斯特尤为重要。这就是她们的辩词，她们的借口。

"我最不擅长保守秘密了。"塞莱斯特坦诚地说。

"真的吗？"玛德琳朝着她狡黠地笑了笑，"这可是我的拿手好戏。"

塞莱斯特 //

离开读书俱乐部开车回家的路上，塞莱斯特一直都在回想自己最后一次见到萨克森和他的妻子埃莱妮时的情景。那时候她还没有怀孕，和佩里一起去阿德莱德参加他远房表兄的盛大婚礼。

凑巧的是，她和佩里在接待中心的停车场里找车位时恰好停在了萨克森的车子旁边。他们并没有在教堂里看到彼此，因此一下子就从自己的车子里跳了下来，冲过去给了对方好几个熊抱，还反复拍打着对方的背部。两个人的眼里都噙着热泪，看来是真心地喜欢彼此。刚刚在冰冷潮湿的教堂里参加完冗长婚礼仪式的塞莱斯特和埃莱妮都穿着无袖的小礼服，在寒风中瑟瑟发抖，期待着入席后能赶紧好好地喝上一杯。

"这里的食物应该不错。"一行人沿着小径向温暖的室内走去时，萨克森揉搓着双手说道。这时候，埃莱妮突然停住了脚步。她把手机落在了教堂的长凳上。可是，若是现在返回去取，至少要花上一个小时的时间才能够赶回来。

"你留下。我回去。"埃莱妮说道。然而，萨克森却翻了翻白眼回答：
"不，不用你去，我亲爱的。"

最后，大家决定由佩里和萨克森一起开着车回去取手机，而塞莱斯特和埃莱妮则坐在热乎乎的壁炉前品着香槟。"哦，亲爱的，我感觉很不好意思。"埃莱妮语气轻快地说了一句，然后招呼着侍者过来为她添酒。

不，不用你去，我亲爱的。

一个面对如此麻烦还能表现得颇具绅士风度、诙谐幽默的男人和一个残忍虐待十九岁少女的暴徒怎么可能是同一个人呢？

话说回来，塞莱斯特其实应该比别人知道得更清楚才对。佩里不是也曾经大费周章地折回去为她取过手机吗？

难道说这两个男人都遗传了什么精神障碍吗？精神病是有家族遗传史的。佩里和萨克森是同卵双胞胎的儿子。从基因的角度来讲，他们不仅是表兄弟，还是同母异父的兄弟。

或许是他们的妈妈给他们造成了某种伤害？吉恩和爱琳都是外形娇小可爱的女人，有着一模一样的娃娃音、娇滴滴的笑声和好看的颧骨。虽然她们看上去唯唯诺诺、女人味十足，实际上却强势霸道得很。这种女人最能够吸引那些在外面颐指气使、回到家就变成妻管严的成功男士。

也许这就是问题所在。塞莱斯特和埃莱妮的身上都不具备这种"甜美与强势兼备"的气质。她们只不过是普通女孩，无法企及吉恩和爱琳为他们的儿子树立的母性榜样标准。

于是，萨克森和佩里便培养出了这种不太光彩的……小毛病。

不过，和萨克森对珍的所作所为相比，佩里简直就是小巫见大巫了。

佩里脾气不好，仅此而已。他是个急性子，心绪反复无常。工作上的压力以及频繁飞往各国出差所带来的疲惫感和不稳定感是他动不动就发火的原因。当然了，这并不是什么好习惯，却至少是可以理解的。他的心肠并不坏，也算不上歹毒。倒是可怜的埃莱妮至今都不知道自己嫁给了一个如此邪恶的男人。

塞莱斯特是否有责任向埃莱妮揭发她丈夫的恶行呢？如果她什么都不做的话，又是否对得起萨克森曾经欺负过的那些少不更事、喝得醉醺醺的少女呢？

可她们还不能确定就是他干的呀。

塞莱斯特将车子开上了自家的车道，轻轻地按下了三厢车库的车门控制钮——豪宅外的奢华全景顷刻间展现在了她的眼前：海湾边闪烁着万家灯火，宽阔的海面上一片漆黑。车库卷帘门开启的过程就像是一座灯火通明的舞台终于掀起了幕布。她的车子自动挪进了车库，甚至不需要她踩下油门的踏板。

她拔出了车钥匙。周围一片寂静。

在她为自己筹划的另一种生活中是没有车库的。尽管公寓楼下开辟了一座室内停车场，但是里面的车位看起来是那么的狭小，四周还立着水泥柱子。她必须要尝试好几次才能够把车停进自己的车位，说不定还要撞碎一盏尾灯。她的倒车技术真的非常糟糕。

她卷起了衬衫的袖子，看了看手臂上的淤青。

是的，塞莱斯特，继续和这个对你拳脚相加的男人生活在一起吧。因为他能够为你提供一个宽敞的车位。

她打开了车门。至少他不像他那个可恶的表兄那么邪恶。

珍 //

"那个发起请愿书的女人叫什么名字？"珍的父亲问道。

"怎么了？我们打算收拾她一顿吗，爸爸？"戴恩接话道，"打断她的腿？"

"何乐而不为呢？"珍的父亲回答。他顺着灯光举起了一小片拼图，眯着眼看了看它。"话说回来，阿玛贝拉到底是什么鬼名字？听起来真蠢！就叫安娜贝拉难道不好吗？"

"你自己的外孙还起名叫瑞吉呢。"戴恩毫不留情地指出。

"嘿。"珍顶了她哥哥一句，"还不是你的主意。"

此时此刻，珍正坐在父母家的餐桌旁喝茶、吃饼干、玩拼图，而瑞吉则躺在珍以前住过的卧室里酣睡着。明天，她准备给他请一天假，这样他们就可以在这里一直呆到明天早上了。勒娜塔和她的朋友们肯定会非常欣慰的。

望着妈妈那20世纪80年代风格的杏色夹杂着奶油色的厨房，珍默默地在心里想着：也许我永远都不必再回到彼利威去了。这里才是她的归宿。她当初就不应该发了疯似的决定搬到那么远的地方去。她一定是病了。她的动机是那样的扭曲、病态，而这就是她应得的惩罚。

这里有她熟悉的一切：马克杯、陈旧的棕色茶壶、桌布、家的味道，当然了，还有拼图。她家里从不缺少拼图。自从珍开始记事起，他们一家便一直沉迷于拼图。家里的餐桌上从没有出现过任何的食物，而是永远铺着一副尚未完成的新拼图。今晚，他们动手拼的是珍的父亲从网上买回来的新图样——一幅2000片的印象派画作拼图，上面遍布着模糊的色圈。

"也许我应该搬回来住。"她说了一句，想要看看这到底是种什么样的感觉。然而，话刚一出口，她便回想起了蓝色布鲁斯里飘散的咖啡香味、宝蓝色的闪光大海以及汤姆为她端来咖啡时眨眼一笑的样子，仿佛这是什么只有他们两个人才明白的神秘笑话。她想起了玛德琳像举着指挥棒一样举着一卷硬纸板走上她家楼梯的身影，想起了塞莱斯特和她一起在海岬附近的诺福克松树下晨练时左右晃动的马尾辫。

她想起了不久前的夏天的某个晌午，她和瑞吉沿着沙滩向学校走去。他脱掉了鞋袜，脱掉了短裤和衬衫，穿着内裤径直跑向了水里。她手举着一管防晒霜追在他的身后，而他却只顾着站在雪白晶莹的浪花中开心地笑。

托玛德琳的福，她最近又找到了两个距离她家不远的新客户：彼利威妙鲜肉铺和汤姆·欧布莱恩修车店——报酬十分丰厚。他们送来的文件上既没有留下烟渍也没有蹭上快餐的油污。（事实上，汤姆·欧布莱恩的发票上还带着淡淡的百合花清香呢。）

她这才恍然大悟，原来她生命中最快乐的一段时光就发生在刚过去的几个月中。

"可我们真的很喜欢住在那里。"她改口说道，"瑞吉很喜欢上学——好吧，起码他觉得还不错。"

她想起了几个小时前还挂在儿子脸上的泪珠。她不能把他送到一所没有人愿意和他接触的学校里去。

"如果你想要留下，就尽管留下好了。"她的父亲说道，"可你总不能被一个女人欺负到让孩子休学吧？为什么她不走呢？"

"我还是不相信瑞吉会欺负她的女儿。"珍的妈妈说道。此刻，她的目光正快速地在桌上的拼图上移动着。

"问题在于，那个女人相信。"珍回答。她尝试着把手中的拼图放到右下角的一个角落里去。"现在，就连其他的家长也相信了她的话。还有，我不知道，我也说不准他到底有没有那么做。"

"那一片不是拼在那里的。"她的妈妈说道，"嗯，我敢说瑞吉根本就没有做过那样的事情。他只不过是有点儿害羞而已。珍，那一片不是拼在那里的，是这位女士帽子上的一部分。我刚才说到哪儿了？哦，对，瑞吉。我是说，我的天哪，举个例子来说，看看你自己吧。你小时候就是学校里最内向的孩子，从不敢跟任何人大声说话。当然了，你外祖父的性格就开朗多了——"

"妈妈，外祖父的性格和这件事情无关！"珍放弃了，随手扔掉了手中的那片拼图。她的沮丧之情化作了一股愤怒而又急躁的情绪，以至于她直接就冲着自己那可怜的毫无防备的妈妈发起了脾气。"看在上帝的分上，瑞吉不是外祖父的转世！实话实说，我们不知道瑞吉到底有没有从他的父亲身上遗传到什么特质，因为他的父亲是，他的父亲是个——"

她及时地闭上了嘴巴。她真是个笨蛋。

餐桌旁一下子静了下来。戴恩的目光从远处的一片拼图上抬了起来。

"亲爱的，你刚才说什么？"珍的妈妈用指甲拨了拨嘴角上的面包屑，"你是不是说他——他伤害了你？"

珍抬起头来环顾了一圈，与戴恩的眼神撞在了一起——他似乎满脸都是问号。她的妈妈用两根手指飞快地敲着自己的嘴巴，父亲则紧紧地咬着下唇，眼睛里隐藏着恐惧的光芒。

"当然不是了。"她回答。当你的谎言完全可以左右你所爱之人的心情时，假话说起来似乎也格外轻松。"抱歉！上帝啊，不是那么回事。我不是那个意思。我是说瑞吉的生父对我来说完全是个陌生人。他看起来人很好，但我并不了解他。而且我知道这并不光荣——"

"我想我们早就消化完对你轻浮行径的震惊心情了。"戴恩故意说了一句。她能看得出来他对她的谎话并不买账，甚至不愿像他们的父母一样选择去相信她。

"说的是呀。"珍的妈妈回答，"而且我也不在乎瑞吉的生父到底是个什么样的人。我了解我的外孙，他不可能，也永远不会是个恶霸。"

"还有，小姐，就算你不相信轮回转世这回事——"珍的妈妈用手指了指她，"也不意味着你死后不会重新投胎！"

乔纳森： 第一次看到彼利威公立学校的操场时，我感觉棒极了。随处都有阴凉。可现在我知道这些地方的弊端了。学校里神不知鬼不觉地发生了那么多的事情，老师们却一点头绪也没有。

玛德琳 //

玛德琳站在自己的卧室里，思索着应该做点什么。

艾德和两个孩子都睡着了。幸亏有塞莱斯特的帮忙，俱乐部活动后的清理工作也早就完成了。她应该上床去睡觉，可又觉得自己还不累。明天就是周五了。周五是她最忙碌的日子，因为她要赶在弟弟妹妹上学之前送艾比盖尔去上数学补习班，还要送弗雷德去参加象棋俱乐部，而克洛伊——

她停顿了一下。

她已经不需要在早上七点半之前送艾比盖尔去上数学补习班了。那早就不再是她的责任了。内森或邦妮会送她去的。她总是忘记自己早已卸任"艾比盖尔妈妈"这一职责。从理论上来说，每天只需要送两个孩子出门的日子应该要好过很多。可她每想起一件和艾比盖尔有关、如今却与她再无关联的事情，心里就会被一种尖锐的失落感刺痛。

她浑身上下都在与愤怒做着斗争，根本无处发泄。

她拾起了弗雷德的玩具激光剑。他把它随意地扔在了地板上，说不定一大早就会绊倒路过的人。她打开了玩具的开关，剑身开始闪烁出亮眼的红色和绿色。她模仿着黑武士的样子在空中挥舞着剑柄，立志要劈死自己的敌人。

抢走我女儿的内森，去死吧。

内森的帮凶邦妮，去死吧。

在请愿书上签字的卑鄙的勒娜塔，去死吧。

还有让可怜的小阿玛贝拉受到不明伤害的巴恩斯小姐，去死吧。

咒骂长着一对酒窝的巴恩斯小姐似乎算不上什么光荣的事情。于是，她赶紧继续默念起了下面的名单。

侮辱了珍的龌龊男人萨克森·班克斯，去死吧。她用力地在头顶上挥舞着激光剑，一不小心碰到了吊灯，撞得它来回摆动着。

玛德琳把手中的激光剑扔回沙发上，伸手稳住了吊灯。

是的。不要再举着激光剑胡闹了。她能够想象得出，若是她在扮演黑武士的过程中弄坏了吊灯，艾德的脸上会出现怎样的表情。

她走进厨房，从给塞莱斯特展示萨克森·班克斯照片的地方拿起了平板电脑。她准备平复一下心情，玩一玩"植物大战僵尸"的游戏。提升游戏技能对于玛德琳来说是一件十分重要的事情。每一次弗雷德趴在她的肩头看着她又通过了一关、获得了一个攻击僵尸的新武器时，总是会高喊着："妈妈，你太棒了！"听到这样的称赞，她的心里别提多美了。

在打游戏之前，她先快速地浏览了一下艾比盖尔的脸书和照片分享账户。艾比盖尔还和她同住的时候，她不时地查看这些账户只不过是想要扮演一个负责任的现代妈妈角色。然而，现在她却像着了迷似的，试图通过这种方式来追踪自己的亲生女儿，在网上可悲地搜寻着有关女儿生活的点滴信息。

艾比盖尔换了一张新的头像照片，是她做瑜伽时面对照相机拍摄的一张全身照。照片中，她两手合十作祈祷状，一条纤细的腿支在另一条腿的膝盖上，头发笼到了一边。她看上去是那么的美丽，那么的快乐，甚至可以说是容光焕发。

　　只有最自私的妈妈在发现邦妮带着她的女儿进入了一片让她如此开心的新天地时才会反感。

　　玛德琳就是这样自私的妈妈。

　　也许玛德琳也应该报名参加一个瑜伽课程，这样她和艾比盖尔之间就有共同的话题了。可她每一次坐在瑜伽课堂上时，只会在心里默念着自己编写的冥想颂：我好无——聊——啊，我好无——聊啊。

　　她向下翻动了一下页面，看了看艾比盖尔朋友们的留言。他们似乎都很支持她。这时，她的目光停在了自己一直都不太喜欢的一个叫做弗雷亚的孩子的评论上——她就属于那种有百害而无一利的朋友。弗雷亚是这样写的：这就是你准备在自己的"项目"上使用的招式吗？是不是还不够性感／下流？

　　性感／下流？玛德琳鼓了鼓鼻翼。这个小巫婆弗雷亚到底在说些什么呀？什么样的"项目"会要求艾比盖尔变得性感／下流？这样的项目听上去应该被禁止才对。

　　这就是虚拟世界的黑暗之处。你在网络空间里欢快地左看看右看看，突然就会发现一些肮脏不堪的东西。她想象着萨克森·班克斯的脸出现在了自己的电脑屏幕上。这就是你偷窥别人的下场。

　　艾比盖尔是这样回复弗雷亚的：嘘！！！最高机密！！！

　　玛德琳看了看时间：这条回复是她在五分钟以前留下的。现在已经临近午夜了呀！在参加数学补习班的前一夜，她总是坚持让艾比盖尔早一点上床睡觉，以免她早上赖床或是在课堂上打瞌睡，浪费了补习费。

　　她给艾比盖尔发了一封私信：嘿！怎么这么晚还不睡觉？明天不用上补习班了吗？快去睡觉！妈妈，亲亲。

　　按下"发送"键后，她发现自己的心狂跳了起来，仿佛打破了什么规矩似的。可她是艾比盖尔的妈妈呀!她是有权力催她去睡觉的。

艾比盖尔马上就回复了她:*爸爸让我退班了。他准备自己教我。你去睡吧!亲亲。*

"他做了什么?"玛德琳冲着电脑屏幕喊道,"该死,他到底做了什么?"

内森帮艾比盖尔退出了数学补习班。他竟然在艾比盖尔的教育问题上单方面做了决定。这个错过了艾比盖尔的学校演出、家长老师见面会和运动会,没有陪她准备过节目,没有周一早起送过她上学,没有陪她在硬纸板上画过表格,没有帮她在网上交过作业,没有帮她赶过忘记完成的功课,没有在她的书本和试卷上留下过自己的签字,没有坐在那个戴着吓人珠宝的老师对面听她说艾比盖尔在数学方面有些落后、可能需要你给她全面帮助的男人,居然擅自做出了决定。

他怎么敢这么做?

她来不及犹豫,怒气冲天地拨通了内森的电话号码。她是绝不可能等到明天早上再说的。她需要现在就朝着他吼叫,以防自己气到爆炸。

他迷迷瞪瞪地接起了电话,听上去很吃惊:"你好?"

"你帮艾比盖尔退出了数学补习班?怎么都不和我商量一句?"

电话那头一片寂静。

"内森?"玛德琳厉声叫道。

她听到他清了清嗓子。"玛迪。"他听上去已经清醒多了,"你半夜三更打电话给我,真的就是为了和我讨论艾比盖尔上数学补习班的事情吗?"

他的声音听起来和平日里截然不同。这么多年来,她与内森之间的互动总是会让她想起一个油腔滑调、假意恭维、一心只为了完成业绩的销售员。现在他有了艾比盖尔，于是便自以为可以和她平起平坐，再也不用道歉了。换句话说，他从此可以自在地做一个不耐烦的前夫了。

"我们都已经睡了。"他继续说道，"说真的，你就不能等到明天早上吗？斯凯和邦妮都睡得很浅——"

"你们才没有全都睡觉呢！"玛德琳回敬了他一句，"你那个十四岁的女儿还在精神百倍地上网呢！你们家到底有没有人管孩子呀？你到底知不知道她现在在干吗？"

玛德琳听到邦妮在电话的另一头细声细气地说了些什么好话，好像是在劝内森理解一下玛德琳的心情。

"我会去看看她的。"内森回答。他的语气现在听上去平和多了，"我想她应该已经睡了。是这样的，那个数学补习老师教不了她什么。他自己还是个孩子呢。我都能比他教得好。不过你说得对，我确实应该事先和你商量一下。我本打算告诉你的，只不过一时疏忽就给忘了。"

"那位老师教得挺好的。"玛德琳不服气。

在遇见塞巴斯蒂安之前，她和艾比盖尔已经试过两位老师的课了。这位老师的补习效果很好，很多学生都在等着上他的课。玛德琳求了他很久才把艾比盖尔挤进那个班里。

"不，我不这么觉得。"内森回答，"能不能等我起床以后再讨论这件事？"

"太好了。我很期待。如果你还打算对艾比盖尔的学习安排做什么改变的话，能不能提前知会我一声？我只不过是有点好奇。"

"那我现在挂电话了。"内森说。

他就这么挂断了电话。

玛德琳把手机使劲地摔在了墙壁上。只见手机撞墙后又弹了回来，仰面躺在了地毯上，正好落在她的脚边。她低下头来看着那破碎的屏幕，就像是一个正在破口大骂的成年人低头看着自己的孩子一样。

斯图：是这样的，我并不觉得可怜的老内森是个坏人。我很少在学校里看见他。这里到处都是唧唧喳喳的女人，我根本就插不上嘴。所以我总是特别珍视能和其他父亲搭话的机会。我记得有一天我正在和内森闲聊，突然看到玛德琳踏着高跟鞋大步流星地走了过来，老天爷呀——她的脸上充满了杀气。

加布里埃尔：我完全无法忍受和自己的前夫住在同一个地方。如果我们的孩子上的还是同一所学校的话，我说不定会杀了他的。我不知道他们到底是怎么想的，也不知道他们的日子怎么还能过得下去。真是疯了。

邦妮：我们才没有疯呢。我们只不过是想住得离艾比盖尔近一点儿而已，并且碰巧在这里找到了一处合适的房子。这有什么不可以的吗？

校园益智
问答夜 ╱ **活动五天之前**

● 忍气吞声？当然可以，如果你想在身
　体里饲养一只猛兽的话。

珍 //

周一一早，上课铃声还没有响起之前，珍已经在从学校图书馆回来的路上了。她把瑞吉忘了归还的两本书送到图书馆，这期间，她让瑞吉留在了攀吊架那里和双胞胎、克洛伊一起玩。至少玛德琳和塞莱斯特还没有禁止自己的孩子和瑞吉来往。

还完书之后，珍还要继续留在学校里帮忙，监督孩子们练习阅读。她和莉莉的爸爸斯图是每周一早上值班的家长志愿者。

刚一迈出图书馆的大门，珍便看到两个"金色蘑菇头"正站在音乐教室的门口大声地聊着某些重要的机密话题。

她听到其中一个人问了一句："他妈妈是谁？"

另一个回答："她这个人很低调，好像格外年轻。勒娜塔还以为她是个保姆呢。"

"等等，等等！我知道她！她总是把头发梳成这个样子，对不对？"提问的那个"金色蘑菇头"把自己的金发紧紧地攒成了一条马尾辫，眼神与珍不期而遇，惊得睁大了眼睛，只得像个做了坏事的孩子一样垂下双手。

这时，那个背对着珍的女人还在继续说着："没错！就是她！嗯，她的儿子，那个瑞吉，一直都在偷偷地欺负可怜的小阿玛贝拉。我说的可是那种很恶毒的'欺负'哦——怎么了？"另一个"金色蘑菇头"痉挛了似的疯狂朝她摆着头。

"到底怎么了？哦！"

她赶紧回过头来，一眼就看到了珍，两颊一下子涨得通红。

"早上好呀！"她说道。通常来说，像她们这种在学校里拥有显赫地位的人若是在路上偶遇珍，只会优雅地淡淡一笑或是自大地点一点头。

"嗨。"珍也回敬了一句。

当时，那个女人的胸前正举着一块写字板。看到珍，她迅速垂下了手臂，把写字板藏在了身后，就像一个偷藏零食的小孩子一样。

那一定就是那封请愿书，珍心想。原来她们并不只是在征集幼儿园父母的签字，还找来了其他年级的家长。那些人说不定根本就不认识她或瑞吉，也不知道到底发生了什么事情。

珍故作镇定地从她们的身旁走过，伸手扶住了通往操场的一扇玻璃门，然后停住了脚步。在她的心中咆哮的怒火像一架正在起飞的飞机般燃烧起来。那个女人提到瑞吉名字的时候语气是那样的厌恶。她仿佛听到萨克森·班克斯在她的耳边喘着气说："你这辈子都没有过任何主见，是不是？"

她转过身来，朝着那两个女人走了过去，气势汹汹地站在她们的面前，吓得她们微微地后退了几步，眼睛瞪得滚圆。她们三个人的个子相仿，也都是妈妈，可"金色蘑菇头"们既有丈夫又有豪宅，对于自己在这个世界上的地位确信无疑。

"我的儿子从没有伤害过任何人。"珍理直气壮地说道。话说出口的那一刻,她突然意识到自己说的是真的。他是瑞吉·查普曼,和萨克森·班克斯没有半点关系,和自己的外祖父也没有丝毫的联系。他甚至都不属于她。他就是瑞吉。尽管她也无法了解这个孩子的全部,但她知道他不会伤害任何人。

"哦,亲爱的,我们都有过类似的经历!我们很同情你!这实在是太糟糕了。"手拿着写字板的那个"金色蘑菇头"开口说道,"你每天允许他看多长时间电视?我发现减少看电视的时间真的能够——"

"他从没有伤害过任何人。"珍又重申了一遍,然后转身走开。

西娅: 在校园益智问答夜开幕的前一周,珍趁着翠西和菲奥娜说悄悄话的机会跑过去和她们搭讪。她们说她的举止很怪异,还怀疑她是不是有点儿……精神方面的疾病。

珍朝着操场的方向走去,心中莫名地平静。也许她应该从玛德琳的例子中学到些什么。不要再逃避冲突了。直面那些指向你的锋芒,大胆地告诉他们你到底是怎么想的。

一个一年级的小姑娘正好走在她的身旁。"我今天中午叫了午餐外卖。"

"这么幸运。"珍附和道。这就是她之所以喜欢走在学校操场上的原因:从小孩子嘴里说出来的话从不会做作矫情,他们总是会把自己脑袋里正在思考的事情直截了当地说出来。

"我本来没打算叫外卖的,因为今天不是周五。但是今天早上,我的弟弟被蜜蜂蜇了。他尖叫的时候吓得我姐姐砸碎了一个玻璃杯。我妈妈喊着：'我简直就要疯了！'"说到这里，小姑娘将两只手放在了头顶上，模仿着她妈妈的反应，"后来妈妈对我说，作为嘉奖，我可以自己叫外卖，不过不许点果汁。但是我还是给自己要了一个姜饼人，不是巧克力的那种。蜜蜂在蜇完你之后就会死掉，你知道吗？"

"我知道。"珍回答，"那是它们临死前做的最后一件事情。"

"珍！"巴恩斯小姐朝她走了过来，手里还抱着一个装满了道具服的洗衣篮，"谢谢你今天过来！"

"嗯，我是不是该说不用谢？"珍回答。从今年年初开始，她每个周一都会过来帮忙。

"我的意思是说，你知道的，鉴于现在这种情况。"巴恩斯小姐眨了一下眼睛，将洗衣篮换到了另一只手上。她靠近了一步，压低了嗓门说道："我没有听说请愿的事情有什么进展。李普曼太太找那些参与请愿活动的家长谈了话，说她希望这种情况不要再发生。她还给我安排了助理，专门负责观察这些孩子，还要特别留意阿玛贝拉和瑞吉。"

"那真是太好了。"珍说，"不过我很确定请愿书还在学校里流传。"

她能够感觉到操场的各个角落里都有人在注视着她和巴恩斯小姐，仿佛所有的家长都在偷听她们俩的对话。也许这就是出名的感觉吧。

巴恩斯小姐叹了一口气。"我注意到你周五的时候给瑞吉请假了。我希望这些人的小伎俩没有吓到你。"

"有些家长告诉他们的小孩不许靠近瑞吉。"珍说道。

"看在老天的分上！"

"是的，所以我也打算发起一份请愿书。"珍信誓旦旦地告诉她，"我想让所有躲着瑞吉的孩子都休学。"

听罢，巴恩斯小姐的脸上先是露出了惊恐的表情，随即仰头大笑起来。

哈珀：学校说他们会严肃地看待此事——这本来是件好事，不过不久前我看到珍和巴恩斯小姐站在操场上捧腹大笑。老实说，这让我坐立不安。要知道，袭击事件就是那一天发生的。没错，我用的就是"袭击"这个词。

萨曼莎：袭击？得了吧。

珍 //

阅读课是在室外的操场上进行的。今天的上课地点叫做"海龟角"，一片围绕着巨大水泥海龟雕塑的沙坑娱乐区。海龟脖子上的空间足够一个成人怀抱着一个孩子舒舒服服地坐在上面。巴恩斯小姐还带了两块垫子和一张毯子供孩子们坐卧。

珍喜欢听孩子们读书：他们时而皱着眉头拼读，时而因为好不容易分对了音节而露出了自豪的表情，时而为了故事里的情节或是自己的发现而捧腹大笑。坐在海龟的身上，感受着脸上的阳光和脚下的沙子，望着远处地平线上闪光的海面，珍感觉自己仿佛是在度假。彼利威公立学校是一所神奇的学校，甚至可以说是一座她本不该想象得到的最好的学校。想着自己有可能要逼迫瑞吉休学，转到一个既没有"海龟角"也没有巴恩斯小姐的地方重新开始，她的心里就充满了悔恨和怨愤。

"读得真美，麦克斯！"她说罢又仔细端详了一下那个刚刚读完《猴子的生日惊喜》的男孩，好确认他不是乔希。玛德琳曾经告诉过她，区分塞莱斯特家两个男孩的窍门就在于麦克斯的前额上有一块草莓形状的胎记。"我是这样记住的：有胎记的麦克斯。"玛德琳说。

"声情并茂，麦克斯。"珍夸赞道，虽然她并不确定他是否真的是声情并茂。参与志愿工作的家长必须在每个孩子读完故事之后鼓励他们身上的独特优点。

"好吧。"麦克斯酷酷地回答。说罢，他从海龟的脖子上滑了下来，盘着腿坐在沙坑里挖起了沙土。

"麦克斯。"珍喊了一声。

麦克斯颇为戏剧化地叹息了一声，站起身来跑向了教室，四肢还夸张地摆动着，看起来就像是一个正在逃命的卡通人物。两个双胞胎跑起步来都比一般的五岁小孩快很多，这一点实在是有些出乎珍的预料。

珍在名单上钩了一下麦克斯的名字，抬起头来直看巴恩斯小姐安排的下一个孩子是谁。是阿玛贝拉。她朝着珍走过来的时候差一点就和麦克斯撞了个正着。她低着留着鬓发的小脑袋，手里抱着自己的书。

"嗨，阿玛贝拉！"珍语气轻快地叫道。亲爱的，你妈妈和她的朋友正在起草一份请愿书，想要让瑞吉休学，因为她们觉得他在欺负你！所以，你能不能告诉我到底是怎么回事？

自从参加了阅读课的志愿服务之后，她便渐渐喜欢上了阿玛贝拉。她是个安静的小女孩，有着一张一本正经的可爱脸庞，似乎没有人会不喜欢她。她和珍之间还进行过不少关于书本的有趣对话。

当然了，她绝不可能向阿玛贝拉提及瑞吉的遭遇。那样做实在太不合适了，甚至可以说是错误的。

她理应选择闭口不谈。

萨曼莎：别误会，我很喜欢巴恩斯小姐。任何一个甘愿和一群五岁大的孩子搅和在一起的人都值得获得一枚奖章。不过，我觉得她那天让阿玛贝拉读书给珍听的行为的确有些不太明智。

巴恩斯小姐：那是一个错误。我也是人，人都会犯错误。这些家长似乎觉得我就是一台机器，以为每一次老师犯错时，他们都可以理所当然地索要退款。还有，虽然我并不想说珍的坏话，但是她那天做得确实不对。

阿玛贝拉给珍读的是一本有关太阳系的书。这是幼儿园小孩能够读得懂的最有难度的书了。和往常一样，阿玛贝拉读得很流畅，语气语调无可挑剔。在这种情况下，珍的唯一价值就是不时地打断她，再问她几个有关书中内容的问题。然而，珍对于太阳系实在是提不起兴趣，满脑子想的都是瑞吉。

"你觉得在火星上生活会是什么样子？"她终于开了口。

阿玛贝拉抬起头来。"那是不可能的，因为你没办法在火星上呼吸。那里二氧化碳太多，气温还很低。"

"没错。"珍附和着。她可能需要去谷歌上搜索一下才能确定事情是怎么回事。老实说，阿玛贝拉很有可能已经比她还要聪明了。

"还有，那里会很孤独。"阿玛贝拉沉默了一会儿说道。

像阿玛贝拉这么聪明的小姑娘为什么就不能实话实说呢？如果真的是瑞吉干的，她为什么不直接说出来呢？她为什么不去告他的状？这太奇怪了。小孩子不是最喜欢告状的吗？

"甜心，你知道我是瑞吉的妈妈，对不对？"她问道。

阿玛贝拉犹豫着点了点头。

"瑞吉有没有欺负你？如果他真的欺负过你，我想要知道发生了什么事情，而且我保证这种事情绝对不会再发生了。"

阿玛贝拉的眼睛里一下子就溢满了泪水。她紧咬着下嘴唇，深深地埋下了头。

"阿玛贝拉，"珍再次问道，"是不是瑞吉干的？"

阿玛贝拉嘟囔了一句，可珍并没有听清。

"你说什么？"珍追问着。

"不是……"阿玛贝拉刚准备开口说话，脸上的表情就突然崩溃了。她开始声嘶力竭地哭喊。

"不是瑞吉干的？"珍仿佛在绝望中看到了希望。她真恨不得摇一摇阿玛贝拉，命令那个孩子把真相说出来。"你刚才是不是说，不是瑞吉干的？"

"阿玛贝拉，阿玛贝拉，我的宝贝！"哈珀出现在了沙坑的旁边，怀里还抱着一箱准备送往餐厅的橙子。她的脖子上紧巴巴地系着一条白色的丝巾，看上去就像是有人想要勒死她似的。她那张耷拉着的长脸因为愤怒的缘故憋得发紫，从而进一步加剧了整个画面的效果。"出什么事情了？"

她把箱子扔在脚边，跨过沙坑走向了她们。

"阿玛贝拉，"她喊道，"你怎么了？"

珍感觉自己就像个隐形人，或者只不过是另一个在场的孩子。

"没什么事，哈珀。"珍冷冷地回答。她伸出一只手臂抱住了阿玛贝拉，然后用另一只手指了指哈珀的身后。"你的橙子滚得到处都是。""海龟角"位于操场的一个小斜坡的顶端，而哈珀的盒子正好倒向了下坡的那一边。一大堆橙子顺着地势滑了下去，滚落到了斯图听另一个孩子读书的"海星墙"那里。

哈珀的眼睛紧紧地盯着阿玛贝拉，直接忽视了珍的存在。如此不加掩饰的粗鲁行径让珍感觉十分好笑。

"跟我走，阿玛贝拉。"哈珀伸出了一只手。

阿玛贝拉用力吸了吸鼻子。此时，这个五岁小姑娘黏糊糊的鼻涕已经流进了嘴里。

"我还在这儿呢，哈珀！"珍说着从上衣的口袋里抽出了一包纸巾。这真是太气人了。如果她能再和阿玛贝拉独处一会儿，说不定就能从她口中得到什么线索呢。她抽出一张纸，擦了擦阿玛贝拉的鼻子。"擤一下，阿玛贝拉。"

阿玛贝拉顺从地擤了一下鼻子。哈珀的目光终于转移到了珍的身上。"你显然是吓到她了！你都对她说了些什么？"

"什么也没有！"珍怒不可遏地回答。她刚才竟然还会为自己想要摇晃一下阿玛贝拉的事情而感到内疚。想到这一点，她更是气不打一处来。"你为什么不赶紧去给自己那封醍醐的请愿书多收集几个签名？"

哈珀也提高了嗓门："哦，对呀，好主意。你是要我放任你在这里欺负一个毫无防备的小女孩吗？真是有其母必有其子。"

珍从海龟的背上站起身来，踢着脚下的沙子，如若不这样，她一定会抬起腿踢向哈珀的脸。"你竟敢这样说我儿子！"

"你敢踢我？！"哈珀喊叫道。

"我才没有踢你呢！"珍也喊了出来，嗓门大得自己都吓了一跳。

　　"到底发生了……"身穿水管工蓝色套装的斯图出现在了她们面前，怀里还抱着他从操场上捡来的橙子。和他一起读书的那个小男孩正站在他的身旁，一手举着一个橙子，两只大眼睛专注地看着两位妈妈互相对骂。

　　就在这个时候，随着一声尖利的叫声，刚刚从音乐教室里走出来、手里高举着一瓶喷雾剂的卡罗尔·奎格利踩到了地上的一只橙子，十分滑稽地仰面摔倒在地。

　　卡罗尔：老实说，我的尾骨上直到现在还有一块深深的淤青呢。

Big

Little

Lies

小　谎　言

**校园益智
问答夜** ╱ **活动一天之前**

- 为了避免结束，你避免一切开始。然
  而，火终究要将伪装的纸燃成灰。

玛德琳 //

加布里埃尔：后来我听说哈珀指责珍在"海龟角"袭击了她。这根本就是不可能的事情嘛。

斯图：哈珀像个泼妇一样继续胡闹着，看上去一点儿也不像是被人袭击了的样子。我也说不清。我刚刚才挂上一个电话准备去修理爆裂的自来水管，才没有时间到沙坑里去给两个妈妈拉架呢。

西娅：就因为这件事情，一些家长决定把学校里的事情上报到教育部去。

乔纳森：这一举动显然吓坏了李普曼太太。我记得那天好像是她的生日。可怜的老太太。

李普曼太太：这么说吧——我们是不可能让瑞吉·查普曼休学

的。他唯一一次被人告状是在迎新日那一天。那时候他还不是学校里的正式学生。后来的事情完全都是家长们主观的臆想。我不清楚那天是不是我的生日，不过这和案子没什么关系吧？

巴恩斯小姐： 那些家长真的是疯了。我们怎么可能让瑞吉休学呢？他是个模范学生，没有任何的行为问题。我甚至从不需要罚他到"羞羞椅"那里单坐。老实说，我不记得自己曾经给过他任何一个红点，也没有对他出示过黄牌，就更别提白牌了。

玛德琳每周五都需要上班，这就意味着她会错过周五早上的全校例会。如果她家的小孩表现特别好或是获得了什么奖章，一般都是艾德代替她出席。然而，克洛伊今天却央求玛德琳必须去参加例会，因为幼儿园的小朋友要集体背诵《牙医怕怕，鳄鱼怕怕》的故事，而克洛伊还被安排到了一句单独朗诵的台词。

此外，弗雷德的班级也要首次表演八孔直笛的吹奏。他们要为李普曼太太吹奏一首"生日快乐歌"——这对所有出席例会的人来说都将是一次惨痛的经历。（学校里的人都在猜测李普曼太太就要满六十周岁了，可谁也没有确切的消息。）

玛德琳决定亲自出席，把手头的工作挪到周一下午加班完成。若是换做平时，她是绝不会在周一下午安排工作的，因为她要送艾比盖尔去参加篮球训练，而艾德则要送两个小家伙去参加游泳培训班。

"艾比盖尔说不定连篮球训练都不用去了。"她对艾德说。走下车子时，他们夫妇两人的手中各举着一杯外卖的咖啡。送完孩子之后，他们驱车去了蓝色布鲁斯咖啡馆。在那里，汤姆正忙碌地招待着一大堆刚刚看完彼利威公立学校惨不忍睹的演出，现在急需咖啡因的家长们。"没准内森正在教她呢。"

艾德小心翼翼地笑了两声，似乎是在担心妻子会翻出数学补习班的那堆旧账再唠叨一通。玛德琳知道丈夫是个很有耐心的人。不过，每当她絮絮叨叨、没完没了地说起艾比盖尔在代数方面有多不开窍，以及内森从没有辅导过女儿做数学题因此并不了解她之类的话时，她总是发现艾德的脸上会出现一种呆滞无神的表情。话说回来，内森的数学的确不错，但这并不代表他就能教会别人啊。

"乔伊今天早上发了一封邮件。"艾德边锁车边说道。乔伊是当地报纸的一名编辑。"她想让我报道一下学校里最近发生的事情。"

"什么事情？校园益智问答夜的活动吗？"玛德琳冷冷地问了一句。艾德常为当地的报纸撰写有关学校集资活动的小文章。这时，她看到佩里和塞莱斯特手牵着手、一脸恩爱地走进了学校的大门——真是一对郎才女貌的神仙眷侣。佩里走在前面，似乎是在小心地保护塞莱斯特不被汽车碰到。

"不是。"艾德谨慎地回答道，"是校园霸凌的那件事。还有请愿书的事。乔伊说校园霸凌是当下的热门话题。"

"你不能写这个！"玛德琳突然在马路中间停下了脚步。

"别挡在路中间呀，你这个傻瓜。"艾德一把抓住了她的手肘。一辆从沙滩上开过来的车从她的身边疾驰而过。"不然我就得报道一起发生在马路中间的惨剧了。"

"别写这个，艾德。"玛德琳说，"这对学校的声誉不好。"

"你知道的，我可是个记者呀。"艾德回答。

三年前，艾德放弃了《澳大利亚人报》高职、高薪、高压的工作，好让玛德琳能够重返工作岗位，两人共同分担照顾孩子的任务。对于地方报社乏味单调的工作内容，艾德从未抱怨过，反倒是兴致勃勃地采访着冲浪狂欢节、义卖集会以及当地养老院举办的百岁老人生日派对等活动。（在海边生活似乎是当地人长寿的秘诀。）因此，这也是他第一次对玛德琳暗示自己内心的不满足。

"这是篇重要的报道。"

"这不重要！"玛德琳抗议道，"你知道这不重要！"

"什么东西不重要？早啊，艾德。玛德琳，很高兴见到你。"此刻，他们的脚步已经赶上了佩里和塞莱斯特。佩里穿着剪裁合身的挺拔西装，还系着领带。玛德琳猜想，这显然是高档的意大利定制男装——艾德整个衣橱里的衣服加起来可能还不抵这一套值钱呢。佩里俯身过来亲吻她的时候，她偷偷用指尖摸了摸他袖口上柔滑的布料，还闻到了他脸颊上须后水的味道。

她想象了一下嫁给一个着装如此得体的男人会是什么感觉。玛德琳对于色彩缤纷的可爱布料、柔滑的领带和笔挺的衬衫是那样的着迷。相反，对服装并不感兴趣的塞莱斯特可能根本就分不清佩里身上的衣服和邋邋遢遢、满脸胡楂的艾德身上那件套在 T 恤衫外面的、散发着霉味的陈旧橄榄绿色羊毛衫之间有什么区别。不过，看着艾德和佩里聊天的样子，她却意外地对艾德萌发了一种喜爱之情。这也许是因为他聆听佩里说话时的那副宽容而又专注的表情，还有他和佩里那光滑下颚截然不同的、长满了灰色胡楂的下巴。

是的。她更愿意亲吻艾德。这么说来，她是多么的幸运呀。

"我们迟到了吗？我们找不到车位，只好先把两个孩子放在了校门口的接送点。"塞莱斯特慌慌张张地说道，"他们为了佩里能来看他们表演朗诵诗歌的事情激动了好半天呢。"

"我们没有迟到。"玛德琳回答。她不知道塞莱斯特有没有向佩里提及他的表兄可能就是瑞吉生父的事情。换做是她，可能早就把这件事情告诉艾德了。

此时，佩里和艾德正肩并肩地走在她们前面。

"你有没有告诉他……"玛德琳压低了嗓门，朝着佩里的后背摆了摆头。

"没有！"塞莱斯特小声地回答，表情看上去十分惊恐。

"对了，珍不在这儿。"玛德琳说，"记得吗，她去忙那件事情了。"看到塞莱斯特一脸迷惑的样子，玛德琳只好再度压低了嗓门，"你知道的，预约看诊的事情啊。"

珍曾经让她们发誓，不许将自己带着瑞吉去看心理医生的事情泄露出去。"如果别人知道了这件事情，会以为这就是瑞吉做错事情的证据。"

"哦，对，没错。"塞莱斯特用手敲了敲前额，"我给忘了。"

佩里放慢了脚步，好让玛德琳和塞莱斯特能够跟上他们。

"艾德给我讲了学校里发生的霸凌事件。"佩里说道，"是勒娜塔·克雷恩的女儿吗？是她被人欺负了吗？"他问玛德琳，"我和勒娜塔在工作上有些接触。"

"真的吗？"尽管玛德琳早就从塞莱斯特那里听说了这件事，却还是故作惊讶地问了一句。这是她们为了防止自己的丈夫知道自己到底和别人分享了多少秘密而约定的安全法则。

"所以，我到底应不应该在勒娜塔送来的那份请愿书上签字？"佩里问道。

玛德琳快步靠了过来，准备为了珍据理力争一番，不料却被塞莱斯特占了先机。"佩里，"她说道，"如果你敢在那封请愿书上签字，我就跟你离婚。"

玛德琳倍感惊讶，尴尬地笑了笑。这显然应该是一句玩笑话，但从塞莱斯特的嘴里说出来却有些不对劲。她听上去真的是一本正经。

"我就说吧，兄弟。"艾德在一旁搭话。

"当然，当然。"佩里伸出手臂揽过塞莱斯特，轻轻吻了吻她的额头，"老大说了算。"

可塞莱斯特却连笑都没有笑一下。

致：所有的家长

自：活动委员会

大家翘首企盼的"赫本与猫王主题益智问答夜"活动将于明晚7点在学校大礼堂隆重开幕！带上你们的智慧，准备投入一场欢快的盛宴吧！感谢二年级学生的父亲布雷特·拉森出任活动的主持人。布雷特正在忙碌地准备各种复杂的智力挑战项目，保证让你们大开眼界！

期望明天的天气预报有误（降水概率50%——不过，嘿，谁知道呢），这样我们就可以在晚会开始之前到观景露台上享用美味的鸡尾酒和开胃小食了。

感谢所有慷慨的赞助商！抽奖活动的大礼包包括我们的朋友——良心企业彼利威妙鲜肉铺赞助的菲比牌烤肉盘，蓝色布鲁斯咖啡馆提供的美味双人早餐（我们爱你，汤姆），以及天堂美发店提供的洗吹券！哇哦！

请记住，活动现场募集的所有款项都将用于购置孩子们使用的智能白板！

> 来自活动委员会的菲奥娜、格蕾丝、
>
> 艾德温娜、罗威娜、哈珀、郝丽和海伦

PS：李普曼太太提示大家控制自己的音量，以免惊扰附近的邻居，离开时尽量保持安静。

玛德琳 //

萨曼莎： 幼儿园的孩子们在全校例会上朗诵诗歌时，我注意到勒娜塔和玛德琳的支持者们各坐一边，看上去就像是来参加婚礼的宾客一样。我差点就笑出声来了。

彼利威公立学校的全校例会似乎总是不能按时开始，也不能按时结束，唯一令人无法挑剔的就是会议的地点。

学校礼堂位于教学楼的二层，靠墙的一侧向外延伸出了一个宽敞的露台，外墙由巨型的玻璃滑动门代替，窗外壮观的海景可以尽收眼底。今天，这里所有的玻璃门都打开了，好让清爽的秋风能够在室内自由地流动。（若是不这么做的话，小孩子的臭屁味、"金色蘑菇头"们的香水味和丈夫们的浓郁古龙水味肯定会把房间里的人熏得喘不上气来的。）

玛德琳把目光转向了窗外的美景,试图让自己回想一些美好的事情。此刻的她心中已经感到有些烦躁了,这说明明天将是她经前紧张症的高峰。校园益智问答夜那天,最好不要有人来招惹她。

"嗨,玛德琳。"邦妮喊了一句,"嗨,艾德。"

她在玛德琳身旁那个空着的靠过道的座位上坐了下来,身上还带着一股呛人的藿香味道。

玛德琳感觉艾德的手滑了下来,悄无声息地搭在了她的膝盖上。

"嗨,邦妮。"玛德琳萎靡不振地应付了她一声,眼睛朝她的身后扫视了一圈。这附近难道就没有别的空座位了吗?"你好吗?"

"我很好。"邦妮回答。她拽了拽自己的发辫,把它搭在了满是黑痣的白皙而瘦削的肩膀上。只是看到这副肩膀,玛德琳就已经气不打一处来。

"你不冷吗?"玛德琳打了个哆嗦。邦妮身上穿的是一件无袖上衣和一条瑜伽裤。

"我刚刚教完一节高温瑜伽课。"

"就是那种会让人流汗的瑜伽课,对吗?"玛德琳问道,"可你看上去没怎么流汗呀?"

"我洗过澡了。"邦妮答道,"不过我的核心体温还很高。"

"你会感冒的。"玛德琳说。

"不会的。"邦妮回答。

"会的。"玛德琳坚持说道。她能够感觉到坐在她左侧的艾德正强忍着笑意。

她趁着自己还掌握话语权的时候转换了一个话题:"内森没来吗?"

"他得上班。我安慰他说,他应该不会错过太多的。斯凯实在是太害怕表演了，说不定全程都会躲在其他孩子身后。"她朝着玛德琳微笑了一下，"和你们家克洛伊不一样。"

"和我们家克洛伊不一样。"玛德琳附和道。

至少你没有办法像夺走艾比盖尔一样把克洛伊从我的手中夺走。

一想到这个陌生人竟然会比自己还要了解艾比盖尔早餐吃了些什么，玛德琳就感到怒不可遏。尽管她认识邦妮已经许多年了，尽管她们之间已经进行过上百次文明的对话，她还是无法把邦妮当做一个真实的普通人来看待。对她来说，邦妮就像是一个漫画人物，言行举止间没有一点儿正常可言。她发过脾气吗？她大喊大叫过吗？或是放声大笑、暴饮暴食呢？她有没有喊别人给她递过卫生纸，或是丢过车钥匙？她到底是不是人类啊，为什么就不能摆脱那种虚无缥缈、听上去像唱歌一样的瑜伽老师的声音呢？

"很抱歉内森没有告诉你数学辅导班退班的事情。"邦妮开口说道。

现在不是时候，你这个笨蛋。能不能别专挑附近坐满了竖着耳朵的八卦妈妈的时候来讨论家事。

"我告诉内森了，我们必须要提高沟通技巧。"邦妮继续说道，"这需要一个过程。"

"好吧。"玛德琳应付了一句。艾德微微加大了捏着她的那只手的力度。玛德琳转过头来看了看他，然后又瞟了瞟坐在另一边的佩里和塞莱斯特，假装自己正在和别人交谈，可佩里却正在和塞莱斯特低头看着她手机屏幕上的什么东西。两个人头靠着头开怀地笑着，就像是一对约会中的少男少女。显然，刚刚那段有关请愿书的对话并没有什么可疑之处。

玛德琳将目光转向了礼堂的正前方，那里正一片嘈杂。孩子们被要求乖乖坐好，而老师们则手忙脚乱地调试着音响设备。与他们一同忙碌的还有"金色蘑菇头"的成员。和每个周五的早晨一样，她们看上去十分投入，仿佛正在经手什么非同小可的重要事务。

"艾比盖尔越来越有社会公德心了。"邦妮说，"对此我感到很惊奇。你知不知道她正在做一个秘密的慈善项目？"

"只要她的社会公德心不会影响她的学习成绩就好。"玛德琳斩钉截铁地回答，听起来就像是一个愤世嫉俗的可怕妈妈，"她想要做个理疗师。我和莉莉的妈妈萨曼莎聊过这件事情。她说艾比盖尔需要学好数学。"

"老实说，我觉得她已经不再想做理疗师了。"邦妮反驳道，"她好像对社会工作兴趣浓厚。我觉得她会成为一个出色的社工。"

"她才做不成什么社工呢！"玛德琳火冒三丈，"她不够强硬，要不就会为了帮助别人而送命，要不就会过分插手别人的生活——我的上帝啊，这种职业选择对她来说简直就是个错误。"

"你是这么想的吗？"邦妮沉思着问道，"哦，好吧，反正现在也不用着急做决定，是不是？可能她以后还会反复改主意呢。"

玛德琳听到自己的嘴巴里发出了吹气的声音，仿佛正在分娩。邦妮正在试图将艾比盖尔改造成一个远离她本质的人，一个她无法企及的人。这样一来，她的本真就所剩无几了。这样的她对于玛德琳来说跟陌生人有什么区别呢。

李普曼太太优雅地走上了舞台，默默地走到了麦克风前，双手紧握，面带微笑，耐心地等待着大家注意到她的登场。一个"金色蘑菇头"急匆匆地跑上舞台动了动话筒，然后又急匆匆地跑了下去。与此同时，一个六年级的老师有节奏地拍了拍手，孩子们便纷纷如中了魔法或是被人催眠了一般安静了下来，眼睛注视着前方，并跟着节奏一起拍起手来。（这一招在家里似乎不太好使。玛德琳曾经尝试过。）

"哦！"邦妮叫了一声。拍手声越来越大了。李普曼太太抬起了双手，示意大家安静。这时，邦妮附在玛德琳的耳边说了几句话，口气里充满了甜丝丝的薄荷香味。"我差点儿忘了。下周二，我们想要邀请你、艾德还有两个孩子过来庆祝艾比盖尔的15岁生日！我知道艾比盖尔肯定希望自己的家人能团聚在一起为她庆生。你会不会觉得有些尴尬？"

尴尬？你在开玩笑吗，邦妮？这简直是太好了，太美妙了！玛德琳将会成为自己女儿十五岁生日晚宴上的客人——而不是主人。一位客人。内森会为她斟酒，而艾比盖尔也不会在晚宴结束后坐上他们的车子回家。她会留在那里，因为那里才是她的家。

"好呀！需要我带点什么过去吗？"她也耳语了一句，然后伸出一只手来死死地掐住了艾德的手臂。原来和邦妮聊天的过程确实很像是在分娩：疼痛感总是一次比一次来得更加猛烈。

珍 //

"瑞吉是个很可爱的小男孩。"心理医生说道，"口齿清晰，自信满满而且心地善良。"她朝着珍微笑了一下，"他还对我的健康状况表示了关注。他是这个礼拜第一个注意到我感冒了的客户。"

心理医生用力擤了擤鼻涕，像是为了证明自己的确患上了感冒。珍不耐烦地瞟了她一眼。她不像瑞吉那么善良，她根本就不在乎心理医生是不是得了感冒。

"所以，呃，你觉得他私底下会不会有精神方面的暴力倾向？"珍提着嘴角问了一句，努力装出一副半开玩笑的样子。她当然不是在开玩笑了。这就是他们为什么会坐在这里的原因。这就是她为什么支付了一大笔费用的目的。

她们两个人都转过头来望着瑞吉。此时，他正坐在办公室隔壁的玻璃游戏房里玩耍，所以应该是无法听见她们的对话的。话音刚落，瑞吉拾起了一个毛绒玩具：那是一个适合年幼的孩子玩的玩具。想象一下，若是他突然出拳殴打那个玩具，心理医生会作何反应呢。这样一来，结果就不言而喻了。这个小孩子先是假意关怀心理医生的身体健康，然后转过头来就对着毛绒玩具大打出手。不过，瑞吉只不过盯着它看了一会儿就把它放回了原处，但没有注意到桌角，以至于让娃娃再一次摔到了地板上。这只能证明他在病理学上是个粗心鬼而已。

"我不这么认为。"心理医生沉默了一会儿，努了努鼻子。

"你可以告诉我他都跟你说了些什么，对不对？"珍问道，"你们之间没有什么客户／病患保密协议之类的东西吧？"

"阿嚏！"心理医生打了一个大大的喷嚏。

"保重。"珍不耐烦地应付了一句。

"病患保密协议只适用于十四岁以上的患者。"心理医生继续吸着鼻子，"那个年纪的孩子说的话才真的让人想要和他们的父母分享呢。你明白我的意思吗？他们甚至会坦白自己已经偷尝禁果或是正在吸毒之类的！"

没错，没错，小孩子之间的问题都不是什么大问题。

"珍，我不觉得瑞吉是个霸道的孩子。"心理医生说着把两只手支成了塔形，用指尖碰了碰自己通红的鼻头，"我向他提起了迎新日那天的事情。他很明确地告诉我那不是他干的。我判断他应该不是在撒谎。不然他肯定是我见过的最纯熟的骗子了。老实说，瑞吉的身上没有任何欺凌型人格的特征。他并不自恋，反而表现出了极为丰富的同情心和敏感性。"

解脱的泪水堵塞了珍的鼻腔，眼看着就要涌上她的眼眶了。

"当然，除非他是个精神变态。"心理医生一脸振奋地说。

什么乱七八糟的？

"若是果真如此，那么他的同情心就是他故意伪装出来的。精神变态通常都是极富人格魅力的人。"

"可是——"心理医生正准备继续说下去的时候突然又打了一个喷嚏，"哦，天哪。"她感叹着擦了擦自己的鼻子，"我还以为自己已经好多了呢。"

"可是什么？"珍催促着她，意识到自己似乎并没有表现出半点的同情心。

"可是我觉得他不是。"心理医生回答，"我觉得他不属于精神变态。我很希望能够再和他见一次面。尽快。他此刻的心理状态非常焦虑，因此并没有跟我分享很多的信息。这也难怪他会在学校里被人欺负。"

"瑞吉？"珍问道，"被人欺负？"

她感觉一阵热气猛地冲上了脑门，就好像是发烧了一样。一股能量开始在她的身体里横冲直撞起来。

"我猜得也许不对。"心理医生吸着鼻涕说，"不过这也没什么好大惊小怪的。我猜这种欺负可能是言语上的。没准是哪个聪明的孩子发现了他的弱点。"她从书桌上的纸巾盒里抽出了一张纸巾——那是最后一张了。她的嘴里发出了啧的一声。"对了，瑞吉和我还谈到了有关他父亲的事情。"

"他父亲？"珍感到一阵眩晕，"可是这有什么——"

"他对于父亲这个话题也显得很焦虑。"心理医生解释道，"他觉得自己的父亲可能是个纳粹突击队员，或是赫特人贾巴，还有，在最坏的情况下……"心理医生掩饰不住地露齿一笑，"有可能是黑武士。"

"你在开玩笑吧？"珍问道。她感到一阵莫名的窘迫。是玛德琳家的弗雷德让瑞吉迷上《星际大战》的。"他是在开玩笑。"

"小孩子的思维总是会处于现实和想象之间。"心理医生说道，"他只有五岁。在一个五岁孩子的世界里，一切皆有可能。他还相信着圣诞老人和牙仙确有其人，那黑武士为什么就不可能是他的父亲呢？不过，我觉得他之所以会这么想多半是因为他认为自己的父亲是一个……可怕而又神秘的男人。"

"我本以为自己做得挺好的。"珍感叹着。

"我问他是否和你谈论过他父亲这个话题，他回答'是的'。不过他知道这个话题会让你难过。他之所以对我有所保留，也是因为害怕我会伤你的心。"她低头看了看自己的笔记，然后再度抬起头来，"他对我说：'如果你向我妈妈问起我爸爸的事情，一定要小心，因为她的脸上会露出一种很古怪的表情。'"

珍用手掌捂住了胸口。

"你还好吗？"心理医生问道。

"我脸上的表情很古怪吗？"珍反问她。

"有一点儿吧。"心理医生回答。她靠了过来，给了珍一个女人之间表示互相理解的眼神，仿佛两人此刻正坐在一间酒吧里闲聊。"我猜瑞吉的父亲并不是什么好人？"

"没错。"珍说。

塞莱斯特 //

全校例会结束之后，佩里驱车把塞莱斯特送回了家。

"你有没有时间去喝杯咖啡？"塞莱斯特问道。

"最好还是不要了。"佩里回答，"我今天很忙！"

她看了看他的侧脸。他看上去很正常，满脑子都在思考接下来要做的事情。她知道他会很享受第一次参加全校例会的感觉——作为一名在校学生的父亲，穿着工作制服身处一个非工作的场合。他喜欢爸爸这个角色，甚至可以说是颇为享受。和艾德聊天时，他的话语间带着淡淡的讽刺意味，还故作轻松地谈起了自己的"爸爸经"。

看到双胞胎穿着笨重的绿色鳄鱼道具服横冲直撞地奔上舞台，他们两个都笑了出来。麦克斯扮演的是鳄鱼的头部，而乔希则是鳄鱼的尾部；有时候，由于他们各自朝着相反的方向移动，那只可怜的鳄鱼眼看着就要被撕成两半了。今天出门上学前，佩里就在门厅外的阳台上给身穿道具服的两个孩子拍了一张照片，背景是湛蓝的大海。后来，他又请艾德给他们一家四口拍了张合影：两个孩子穿着道具服睁着大眼睛，佩里和塞莱斯特则趴在他们的身子底下。这张照片绝对会被他传到脸书上去的。早在他们朝着车子走去的时候，塞莱斯特就看到他一路都在摆弄着手机。

他会在照片的标题上写些什么呢？*两颗新星！两个孩子成功搞定可怕大鳄鱼的角色！*

"益智问答夜那天再见！"散会后，大家都这样招呼着彼此。

是的，他的心情不错。一切都会顺利的。自从他上次出差回来之后，两人之间的气氛一直都很轻松。

然而，当她说出若是他在强迫瑞吉休学的请愿书上签字，自己就会离开他时，一丝愤怒的表情从他的脸上一闪而过。她本想用一种半开玩笑的语气来阐释这句话的，但事与愿违：她当着玛德琳和艾德的面让自己的丈夫难堪了。他是那么喜爱和欣赏那对夫妻。

她到底是怎么想的？一定是那套公寓害的。现在，她已经把它装修得差不多了。既然离开的可能性已经成为现实，她只得不时地扪心自问：我要不要走？我当然要走了，我必须走。不，我不能走。昨天早上，她甚至给家里所有的床都换好了舒适的新床单——她是如此地享受这个过程——好让自己能够下定决心。可就在昨天半夜，当她在床上醒来，感觉到佩里的手臂压在她腰上的那份沉甸甸的重量时，她突然想起了自己白天整理床铺的行径，惶恐得如同犯了什么罪一样。她怎么能做出如此疯狂、鬼祟、恶毒而又任性的事情来呢？

也许她之所以会开口威胁佩里正是因为她想要坦白自己的所作所为。她无法忍受独自背负这个秘密的压力。

当然，这也是因为她一想到佩里或是任何人会在那份请愿书上签字，心中就会燃起熊熊怒火。尤其是佩里。他欠珍一笔债，一笔家族债。因为她表兄多年前犯下的一个错误。或者应该说是"有可能犯下的错误"——她不断地提醒自己。毕竟她们尚不能确认施暴的人是不是他。如果珍记错了对方的名字呢？也许那个男人叫做史蒂芬·班克斯，根本就不是萨克森·班克斯。

瑞吉有可能是佩里表兄的孩子。

珍是塞莱斯特的朋友。即便不是，一个五岁的孩子也不应该在周围人的欺辱中开始自己的社交生活。

佩里并没有把车停进车库，而是直接停在了家门口的车道上。

塞莱斯特据此猜测他是不打算进门了。

"晚上见。"她说罢俯下身来吻了吻他。

"对了，我需要从我的办公桌里拿点东西。"佩里说完便推开了车门。

她感觉到空气中正飘散着某种气味，他的肩膀看上去不太对劲，眼神空洞却又明亮，喉咙也有些干涩。

他为她开了门，然后礼貌地摆了摆手，让她先进。

"佩里。"她急迫地叫了一声，转过身时却发现他身后的门已经紧紧关上。紧接着，他走上前来抓住了她的头发，用力地朝她的脑后揪扯过去。他的力气实在是太大了，钻心的疼痛顺着她的头皮倾泻而下。她的眼睛里顿时溢满了无助的泪水。

"如果你再敢像今天这样当众羞辱我，我一定杀了你。我一定会杀了你的！"他进一步捏紧了拳头，"你怎么敢那样跟我说话！你怎么敢！"

他松开了手。

"对不起。"她哀号道，"真的对不起。"

想必她道歉的语气一定有什么不对的地方，因为他慢慢地走上前来，用两只手捧起了她的脸，仿佛是要给她温柔的一吻。

"对不起还不够。"他说完便将她的头狠狠地撞向墙壁。

就像他第一次动手打她时一样，此时此刻，佩里的脸上又一次出现了令人胆寒的、经过了深思熟虑般的冷漠感。肉体的疼痛直击她的胸口。她的心碎了。

整个世界都旋转了起来。仿若她酩酊大醉。

她的身体顺势滑落在地板上。

她感到一阵阵的反胃，却并不想吐。她一向都是如此，只会感到反胃，却永远都吐不出来。

她听到他的脚步声朝着走廊的方向走远，于是在地板上蜷缩着身体，用膝盖抵着胸口，双手交织在抽痛的脑袋后方。她想起两个孩子不小心弄伤自己时的那种啜泣声：好疼，妈咪，真的好疼。

"坐起来。"是佩里的声音，"亲爱的，坐起来。"

他蹲在她的身旁，拉起了她的上半身，然后小心翼翼地把一块包着冰袋的茶巾放在了她的后脑勺上。

冰凉的感觉一点点地渗入了她的头皮。她转过头来用迷蒙的双眼看着他的脸。那张脸如死灰般惨白，两只眼睛下面还挂着淡紫色的眼袋。他的五官重重地向下垂着，好像得了某种可怕的疾病。他啜泣了一声，听上去怪怪的，似乎很绝望，就像一只掉进了陷阱的动物。

她让自己的身体向前扑倒在他的肩膀上。两人就这样紧紧地拥抱着坐卧在黑色胡桃木的地板上。

玛德琳 //

玛德琳总是说，在彼利威工作生活就像是住在农村一样。在大部分日子里，她很享受这种社区的感觉。可每当经前紧张症席卷而来的那几天，她总是忍不住咬牙切齿，满心期盼着自己在购物时不要碰到那些会朝她友好地微笑挥手的人。在彼利威，每个人之间都存在着或多或少的联系——无论是通过学校、冲浪俱乐部、儿童运动队、健身房还是理发店等渠道。

这就意味着，当她坐在彼利威剧院那张拥挤的办公室里，拿起电话拨通彼利威当地报社的电话，趁着最后的机会询问自己能否在下个星期的报纸上登上一则四分之一版面的广告时（他们急需为幼儿戏剧班多招几个学生，好增加剧院的收入），她其实不仅仅是在给报纸的广告代理商洛兰打电话。洛兰有个和艾比盖尔同龄的女儿名叫佩特拉，还有一个在彼利威公立学校上小学四年级的儿子。她的丈夫是当地酒行的老板，和艾德同是某40岁以上年龄组足球俱乐部的成员。

这个电话绝不是一两句话就能完事的，因为她和洛兰已经好久都没有通过话了。她意识到这一点时，拨号的声音已经响了起来，于是她的脑海中突然闪过了挂上电话，改为发送电子邮件的念头。她今天很忙，而且还因为去了全校例会而迟到了许久。当然，要是她能够和洛兰聊上一会儿也是不错的。她很想听听洛兰都知道哪些关于请愿书的事情。可是——

"洛兰•艾奇力！"

太晚了。"嗨，洛兰！"玛德琳开口说道，"我是玛德琳。"

"亲爱的！"洛兰真应该辞了报社的工作到剧院上班。那种抑扬顿挫的剧院派语调早就被她练得炉火纯青了。

"你好吗？"

"哦，我的上帝，我们应该出来喝杯咖啡！我们应该喝杯咖啡！有太多值得聊一聊的话题了。"洛兰回答。说罢，她压低了嗓门，开始用低沉的语气说起话来。洛兰工作的地方是一间嘈杂的开放式办公室。"我这里有好多现成的八卦呢。全都是猛料。"

"还不赶紧告诉我。"玛德琳快活地靠在了椅背上，把双脚放在了桌面上，"麻利点。"

"好吧，给你个提示。"洛兰用法语问道，"你会说英语吗？"

"是呀，我会说英语啊。"玛德琳回答。

"这是我唯一会说的一句法语。"洛兰解释着，"所以这是一件和法国人有关的事情。"

"和法国人有关的事情？"玛德琳表示自己很困惑。

"没错，嗯，它和我们共同的朋友勒娜塔有关。"

"是请愿书的事情吗？"玛德琳问道，"洛兰，我希望你还没有签字。阿玛贝拉从没有说过欺负她的人就是瑞吉。而且学校每天都在监控这个班级。"

"是呀，我也觉得请愿书的事情有些小题大做了。不过我确实听说那孩子的妈妈把阿玛贝拉给弄哭了，还在沙坑里踢了哈珀。我想凡事都有两面性吧——不过，这件事和请愿书无关。玛德琳，我说的是和法国人有关的事情。"

"那个保姆。"玛德琳灵光一闪，赶忙回答道，"你说的是不是她？朱丽叶？她怎么了？显然，阿玛贝拉被人欺负的事情已经过很久了，可是朱丽叶却丝毫也没有——"

"说的是呀。我就是这个意思。不过我倒是真的忘了请愿书的事情！啊，怎么说呢？这件事也和我们共同的朋友的丈夫有关。"

"他和那个保姆——"玛德琳惊叫道。

"没错。"洛兰回答。

"我不明白——不。"玛德琳把双脚放回了地板上，坐直了上身，"你是在开玩笑吧？杰夫和那个保姆？"这未免也太耸人听闻了吧？墨守成规、一身正气、热爱观鸟的大肚子杰夫和那个年轻的法国小保姆。这种陈词滥调简直是太吓人了。"他们之间有奸情？"

"是的。就像罗密欧和朱丽叶一样，只不过，你懂的，是杰夫和朱丽叶。"洛兰仍旧在压着嗓门说话，显然并不想让同事听见她们的对话。

玛德琳感到一阵恶心，仿佛刚刚咽下了什么过于甜腻的东西。"真是太可怕了。让人毛骨悚然。"虽然她对勒娜塔并没有什么好感，但也不至于希望看到她落到如此地步。只有水性杨花的女人才应该有一个招蜂引蝶的老公。"勒娜塔知道吗？"

"当然不知道了。"洛兰回答，"不过这是真的。杰夫是在打壁球的时候告诉安德鲁·法拉第的。后来安德鲁告诉了肖恩，肖恩又告诉了埃里克斯。男人居然也这么八卦。"

"总得有人告诉她吧。"玛德琳说。

"那也不会是我。"洛兰答道，"她说不定会把告密的人给一枪打死呢。"

"我也不会去做这种事情的。"玛德琳附和道，"她肯定最不想从我这里听到这个消息了。"

"一定不要告诉别人。"洛兰嘱咐她，"我向埃里克斯保证过不告诉任何人的。"

"好的。"玛德琳回答。毋庸置疑，这个消息很快就会像弹珠一样传遍整个半岛，从一个朋友的身上弹到另一个朋友的身上，再从丈夫的身上弹到妻子的身上，最后以迅雷不及掩耳之势击中可怜的勒娜塔。这个可怜的女人现在还以为自己人生中最棘手的事情是女儿在学校里被人欺负了呢。

"显然，小朱丽叶想要带着他回法国见她的父母。"洛兰模仿起了法国人说话的口音，"喔啦。"

"哦，够了，洛兰！"玛德琳厉声说道，"这不好笑。我不想再多听了。"一想到自己不能享受散播八卦的乐趣，她就感觉浑身不自在。

"抱歉，亲爱的。"洛兰镇定了一下自己的情绪，"你找我有什么事来着？"

玛德琳订下了那个版面，而洛兰也像往常一样颇有效率地将事情布置了下去。玛德琳当初真应该直接给她发上一封邮件。

"那周六晚上见咯！"洛兰说道。

"周六晚上？哦，当然，益智问答夜。"玛德琳改用了一种温暖的语气，似乎想要弥补刚刚过于严厉的态度，"我很期待那天的活动，还特意新买了一条连衣裙呢。"

"我早就猜到了。"洛兰回答，"我准备穿成猫王的样子过去。谁说女人就必须打扮成赫本，而只有男人才能打扮成猫王呢？"

玛德琳笑了，再一次对洛兰产生了好感。那沙哑的笑声似乎注定那会是一个有趣的夜晚。

"到时候见。"洛兰说，"哦，嘿！艾比盖尔正在筹划的那个慈善项目到底是什么呀？"

"我也不太确定。"玛德琳回答，"她在为国际特赦组织募捐吧。没准儿是彩票吧。老实说，我应该告诉她一下，出售彩票是需要许可证的。"

"嗯。"洛兰应和了一声。

"怎么了？"玛德琳追问道。

"嗯。"

"到底怎么了？"玛德琳坐在转椅上晃悠了一圈，手肘碰掉了放在桌角上的文件夹。好在她及时地接住了它。"出什么事了？"

"我也不知道。"洛兰说，"佩特拉提起过艾比盖尔的这个项目。我总是感觉其中有什么不对劲的地方。佩特拉一直都在咯咯地傻笑着，还含糊其辞地说其他的女孩都不认同艾比盖尔的做法，只有她赞同——这可不是什么好事。抱歉，我说得可能不是很清楚。这只不过是一位母亲的直觉而已。呜哇呜哇呜哇。"她模仿着汽车警笛的声音叫了起来。

玛德琳这才想起艾比盖尔脸书主页上的那条奇怪的留言。她早就把这件事情忘得一干二净了。想必是艾比盖尔退出数学补习班的事情让她在愤怒之余分了心。

"我会查清楚的。"她说道，"谢谢你的提醒。"

"可能是我多虑了。再见了，亲爱的。"洛兰挂上了电话。

玛德琳拿起手机给艾比盖尔发了一条短信：看到短信尽快给我回电话。爱你的妈妈。

她现在应该正在上课吧。孩子们在放学之前是不应该看手机的。

耐心，她告诫自己。她把双手再一次放在了键盘上。就是这样。接下来该干什么呢？下个月上映的《李尔王》宣传海报。在彼利威，应该没有人会愿意看到李尔王在舞台上步履蹒跚地乱跑吧。这里的观众喜欢现代戏剧。他们上学的时候已经在操场和足球场上看够了莎士比亚的戏剧。但玛德琳的老板还是坚持要上这部戏。如果票房萧条的话，她一定会绵里藏针地怪罪玛德琳的营销工作的。这种事情每年都会发生。

她又低头看了看手机。艾比盖尔可能会一直让她等到深夜吧。最后，她不得已还是要亲自打电话给女儿。

"逆子无情甚于蛇蝎呀，艾比盖尔。"她朝着手机自顾自地嘟囔了一句。（看过了这么多次彩排，她现在已经很会引用《李尔王》中的台词了。）

就在这时，刺耳的电话铃声吓得她一下子跳了起来。是内森打来的。

"你先别生气啊。"他说道。

塞莱斯特 //

暴力的家庭关系往往会随着时间的推移而变得更加暴力。

难道她没有在哪摞文件中看到过这句话吗？或是从苏西冷淡而又客观的声音中听到过？

塞莱斯特躺在自己的那半边床铺上，紧紧地抱着枕头。佩里为她拉开了窗帘，好让她能够看到外面的海景。

"我们躺在床上就能够看到大海了呢！"记得他们第一次来看这座房子时，佩里就曾这样惊叫。机灵的房产中介见状说道："我让你们自己随意看看吧。"说得没错，好房子的确会为自己代言。那一天，佩里像个孩子一样激动地在屋子里窜来窜去，完全不像一个即将花费上百万购置一座"魅力海景房"的男人。他的兴奋之情对她来说有些吓人：那是一种过于真实、过于乐观的感情。她有权利迷信。他们注定要堕落。当时，塞莱斯特刚刚怀孕 14 周，时常会感觉恶心想吐，手脚浮肿，满嘴都是摆脱不了的金属味道。她拒绝相信自己这一胎能够保住——可佩里却是满心希望，仿佛买一套新房子就能够保证自己的孩子可以安全降生似的。"这是怎么样的生活呀！让孩子们住在海边，想想就令人激动！"那时的佩里就连说话也不曾对塞莱斯特提高过嗓门，就更别提动手打她了。现在回想起来似乎有些不可思议，十分好笑。

她至今还没有从惊吓中缓过来。

这真的是太……出乎意料了。

她曾经努力尝试向苏西表达她内心深处的震惊之情，但是有些事告诉她，苏西的所有客户都有过这种感觉。（"不过，不只是这样的。你看，对于我们两个来说，这真的是意料之外的事情。"她想要说。）

"再来点儿茶吗？"

佩里出现在了卧室的门口。他的身上还穿着正装，不过已经脱掉了外套和领带，还把衬衫的袖子卷到了手肘上方。"我今天下午必须到办公室去一趟，不过早上我会在家里办公，好确保你没事。"把她从门厅的地板上扶起来后，佩里这样说道，好像是她自己不小心滑倒或是突然晕倒似的。他没有问过塞莱斯特便擅自做主给玛德琳打了电话，询问她能否帮忙接双胞胎放学。"塞莱斯特病了。"她听出他语气里满是真挚的关爱与同情，仿佛他真的相信塞莱斯特是被某种神秘的疾病给击垮了一样。也许他心里也是这样以为的。

"不用了，谢谢。"她回答。

她望着他那张英俊而又充满爱意的脸庞，眨眼间又想起他把她的头撞向墙壁之前紧靠过来、用嘲弄的语气说着"对不起还不够"时的画面。

太令人难以置信了。

杰基尔博士和海德先生[1]。他们哪一个更坏呢？她也不知道。她闭

---

[1] 英国著名作家史蒂文森的小说《化身博士》中的人物，主角杰基尔博士饮下试验药剂后便会在晚上化身为邪恶的海德先生四处作恶。善与恶的纠缠、心灵的愧疚与犯罪的快感令他饱受折磨。

上了眼睛。冰袋起了作用，可那不温不火的悸动疼痛感却停滞在了某种程度上，似乎永远也不打算离去。当她用指尖去触碰它时，感觉就像是摸到了一个软烂的西红柿。

"好吧。如果你需要什么就喊我一声。"

她差一点儿就笑了出来。

"我会的。"她回答。

佩里离开后，塞莱斯特闭上了双眼。她让他难堪了。如果她真的离开了，他还会感觉难堪吗？如果全世界都知道他在脸书网放的那些照片并不是生活的全部真相，他会觉得羞耻吗？

"你得采取预防措施。对于受虐女性来说，最危险的就是分手后的那段时间。"在她们最后一次见面的过程中，苏西曾经不止一次地告诫塞莱斯特，仿佛是在等待塞莱斯特不曾给她的某种回应。

塞莱斯特从未认真地考虑过这件事情。对她来说，是去是留永远都是一个亟待做出的决定，而离开则会是整个故事的最终结局。

她又开始妄想了。她真是个傻瓜。

如果他的怒气再燃烧得旺盛一点，说不定会第二次把她的头撞向墙壁。他会下手更重一些，甚至有可能会杀了她，然后再跪坐在地板上，怀抱着她的尸体，撕心裂肺、歇斯底里地骂自己、恨自己——但是那又怎么样呢？她已经死了。他无论如何也不能再弥补她了。两个孩子就这样失去了妈妈。尽管佩里是个出色的父亲，但他还是会忘咐他们多吃水果或是提醒他们按时刷牙。还有，她是那么希望自己能够亲眼看到他们长大呀。

如果她离开，他一定会追过来杀了她的。

如果她留下，继续徘徊在这条轨道上，他同样有可能找到一个足以杀了她的狂怒的理由。

原来，这一切本就没有出路。一座拥有整齐床铺的公寓算不上什么逃生计划——最多不过一个笑话而已。

那个英俊的男子刚刚竟然焦虑地问她要不要喝茶。此刻，他正在走廊的另一头抱着自己的电脑工作着。若是她开口喊上一句，他就会立马跑过来，全心全意地照顾她。

然而，这个心灵扭曲的男人终有一天会要了她的命。真是不可思议。

玛德琳 //

"艾比盖尔建了一个网站。"内森说道。

"好吧。"玛德琳回答。她从自己的办公桌前站起身来，好像已经准备好了要动身似的。学校？医院？监狱？一个网站到底有什么值得大惊小怪的呢？

"这个网站是为了给国际特赦组织募捐用的。"内森继续说道，"网页构架很专业。我一直都在鼓励她参与学校的网页设计课程，但是，显然我没有……嗯……是的，我没有预见到这一点。"

"我不明白，到底出什么事了？"玛德琳厉声追问道。内森并不是一个无事生非的人。他只不过是有点儿粗心而已。

内森清了清喉咙，声音听起来就像是快要窒息了一样。"虽然这也算不上是世界末日，但还是未免让人担心。"

"内森！"玛德琳气得直跺脚。

"好了，好了。"内森急匆匆地说道，"艾比盖尔正在利用这个网站拍卖自己的贞洁，以唤起人们对于童婚和性奴役现象的重视。她是这么说的：'如果这个世界看到一个七岁孩童被卖做性奴时可以坐视不管，想必它在目睹一个富裕的十四岁白人女孩出卖自己的贞洁时也不会眨一下眼睛。'所有的募款都将捐赠给国际特赦组织。她连'富裕'这个词都不会拼。"

玛德琳一下子瘫软在座椅上。哦，糟糕了。

"给我网址。"玛德琳说，"这个网站已经上线了吗？你的意思是不是说这个网站现在已经上线了？"

"是的。"内森回答，"我觉得它应该是昨天早上上线的吧。别去看它。求你了。问题在于，她还没有正式开放整个页面，所以她是可以随时修改留言的。而且竞标的人正在轮番出价。"

"给我网址——现在！"

"不。"

"内森，你现在就把网址告诉我！"她跺着脚，急得眼泪都快要掉下来了。

"www.buymyvirginitytostopchildmarriageandsexslavery.com。"

"太棒了。"玛德琳用颤抖的双手输入了网址，"这一定会吸引一大堆出色的慈善人士。我们的女儿真是个笨蛋。我们怎么养了这么一个笨蛋呢？哦，等一下，不是你养的。是我养的。我养了一个笨蛋。"她停顿了一下，"哦，上帝。"

"你在看那个网站吗？"内森问道。

"是的。"玛德琳回答。这的确是一个看起来十分专业的网站——从某种角度上来讲，这并不是什么好事，反倒给了那些竞拍艾比盖尔贞洁的人一个冠冕堂皇的理由。网站的主页上张贴着玛德琳在脸书上看到的那张艾比盖尔做瑜伽时的照片。在"竞拍我的贞洁"的背景之下，这张照片似乎透露了某种色情的意味：散落在肩膀上的碎发，细长纤瘦的四肢，还有那紧实圆润的胸脯。一大堆男人此时正在电脑屏幕上看着她女儿的照片，遐想着和她亲密接触的画面。

"我感觉自己就快要吐了。"玛德琳说。

"我知道。"内森附和道。

玛德琳深深地吸了一口气，从市场营销和公关的专业角度审视了一下整个网站。除了艾比盖尔的照片之外，网页上还展示着从国际特救组织网站上转载过来的童婚和性奴役的主题照片。这些照片显然是艾比盖尔在未经允许的情况下直接贴过来的，但却被运用得恰到好处。网站的主题鲜明，说服力很强，感情充沛而克制。除了"富裕"这个词的拼写错误和背后的那个令人揪心的前提之外，作为一个十四岁女孩的作品，整个网站确实令人印象深刻。

"这合法吗？"沉默片刻之后，玛德琳终于开了口，"未成年少女拍卖自己的贞洁应该是不合法的吧。"

"购买她贞洁的人才是犯法呢。"内森回答。玛德琳听得出来，他此刻也是咬牙切齿的。

就在那一瞬间，玛德琳感觉自己仿佛迷失了自我。尽管她正在和内森说话，她的潜意识却认为电话那头坐着的人是艾德，因为她从不需要和内森讨论什么棘手的教育问题。她设定好各项规则，内森只需要负责遵守它们。他们算不上是什么战友。

然而，她同时也意识到，如果换做是艾德，也许就是另一个局面了。当然，艾德也会对艾比盖尔出售自己的贞洁一事感到惊慌失措，但他并不会像内森一样发自内心地痛苦。若是把故事的主角换做是克洛伊，情况就不一样了。艾德和艾比盖尔之间还是存在着隐秘的距离感——尽管玛德琳一直都在否认这一点。而艾比盖尔也从没有跨过这一道心理防线。

她按下了写着"竞标与捐款"的按钮。艾比盖尔将这一区块设定为留言区，以便让网友们留下自己的评论和"出价"。

一行行龌龊的字眼从她的眼前飞过：

我给你二十块！时间地点随便。

嘿，漂亮姑娘，我愿意免费和你浪漫一回。

玛德琳噌地一下从办公桌前站起来，满嘴都是苦涩的味道。"我们现在怎么才能关掉这个网站？你知道怎么关吗？"

她很庆幸自己还没有失去控制，仿佛这不过是发生在工作中的一次危机而已，就像是一份需要重印的传单或是剧院网站上的一个错别字。内森是个科技达人，他应该会知道该怎么办的。然而，当她关掉评论的页面，再一次看到她那无辜、荒唐而又误入歧途的女儿时——那些邪恶的男人正在对着她的宝贝女儿说着龌龊的话语——心中的怒火如不可遏制的火山般爆发，激愤的言语从她的口中喷涌而出：

"这到底是怎么发生的？你和邦妮为什么不看好她？你来解决这个问题！现在就解决！"

哈珀：有没有人跟你提过在玛德琳的女儿身上发生的那场小闹剧？我是说，我本来不想说这件事情的。不过……就像勒娜塔那晚到我家来吃晚饭时我所说的那样："这种事情是绝不会发生在私立学校的。"我并不是说公立高中有什么不好，只不过是觉得那里的孩子更容易接触到——你懂的———些优秀的人。

萨曼莎：哈珀简直是太自私了。这种事情为什么就不会发生在私立学校呢？还有，艾比盖尔的出发点是高尚的。这个十四岁的小姑娘只不过是有点儿笨而已。可怜的玛德琳。她居然会怪罪内森和邦妮——我不知道她这么做是不是公平。

邦妮：没错，玛德琳确实把这件事情归咎到我们的身上。我接受这一点，毕竟艾比盖尔当时是在我的监护之下。但这和……那起悲剧绝对没有半点关系。真的。

珍 //

离开心理医生的办公室，珍开车带着瑞吉来到海边，准备在送他回去上学之前到蓝色布鲁斯去喝一杯早茶。

"今天的特别推荐是苹果煎饼配柠檬味黄油。"汤姆说，"我觉得你应该尝一尝。我请客。"

"请客？"瑞吉皱起了眉头。

"就是免费的意思。"珍解释道。她抬起头来看了看汤姆。"我觉得还是自己付钱好了。"

汤姆总是给她提供免费的餐食。这样的举动似乎已经让珍感到有些苦恼了。她不想自己在汤姆的心中就是个穷困潦倒的姑娘。

"以后再说吧。"汤姆边说边轻轻挥了挥手，表示无论如何都不打算收她的钱。

然后他便消失在了厨房门口。

珍和瑞吉不约而同地转过头来望着大海。一阵疾风吹过，大海看上去就像顽皮的孩子一样卷着白色的微波朝地平线的方向跑去。珍嗅了嗅蓝色布鲁斯里飘荡着的美妙气味，顿时产生了一种强烈的怀旧感，仿佛她已然决定了要带着瑞吉离开彼利威。

她的公寓租赁合同还有两周就要到期了。他们可以搬到一个全新的地方去，进入一所全新的学校，展开一段没有污点的生活。如果那位心理医生说的是对的，瑞吉本身也遭到了别人的欺负，珍是绝不会考虑继续让他留在这里上学的。这就是她的战略举措——她可以在必要的时候提起反诉。总之，她和瑞吉怎么能够留在一所大家都签了字想要赶他们走的学校里呢？如今，一切都变得错综复杂起来。大家可能会以为她在沙坑里袭击了哈珀，还弄哭了阿玛贝拉。她的确是弄哭了阿玛贝拉，这一点她也感到很内疚。现在唯一的解决方法就是一走了之。这才是正确的选择——一个于他们母子都有利的选择。

也许她在彼利威的时光注定要以悲剧结束。她从未坦陈过来到这里的真实原因，因为它们实在是太独特、太混乱、太离奇了，以至于她自己都说不清，道不明。

不过，搬到这里来也许正是某些过程中诡异却又十分必要的一个步骤。在过去的几个月中，珍的心中有些伤口正在愈合。即便她会多虑，会因为瑞吉和其他妈妈的事情而担忧，她对于萨克森·班克斯的感觉却在不知不觉间发生了变化。现在，她已经能够清晰而冷静地回忆他了。萨克森·班克斯并不是一个恶魔。他只是一个男人，一个讨人厌的恶棍。这样的人多得很，根本就没什么好稀罕的。若是可以的话，只要不和他们上床就好了。可她却那么做了，然后瑞吉就出生了——事情就是这么简单。也许只有萨克森·班克斯旺盛的生育能力才能够解决她不孕的问题。也许他的确是这个世界上唯一能够给她带来孩子的男人。也许她现在终于可以找到一种客观的方式谈起他，好让瑞吉不要再误以为自己的父亲是什么阴险的超级恶棍。

"瑞吉，"她开口说道，"你想不想要转到别的学校去，交一些新朋友？"

"不想。"瑞吉回答。他此刻似乎正处于一种闹情绪的状态，一点儿也不显得焦虑。那个心理医生到底知不知道自己在说些什么呀？

玛德琳平常怎么说来着？"小孩子总是反复无常，难以捉摸。"

"哦，"珍追问道，"为什么不呢？你那天提到其他小朋友都不愿意——你懂的——不愿和你玩的时候，不是很伤心吗？"

"嗯。"瑞吉欢快地回答，"不过我还有许多愿意和我一起玩的朋友，比如克洛伊和弗雷德。虽然弗雷德在二年级，但他还是我的朋友，因为我们都喜欢《星际大战》。我还有其他的一些朋友。比如哈里森、阿玛贝拉和亨利。"

"你说阿玛贝拉？"珍惊叫道。他以前可从没提起过自己会和阿玛贝拉一起玩呀。这也是她为什么一直都觉得他不可能欺负阿玛贝拉的原因。可以说，她本以为他们是不同圈子里的孩子。

"阿玛贝拉也喜欢《星际大战》。"瑞吉说，"她知道里面所有的情节，因为她超级会读书。所以，我们也不是真的在一起玩。不过如果我有时候跑累了的话,会和她一起坐在海马树下面聊聊《星际大战》里面的事情。"

"阿玛贝拉·克雷恩？幼儿园的那个阿玛贝拉吗？"珍又问了一遍。

"对呀,阿玛贝拉！不过老师们已经不再允许我们两个人说话了。"瑞吉叹了一口气。

"是嘛,可阿玛贝拉的爸爸妈妈一直都认为是你在欺负她呀。"珍的语气中隐藏着些许的愤怒。

"我没有欺负她。"瑞吉像其他的小孩一样悄悄地从椅子上滑了下去,珍更加心烦了。(令她倍感安慰的是,她后来发现弗雷德也会做同样的事情。)

"坐起来。"珍严厉地说道。

他坐起身来叹了一口气。"我饿了。你觉得我的煎饼快好了吗？"他歪着脖子望了望后厨的方向。

珍审视了一下儿子。他刚刚说得很清楚。我没有欺负她。

她以前有没有问过他这个问题？别人有没有问过他这个问题？也许他们只不过一直都在重复着同一种问法："是你吗,瑞吉？是你吗？"

"什么？"他问道。

"你知不知道谁在欺负阿玛贝拉？"

就在那一瞬间,瑞吉的脸突然垮了下来。"我不想说这件事情。"他的下嘴唇颤抖着。

"告诉我吧,甜心,你知道吗？"

"我发过誓的。"瑞吉轻声答道。

珍俯下身来。"你发了什么誓？"

"我向阿玛贝拉保证过不会告诉任何人。她说,如果我告诉了别人,她就会没命的。"

"没命？"珍重复了一遍。

"是的！"瑞吉激动地喊了一句，眼睛里满是泪水。

珍敲了敲手指。她知道儿子其实是想要告诉她的。

"这样吧。"她缓缓地说道，"你把那个人的名字写下来如何？"

瑞吉皱起了眉头，眨了眨眼睛，想要赶走挂在睫毛上的泪水。

"因为这样就不算是违背你对阿玛贝拉的承诺了。这不叫告诉我。而且我也向你保证，阿玛贝拉不会没命的。"

"嗯。"瑞吉想了想。

珍从手提包里取出了一个笔记本和一支钢笔，然后把它们推到瑞吉面前。"你会拼写吗？或者你可以试着拼拼看。"

这是他们在学校里学到的一种技能：试着拼拼看。

瑞吉拿起了笔，接着转过身，似乎是因为推门的声音而走了神。两个人走了进来：一个留着金色蘑菇头的女人和一个不起眼的商人。（所有穿着西装的灰头发中年男子在珍看起来都是大同小异。）

"那是艾米丽·J的妈妈。"瑞吉说道。

哈珀。珍的脸红了，一下子回想起那件在沙坑里"袭击"哈珀的事——至少哈珀是这么形容的。当晚，李普曼太太勉强给珍打了一个电话，提到一位家长向学校投诉了她，因此校方建议她"保持低调，避避风头"。

哈珀的目光四处扫射着，吓得珍的心越跳越快。看在上帝的分上，她又不会杀了你，珍心想。这简直是太诡异了，她居然会和一个几乎陌生的人陷入如此激烈的矛盾中。自打成年以后，珍一直都在躲避各种冲突。因此，当她发现玛德琳居然如此享受和别人吵架的感觉，甚至会主动找茬时，心中别提有多纳闷了。这种感觉实在是太糟糕了：既令人羞愧尴尬，又压得人喘不上气来。

哈珀的丈夫熟练地按响了柜台上的呼唤铃——叮！——提醒厨房里的汤姆出来接待他们。此时的咖啡馆里人很少，远处的右手边角落里坐着一个怀抱婴儿的女人，还有两个套着溅有颜料的蓝色罩衫的男人正在吃着鸡蛋培根卷。

珍看到哈珀用手肘推了推自己的丈夫，还附在他的耳边低语了几句。于是，他转过头来望了望珍和瑞吉。

哦，上帝。他过来了。

他挺着大大的、圆鼓鼓的啤酒肚，走起路来格外自豪，仿佛那身肉是挂在他身上的一枚荣誉勋章。

"你好。"他边说边朝着珍伸出手来，"是珍吗？我叫格雷姆，艾米丽的爸爸。"

珍握了握他的手，感到他故意攥了攥自己的手，似乎是在犹豫拿捏力道。"你好。"她介绍道，"这是瑞吉。"

"你好，小家伙。"格雷姆的眼睛朝着瑞吉的方向瞥了瞥，然后又再度转了回来。

"算了吧，格雷姆。"哈珀已经站到了他身旁。她对珍熟视无睹，就像她曾经在沙滩里做的那样：不惜一切代价躲避眼神交流。

"听着，珍。"格雷姆开口说道，"显然我不愿意当着你儿子的面多说些什么，但我理解你被卷入了学校的某些纠纷当中。我并不清楚这其中的来龙去脉——老实说，我也不感兴趣——但有些话我必须要告诉你，珍。"

他把两只手掌拍在了桌子上，俯身朝她靠了过来。这个故意恐吓的动作不知为何看起来有些好笑。珍抬起了下巴。她想要咽一口唾沫，却又不想让他看出自己正因为过分紧张而喘不上气来。格雷姆脸上那些深深的皱纹在她看来是那样的清晰，鼻子旁边还有一颗小小的痣。他面露凶光地活动了一下下巴。八卦电视节目上那些光着膀子、浑身刺青的男人冲着记者大呼小叫的时候常会摆出这种表情。

"我们决定这次先不报警，但如果你再敢靠近我妻子，我立马就会去申请一份限制令。放聪明些，珍，趁我现在还能够忍受。我是一家律所的合伙人，我会用尽所有的法律手段来——"

"请你离开这里！"

汤姆端着一盘煎饼出现在他们的身后。他把盘子放在珍的桌子上，然后温柔地用一只手抚了抚瑞吉的头顶。

"哦，汤姆，很抱歉，我们只不过是在……"哈珀惶恐地回答。彼利威公立学校的妈妈们对于汤姆调制的咖啡可以说是上了瘾，因此也把他本人视为最亲爱的知心伙伴。

格雷姆直起身来，拽了拽领带。"没什么事的，伙计。"

"我看不见得吧。"汤姆回答，"我不会允许你骚扰我的顾客的。请你现在就离开这里。"

汤姆的下巴并没有左右移动，但却咬紧了牙关。

格雷姆指关节朝下，在珍的桌子上砸了砸自己紧握的拳头。"从法律上来讲，伙计，我觉得你其实没有权利——"

"我不需要你给我什么法律建议。"汤姆回答，"我要求你离开。"

"汤姆，真的很抱歉。"哈珀开口说道，"我们真的没有那个意思——"

"我们下次再见吧。"他走到了门边，拉开了大门，"只要不是今天。"

"算了。"格雷姆转过身来，在距离珍的鼻子只有一英寸的地方举起了一根手指，"记住我说的话，小姑娘，因为——"

"趁我把你踢出去之前赶紧离开。"汤姆的声音一反常态地平静。

格雷姆直起身来，瞪着汤姆。

"你刚刚丧失了一位顾客。"说着他跟在妻子的身后出了大门。

"正合我意。"汤姆答道，他放开门把，转过身来看了看店里的顾客，"真不好意思。"

一个穿着蓝色外套的男人鼓起了掌。"好样的，伙计！"而怀抱着婴儿的那个女人则一脸好奇地看着珍。瑞吉坐在椅子上转过身来，望着窗外急匆匆走下木板路的哈珀和格雷姆。他耸了耸肩膀，拾起自己的叉子，狼吞虎咽地吃起了盘子里的煎饼。

汤姆走到珍的身边蹲下来，一只手臂扶着她的椅背。

"你还好吗？"

珍颤抖着深吸了一口气。他的体味一直都是这样清爽宜人，甜甜的、干净的味道。因为他一天要冲两次浪，每一次上岸后都要洗一个长长的热水澡。（她之所以知道这么多，是因为他曾经告诉过自己，他站在淋浴喷头下面的时候脑海中总会回想起刚才站在海浪上的美妙感觉。）珍这才意识到，原来她早已爱上了汤姆，就像她喜欢玛德琳和塞莱斯特一样。如果她被迫离开彼利威，一定会为失去他们而感到心碎。

可是，她还是无法留在这里。在这里，她的确结交了不少真心的朋友，但同时也树敌无数。这里没有她的未来。

"我没事。"她回答，"谢谢你。谢谢你刚才站出来。"

"不好意思！哦，天哪，抱歉！"原来是那个小婴儿把儿童套餐弄洒了，现在正在号啕大哭。

汤姆把手放在了珍的手臂上。"别让瑞吉把那些煎饼全都吃光。"他站起身来，走过去帮忙，嘴里还说着："没事的，小家伙，我再给你做一份。"

珍拿起叉子，闭上眼睛咬了一大口煎饼。"嗯。"汤姆刚才的话肯定会让那个"幸运"的男人开心一整天的。

"我写好了。"瑞吉说道。

"写好什么？"珍用手中的叉子又取了一块煎饼，试图把哈珀丈夫的脸庞以及他俯身靠近她的画面从脑海中赶走。他的恐吓伎俩简直是太可笑了，不过也挺有效的。她确实感到万分的惶恐。此刻，这种惶恐又演变成了一种羞愧。她值得被别人这样地"礼遇"吗？就因为她在沙坑里踢了哈珀一脚？可压根就没有踢到她呀！她很确定自己没有和哈珀发生任何的肢体接触。但结果都一样。她让自己的情绪占了上风，表现得很糟糕，以至于哈珀一回家便哭丧着脸朝那个深爱着她的、保护欲过剩的丈夫告起状来。除了愤怒之外，他还能怎么样呢？

"那个人的名字。"瑞吉回答。他把笔记本推了过来。"那个欺负阿玛贝拉的小朋友的名字。"

萨曼莎：显而易见，哈珀的丈夫已经不允许她再去蓝色布鲁斯了。我说："哈珀，现在早就不是50年代了。你丈夫没权利禁止你去咖啡馆。"但她还是觉得这是一种背叛。好家伙。我就愿意为了汤姆的咖啡背叛斯图。上帝呀！就算是我被谋杀也值得！不过，别傻了，我可不是说自己是杀人犯。咖啡和这件事扯不上半点关系。

珍放下了手中的叉子，把笔记本拽了过来。

只见瑞吉歪歪扭扭地在纸上写了四个字。有的字母大写，有的字母小写。

M. a. K. s。

"曼克思。"珍嘀咕着,"没有一个叫——"她停顿了一下。哦,糟糕了。"你是说麦克斯吗?"

瑞吉点了点头。"就是那个小气的双胞胎男孩。"

塞莱斯特 //

"两点钟了,我现在要去开会。"佩里说道,"玛德琳会去接孩子。我大约四点钟回来,在此之前让他们好好看电视就好。你感觉怎么样?"

塞莱斯特抬起头看了看他。

他能说出这样的话来真是有些丧心病狂,好像她不过是因为糟糕的偏头疼才卧床不起,跟他一点儿关系也没有。时间过去越久,他脸上的表情就越平静,仿佛罪恶感已然悄无声息地溜走,或是像酒精一样在他体内代谢掉了。她是他疯狂行为的共谋,总是像个精神病人一样配合他的表演。现在,她居然还愿意让他来照顾自己。

他们两个都不正常。

"我很好。"她回答。

他刚刚让她吞下了一片强力的止疼片。通常她是很排斥镇痛药物的,因为它们总能轻易地让她上瘾。可后脑的疼痛已然超出了她能够忍过去的范围。吞下药片后用不了几分钟,痛感就会渐渐消失,周围的一切也都随之变得模糊起来。她昏昏欲睡,四肢也变得愈加沉重。卧室的墙壁看上去如同软化了一般,有了立体感和动感,看得她恍惚起来,仿佛她此刻正躺在仲夏的阳光下晒着日光浴。

"你小的时候——"她开口说道。

"嗯?"佩里坐在她的身边,自然地握住她的手。

"那一年。"她说着,"你被人欺负的那一年。"

他笑着说:"那时候我还是个戴着眼镜的小胖子。"

"很糟糕,是不是?"她问道,"虽然你总是一笑而过,但那确实是很糟糕的一年。"

他攥了攥她的手。"是呀,是挺糟糕的。非常糟糕。"

她到底想说明什么呢?她似乎找不到合适的言语来形容一个八岁小男孩心中的惊恐、愤怒还有失望,可她一直都很好奇。每一次佩里感觉自己受到了歧视或侮辱时,塞莱斯特总是能够从他的身上感受到一个胖小孩压抑许久的怒火。只不过他现在已经长成了一个一米八几的男人。

"最后是萨克森救了你,对吗?"她的声音也快要融化了。她能够听得到。

"萨克森打掉了那个小头目的门牙。"佩里咯咯地笑着回答,"从此以后再没有人敢惹我了。"

"是嘛。"塞莱斯特附和道。萨克森·班克斯。佩里的英雄。珍的虐待者。瑞吉的父亲。

自从读书俱乐部那晚以来,萨克森的脸就一直在她的脑中挥之不去。她和珍有不少的共同之处,都曾遭受过这种男人的伤害——这对英俊、成功却又残忍的表兄弟。在萨克森迫害珍的这件事情上,塞莱斯特觉得自己也有责任。那个女孩是那么软弱,那么年轻。如果塞莱斯特能够在那里保护她就好了。她有经验,知道何时应该伸出手连抓带挠。

她正在试图建立某种联系。这种想法稍纵即逝,仿佛是她余光中闪过的一抹阴影。为此，她已经烦恼了好一阵子了。

萨克森会为自己的所作所为找借口吗？据塞莱斯特所知，他小时候并没有被人欺负的经历。这是不是说明佩里的行为和他当年的遭遇没有任何的关系？一切只不过是因为他们的家风如此。

"可你没有他那么坏。"她嘟囔着。这就是她想说的吗？是的。这就是关键。这就是这段对话的重中之重。

"你说什么？"佩里似乎被她给逗乐了。

"你不会那样做的。"

"做什么？"佩里问道。

"好困啊。"塞莱斯特回答。

"我知道。"佩里说，"睡吧，亲爱的。"他帮她拽了拽被角，还拨了拨挡在她脸上的头发，"我很快就会回来的。"

正当她坠入梦乡时，恍惚间仿佛听到他在自己的耳边说了一句"真的很对不起"。不过，那也许是她的梦境吧。

玛德琳 //

"该死的，我关不上。"内森说道，"如果我关得上，给你打电话之前我就动手了！这是一个开放式网站，服务器不在我家里，所以我不能随便掌控开关。我需要她的登录信息，还有密码。"

"波丽小姐的娃娃！"玛德琳大喊了一声，"这是密码。她所有的密码都一样。赶紧去把网站给关掉！"

她一直都知道艾比盖尔社交网络账户的密码。这是她们商量好的，以便玛德琳随时查看女儿的交友情况。当然了，玛德琳有时也会像个飞贼一样蹑手蹑脚地摸进艾比盖尔的房间，站在她的身后偷看她的电脑。对于玛德琳的这项绝技，艾比盖尔总是后知后觉。每一次她猛然发现玛德琳的存在时，都会被吓得魂不附体。可玛德琳并不在意，甚至称监视是"当代的教育秘诀"。也正是因为如此，如果艾比盖尔没有搬到那个不属于她的地方去，这样的事情就永远不会发生。

"我试过'波丽小姐的娃娃'了。"内森沉闷地回答，"不对。"

"你是不是输错了？全部都用小写，中间不加空格，而且——"

"我某天曾经劝告过她，不要什么地方都用同一个密码。"内森说道，"她一定是听了我的话。"

"太好了。"玛德琳回答。她的怒气已经熄灭，郁结之气凝结成一个庞大的冰块。"不错，真是一个好建议，不愧是她的好爸爸。"

"因为这样会导致身份被盗用——"

"随便你怎么说！安静，让我想一想。"她用两只手指飞快地敲击着自己的嘴巴，"你手边有笔吗？"

"当然有了。"

"试一下'浆果'。"

"为什么是'浆果'？"

"这是她养的第一只宠物狗。它被我们收养两周之后就被汽车给撞死了。艾比盖尔可是被吓得不轻。你当时在哪儿来着？巴厘？瓦努阿图？谁知道呢？你别乱问。听着就好。"

接着，她又迅速列举了二十种可能的密码，包括乐队、电视剧角色和作者的名字，以及如"巧克力"和"我恨妈妈"之类的随机短语。

"不会是那个的。"内森回答。

玛德琳忽略了他的话，心中满是对自己不能完成这项任务的失望之情。网站的密码实在有太多种可能：任何字母与数字的组合都行。

"你确定就没有别的办法能够关掉它了吗？"她问道。

"我想我可以给域名重新定向。"内森回答，"不过我还是需要登录她的账户。整个世界都在围绕'登录'这个东西转来转去。个别的电脑天才应该是可以侵入这个网站的，毕竟它只是一个谷歌托管账户。不过这也需要一些时间。我们最终肯定能够关掉它的，但最快的方法显然还是让她自己来操作。"

"没错。"玛德琳回答。她已经从手提包里掏出了车钥匙，"我要到学校去早点接她出来。"

"你……我是说，我们，我们必须让她把网站关掉。"玛德琳能够听到噼里啪啦的敲击键盘的声音，看来内森正在尝试输入不同的密码，"我们是她的父母。我们必须要告诉她，呃，如果她不听我们的话，是会产生某些后果的。"

内森的口中居然说出了"后果"这样的现代教育术语，玛德琳感觉有些荒谬。

"是呀，这一点儿也不困难。"玛德琳讽刺地回答，"她才十四岁，就自以为能够拯救全世界了——而且还犟得像头驴。"

"那我们就关她禁闭！"内森激动地喊了一句，显然是想起了美国电视剧中的家长教育未成年子女时的常用伎俩。

"她会很享受的，甚至还有可能把自己视为慈善事业的殉道者。"

"我的意思是，天哪，她应该不是认真的吧？"内森说，"她不会真的打算实施这个计划吧？和一个陌生人上床？我真是无法……她连男朋友都没有交过，是不是？"

"据我所知，她连初吻都还没有送出去呢。"玛德琳说着，突然有了一种想哭的冲动，因为她知道艾比盖尔会如何反驳自己的话：那些受伤害的小女孩也没有体验过初吻的感觉呀！

她攥紧了手中的车钥匙。"我得赶紧走了，一会儿还要去接两个小家伙放学呢。"

这时，她突然想起佩里早些时候打电话来，拜托她帮忙接一下双胞胎，因为塞莱斯特病了。她的左眼皮忍不住抽搐了起来。

"玛德琳，"内森说道，"别对她大喊大叫，好吗？因为——"

"你在开玩笑吗？我当然要对她大喊大叫了！"玛德琳吼道，"她正在网络上出卖自己的贞洁啊！"

珍 ／／

在蓝色布鲁斯吃完早餐之后，珍开着车送瑞吉去了学校。

"你能不能告诉麦克斯，让他不要再欺负阿玛贝拉了？"她停车的时候，瑞吉突然开口问道。

"大人会找他谈谈的。"珍转动着钥匙，关闭了点火装置，"但这个人不一定是我，有可能是巴恩斯小姐。"

她还在斟酌处理此事的最佳途径。她是不是应该大步流星地冲进校长办公室？不不不，相比于此，她更愿意找巴恩斯小姐谈谈。她应该会相信瑞吉的话，不会以为他是为了逃避责骂才随便指认别人。除此之外，巴恩斯小姐也知道珍和塞莱斯特是朋友，因此更能体会其中的尴尬。

不过，巴恩斯小姐此时正在上课，珍不可能冲进教室去把人家拉出来。珍应该给她写一封电子邮件，或是给她打个电话。

可她此刻是如此地想要找人来分享一下这个消息。也许她真的应该直接去找李普曼太太。

反正阿玛贝拉又没有真的面临什么生命危险，况且，还有助教一直在默默地关注着她呢。珍的急躁心理只能反映出她自身想要发泄的欲望。

不是我的儿子干的！她的儿子才是元凶！

那可怜的塞莱斯特该怎么办呢？她应不应该见巴恩斯小姐之前先打电话知会塞莱斯特一下？这样对待自己的好朋友真的合适吗？也许没那么复杂吧。背着塞莱斯特去告状多么阴险狡诈啊。她是绝对不会让这种事情影响她们之间的友情的。

"走吧，妈咪。"瑞吉不耐烦地催促道，"你为什么坐在那里发呆啊？"

珍解开安全带，转过头来望着瑞吉。"你把麦克斯的事情告诉我是对的，瑞吉。"

"我没有告诉你！"此时，瑞吉已经解开了身上的安全带，一只手正搭在车门的把手上，准备跳出车门。他猛地转过头来看着她，脸上充满了愤怒而恐惧的表情。

"抱歉，抱歉！"珍回答，"没错，你当然没有告诉我。绝对没有。"

"因为我向阿玛贝拉保证过了，我是永远也不会把这件事情告诉任何人的。"瑞吉撑住了汽车前排座椅的中部，焦急地把自己的小脸凑到了她的跟前。她看到儿子的嘴唇上还残留着汤姆做的煎饼渣。

"是呀。你信守了自己的诺言。"珍舔了舔自己的手指,想要擦干净他嘴巴上的污渍。

"我信守了自己的诺言。"瑞吉躲开了她的手指,"我是个善于守信的人。"

"你还记得迎新日那天的事情吗?"珍放弃了想要帮儿子擦嘴的念头,"阿玛贝拉说是你欺负了她。她为什么要那么说呢?"

"麦克斯说,如果她告发他,他就会趁大人们看不见的时候再掐她一次。"瑞吉回答,"所以阿玛贝拉就指了我。"他不耐烦地耸了耸肩膀,似乎觉得这个话题很无聊,"她对我说她很抱歉。我说没关系的。"

"真是个好孩子。"珍夸奖道。你不是一个精神变态,麦克斯才是精神变态。

"是呀。"

"妈妈爱你。"

"我们现在可以进学校了吗?"瑞吉再一次把手放在了汽车的门把手上。

"当然。"

在朝学校走去的路上,瑞吉一蹦一跳地走在了前面,身后的书包也随之上下晃动着,仿佛这个世界上没有什么事情好让他担心似的。

看着他的背影,珍的心紧紧地揪了起来,赶紧快步跟了上来。他并不因为自己被人欺负而感到焦虑,而是他勇敢而又愚蠢地背负了一个秘密。即便是李普曼太太找他谈话的时候,这个勇敢的小士兵也不曾屈服过,反倒是坚定地站在了阿玛贝拉那一边。瑞吉不是个恶霸。他是个英雄。

话说回来,他真是个小傻瓜,竟然一直都没有告发麦克斯,还认为在纸上写下对方的名字不算告密。他只是个五岁的孩子而已。

瑞吉拾起了躺在人行道上的一根木棒,把它拿到头顶上挥舞了起来。

"放下那根木棒,瑞吉!"她喊道。他丢下了木棒,向右急转,顺着庞德太太家门前绿草茵茵的小径朝学校跑去。

珍将木棒从路面上一脚踢开,紧跟在他的后面。麦克斯到底对阿玛贝拉说了些什么,以至于这个聪明绝顶的小姑娘竟然甘愿为他的行为保守秘密?难道他真的说了自己会"要了她的命"?阿玛贝拉会相信他的话吗?

她回想着有关麦克斯的一切。除了那块胎记以外,她很难分辨塞莱斯特家的两个双胞胎之间到底有什么区别。她本以为他们的个性也会一模一样呢。

在她的心里,麦克斯和乔希就像是两只既可爱又顽皮的小狗,总是等着人来喂饱他们,给他们洗澡,陪他们玩耍,他们又有无限的活力,一定折腾得家人精疲力竭。他们总是鼓着腮帮子笑着,看起来是那样的纯真。这和有时候叫人猜不透进而令人担忧的瑞吉恰好相反。沉默寡言的瑞吉总是让人胡思乱想。

如果塞莱斯特发现了麦克斯的所作所为,会有什么反应呢?珍想象不出来。但她已经猜到了玛德琳的反应(疯狂、暴躁)。话说回来,她还从没看到过塞莱斯特对自己的两个孩子发火。当然了,她有时候也会难过或是焦躁,但她从不会大喊大叫。塞莱斯特看上去有些神经质,总是一副心不在焉的样子,还常常被突然跑过她身边的孩子吓出一身冷汗。

"早上好!今天睡过头了吗?"庞德太太站在自家的前院里边浇水边问道。

"我们有点儿事情。"珍解释。

"跟我说说,亲爱的,你明天晚上打算打扮成赫本还是猫王呀?"

一瞬间，珍根本就不理解她到底在说些什么。"赫本还是猫王？哦！益智问答夜。"她早就把这件事忘得干干净净了。很久以前，玛德琳曾经办过一场这样的游戏，但那早就是乱七八糟的意外发生之前的事情了：请愿书、沙坑里的袭击案。"我还不确定——"

"哦，我只不过是在开玩笑，亲爱的！你的身材这么好，当然会打扮成赫本了。老实说，你要是留上一头孩子气的短发应该会很可爱。那种发型叫什么来着？精灵头！"

"哦。"珍应和了一声，拽了拽自己的马尾辫，"谢谢。"

"说到头发，亲爱的。"庞德太太神秘兮兮地俯过身来，"瑞吉正在那里抓耳挠腮呢。"

庞德太太念到"瑞吉"这个词的时候语气很怪，仿佛是在说一个可笑的昵称。

珍看了看瑞吉。他正一边用手使劲地抓挠着自己的头，一边蹲在草地上研究着什么重要的东西。

"是啊。"珍礼貌地答应了一句。那又怎么样？

"你带他去查过了吗？"庞德太太问道。

"查什么？"珍怀疑自己今天是不是特别的迟钝。

"虱子啊。"庞德太太回答，"你知道的，头虱。"

"哦！"珍用手拍了拍自己的嘴巴，"没有！你觉得——哦！我不——我不能——哦！"

庞德太太咯咯地笑了起来。"你小时候没有得过吗？这种东西的生命力顽强着呢。"

"没有啊！我记得我们学校曾经暴发过一次头虱，但我肯定是错过了。我最讨厌无故瘙痒的感觉了。"她打了个冷战，"哦，上帝。"

"嗯，对付这些小虫子，我的经验可丰富了。我们所有的战地护士都得过这种毛病。你别误会，这和清洁卫生没有什么关系。它们就是这么惹人讨厌。过来，瑞吉！"

瑞吉晃晃悠悠地走了过去。庞德太太从蔷薇丛中折下了一小截枝干，然后用它梳了梳瑞吉的头发。"虱子！"她自信满满地大声喊了一句。这时，西娅正好怀抱着午餐盒从一旁经过。"他满头都是呢。"

西娅：哈利雅特忘了带自己的午餐盒，所以我才急匆匆地赶到学校来给她送饭。我今天有好多事情要忙。可你猜我听到了什么？瑞吉满头都爬满了虱子！是的，她把孩子带回了家。要不是庞德太太，她还准备把他送进学校里来呢！但她怎么会想到让一个老太太来检查她孩子的头发呢？

玛德琳 //

"随便。"艾比盖尔说道。

"不行。不许说随便。这不是谁都能'随便'的状况。你的所作所为远远超出了你的年龄，艾比盖尔。我是认真的。"玛德琳紧紧地抓着方向盘，冷汗的触感和温度透过掌心传遍全身。

真的是太不可思议了，玛德琳竟然没有朝着她大喊大叫。

玛德琳去了艾比盖尔就读的高中，告诉英语老师说家里出了一点"急事",需要艾比盖尔尽快回家。显而易见,学校还没有发现艾比盖尔的网站。

"艾比盖尔表现得很好。"她的老师优雅地笑着说道,"她是个很有创造力的孩子。"

"谁说不是呢。"玛德琳强忍着才没有把头别过去,也没有像女巫一样邪恶地大笑。

为了管住自己的嘴,玛德琳一直在努力克制。她没有尖叫"你到底在想些什么呀",反倒是一直都在等着艾比盖尔先说话。(从战略上来说,这一点看起来至关重要。)艾比盖尔终于开口了:"家里到底有什么急事?"玛德琳那充满防备的眼神直勾勾地盯着仪表盘,让自己尽量像艾德一样平静,回答道:"哦,艾比盖尔,网上有很多人在等着和我十四岁的女儿上床。"艾比盖尔畏缩了,喃喃自语道:"我知道。"

玛德琳判断,她无意识的畏缩说明一切都会没事的:艾比盖尔实际上已经开始后悔了。她陷得太深了,只是还没有想到办法逃脱。她甚至希望自己的父母能要求她把网站关掉。

"亲爱的。我理解你想要努力做成的事情。"玛德琳说,"你想要给自己的宣传活动设立一个'诱饵'。这很好,很聪明。不过在这件事情上,你的诱饵未免也太煽动了,根本就无法帮你达成目的。人们想到的不会是违反人权的话题,而是一个十四岁女孩拍卖自己贞洁的奇闻。"

"我不在乎。"艾比盖尔回答,"我想要集资。我想要唤醒大家的公益心。我想要做些什么。我不想说上一句'哦,那真是太可怕了',然后就袖手旁观。"

"这话没错,但你这样做并不是在集资也不是在感召公益。你是在给自己找麻烦!'艾比盖尔·麦肯齐,一个试图拍卖自己贞洁的十四岁女孩。'没有人会在乎甚至是记住你所从事的慈善事业。你这是在给自己抹黑。"

艾比盖尔就是在这时荒谬地说出了一声"随便"。仿佛大家在这件事上只不过是个人观点不同而已。

"告诉我，艾比盖尔，你真的打算践行自己的诺言吗？你知道自己还未成年。你才十四岁，还太年轻，不应该谈及性的事情。"玛德琳的声音颤抖了起来。

她已经胡思乱想了太长时间，在这个问题上投入了太多的感情。这也是她今天早上试图在全校例会上向邦妮传达的意思。那些小女孩对于艾比盖尔来说完全是真实的。当然了，她们的确是真实的，世界上的那些伤痛也是真实的。此时此刻，有很多人正在忍受你无法想象的暴行，但你既不能把心全都关上，也不能任性地全部敞开，不然你无法继续过好自己的生活。毕竟相比于他们的生存环境，你简直是在天堂。你可以记住罪恶的存在，尽自己的所能多做一些事情，然后转换心情想一想自己接下来要买哪一双新鞋。

"那我们就做点什么。"玛德琳安慰她，"我们可以一起设计一个能够唤起公众意识的宣传活动。让艾德也参与进来！他认识一些记者——"

"不用了。"艾比盖尔直截了当地拒绝了她，"尽管你现在是这么说的，可是到时候肯定会有变数。你总是很忙，很快就会把这件事忘得一干二净。"

"我保证。"玛德琳开口说道，但她实则无法反驳，更无法说服女儿。

"不用了。"艾比盖尔重申。

"这件事情没什么好商量的。"玛德琳说，"你还是个孩子。如果有必要的话，我会让警方介入的。这个网站必须关掉，艾比盖尔。"

"好吧，反正我是不会去关掉它的。"艾比盖尔回答，"就算你再怎么折磨我，我也不会把密码告诉爸爸的。"

"哦，省省吧，别傻了。你现在听起来就像个五岁的孩子。"话一出口，玛德琳就后悔了。

此时她们已经停在了小学校门口的接送点。玛德琳看到勒娜塔那辆闪亮的黑色宝马车正好就在她的前面。车窗上贴着深色的遮阳膜，因此她看不清开车的人是谁。也许是勒娜塔家那个不检点的法国保姆。她想象着勒娜塔若是知道了艾比盖尔正在拍卖自己贞洁的事情会露出怎样的表情。她应该会同情自己吧——毕竟勒娜塔并不是坏人，但她心里也会萌生出一点点的满足感，和玛德琳听闻她家的风流韵事时内心的感受是一样的。

玛德琳很自豪地认为自己根本就不在乎别人怎么想，但她却万分介意勒娜塔会轻视艾比盖尔。

"所以说，你打算坚持到底咯？你要和某个陌生人上床吗？"玛德琳边说边把车子向前挪了挪，然后努力地向克洛伊摆了摆手。可是那孩子根本就没有注意到她，而是忙着手舞足蹈地和一脸无趣表情的莉莉说着什么。她的裙角被书包夹住了，以至于停在校门口的所有车子都能够看到她身上的那条米妮内裤。通常情况下，玛德琳会觉得女儿很可爱，很好笑。然而，在此情此景之下，她却莫名地感觉这画面有些猥亵，甚至满心希望哪位老师能够注意到这一点，然后走上前去帮女儿整理一下。

"这总比喝醉了酒和某个高三的男孩睡在一起要好多了吧？"艾比盖尔说着把脸转向了窗外。

玛德琳看到塞莱斯特的双胞胎被一个老师伸手拉开了，两个人的小脸都红通通的，看起来很生气。她这才惊醒过来，记起自己今天应该帮塞莱斯特接他们回家。她一整天都在为各种事情分心，早把这件事情忘得一干二净了。

车队的长龙丝毫没有要向前移动的意思，因为停在最前面的那辆车的司机正在和一位老师无休止地聊着天——这在彼利威公立学校的接送点守则里可是明令禁止的！据此推断，车里的司机可能是一个"金色蘑菇头"，因为守则这种东西于她们没有任何约束力。

"但是，我的上帝，艾比盖尔，你有没有想过现实会是怎么样的？以后会发生什么？这样做真的有用吗？你打算在哪里兑现你的诺言？酒店里吗？你不会还要让我亲自送你去吧？'哦，妈妈，我要出发去奉献我的贞洁了，最好能在药店停一下，让我买点避孕套。'"

她看了看艾比盖尔的侧脸。她低着头，一只手盖住了自己的眼睛。玛德琳可以看到她的嘴唇正在颤抖着。她当然没有想清楚。她只有十四岁呀。

"你有没有想过和陌生人做爱是什么感觉？如果你碰到了某个可怕的男人，当他把手伸向你的时候——"

艾比盖尔放下了手，转过头来。"别说了，妈妈！"她叫道。

"你现在还小，艾比盖尔。你可能在幻想某个长得像乔治·克鲁尼一样的男人会把你接到他的别墅里，温柔地拿走你的贞洁，然后慷慨地写上一张支票寄给国际特赦组织。可现实不会顺着你一个人的心思，事情完全会和你的初衷背道而驰，变得龌龊而痛苦——"

"这对于那些小女孩来说难道不龌龊、不痛苦吗？"艾比盖尔哭喊着，大滴的眼泪滴在了她的脸颊上。

"但我不是她们的妈妈！"玛德琳也怒吼起来，然后直接撞向了勒娜塔的宝马车。

哈珀：你看，我并不是一个会诽谤别人的人，但玛德琳确实在益智问答夜的前一天故意撞坏了勒娜塔的车。

珍 ∥

"别告诉别人我会干这个。"在轰鸣的吹风机声音的掩盖下，庞德太太的女儿附在珍的耳边小声地说了一句，"不然那些时髦的妈妈肯定会争先恐后地跑来让我给她们的宝贝孩子除虱子的。"

起初，庞德太太建议珍到药店里去买些除虱的药。"很简单。"她说道，"你用梳子给他梳梳头，然后把那些小吸血鬼给揪出来——"她停顿了一下，仔细端详着珍脸上的表情，"我看看露西今天能不能帮帮你的忙吧。"

庞德太太的女儿露西是天堂美发店的老板。美发店位于报刊亭和肉铺的中间，是彼利威颇受欢迎的一家美发沙龙。此前，珍还从没有踏进过这里。显然，彼利威半岛上的所有"金色蘑菇头"都是露西和她的团队的客户。

趁着露西给瑞吉系上斗篷的工夫，珍悄悄地环顾了一下四周，想要看看这里有没有她认识的家长。

"需不需要我顺便帮他修剪一下头发？"露西问道。

"当然，谢谢。"珍回答。

露西瞟了一眼珍。"我妈妈想让我也帮你剪剪头发。她还指明了要'精灵头'。"

珍拽了拽自己的马尾辫。"我已经很久都不弄头发了。"

"至少让我检查一下你的发质嘛。"露西劝她,"你可能也需要接受一下治疗。虱子不会飞,但还是有办法从一个人的头上跑到另一个人的头上,就像是《小虱子杂技演员》里演的那样。"她模仿起了墨西哥口音,逗得瑞吉咯咯直笑。

"哦,上帝。"珍惊呼道。她的头皮马上就开始瘙痒起来。

露西眯着眼睛审视了一下珍。"你有没有看过一部叫做《双面情人》的电影?电影里的格温妮丝·帕特洛剪掉头发以后美极了。"

"当然看过。"珍回答,"每个女孩都喜欢那个情节。"

"让顾客改头换面简直是每个理发师的梦想。"露西说道,她又花了几秒钟时间瞥了瞥珍,然后转过头来看着瑞吉,把两只手搭在他的肩膀上。她朝着镜子里的他笑着说了一句:"等我给你妈妈剪完头发,你可能就不认识她了。"

萨曼莎:益智问答夜那天,我第一眼看到珍的时候差点儿没认出她来。她剪了一个漂亮的新发型,穿着黑色的紧身长裤和立领的白色衬衫,脚下踩着一双平底鞋。哦,天哪,可怜的小珍。她看上去是那么的快活。

塞莱斯特 //

塞莱斯特看上去真的病了，护送双胞胎回家的玛德琳心想。她穿着男士的蓝色 T 恤衫和花格睡裤，脸色惨白。

"天哪，你是不是染上了什么病毒？居然一下子就病倒了！"玛德琳说道，"你今天早上来参加全校例会的时候看起来还是好好的呢！"

塞莱斯特冷淡地微微一笑，一只手放在后脑勺上。"是呀，我也不知道是怎么回事。"

"要不要我把两个孩子带回我那里待一会儿？佩里回来后可以过去接他们。"玛德琳说。她转过头看了看自己停在车道上的那辆车。那盏被撞烂了的大灯正一脸责备地瞪着她。想必她又要花上一大笔钱去修车了。哭泣的艾比盖尔依旧坐在前座上，而克洛伊则和弗雷德在后座上吵闹着。（她注意到，弗雷德一直都在用手挠着自己的头部。曾有过惨痛经历的玛德琳一眼便看出了其中的原委：真是太棒了，她现在又要应付头虱发作的问题了。）

"不用，不用。你真是太好了。我没事的。"塞莱斯特回答，"我准备让他们这个周五享受一下'无限电视时间'。总之他们不会打扰我的。谢谢你接他们回来。"

"你觉得你还能参加明天晚上的益智问答夜活动吗？"玛德琳问道。

"哦，我应该是没问题的。"塞莱斯特说，"佩里一直都很期待呢。"

"好的。我们该走了。"玛德琳说，"艾比盖尔和我在排队等着接他们的时候大吵了一架，害得我撞上了勒娜塔的车。"

"不！"塞莱斯特用一只手捂住了自己的脸。

"是的，我当时正在吼叫，因为艾比盖尔开设了一个禁止童婚的宣传网站，还在上面拍卖起了自己的贞洁。"玛德琳继续说道。塞莱斯特是她第一个能够与之倾诉的人，她实在是太需要找一个人聊一聊了。

"她干了什么？"

"她还说这都是为了公益事业。"玛德琳冷漠地嘲笑道，"当然了，我对这个事业并没有什么意见。"

"哦，玛德琳。"塞莱斯特将手放在了她的手臂上，眼看着就要哭出来了。

"你可以去看看。"玛德琳大方地表示，"www.buymyvirginitytostopchildmarriageandsexslavery.com. 艾比盖尔拒绝把它关掉。所以，就在我们说话的这段时间里，可能有很多人正敲击着龌龊的留言呢。"

塞莱斯特的脸抽搐了一下。"我猜这应该比她卖身去换毒品要好得多吧？"

"那倒是。"玛德琳回答。

"她这是在象征性地朝你摆姿态，对不对？"塞莱斯特沉思了一会儿，将那只手再次放到了脑后，"就像是冷战时期那个横渡白令海峡的美国女人一样。"

"你在说什么呀？"

"那是八十年代的事情了，那时我还在上学呢。"塞莱斯特回答，"我记得自己当时还在想，游过一大片结冰的海能有什么用呢？真是蠢到家了。不过，你知道吗，这显然还是有点效果的。"

"你是想让我鼓励她上网拍卖自己的贞洁？你是不是被病毒烧坏脑袋了？"

塞莱斯特眨了眨眼睛，身体似乎有些摇摆。她伸手扶住了墙边。"不。

当然不是了。"她短暂地闭了闭眼睛,"我是说你应该为她感到骄傲。"

"嗯。"玛德琳回答,"我觉得你真该回去躺一会儿。"她在塞莱斯特冰冷的脸颊上吻了吻作为道别,"希望你快点儿好起来。哦,对了,等你好了的时候记得查一查两个孩子头上有没有虱子。"

**校园益智
问答夜／活动八个小时之前**

● 黑暗有尽头，终会有人带着光芒来到
你的身边。

珍 //

　　整个早上雨都下个不停。当珍开着车回到彼利威时，雨丝毫没有要停的预兆，反而更大了，她不得不打开收音机，将雨刷调到了某种疯狂快扫的模式下。

　　她把瑞吉送回了父母家里。今晚，她要去参加学校的益智问答夜活动了，所以打算让孩子在外祖父外祖母家过夜。这是他们早在几个月前刚刚收到邀请函时便做好的安排。那时候玛德琳就已经开始为道具服的事情忙前忙后了，还摆了满满一桌的问答题。显然，她的前夫是酒吧里有名的问答题高手。（"你看到了吧，内森经常泡在酒吧里。"）因此，打败内森对于玛德琳来说似乎无比重要。"当然了，要是我们能够打败勒娜塔就更好了。"玛德琳说道，"或者是任何一个家里有天才儿童的家长。我知道他们打从心底里相信孩子遗传了他们的天才基因。"

　　玛德琳曾经说过，她绝对不可能在益智问答夜中脱颖而出，而艾德对于1989年以后发生的事情更是一无所知。"我的任务就是给你们倒酒、揉肩。"她说。

　　鉴于上一周发生的种种闹剧，珍其实不打算出席这个活动的。可她为什么要强迫自己去面对这些事情呢？此外，她的缺席无疑会被看做是一种示好的行为，省去某些人的麻烦和顾虑。因为请愿书的发起人肯定会利用这样的好机会去征集更多的签名。如果她去了，某些可怜的笨蛋可能会自闹乌龙，询问她是不是要在那封强迫她的小孩休学的请愿书上签字。

　　然而，就在今天早晨，一觉醒来精神饱满的她听着窗外的雨声，莫名地萌生出一种乐观的情绪。

　　无论什么乱麻，终有一天会解开。哪怕这一天不是今天。

　　巴恩斯小姐给她回了邮件，约她下周一早上在学校见面。昨天，珍在离开理发店之后给塞莱斯特发了条短信，问她是否愿意出来喝杯咖啡。不过塞莱斯特回复说她正卧病在床。老实说，珍还在犹豫到底要不要在周一之前把麦克斯的事情告诉她。（这个可怜的姑娘病了，她现在最不需要的就是坏消息。）也许这并没有必要吧。塞莱斯特，一个多么善良的人啊。这点小事一定不会影响她们之间的友情。一切都会好起来的，就连请愿书的事情也会不了了之。一旦真相大白，有些家长甚至还会想要来找她道歉呢。（她一定会态度优雅地接受他们的道歉。）这并非不可能，对不对？虽然她并不想把自己头上"坏妈妈"的头衔直接转嫁给可怜的塞莱斯特，但是人们若是知道塞莱斯特的孩子才是罪魁祸首，态度一定会和对待瑞吉的态度截然不同，至少不会写一份劝麦克斯休学的请愿书。既有钱又漂亮的人去哪儿都不会遭人嫌弃。这对于塞莱斯特和佩里来说注定是件烦人的事情，但麦克斯肯定能够得到他所需要的帮助。一切都会变得云淡风轻，没什么好大惊小怪的。

　　这样一来，她就可以留在彼利威，继续坐在汤姆的蓝色布鲁斯咖啡馆里工作了。

她知道自己又在盲目乐观了。如果此时有个陌生人给她打来电话，并称她为"查普曼小姐"，她的第一反应一定会是："也许我中奖得了一辆汽车！"真是太荒唐、太可笑了。（尽管如此，她却从未参加过任何比赛。）她总是很喜欢自己性格中的这种怪癖，即便这一点从不招人喜欢。

"我觉得我还是去参加益智问答夜的活动吧。"她在电话里告诉自己的妈妈。

"这对你有好处。"她的妈妈告诉她，"而且你一定要趾高气扬地去。"

（听说瑞吉坦白了麦克斯的事情，珍的妈妈高声尖叫了起来："我就知道不是瑞吉干的！"她号啕大哭的声音说明她其实也曾认真地怀疑过自己的外孙。）

今天下午，珍的父母准备和瑞吉一起拼一幅全新的《星际大战》主题拼图，希望他们对于拼图的热爱能够感染到瑞吉。明天一早，戴恩准备带瑞吉去一家室内攀岩中心玩，然后赶在周日下午之前把他送回来。

"享受一下独处的时光吧。"珍的妈妈说，"放松。这是你应得的。"

珍本打算利用这段时间洗洗衣服，在线支付几笔账单，然后趁瑞吉不在的机会好好整理一下他的房间。然而，路过海滩的时候，她决定把车停在蓝色布鲁斯的门口。想必此时的咖啡馆里应该是既温暖又舒适吧。汤姆还会点上那个小小的啤酒肚火炉。她这才意识到，蓝色布鲁斯对她来说已经开始有家的感觉了。

她在步道旁找到了停车位，附近空无一人。所有的人应该都在室内躲雨吧，就连周六早上的各项运动也都被迫取消了。珍看了看副驾驶座位，那里通常是她存放折叠雨伞的地方。这时，她才想起自己把伞落在了公寓里。瓢泼的大雨重重地砸在了车的挡风玻璃上，仿佛是有人在故意朝她的车子泼水。看来这场又湿又冷的大雨是注定要一直下下去了。她忍不住倒吸了一口冷气。

她伸出一只手摸了摸头，沉思了一会儿。至少她现在没有多少头发可以被雨水打湿。这也是她为什么会如此雀跃的原因之一——她剪了一个新发型。

她调整了一下车内后视镜，仔细端详了一下自己的脸。

"我好喜欢。"昨天下午，她是这样对庞德太太的女儿说的，"我真的好喜欢。"

"你要告诉所有人，是我给你剪的头发哦。"露西说道。

珍简直不敢相信短发竟然能给她的脸带来如此大的变化，不仅突出了她的颧骨，还让她的眼睛看起来显得更大了。除此之外，新染的发色也很衬她的肌肤。

自从那夜在酒店里放纵那些醒酟的字眼像蜈蚣一般爬进她的心底以后，这是她第一次看到镜子里的自己时会感到莫名的愉悦。事实上，她根本就无法把眼神从镜子里移开。她眯着眼睛露齿笑着，还不断地把头从一边转到另一边。

真是太令人尴尬了，她居然会为了如此肤浅的东西发自内心地幸福。难道说这是一种自然而然的情感？甚至可以说是正常的？原来她也可以欣赏自己的外表。看来她已经无须多想，也不用再考虑萨克森·班克斯和整个社会为何会不切实际地崇尚美貌、年轻、苗条（而且照片还被修过图）的模特了，还有女人的价值到底应不应该建立在外表之上，内在美才是最重要之类的鬼话……够了！她今天有了一个适合自己的新发型，她为此感到快乐。

"哦！"看到珍的造型，她那刚刚进门的妈妈手捂着嘴巴叫了一声，似乎差一点就要哭出声来。"你不喜欢吗？"珍不好意思地摸了摸自己的头，突然间产生了某种怀疑。她的妈妈见状赶紧答道："珍，傻姑娘，你看起来美极了。"

珍伸手握住了车钥匙。她应该回家去。现在冒着大雨跑出去岂不是太可笑了？

然而，她突然疯狂地想念起了蓝色布鲁斯的一切：食物的香气、炉火的温暖，还有美味的咖啡。此外，她也想要让汤姆看一看她的新发型。同性恋的男人总是能够看出你换了发型。

她深吸了一口气，打开车门狂奔起来。

塞莱斯特 //

塞莱斯特伴着雨声醒来时，天已经大亮了。屋子里飘荡着古典音乐以及培根和鸡蛋的香味。这意味着佩里正在楼下的厨房里烹饪早餐，而两个孩子则穿着睡衣，摇晃着双腿，快乐地坐在长凳上。他们最喜欢看着爸爸做饭了。

她曾经读到过一篇文章，里面提到每一段感情都有属于自己的"爱心账户"。为自己的伴侣做一件好事就是一次存款，而一句负面的评价则是一次取款。幸福的秘诀就在于永远让自己的账户保持盈余状态。把妻子的头撞到墙壁上应该是一次大额的取款吧。相比之下，早起给孩子做早餐只能算是一次小额的存款。

她努力地坐起身来，摸了摸头。疼痛的感觉依然没有消失，不过已经好多了。令她感到吃惊的是，伤痛的痊愈和忘却这个过程是如此迅速地开始了新的一轮。

这个循环似乎永无止境。

今晚就是校园益智问答夜了。她和佩里要打扮成奥黛丽·赫本和猫王的样子前去出席活动。佩里早就从伦敦的一家高级道具服供货商那里在线定制了自己的猫王外套。如果哈利王子想要一套猫王的衣服，说不定也会在那里下单。其他人身上穿戴的应该都是从两元店里租来的涤纶服装和廉价道具吧。

明天佩里就要飞去夏威夷了。他承认这是一次公费旅游，并且早在几个月之前就曾问过她要不要同去。她也曾经认真考虑过要不要给他一个答案。一次热带旅行！鸡尾酒和水疗！远离日常生活中的种种压力！这总不会再出什么问题了吧？（其实问题可多了。她有可能因为嘲笑他念错了"住家用人"这个词而在五星级酒店里遭到他的毒打。她永远不会忘记他发现自己一直都在误读这个词时脸上那种惊恐而又羞愧的表情。）

等他动身去了夏威夷，她就会带着孩子们搬到麦克马洪角的公寓里去。她还打算约见一个家庭律师。这样问题就简单多了。法律方面的事务对她来说并不可怕。她认识很多人，所以应该不会遇到什么困难。当然了，局面必然会变得很难看，但终究还是会好起来的。他不会杀了她的。每次和佩里发生争执时，她的反应总是过于夸张。说起来有些荒唐，她口中的那个"杀人犯"此刻正在楼下为她的孩子们煎鸡蛋呢。

熬过去就好了。双胞胎还是可以利用周末的时间回来看爸爸做饭的。

昨天是他最后一次有机会动手伤害她了。

一切都结束了。

"妈咪,我们给你做了早餐。"两个孩子跑进来,像两只急迫的小螃蟹一样七手八脚地爬上了床铺。

佩里出现在了门口,像高档餐厅里的服务员一样用指尖托着一个托盘。

"太棒了!"塞莱斯特回答。

玛德琳 //

"我知道该怎么做。"艾德说。

"不,你不知道。"玛德琳回答。

此时,他们正坐在客厅的桌旁,听着窗外的雨声,闷闷不乐地吃着珍送来的玛芬蛋糕。(没有良心地说,她不停地送蛋糕给玛德琳真是一件可怕的事情,好像是要故意在短时间内撑大玛德琳的腰围。)

艾比盖尔正躲在自己的卧室里,侧躺在他们用以代替那张漂亮四柱床的沙发床上。她头上戴着耳机,两膝蜷缩着窝在胸口。

网站仍然没有下线。世界上的任何一个人都可以买下艾比盖尔的贞洁。

玛德琳感觉自己正暴露在一个格外醒龃的环境中,窗外布满了窥探的眼睛,就连走廊上都爬满了鬼鬼祟祟跑来给她女儿暗送秋波的陌生男人。

昨晚，内森过来了一趟，坐下来和玛德琳一起与艾比盖尔交涉了两个多小时。可不管他们是动之以情还是晓之以理，抑或是吼叫和哭泣，都没有任何的作用。最后，内森忍不住流下了挫败的眼泪。这一举动显然吓坏了艾比盖尔，可是这个不可理喻的女孩依旧不肯让步，死也不愿意说出网站的密码。她是不会把网站关掉的。她说，自己到底要不要继续拍卖并不是问题的重点，还叫他们不要"过于关注性的那一部分"。她准备把网站留在那里，唤起公众对于这个社会问题的重视，因为"那是那些小女孩仅有的声音了"。

看来这个以自我为中心的孩子还真以为那些国际救援组织会袖手旁观，放任彼利威半岛上一个叫做艾比盖尔·麦肯齐的小女孩一个人在前线战斗。艾比盖尔说，她根本就不在乎那些可怕的性骚扰留言，那些人对她来说一文不值，和她的慈善事业一点儿关系都没有。一些网民就是喜欢到处乱说话。

"别劝我报警。"玛德琳对艾德说，"我真的不想——"

"我们联系一下国际特救组织的澳大利亚办公室。"艾德回答，"他们肯定不愿意让自己的名声和这种事情挂钩。如果这个组织真的能够代表那些孩子劝她把网站关掉，她应该会听的。"

玛德琳用手指了指他。"这个主意好，没准儿会有用。"

走廊里传来一阵乒乒乓乓的声音。看来克洛伊和弗雷德并不喜欢被大雨困在家里。

"还给我。"克洛伊尖叫道。

"没门！"弗雷德吼了一句。

他们一前一后跑进房间，两个人的手都紧紧地攥着一张破碎的信纸。

"别告诉我你们在为了一张纸打架。"艾德说道。

"他不愿意和我分享！"克洛伊继续尖叫着，"分享即是关心！"

"不是你的就不要勉强，这样你才不会不开心！"弗雷德也毫不示弱。

在一般情况下，这样的对话总是会让玛德琳忍不住笑出声来。

"这是我的纸飞机。"弗雷德说。

"是我画的乘客！"

"才不是呢！"

"好了，你们都消停一会儿吧。"玛德琳转过身来，看到艾比盖尔正倚靠在门柱上。

"怎么了？"她问道。艾比盖尔说了些什么，可弗雷德和克洛伊的吵闹声音实在是太大了，玛德琳什么也没听见。"你们现在赶紧给我消失！"她怒吼一声，两个孩子马上就跑走了。

"我已经把网站给关掉了。"艾比盖尔厌世般地叹了一口气。

"是吗？为什么？"玛德琳压抑着想要将两只手高举过头顶、绕着圈跑起来的冲动——就像是弗雷德进球之后所做的那样。

艾比盖尔递给她一封打印出来的电子邮件。"我收到了这个。"

艾德和玛德琳读了起来。

致：麦肯齐小姐

自：拉里·菲茨杰拉德

主题：拍卖出价

亲爱的麦肯齐小姐：

我的名字叫做拉里·菲茨杰拉德，来自美国南达科他州的苏福尔斯瀑布。很高兴认识你。你可能从没有收到世界另一头的83岁老先生写给你的信。我和我亲爱的妻子曾在多年前去过澳大利亚。那是1987年的事情了，你还没有出生。我们很高兴地参观了悉尼歌剧院。（我那时候已经是一名退休的建筑师了，毕生的梦想就是去看一看歌剧院。）澳大利亚人民对我们都很友好，也很热情。不幸的是，我美丽的妻子去年过世了。我每天都在想念她。麦肯齐小姐，当我无意间看到你的网站时，就被你溢于言表的热情和为这些身处困境的孩子声援的努力感动了。我并不想买下你的贞洁，但我愿意出一次价。以下是我的建议。如果你愿意马上关闭这个拍卖网站的话，我可以立即给国际特赦组织捐赠十万美金。（当然了，我会给你寄去一张发票的。）我花了很多年的时间为维护人权的事业奔走，因此十分敬佩你想要努力成就些什么的决心。但你只是个孩子，麦肯齐小姐，因此我不能眼看着事态继续发展下去而什么都不做。希望我的竞标能够成功。期待你的回复。

你真诚的

拉里·菲茨杰拉德

玛德琳和艾德对视了一下，然后又转过头来看了看艾比盖尔。

"我觉得十万美元应该算是一笔不小的捐款。"艾比盖尔边说边打开冰箱门，从里面取出一个又一个的保鲜盒，依次打开来看了看，"特赦组织利用这笔钱应该能做不少事情。"

"我也是这么想的。"艾德不偏不倚地回答。

"我已经给他回信了，告诉他我关掉了网站。"艾比盖尔说，"如果他不给我寄来发票的话，我还会再把网站打开。"

"哦，这是当然。"艾德嘟囔着，"他一定会说到做到。"

玛德琳朝着艾德露出一丝微笑，然后又转过身来朝着艾比盖尔笑了笑。她可以看得出，女儿年轻的身体里正流动着一股解脱后的自在感。她站在冰箱前，光着的双脚微微抖动着。艾比盖尔把自己逼进了一个死胡同，幸而来自南达科他州的神奇拉里给了她退路。

"这是不是意式肉酱面？"艾比盖尔举起了一个特百惠的保鲜盒，"我饿死了。"

"我以为你现在已经变成素食主义者了。"玛德琳说道。

"我在这儿的时候就不是了。"艾比盖尔把保鲜盒端到微波炉的旁边，"在这儿很难做到只吃素呀。"

"所以，告诉我——"玛德琳开口问道，"你的密码到底是什么？"

"我现在就可以把它改掉的。"艾比盖尔回答。

"我知道。"

"你永远也猜不到。"

"我知道。"玛德琳说，"你爸爸和我试过了所有的组合。"

"不是。"艾比盖尔解释道，"那就是密码。我的密码。'你永远也猜不到'。"

"聪明。"玛德琳感叹了一句。

"谢谢。"艾比盖尔朝她笑了笑，露出了一对酒窝。

微波炉"叮"地响了一声，艾比盖尔打开门拿出保鲜盒。

"你知道这样做是会产生一定的……呃……后果的。"玛德琳说，"我和你爸爸明确地要求你做什么事情时，你不能够忽略我们的话。"

"知道了。"艾比盖尔雀跃地回答，"这是你应该做的，妈妈。"

艾德清了清嗓子。玛德琳转过身来朝他摇了摇头。

"我能不能在起居室里边看电视边吃？"艾比盖尔端起了冒着热气的盘子。

"当然。"玛德琳回答。

艾比盖尔一溜烟地跑走了。

艾德靠在椅背上，两手交叉在脑后，长舒一口气："危机解除。"

"多亏了拉里·菲茨杰拉德先生。"玛德琳拾起了那封打印出来的电子邮件，"我们是有多……"

她停顿了一下，用手指敲了敲自己的嘴唇。我们是有多幸运啊！

珍 //

蓝色布鲁斯的门口挂着一张"歇业"的标志。珍把手掌压在了玻璃门上，心里感觉空荡荡的。她不记得自己曾经在蓝色布鲁斯的门前看到过这样的标志。

她如此荒谬可笑地让自己淋了个落汤鸡，最后居然什么也没发生。

她放下了两只手，暗暗地骂了几句。好吧，好吧。她可以回家冲个澡。只不过她家的热水只能够维持两分二十七秒。尽管现实就是这样的残忍，但是两分二十七秒应该足够让她暖和过来了。

她转身朝着自己的车子走去。

"珍！"

咖啡馆的门突然打开了。

汤姆穿着白色的长袖 T 恤衫和牛仔裤出现在了门口。他看上去是那么的干净、温暖而又养眼。（在她的心里，汤姆总是和美味紧紧联系在一起，所以光是看到他就足以让她如巴甫洛夫定律里提到的小狗那样口水直流。）

"你关门了。"珍哀怨地说道，"你从不关门的。"

汤姆将一只干燥的手放在了她湿冷的手臂上，把她拉了进去。"我可以为你开门呀。"

珍低头看了看自己。她的鞋子里已经灌满了水，走起路来咯吱作响，脸上的雨水如同眼泪一样哗哗地往下流。

"抱歉。"她开口说道，"我忘了带雨伞。我本以为如果自己可以跑快一点……"

"别担心。这是常有的事情。大家无论如何都要来喝我的咖啡。"汤姆答道，"到后面来，我给你找些干衣服换上。已经好几个小时没有人进来了，我本来打算关上店门看会儿电视的。瑞吉呢？"

"我父母正在帮忙照看他，好让我有时间去参加学校的益智问答夜。"珍解释道，"疯狂的夜晚。"

"也许吧。"汤姆说，"彼利威的家长喜欢喝上两杯。你知道吗，我也要去的。玛德琳邀请了我坐在你们那一桌。"

珍跟着他穿过咖啡馆，身后留下一串湿乎乎的脚印，来到了一扇挂着"私人专用"牌子的门前。

"哦。"她在汤姆为她开门的时候附和了一声，"太棒了！"

"是呀。"汤姆回答，"你真是个幸运的姑娘。"

她环顾着四周，发现他的公寓套房就像是咖啡馆的延伸建筑一样——同样的上光木地板和糙面白墙，同样的摆满了二手书的书架。唯一的区别就在于倚靠在墙面上的冲浪板和吉他，还有成堆的 CD 和音响。

"我简直不敢相信。"珍说道。

"什么？"汤姆问。

"你竟然喜欢拼图。"她深吸了一口气，指了指桌面上一副尚未完成的拼图。她走上前去看了看拼图的盒子：（按照她哥哥的话来说）这是一副高手级别的两千片黑白拼图，画的是战时的巴黎。

"我们也喜欢拼图。"珍说，"我的家里人都很喜欢拼图。"

"我手边总是会拼着一副。"汤姆附和道，"我发现拼图有种宁神静心的效果。"

"没错。"珍回答。

"这样吧。"汤姆说，"我给你拿几件衣服过来，然后熬点南瓜汤。你来陪我拼拼图。"

他从一个橱柜的抽屉里抽出一条运动裤和一件带帽的运动衫递给她。她走进浴室，把身上湿透的衣服脱得一件不剩，统统扔进了水池里。他的衣服闻上去有蓝色布鲁斯的味道。

"我感觉自己看上去像卓别林。"她说着抬起了被衣服盖住的手腕，然后又拽了拽挂在腰上的运动裤。

"过来。"汤姆说着将长长的袖子整齐地卷在了她的手腕上。珍像个孩子一样顺从地站在那里，心中无比珍视这种难以言表的雀跃感觉。

她坐在桌旁，捧起汤姆端来的那碗南瓜汤。只见汤汁表面漂浮的酸奶油中还掺杂着几块酸面包。

"我觉得你总是想要喂饱我。"珍说。

"你就是需要别人来喂你。"汤姆催促道，"快喝。"

她咽下了一大口又香又甜的热汤。

　　"我知道你哪里不一样了！"汤姆突然说道，"你把头发给剪了！看上去很精神。"

　　珍笑了。"我在过来的路上还在想呢，同性恋的男人肯定一眼就能看出我剪了头发。"她拾起了一片拼图，找对地方之后便放了下去。这种感觉就像回了家了一样——她可以一边大嚼大咽一边玩拼图。"抱歉。我是不是话太多了。"

　　"嗯。"汤姆应了一声。

　　"怎么了？"珍抬起头来看着他，"那一片确实应该放在这儿。你看。它是坦克的一角。这汤的味道真不错。你为什么不把它加到菜单里？"

　　"我不是同性恋。"汤姆辩解道。

　　"哦，你是。"珍欢快地反驳着，以为他在开什么劣质的玩笑。

　　"不是的。"汤姆说，"不是的，我真的不是。"

　　"你在说什么呀？"

　　"我知道自己喜欢拼图，还会做好喝的南瓜汤，但我确实是个直男。"

　　"哦！"珍惊呼了一句，脸一下就红到了脖子，"对不起。我以为……我没有多想……我就说嘛！我是怎么知道的？是有人告诉我的。是玛德琳在很早以前告诉我的。可我记得很清楚呀！她还说你和男友分手以后一直都很消沉，除了冲浪以外终日以泪洗面之类的……"

　　汤姆露齿一笑。"汤姆·奥布莱恩。"他说道，"她说的是他。"

　　"汤姆·奥布莱恩，那个修车的家伙？"汤姆·奥布莱恩身材魁梧健硕，留着奈德·凯利款的茂密黑色络腮胡。她以前从未意识到这两个人居然叫同一个名字，更没有想到他们之间竟然存在这么大的差别。

　　"这完全可以理解。"汤姆安慰她，"咖啡师汤姆比钣金工汤姆更像是同性恋。顺便说一句，他现在很快乐，正和新男友热恋呢。"

"哈。"珍沉思了一会儿,"他的票据闻起来确实很香。"

汤姆轻蔑地哼了一声。

"我希望我没有,呃,冒犯到你。"珍抱歉地说。

她刚才换衣服的时候并没有关紧浴室的门,因为她把汤姆当女孩看,所以半掩着门,好和他继续聊天。此刻,她没有穿内衣,可以说是在"无拘无束"地和他聊天。和他在一起时,她一向都很自在。若是她知道对方是个直男,肯定会有所保留以确保自己的安全的。她放任自己向他展现着自己的女性魅力,因为他是个同性恋,所以这并不算数。

"当然不会了。"汤姆回答。

他们的眼神不期而遇。他那张既亲切又熟悉的脸突然变得陌生起来——他竟然脸红了。他们两个人的脸都红了。珍感觉自己的心猛地一沉,仿佛正身处在过山车的顶端。哦,糟糕了。

"我觉得那一片应该在那一个角落。"汤姆说道。

珍看了看手中的拼图,将它塞进正确的空当里。此时,她真希望自己手指之所以颤抖完全是因为自己总是笨手笨脚的。

"你说得对。"她回答。

卡罗尔: 益智问答夜那天,我看见珍正和一位,怎么说呢,一位父亲进行着十分亲密的谈话。他们的脸靠得那么近。我敢确定,他还把手放在了她的膝盖上。老实说我简直吓坏了!

加布里埃尔: 那才不是哪位学生的父亲呢。那是汤姆!那个咖啡师!他是个同性恋!

Big
Little Lies
小 谎 言

校园益智
问答夜／活动半小时之前

"你看起来美极了，妈咪。"乔希说道。

他站在卧室门口，眼睛直勾勾地看着塞莱斯特。塞莱斯特穿着一条无袖的黑色连衣裙，戴着白色的长手套，脖子上还挂着佩里从瑞士给她买回来的珍珠项链。为了模仿奥黛丽·赫本的蜂巢形花苞头，她还特意把头发盘了起来，别了一个复古风格的钻石发篦。她看上去的确美极了。玛德琳看了一定会很高兴的。

"谢谢你，乔希。"塞莱斯特被这突如其来的赞美感动得一塌糊涂，"过来抱抱。"

看着小跑过来的乔希，塞莱斯特顺势坐在了床尾，好让他能够紧紧地依偎着自己。他从不像麦克斯那样黏人，所以每当他需要一个拥抱的时候，塞莱斯特总是会格外耐心。她低下头吻了吻他的头发。她刚才又吞下了一些止疼片，感觉整个人轻飘飘的——虽然她并不确定自己是不是真的需要药物。

"妈咪。"乔希开口叫了一声。

"嗯？"

"我要告诉你一个秘密。"

"嗯。是什么秘密？"她闭上眼睛，把他搂得更紧了。

"我本来不想告诉你的。"乔希说。

"那你就不用非得告诉我。"塞莱斯特迷迷瞪瞪地回答。

"可这件事让我很难过。"乔希抱怨着。

"什么事情让你很难过?"塞莱斯特抬起头,试图集中自己的注意力。

"是这样的。麦克斯不是不再欺负阿玛贝拉了吗?"乔希解释着,"但是昨天他在图书馆那里再一次把斯凯推到楼梯底下去了。我说他不应该这么做,于是便和他打了起来,因为我说会去告他的状。"

麦克斯推了斯凯。

斯凯。邦妮和内森家那个身材瘦小、满脸焦虑的小女孩。麦克斯再一次把斯凯推到楼底下去了。想到自己的儿子居然会去欺负一个如此瘦弱的女孩子,塞莱斯特突然有些反胃。

"可是为什么呢?"她追问,"他为什么要那么做呢?"她的后脑勺又开始疼了。

"不知道。"乔希耸了耸肩膀,"他就是这样。"

"等一下。"塞莱斯特说道。这时,她的手机在楼下的某个地方响了起来。她伸出手来用一个指尖抵住了前额,感觉整个脑袋晕晕乎乎的。"你刚才说,'麦克斯不是不再欺负阿玛贝拉了吗',你到底在说什么?这话是什么意思?"

"我去接电话!"佩里喊道。

乔希有点儿不耐烦了。"不对,不对,妈咪,你听着!他早就不再靠近阿玛贝拉了。是斯凯。他对斯凯可坏了,尤其是周围只有我在的时候。"

"妈咪!"麦克斯跑了进来,一脸欣喜若狂的样子,"我觉得我的牙齿松动了!"他把一根手指放进了嘴巴里,看上去可爱极了。他是那么的可爱而又单纯。脸上还有些婴儿肥。他一直都很希望自己能够掉一颗牙齿，因为他对于牙仙的故事格外着迷。

两个孩子三岁生日的时候，乔希要了一个挖掘机玩具，而麦克斯则要了一个布娃娃。她和佩里都很喜欢看着他怀抱着布娃娃，轻声给它唱摇篮曲的样子。令塞莱斯特倍感安慰的是，佩里并不介意自己的儿子平日里的举动是否足够有男子汉气概。当然，麦克斯很快就扔下娃娃跑去玩激光剑了，不过他还是她那个黏人的小宝宝，双胞胎中更加受宠的那一个。

如今，他却在班上作威作福地欺负那些文静的小女孩。她的儿子是个恶霸。"你受虐的事情有没有影响到你的孩子？"苏西曾经这样问过她。"没有。"她回答。

"哦，麦克斯。"她惊叫了一声。

"你感觉一下！"麦克斯说道，"不是我瞎编的！它真的松动了！"佩里走进屋里时，他抬起头来看了看自己的父亲，"你看上去真好笑，爸爸！嘿，爸爸，看看我的牙，看一看，看一看嘛！"

头戴闪亮的黑色假发、鼻子上架着金色的飞行员墨镜、身穿猫王标志性镶钻连身衣裤的佩里看上去就像是换了个人似的。此时，他的手里正拿着塞莱斯特的手机。

"喔！它这次真的要掉了吗？"他问道，"让我看看！"

他把手机放在了塞莱斯特和乔希身边的床铺上，在麦克斯的面前蹲了下来，压了压架在鼻子上的墨镜，好让自己能够看得更清楚一些。

"我有个消息要转告给你。"他说着瞥了瞥塞莱斯特，然后将手指放在了麦克斯的下唇上，"让我看看，小家伙。电话是敏蒂打来的。"

"敏蒂？"塞莱斯特茫然地回答，"我不认识什么叫做敏蒂的人啊。"她现在满脑子都在想着珍和瑞吉，还有那封本应该写着麦克斯名字的请愿书。她必须要通知学校。她应不应该马上打电话给巴恩斯小姐呢？或是打电话给珍？

"她说她是你的物业经理。"佩里说道。

塞莱斯特的心一下子就坠了下去，于是让乔希从她的身上跳下去跑走了。

"我敢说你的牙根本就没有松动！"他对自己的兄弟说。

"也许确实是有点儿松了呢。"佩里安慰着麦克斯，摸了摸他的头发，然后重新戴好了眼镜。

"他们准备在你的公寓里装几个新的烟感探测器，所以想要知道你周一早上在不在家。敏蒂问上午九点合不合适。"他把两个孩子抱在了腰间，让他们像小猴子一样一脸快活地跨坐在自己的胯部。佩里朝着塞莱斯特撇了撇嘴，问道："九点合不合适呢，亲爱的？"

门铃响了。

Big Little Lies

小 谎 言

**校园益智
问答夜** / **活动当晚**

● 终于，真相露出端倪，我们要怎样迎
　接突然陌生的熟人？

珍 //

斯图：所有宾客进门时都会领到一杯看上去很娘娘腔的粉红色气泡鸡尾酒。

萨曼莎：这鸡尾酒实在是太好喝了。唯一的问题在于，六年级的老师们在调酒时算错了配比，所以一杯鸡尾酒相当于三口杯烈酒。顺便说一句，这些可是教我们孩子数学的人啊。

加布里埃尔：我饿坏了，因为我一整天都没有摄入任何的卡路里，就等着今晚的大餐呢。半杯鸡尾酒下肚之后——哦吼！

杰基：我参加过很多公司聚会，经常碰到喝多的醉鬼。不过，我还从没见过像益智问答夜活动上那帮人一样一喝就醉的人。

西娅：宴会承包商迟到了，所以每个人都是空着肚子喝下这些酒精饮料的。我当时就心想，这肯定会出事的。

巴恩斯小姐：老师们若是在学校活动中喝得酩酊大醉肯定是不好看的，因此我总是坚持只喝一杯。但是那天晚上的鸡尾酒——我甚至都记不得我和别人说了些什么。

李普曼太太：我们目前正在审查学校活动规章中有关提供酒精饮料的程序。

"鸡尾酒？"一位金发的奥黛丽·赫本伸手举过来一个托盘。

珍接过一杯粉红色的饮料，抬起头来环顾了一下学校的礼堂。想必所有的"金色蘑菇头"成员之前一定开过会，因为她们的脖子上都戴着一模一样的珍珠短项链，身上穿着一模一样的黑色连衣裙，还绑着一模一样的高发髻。大概庞德太太的女儿给她们提供了团购折扣吧。

"你是新来的吗？"一个"金色蘑菇头"靠了过来，"我好像没有见过你。"

"我是幼儿园学生的妈妈。"珍回答，"我们是今年年初才搬到这里来的。天哪，这饮料可真不错。"

"是呀，是六年级的老师发明的，还给它起名叫'今夜不上学'。"那个"金色蘑菇头"又打量了她一次，"哦！我认识你！你把头发给剪短了。你是，呃，珍，对吗？"

没错。就是我。我就是小恶霸的妈妈。不过他根本就不是什么恶霸。

"金色蘑菇头"像是扔掉一个烫手山芋一样转身离开了。"祝你玩得开心！"她临走前说道，"那边有张座位图。"她不屑一顾地抬手随便指了一个方向。

珍漫无目地走进人群中，身旁经过一堆又一堆生龙活虎的猫王以及笑得花枝乱颤的赫本。所有人的手中都端着一杯粉红色的香槟酒。她四处寻找着汤姆，想要和他一起分析分析这杯饮料为什么会这么好喝。

汤姆是个直男。这个念头一直在她的脑海中反复地出现和消失，就像是躲藏在玩偶匣中的玩偶一样。嘭！汤姆不是同性恋！嘭！汤姆不是同性恋！嘭！

这是多么荒谬、美好而又令人心生畏惧的一件事情啊。

这时，玛德琳迎面朝她走来，全身上下一片粉红：粉红色的连衣裙，粉红色的手提包，还有手中的粉红色饮料。

"珍！"玛德琳身上那条惹眼的粉红色丝绸礼服裙上镶着绿色的水钻，腰间还系着一个巨大的粉红色绸缎蝴蝶结。周围的大部分女人都是一袭黑裙。显然，玛德琳知道该如何在人群中出挑。

"你看起来美极了。"珍夸赞道，"你头上戴的是克洛伊的小皇冠吗？"

玛德琳摸了摸皇冠上的粉红色人造钻石。"是啊。我向她支付了一笔昂贵的租赁费才把这玩意借到手。不过，你才是那个最漂亮的女人吧！"玛德琳扶着珍的手臂，牵着她慢慢地转了一圈，"你的头发！你可从没说过要剪头发呀！简直是太完美了。是不是露西·庞德给你剪的？看看这身打扮！真是太可爱了。"

她让珍转过身来，然后伸出一只手捂住嘴巴。"珍，你居然抹了大红色的口红！我真是太——"她的声音动情地颤抖了起来，"我真是太高兴了。"

"你到底喝了多少杯粉红鸡尾酒啊？"珍边问边缓缓地咽了一口手中的饮料。

"这才第二杯。"玛德琳回答，"我得了可怕的、惨无人道的经前紧张症，所以今晚结束之前说不定会杀了某些人。不过，一切都很好！一切都很棒！艾比盖尔把她的网站给关掉。哦，等等，你还不知道网站的事情吧，对不对？实在是发生太多事情了！真是多灾多难！对了，等等，昨天怎么样？你和那个谁约见的结果如何？"

"艾比盖尔关掉了什么网站？"珍反问道。她又含着吸管喝了一大口，看着杯中的粉红色液体一点一点地消失。酒精的作用一下子直冲她的脑门。她感觉好多了，整个人快乐得不得了。"和心理医生见面的过程很顺利。"她压低了嗓门，"瑞吉并不是欺负阿玛贝拉的人。"

"他当然不是了。"玛德琳附和道。

"我想我已经喝完了！"珍说着。

"你觉得这里面有酒精吗？"玛德琳问道，"它们喝起来像是气泡饮料，让人有种回到了童年的感觉，就像是夏季午后的初吻——"

"瑞吉长了头虱。"珍接过话来。

"克洛伊和弗雷德也是。"玛德琳闷闷不乐地回答。

"哦，我还有好多话要跟你说呢。昨天，哈珀的丈夫冲着我大发雷霆来着。他说，如果我再敢靠近哈珀一步，他就用法律的手段叫我好看。显然他是某家律所的合伙人。"

"格雷姆？"玛德琳叫道，"看在上帝的分上，他正在转让自己的律所。"

"汤姆把他们从咖啡馆里赶出去了。"

"真的吗？"玛德琳看起来似乎受到了惊吓。

"赤手空拳。"珍转过身来，看到汤姆正站在她的面前，身上穿着一条牛仔裤和一件领尖带有纽扣的衬衫。他的手里也捧着一杯晶莹剔透的粉红色饮料。

"汤姆。"珍惊喜地狂叫了一声，仿佛他是个刚刚退役返家的士兵一样。她忍不住向他的身边迈了一步，然后又退了回来，伸出一只手臂蹭了蹭他。

"你们二位看起来都美极了。"汤姆虽然嘴上这么说，眼神却一直都没有离开珍。

"你看上去可一点儿也不像猫王。"玛德琳一脸责备地说道。

"我从不穿道具服。"汤姆说着不自觉地拽了拽熨烫得十分平整的衬衫。"抱歉。"看来这件衬衫对他来说并不合身。他在咖啡馆里穿的那件黑色 T 恤衫可比这件要好看多了。珍的脑海里顿时出现了汤姆裸着上身站在那间公寓套房里小心翼翼熨烫着衬衫的画面，贪婪的念头手指一般勾了勾她的心。

"嘿，你有没有尝出这里面有薄荷的味道？"汤姆对珍说道。

"就是它！"珍回答，"所以说，里面还放了草莓果泥、香槟——"

"……我以为是伏特加呢。"汤姆说着又抿了一口，"没准还是很多的伏特加。"

"真的吗？"她的目光停留在了他的嘴唇上。她一直都知道汤姆是个英俊的男人，却从来都没有分析过是为什么。也许是因为他的嘴唇吧。他长着两片丰满得有点女性化的嘴唇。

"啊哈！"玛德琳叫了起来，"啊哈！"

"怎么了？"汤姆问道。

"你好呀汤姆，我的兄弟。"艾德晃晃悠悠地走到了玛德琳的身旁，伸出手臂揽住了她的腰。他的身上穿着猫王风格的黑金配色服装，披肩式的袖子和巨大的垫肩看起来十分滑稽。

"汤姆怎么就不用穿得像个白痴一样？"他朝着珍咧开嘴笑了笑，"别笑了，珍。顺便说一句，你看上去漂亮极了。你是不是换了发型？"

玛德琳像个白痴一样笑着看着珍和汤姆，脑袋还左右摆动着，仿佛是在看一场网球比赛。

"你看呀，亲爱的。"她对艾德说道，"汤姆和珍。"

"我知道。"艾德回答，"我看见他们了。我刚才不是还在跟他们说话吗？"

"简直太明显了！"玛德琳的眼睛闪烁着晶莹的光芒，一只手还抚在了胸口上，"我真不敢相信我从没有——"

令珍倍感解脱的是，她说到这里就停住了，眼睛直勾勾地望向了他们的身后。"你们看谁来了？是舞会的国王与王后。"

塞莱斯特 //

在开往学校的那一小段路上，佩里一句话也没有说。参加活动的计划依然。虽然塞莱斯特有些不敢相信，但话说回来，这又有什么好奇怪的呢？他们从不会取消任何约会。有时候她不得不换掉计划要穿的衣服，有时候她又不得不找好一个借口，但不管怎么样，演出必须继续。

佩里已经在脸书网上发布了一张他们穿着道具服的照片。照片中的他们一看就是幽默诙谐的好人，不骄傲，不自大，十分关心学校和当地社区的利益——和影集中其他有关海外旅行和高档文化活动的精彩照片相得益彰。看来校园益智问答夜这种活动恰好符合他们的"品牌形象"。

她直直地望着前方飞快摇摆着的雨刷。这块挡风玻璃就像是她脑海中永无止境的循环状态。混乱、清晰。混乱、清晰。混乱、清晰。

她看了看他紧握在方向盘上的手。那是一双灵巧的手,一双温柔的手,同时也是一双邪恶的手。他只不过是一个穿着猫王道具服送她去参加学校活动的司机。

他刚刚才发现妻子正准备离开自己。他受了伤,遭到了背叛,怒火中烧。但他只不过是一个男人。

混乱、清晰。混乱、清晰。

当格温前来帮忙照顾孩子的时候,佩里马上就开始施展自己的魅力,似乎这是什么至关重要的事情。起初,她对待佩里很冷淡,后来才坦白自己是猫王的铁杆粉丝。她滔滔不绝地讲述起了猫王开着那辆黄金凯迪拉克环游澳大利亚时自己是如何成为"黄金女郎"之一的故事,直到佩里神不知鬼不觉地打断了她的话,就像是一位绅士巧妙地夺走了别人的舞伴。

车子开进学校门口的那条街道时,雨势似乎减弱了一些。街上停满了汽车,但学校的入口旁却空着一个车位,仿佛是给佩里提前预留的。他总是能够找到停车位,绿灯也时常为他亮起,就连资金的数量也会顺从地随着他的意愿起伏。也许这就是他发现事情不顺遂时便会火冒三丈的原因。

他停好车,熄了火。

两个人既没有挪动也没有说话。塞莱斯特看到一个幼儿园孩子的妈妈从车前急匆匆地跑了过去,身上穿着的长裙让她不得已迈着小碎步。她的手上举着一把圆点图案的雨伞。加布里埃尔,塞莱斯特心想,那个一说起自己的体重就没完没了的女人。

塞莱斯特转过头去看着佩里。

"麦克斯一直都在欺负阿玛贝拉，就是勒娜塔的女儿。"

佩里的眼睛依旧直直地看着前方。"你怎么知道的？"

"是乔希告诉我的。就在我们出门之前。"塞莱斯特回答，"瑞吉一直都在替他背黑锅。"

瑞吉。你表兄的孩子。

"家长们写请愿书要求休学的就是他。"她短暂地闭上了眼睛，回想起了佩里将她的头撞向墙壁的那个画面，"那本应是针对麦克斯的。不是瑞吉。"

佩里转过头来看着她。在黑色假发的衬托下，他的眼睛看起来更碧蓝，仿佛就是一个陌生人。

"我们会去找老师谈一谈的。"他回答。

"我会去找老师谈一谈的。"塞莱斯特说，"你根本就不在，忘了吗？"

"哦对。"佩里附和着，"好吧，我明天会找麦克斯谈谈的，在我去机场之前。"

"你打算怎么说？"塞莱斯特追问。

"我不知道。"

塞莱斯特的胸口突然感到一阵剧烈而又沉重的疼痛。是心脏病突发？还是焦虑或者心碎？难道这是她肩负的责任的重量？

"你能不能告诉他，这不是对待女人的方法？"她说着，感觉自己仿佛跳下了一座悬崖。对于那件事情，她从来都只字不提。她打破了一个牢不可破的规则。是不是因为他看起来像是猫王，周围的一切就显得那样的不真实，或者是因为他已经知道了公寓的事情，反而让一切变得更加真实了起来？

佩里的脸色变了。两人之间的裂痕正在一点点扩大。"两个孩子从没有看到过——"

"他们看到过。"塞莱斯特哭了出来。她已经忍受了太长时间，现在终于不用再忍了。"去年他们的生日派对前夜，麦克斯悄悄下了床，正好站在门口——"

"是的，是的。"佩里答道。

"还有一次是在厨房里，你和我——"

他伸出了两只手掌。"好了，好了。"

她闭上了嘴巴。

过了一会儿，佩里开口问道："所以说，你租了一间公寓？"

"是的。"塞莱斯特回答。

"你打算什么时候走？"

"下周。"她说，"我想下周就走。"

"带上两个孩子？"

这时候你应该感到害怕，塞莱斯特心想。这并不是苏西建议她了结此事的方法。筹谋。计划。逃跑路线。她实在是太草率了，但她已经如履薄冰地过了这么多年，她知道自己的下场并不会有什么不同。

"当然要带上两个孩子。"

他猛地吸了一口气，仿佛突然感受到了一阵痛楚。他把脸深深地埋在掌心里，身子向前倾斜着，前额压在了方向盘的顶端，整个身体都如痉挛般抖动了起来。

塞莱斯特看了他一会儿，不知道他到底在做什么。他病了吗？还是在偷笑？她的胃紧紧地缩成了一团，一只手放在了车门处。这时他突然抬起头来看着她。

他的脸上满是泪痕，猫王假发歪歪扭扭地挂在头上，看上去就像是一个精神错乱的病人。

"我会去寻求帮助。"他说道，"我向你保证，我会去寻求帮助。"

"你不会的。"她小声地回答。雨势逐渐弱了下来，她看到许多个赫本和猫王正撑着伞从街道上匆匆走过，嘴里还在欢笑着说些什么。

"我会的。"他的眼睛亮了起来，"去年我请亨特医生给我介绍过一个精神病医生。"想起这一点，他的语气中似乎洋溢着胜利的喜悦。

"你把……我们的事情告诉亨特医生了？"亨特是他们家善良谦逊的家庭医生，年纪算得上是爷爷辈的人了。

"我告诉他我患了焦虑症。"佩里回答。

他看懂了她脸上的表情。

"好了，亨特医生是最了解我们的！"他充满防备地顶撞了一句，"不管怎么说，我一定会去看精神病医生的。找会把一切都向他坦白。我只不过还没有抽出时间去见他，因为我一直都以为我是可以控制自己的。"

她不能因此就小看他。她知道一个人的想法会陷入无穷无尽的无谓循环之中。

"我想上次的转介可能已经过期了。不过我会再找一个医生的。我只是觉得，当我出离愤怒的时候……我也不知道自己到底怎么了，感觉就像是疯了一样，根本就停不下来……而且我从没有真的想要……事情就这么发生了。每一次回想起来，我都感觉难以置信，并且发誓自己永远不会再这样做了。可昨天，塞莱斯特，我为昨天的事情感到很难过。"

车窗被一层雾气笼罩了起来。塞莱斯特用手掌擦了擦身旁的窗户，隔着玻璃向外面张望。佩里仿佛以为是第一次向她倾吐这些肺腑之言，可这些话只不过是老生常谈而已。

"我们不能这样教育两个孩子。"

她说着又望向了雨夜中漆黑的街道。每天早晨，那里总是挤满了有说有笑、戴着蓝色帽子的孩子。

塞莱斯特吃惊地意识到，若不是乔希今晚的话揭露了麦克斯的所作所为，她可能还想不到要离开。她总是劝自己不要大惊小怪，还安慰自己昨天的事情并不是那么糟糕——任何一个男人听到自己当着玛德琳和艾德的面羞辱佩里的那些话都会因为羞愧而愤怒。

双胞胎一直是她选择留下来的原因，可他们如今却成了她想要离开的理由。她已经纵容暴力潜入他们的日常生活中。在过去的五年中，从对暴力的无动于衷到百般容忍，再到还手，现在塞莱斯特甚至学会了先发制人。她知道用手抓挠，用脚踢踹甚至是伸手掌掴对方，仿佛这些都是再正常不过的反应。她憎恨现在的自己，却又不得不接受现实。如果她选择留下，这些举动必将成为她留给两个孩子的"遗产"。

她将目光从窗口移开，转过头来看着佩里。"一切都结束了。"她说道，"你必须要知道，一切都结束了。"

他的嘴巴扭曲成了一团。她能够看出他正在准备反击，正在思考策略，正在盘算自己如何才能够胜利。他从不服输。

"我会取消下一次出差的行程。"他说道，"我会辞职，利用接下来的六个月时间专心解决我们身上的问题——不对，是我身上的问题——除此之外什么也不做。在接下来的——天哪，我的上帝！"

他吓得从座位上跳了起来，两只眼睛直直地望向了塞莱斯特的身后。她转过头来，猛地吸了一口气。只见玻璃窗上映照出了一张模糊不清的脸庞。

佩里按下了一个按钮，降下了塞莱斯特那边的玻璃窗。原来是勒娜塔正灿烂地微笑着趴在他们的车窗旁边，手里还攥着披在肩膀上的一条薄纱围巾。她的丈夫就站在她的身旁，替她撑着一把巨大的黑色雨伞。

"抱歉！我不是有意要吓唬你们的。你们需不需要和我们打一把伞？你们两个看起来美极了！"

玛德琳 //

这简直就像是观看电影明星登场一样，玛德琳心想。佩里和塞莱斯特的身上有一股强大的气场，仿佛正步履轻盈地走在舞台上，不仅举手投足间尽显优雅，而且脸上还挂着随时可供拍照的表情。虽说他们的造型看上去和在场的许多人都大同小异，但是服装的质感却完全不像是道具服，简直可以说是猫王和赫本本尊驾临活动现场。在场每一位身穿《蒂凡尼的早餐》里黑色连衣裙的女士们都在垂涎塞莱斯特的那串珍珠项链，而每一位男士都在觊觎佩里身上的那套白色西装。

粉红色的气泡酒饮料很快就要被消耗殆尽了。

"哇，塞莱斯特看起来漂亮极了。"

玛德琳转过身来，发现邦妮出现在自己的身旁。

和汤姆一样，邦妮显然也不喜欢道具服。她的肩膀像往常一样搭着一条麻花辫，脸上未施粉黛。在这样一个华丽的夜晚，她整个人的打扮像是流浪汉：松垮的薄透布料长袖上衣露出了半边肩膀（她的所有衣服都会令人恼怒地露出半边肩膀；玛德琳恨不得把她抓过来好好整理一下她的衣领），不成形的长裙，老旧的皮带，各式各样的吉卜赛风格骨形首饰——如果它们可以被称作是首饰的话。

如果艾比盖尔在场的话，面对妈妈和继母的穿着，她肯定会选择赞赏和模仿邦妮。玛德琳知道，这没有什么大不了的，毕竟没有哪个少女想要和自己的妈妈看起来一模一样。但艾比盖尔为什么就不能随便挑选一个明星来崇拜呢？为什么一定要是该死的邦妮！

"你好吗，邦妮？"她问候道。

她发现汤姆和珍已经消失在了人群之中。就在刚才，有人居然嬉闹着跑来管汤姆要一杯豆奶拿铁（可怜的汤姆）。不过，他似乎并不在意，眼神一直都没有离开过珍，而珍也在深情注视着他。看着他们彼此深深吸引的样子，玛德琳在恍惚间感觉自己正目睹着什么美轮美奂却又稀松平常的画面，就像是刚刚从蛋壳中孵化出来的小鸡。虽然酒精的作用让她进入了一种恰到好处的麻木状态，但她依旧能够感受到经前紧张症正在她体内放肆地咆哮着。

"谁在照顾斯凯？"她问邦妮，"真是抱歉！"她拍了拍前额，"我们本应该邀请斯凯到我家来的！艾比盖尔正在替我们照顾克洛伊和弗雷德呢。她可以顺带着照顾自己所有的兄弟姐妹。"

邦妮警惕地笑了笑。"斯凯在我妈妈家里。"

"艾比盖尔可以教教他们如何做网页设计。"玛德琳和她同时开口说道。

邦妮脸上的笑容消失了。"玛德琳，听着——"

"哦，斯凯去你妈妈家了！"玛德琳继续说，"太好了！艾比盖尔和你妈妈之间还有某种'特殊的联系'，是不是？"

　　她简直是在作贱自己。她就是这样一个可怕的坏人。她需要找一个能够容忍她所有不堪却又不会指责她乱下定论的人。塞莱斯特去哪儿了？她最擅长这么做了。玛德琳看着邦妮将杯子里的饮料一饮而尽。一个"金色蘑菇头"走了过来，手里还端着一个放满了酒杯的托盘。玛德琳顺手取了两杯，并把其中的一杯递给了邦妮。

　　"益智问答的比赛到底什么时候才开始啊？"她转过头去询问那个"金色蘑菇头"，"大家都已经喝高了，根本就没办法集中精神答题了。"

　　不出所料，"金色蘑菇头"的脸上露出了不耐烦的表情。"我知道！不过活动进程被推迟了。我们本应该现在就完成冷餐会的布置工作的，可是餐点的负责人被堵在彼利威路上了。"她伸手拨开了挡在眼睛上的几缕头发，"主持人布雷特·拉森也被堵在了同一条路上。"

　　"艾德可以当主持人啊！"玛德琳天真地回答，"他主持得可好了。"她环顾四周搜寻着艾德的身影，发现他正向勒娜塔的丈夫走去，还热情地和他握了握手，拍了拍背。*做得好，亲爱的。你知不知道你的妻子昨天下午因为一场"尖叫大比拼"而撞上了他妻子的车？艾德说不定还以为和他聊天的是打高尔夫球的加雷斯而不是喜欢观鸟的杰夫，所以正关切地询问对方最近在球场上的表现如何呢。*

　　"总之，谢谢了，不过布雷特手里拿着所有的问答题。他已经准备好几个月了，甚至还设计了一套多媒体的幻灯片。""金色蘑菇头"说完便走进了人群中，"再忍一忍吧！"

　　"这鸡尾酒可真上头呀。"邦妮嘟囔着。

　　玛德琳并没有专心致志地听她讲话。她看到勒娜塔冷静地朝着艾德点了点头，然后又迅速转过身去和别人聊起天来。她突然想起了自己昨天刚刚听说的那则有关勒娜塔的丈夫和法国保姆有奸情的热门八卦。这件事在她发现了艾比盖尔的网站之后便被她抛到九霄云外去了。此时此刻,她是如此的想要冲过去当着勒娜塔的面把这些话喊出来,以报复勒娜塔昨天因为自己的车子被撞而说出的那些恶毒的言语。

邦妮有些站不住了。"我最近已经很少喝酒了,所以我猜自己的酒量可能有点儿小——"

"抱歉,邦妮。"玛德琳开口说道,"我得去找我丈夫了。他好像正在和某个奸夫聊得热火朝天呢。我可不想让他染上坏毛病。"

邦妮转过头去,想要看清艾德正在和谁聊天。

"别担心。"玛德琳安慰她,"你的丈夫不是个奸夫。在你生完孩子之前内森会一直是个忠诚的男人。哦,等等。他没有在你生完孩子之后抛弃你。我是个特例!"

可怜之人必有可恨之处。用这话来形容玛德琳一点都不为过。明天的玛德琳一定会后悔自己今晚说过的每一个字,可现在的玛德琳却为自己大言不惭的精神兴奋不已。允许自己口无遮拦原来是这么爽快的一件事情。

"对了,我可爱的前夫怎么没来?"玛德琳问道,"我今晚还没有看到他呢。一想到我来参加学校的益智问答活动时还能碰到自己的前夫,我就感到特别的安慰。这种感觉真是无与伦比。"邦妮摆弄着辫子的发尾,眼神涣散地看了看玛德琳。"内森十五年前就离开你了。"她开口说道,声音里蕴含着一种玛德琳不曾听到过的某种情感——坚忍却又黯淡无光。多么有意思呀!是的,邦妮,请向我展示一下你的另一面吧!

"他做了一件很可怕很可怕的事情。他永远都不会因此而原谅自己。"邦妮继续说道,"但现在也许是时候原谅他了,玛德琳。宽恕的力量是无穷的。"

玛德琳在心里翻了一个大大的白眼。没准她真的白了邦妮一眼。就在刚才的一瞬间，她本以为自己就要看到真实的邦妮了，不料邦妮却如往常一样操着空灵的语气说着没有实质内容的废话。

邦妮认真地看了看玛德琳。"我就有过这样的个人经历——"

这时，邦妮身后的人群中突然迸发了一连串的尖叫声。有人哭喊着说道："我实在是太为你高兴了！"一个女人向后退了一步撞上了邦妮，邦妮则在跟跄间把手中的鸡尾酒全部都洒在了玛德琳的粉红色连衣裙上。

加布里埃尔：那是一个意外。达维娜正在拥抱罗威娜。她刚刚宣布了一件事情。我猜她终于恢复到了自己的目标体重。

杰基：罗威娜说她刚买了一个 Thermonix 牌或是 Vitamix 牌的料理机。我不记得了。我还有自己的生活要过。达维娜就是为了这个拥抱她的。因为她买了一个新的厨房电器。这可不是我瞎编的。

梅丽莎：不是的，不是的，我们正在讨论最近暴发的头虱疫情。罗威娜问达维娜有没有检查过自己的头发，接着某人的丈夫说自己看到达维娜的头上有什么东西在爬。那个可怜的姑娘吓坏了，这才撞上了邦妮。

哈珀：什么？不可能！邦妮是故意把饮料洒到玛德琳身上的。我亲眼看见了！

珍 //

益智问答夜的活动已经在没有食物也没有比赛的情况下推迟一个多小时了。珍感觉自己的身体正如波浪般来回摆动着，仿佛她此刻正身处在一条小船上。房间里越来越闷热了，早先冰冷的空气因为暖气的原因迅速加温。在场所有人的脸都变成了粉红色。雨势再度凶猛起来，雨点重重地砸在了车顶上。屋里的人不得不抬高嗓门才能透过震耳欲聋的雨声听见彼此的对话。屋子里到处都洋溢着欢愉的谈笑声，甚至有传言称某人为大家叫了外卖的比萨。一些女人纷纷从自己的手提包里翻出了应急的零食。

珍看到一个身形彪悍的猫王表示愿意向学校捐款 500 块，以交换萨曼莎手中的咸酸口味薯片。

"当然可以了。"萨曼莎应允了，不料却被丈夫斯图一把抢过了薯片，打断了这场交易。"抱歉，兄弟，我也很需要这东西，比孩子们对于智能白板的需求还要迫切。"

艾德对玛德琳说："你怎么不在包里放点儿吃的？你算是什么女人啊？"

"这只是个手包！"玛德琳挥舞着手中那个贴满了亮片的小包。"别弄了，邦妮。我没事！"她重重地拍了拍跟在她身后拿着一捧卷纸为她擦拭着裙子的邦妮。

不远处，两个赫本和一个猫王正大声地争论着有关标准化测试的事情。

"没有证据显示——"

"他们接受的都是应试教育！我就知道这都是应试教育！"

几个"金色蘑菇头"朝着这个方向跑了过来，耳边举着手机。"宴会负责人五分钟后就到。"看到斯图正在嚼着盐和醋味的薯片，其中一个人厉声说了一句。

"抱歉。"斯图说着从口袋里掏出了一片，问道，"要不要尝尝？"

"哦，好吧。"她接过薯片匆匆离开了。

"真是烂泥糊不上墙。"斯图遗憾地摇了摇头。

"嘘，小声点儿。"萨曼莎在一旁说道。

"校园益智问答夜是不是总是这么的……"汤姆似乎找不到合适的形容词。

"我不知道。"珍回答。

汤姆笑着看了看她，她也笑着看了看汤姆。今天晚上，他们已经相视着微笑了太多次，仿佛一直都沉浸在某个只属于他们两个人的笑话中。

亲爱的上帝，请不要让这一切成为我的想象。

"汤姆，我的大杯脱脂卡布奇诺在哪儿，谢谢！哈哈！"汤姆一边接话一边朝着珍偷偷眨了眨眼睛。

"珍，我一直都在找你呢！你好吗？"巴恩斯小姐出现了，脚上还蹬着一双格外高的高跟鞋。她的头上戴着一顶巨大的帽子，脖子上系着一条粉红色的丝巾，手里还拿着一把阳伞。根据珍的判断，她看上去一点儿也不像奥黛丽·赫本。只见她小心翼翼地缓慢吐着口中的每一个字，以防别人发现她已经喝醉了。

"你还好吗？"她关切地问了一句，仿佛珍近来失去了什么亲人似的。更要命的是，珍还挣扎着回想了一下自己是不是失去了什么亲人。

哦,她指的当然是请愿书的事情了。全校都以为她的儿子是个小霸王。就是这样。随便吧。汤姆不是同性恋!

"我们下周一上课之前还要见上一面,对不对?"巴恩斯小姐问道,"我猜大概是为了……那件事吧?"

她在说出"那件事"时伸出两手在空中打了一个双引号。

"是的。"珍回答,"我有事要告诉你,但是现在不行。"她一直都在盯着不远处和丈夫站在一起的塞莱斯特。她还没有机会过去和塞莱斯特打声招呼呢。

"顺便说一句,我模仿的是赫本在《窈窕淑女》里的造型。"巴恩斯小姐不耐烦地指了指自己的套装,"你知道的,赫本不是只演过《蒂凡尼的早餐》这一部电影。"

"我一眼就看出你模仿的是谁了。"珍回答。

"总之,霸凌事件已经逐渐有点儿失控了。"巴恩斯小姐说道。此时,她已经放弃了一字一顿的说话方式,而是快速而又含糊地吐出了一连串的话。"我每天都会收到家长发来的有关校园欺凌问题的电子邮件。他们就像是排了值班表一样,永远都没有停歇的时候。'我们需要确定孩子的学习环境是否安全。'有些人的表达方式更加极端消极:'我知道你们人手不够,巴恩斯小姐,你需不需要再多请一些家长助理?我每周三下午的一点钟可以过来帮忙。'如果我没有及时回复他们的话,就会收到这样的来信:'巴恩斯小姐,我还没有收到你的回复。'当然了,他们每一封信都会抄送给该死的李普曼太太。"

巴恩斯小姐嘬了嘬空酒杯里插着的吸管。"对不起,我飙脏话了。幼儿园老师不应该飙脏话的,起码在孩子们面前是永远不可以的——以防你投诉我。"

"现在又不是上班时间。"珍说道，"你想说什么都可以。"她向后退了一小步，因为巴恩斯小姐的帽檐一直都在碰撞着她的前额。汤姆去哪儿了？他在那儿，周围围绕着一大堆可爱的赫本小姐。

"上班？我永远都在上班。去年，我和我的前男友去了夏威夷。就在我们走进酒店大堂的时候，我突然听到了一个可爱的小嗓门喊了一句：'巴恩斯小姐！巴恩斯小姐。'我的心一下子就沉了下去。原来是上个学期一直都没有让我好过过的一个孩子也住在同一家酒店里！而且我还得假装自己很高兴见到他，陪着他去那个破泳池里玩，而他的父母却躺在帆布躺椅上慈祥地微笑着，仿佛帮了我多大的忙似的！我的男朋友和我在那段假期中分手了。我觉得全是那个孩子的错。别告诉任何人我说了这些话。那对父母今天也在场。哦，我的上帝，向我保证你绝不会告诉任何人。"

"我保证。"珍回答，"用我的生命保证。"

"总之，我说到哪里了？哦对，电子邮件。我还没有说完呢。那些电子邮件简直是没完没了！"巴恩斯小姐用力地在地板上戳了戳手中的阳伞，"这些家长，真是无孔不入！勒娜塔请了一段时间的假，时不时地过来看阿玛贝拉。可我们已经安排了专门的教师助理一天到晚什么都不做地看着阿玛贝拉了呀。我的意思是说，好吧，我并没有看到过事情发生的过程，心里很不是滋味。但是勒娜塔也太过分了吧！我正忙着带领孩子做活动的时候，突然一抬头就看到一个家长站在门口盯着我。这简直太可怕了，我总觉得有人在跟踪我。"

"这对我来说听上去像是骚扰。"珍回答，"哎哟——小心。又来了。"她轻轻地从脸上推开了巴恩斯小姐的帽子。"你想不想再来一杯？你看上去还可以多喝一点儿。"

"周末的时候我去了趟彼利威药店。"巴恩斯小姐说，"因为我得了可怕的尿路感染——我正和一个新男友约会，哦，抱歉，我又说多了——总之，我站在柜台前等待的时候，西娅·坎宁安突然出现在了我的旁边。老实说，我根本就没有听到她跟我打招呼，因为她上来就开始没完没了地给我讲起了维奥莱特某天放学回家的时候情绪是如何的低落，因为克洛伊说她那天戴的发卡并不般配。哦，发卡不般配。我是说，看在上帝的分上，那算什么霸凌啊！他们只不过是一帮孩子而已！可是，哦，不，维奥莱特因此感到很受伤，所以西娅希望我能够当着全班同学的面讲一讲同学之间应该如何礼貌地和彼此讲话——对不起，我看到李普曼太太死死地瞪了我一眼。不好意思，我觉得我最好去往脸上拍点凉水。"

巴恩斯小姐飞快地转过身去，脖子上的粉红色丝巾飘荡着从珍的脸颊上抚过。

珍转过身来，再一次和汤姆撞了个正着。

"伸出手来。"他说道，"快点儿。"

她伸出手来，手掌里立马出现了一堆椒盐脆饼干。

"那个长相很可怕的猫王在厨房里找到了一大袋这种饼干。"汤姆一边解释一边伸手从她脸颊侧面的头发里摘下了什么粉红色的东西。

"羽毛。"他说道。

"谢谢。"珍咽下了一块椒盐脆饼干。

"珍。"她感到一只冰冷的手扶在了她的手臂上。是塞莱斯特。

"嘿，你好呀。"珍欢快地和她打了声招呼。今夜的塞莱斯特看起来实在是太耀眼了，光是瞟上她一眼就已经足够让人感到心情愉悦。珍为什么会对长相好看的人抱有偏见呢？他们又不能掌控自己的外表。何况汤姆刚刚才给她拿来了一堆的椒盐脆饼干，还在帮她取出羽毛的时候偷偷地红了脸——他不是同性恋。那气泡鸡尾酒真是美味。她喜欢校园益智问答夜，因为它实在是太好笑、太有趣了。

"我可以找你谈谈吗？"塞莱斯特问道。

塞莱斯特 //

"我们要不要到露台上去？"塞莱斯特问珍，"透透风？"

"好呀。"珍回答。

今夜的珍看起来是那样的年轻，那样的无忧无虑，塞莱斯特心想。就像一个少女。礼堂里实在是太热了，充满着幽闭恐惧的感觉。大颗的汗珠从塞莱斯特的背上滴落了下来。她的一只鞋也因为汗水的湿滑不断磨蹭着她的脚跟，留下了一道像褥疮一样难看的疤痕。这将是漫长的一夜。她会永远留在这里，被恶意的话语中伤。

"我就说吧，这简直无法令人接受——"

"太无能了，他们有责任照顾好——"

"两个被宠坏的小鬼头，除了垃圾食品什么也不吃——"

"我说，如果你不能管好自己的小孩的话——"

塞莱斯特让佩里去找艾德聊高尔夫球的事情了。佩里的个人魅力总是让人无法抵挡。每一个和他交谈过的人都会被他那种"没有人比你更有趣"的注视的眼神所吸引。不过，他今晚一反常态地喝了很多的酒，而塞莱斯特已经从他的言行中看出了情绪转变的细微迹象——比如僵硬的下巴和直勾勾的眼神。

等到他们回家的时候，刚才那个还坐在车里精神涣散、痛苦不堪的男人就会消失得无影无踪。她清楚地知道他的思想会发生怎样的转变，就像是一棵古树的根系一样。一般来说，在一场如昨天那样激烈的"争执"之后，她连续几个星期都会是安全的。可是，她在外面偷租公寓的事情对于佩里来说无疑是一种背叛，一种不敬，一种侮辱。她本应守护好这个秘密的。在今夜结束以前，除了她的谎言之外，一切都变得不再重要了。他们本可以佯装是一对幸福的夫妇，只不过妻子神秘兮兮地做了些见不得人的事情：她背着他精心设计了一个离开他的计划。没错，这还真是见不得人。不管未来发生什么，她都是罪有应得。

和礼堂比肩的偌大露台上除了她们两个之外并没有别人。外面仍在下着雨。虽然露台上撑着一块顶棚，却依旧挡不住随风飘洒进来的水汽。地面的瓷砖上也是又湿又滑。

"看来这里并没有想象中的那么舒服。"塞莱斯特开口说道。

"不，挺好的。"珍回答，"里面实在是太嘈杂了。干杯。"

她和塞莱斯特轻轻地碰了碰杯，两人都象征性地抿了一口酒。

"这鸡尾酒的味道简直是太棒了。"珍称赞道。

"的确很神奇。"塞莱斯特表示了赞同。这已经是她的第三杯酒了。她所有的感觉——包括内心的恐惧——都好像被蓬松的棉绒好好地包裹了起来。

珍深深地吸了一口气。"我觉得雨好像终于停了。空气闻起来味道不错，有种咸咸的清新味道。"她移步到了露台的边缘，把手放在了湿漉漉的栏杆上，放眼望着雨后的夜晚，心中异常的兴奋。

对塞莱斯特而言，此时的空气中却只有潮湿的味道。

"我有话要告诉你。"塞莱斯特说。

珍扬起了眉毛。"是吗？"塞莱斯特注意到，她的嘴唇上抹了鲜艳的红色唇彩。玛德琳看了肯定会很激动的。

"今天晚上，就在我们出发之前，乔希跑来告诉我，一直在欺负阿玛贝拉的人其实是麦克斯，不是瑞吉。我简直吓坏了。对不起，真的对不起。"她抬起头来，看到哈珀正向露台上走来，边走边翻动着自己的手提包。哈珀朝着她们的方向看了看，然后便悄无声息地走向了露台的另一头，点上了一支香烟。

"我知道。"珍回答。

"你知道？"塞莱斯特向后退了一步，差一点儿在瓷砖地上滑了一跤。

"瑞吉昨天告诉我了。"珍说道，"阿玛贝拉让他帮忙保守这个秘密。别担心。没事的。"

"这怎么可能没事！你还要被迫承担那封请愿书带来的后果。再说了，像她那样的人——"塞莱斯特朝着哈珀的方向点了点头，"还警告自己的小孩不要靠近可怜的小瑞吉。我今晚就要告诉勒娜塔、巴恩斯小姐和李普曼太太。我要告诉所有人。我可以当众宣布：你们错怪了这个孩子。"

"你不必那么做的。"珍回答，"没事的。一切终会真相大白。"

"我真的非常非常抱歉。"塞莱斯特再一次颤抖着向她道歉，脑海里浮现了萨克森·班克斯的身影。

"嘿！"珍喊了一句，把一只手搭在了塞莱斯特的肩膀上，"没事的。会真相大白的。这不是你的错。"

"不，从某种意义上讲，这就是我的错。"塞莱斯特说。

"怎么可能呢？"珍一脸坚持地回答。

"我们可以加入你们吗？"

滑动玻璃门打开了。内森和邦妮走了出来。邦妮看上去和平常并没有什么两样，倒是内森特意穿了一件看上去不及佩里穿的高档的廉价西装，手上还玩弄着一顶黑色的假发，乍一看就像是一只黑色的小狗。

塞莱斯特知道本应该站在玛德琳的立场上厌恶内森和邦妮。但这一点有时候的确令她感到十分为难。他们看上去是那样的无辜，还总是想尽办法取悦她。除此之外，他们家的斯凯也是个乖巧可爱的小姑娘。

哦，上帝。

她差点儿忘了，乔希曾经提到过，麦克斯"再一次"把斯凯从楼梯上推了下去。他已经锁定了新的霸凌对象。她必须要说些什么。于是她想都没想就直接切入了正题。

"内森，邦妮，很高兴你们来了。听着，我今晚才发现我的儿子麦克斯一直都在欺负班上的小女孩。我想他就是把你们的女儿从楼梯上推下去的那个人，呃，不止一次。"她感觉脸颊就像着了火一样烧得滚烫。珍一脸安慰地把一只手放在了她的手臂上。"真的很抱歉，我刚刚才——"

"没关系。"邦妮冷静地回答，"斯凯告诉我了。我们还一起商量了策略，以防这样的事情再次发生。"

策略，塞莱斯特闷闷不乐地想。她的话听起来真像苏西，仿佛斯凯是某个家庭暴力事件的受害人。她看到哈珀在湿漉漉的露台栏杆上按灭了香烟，然后小心翼翼地把烟头用纸巾包了起来，急匆匆地向屋里走去，根本就没有朝他们的方向看上一眼。

"实际上，我们今天已经通过电子邮件把这件事情告诉了巴恩斯小姐。"内森一脸严肃地说，"我希望你不要介意，不过斯凯实在是太害羞了，很难强势起来，所以我们希望巴恩斯小姐能够多多关注她。当然了，如何解决此事全在于老师们的决定。我想这属于学校的管辖范围，应该让老师来解决问题。我们本不应该当着你的面提起这件事情。"

"哦！"塞莱斯特惊呼道，"那么，谢谢你们了。再说一次，我真的非常抱歉——"

"别这样！天哪！他们只不过是孩子而已！"内森安慰她，"让他们多明白些道理是好事。比方说，不要动手打你的朋友，站出来维护自己利益以及如何做个成熟的人。"

"如何做个成熟的人。"塞莱斯特颤抖着重复道。

"当然了，我自己也还在学习之中。"内森回答。

"这都是他们感情和精神发育过程中的一部分。"邦妮也附和道。

"有不少的书籍都在讨论这方面的问题，是不是？"珍插进话来，"比如幼儿园小孩应该知道的事情：不要吝啬，和同学友好相处，慷慨分享自己的玩具。"

"分享就是关爱。"内森引用了一句众所周知的格言，逗得大家全都笑了起来。

刑侦警长阿德里安·昆兰：事故发生时，包括受害人在内，共有八个人站在露台上。我们知道这八个人是谁，他们也知道彼此的身份，以及所看到的事情。对于目击者来说，最重要的事情就是实话实说。

玛德琳 //

　　玛德琳慷慨激昂地和一群二年级学生的家长聊起了浴室改造的事情。她很喜欢这些家长，也知道自己和其中一位妻子有关裹身裙的热烈讨论让对方的丈夫感到十分无聊。看到这个男人强打着精神聆听着她们之间的对话，玛德琳仿佛觉得自己欠了他一份人情。

　　问题在于，虽然她也同意装修过程中出现瓷砖短缺的情况是一件非常可怕的事情——尤其是当他们只缺三块瓷砖的时候——但是她觉得浴室改造这个话题真的是没什么好聊的。而且，她知道他们最终肯定会找到解决方案。她别了别头，看到塞莱斯特和珍正站在阳台上和邦妮、内森谈笑风生。这简直是令人难以接受。塞莱斯特和珍是她的朋友呀！

　　她环顾着四周，试图找一个人来代替她的位置，于是一把抓住了萨曼莎。萨曼莎的丈夫是个水管工，所以她一定很喜欢讨论浴室改造的话题。"你得听听这个故事！"她说道，"你能想象吗？他们，呃，居然少买了三块瓷砖！"

　　"哦，不！我家里也发生过一模一样的状况！"萨曼莎惊呼道。

　　这就对了。只见萨曼莎专注地听着他们的故事，急不可耐地等待着分享自己在浴室改造期间遭遇的悲剧。仁慈的上帝呀。玛德琳怎么也想不明白这个话题为什么会比裹身裙还有意思。

　　就在她穿过人群的时候，偶然路过了四个"金色蘑菇头"。她们紧紧地围成了一团，显然正在分享什么见不得人的秘密。玛德琳停下了脚步偷听起来。

　　"那个法国保姆！就是看上去很滑稽的那个女孩。"

"勒娜塔把她给开除了吗？"

"是呀，因为她完全忽视了阿玛贝拉被那个叫瑞吉的小孩欺负的事情。"

"哦，对了，请愿书的事情怎么样了？"

"我们准备周一一早就把它交给李普曼太太。"

"你们今晚有没有看到那个孩子的妈妈？她把头发剪了，还到处晃来晃去的，一副事不关己的样子。如果我的孩子是个小霸王，我肯定会羞得连头都抬不起来的。我一定会带着孩子老老实实地待在家里，全心全意地看着他。"

"这样的孩子就是欠揍。"

"我听说，她昨天还允许他带着头虱来上学了呢。"

"校方居然到现在还无动于衷，真是太让我吃惊了。现如今，关于校园霸凌行为的新闻那么多——"

"是呀，是呀，不过问题在于，勒娜塔的保姆和杰夫有奸情。"

"她为什么要和杰夫搞在一起？"

"我说的是真的。"

玛德琳替珍感到十分愤怒，同时也莫名地为勒娜塔感到不平——尽管勒娜塔也是请愿书的支持者之一。

"你们这些人真是糟糕。"她大声地呵斥道。"金色蘑菇头"们抬起头来看着她，眼睛和嘴巴的形状都因为惊讶而变成了椭圆形。"你们这些糟糕的坏人。"

她继续向前走去，并不打算停下来听听她们的反应。当她走到门边准备到露台上去的时候，发现勒娜塔出现在了她的身后。

"我想出去透透气。"勒娜塔说，"里面实在是太闷热了。"

"是呀。"玛德琳附和道,"看起来雨已经停了。"她们一起走了出去。清新的晚风扑面而来。"顺便说一句,我已经联系了我的汽车保险公司。"

勒娜塔脸上的肌肉抽搐了一下。"抱歉,我昨天有些小题大做了。"

"哦,是我撞上了你的车,我应该向你道歉才对。我当时正忙着和艾比盖尔对吼呢。"

"我吓坏了。"勒娜塔说,"我害怕的时候就会变得格外狂躁。这是我的错。"她们朝着站在栏杆旁的那一群人走去。

"真的吗?"玛德琳问道,"太可怕了。我的个性就比较沉着。"

勒娜塔不屑地哼了一声。

"玛迪,"内森叫道,"我今晚还没看到你呢。你好吗?听说我妻子把饮料洒到你身上了。"

他肯定也喝醉了,玛德琳心想,不然他是不会当着她的面称呼邦妮为自己的"妻子"的。

"幸亏饮料是粉红色的,和我的裙子很配。"玛德琳回答。

"我一直都在庆幸我们女儿的小闹剧有了一个幸福的结局。"内森说,"嘿,让我们敬来自美国南达科他州的拉里·菲茨杰拉德一杯。"他举起了酒杯。

"嗯。"玛德琳附和着,眼神则飘向了塞莱斯特,"我猜那位'拉里·菲茨杰拉德'先生住的地方没准比我们想象中的要近很多呢。"

"款?"内森问道,"你在说什么呀?"

"你们是在聊艾比盖尔的网站吗?"塞莱斯特问道,"她关掉它了吗?"

她的问话是那样的流畅,玛德琳心想,所以才露了馅。大多数时候,塞莱斯特的表情看上去总是躲躲闪闪的,好像有什么事情要瞒着大家似的。此刻的她却是从未有过的平和冷静、泰然自若，甚至还大胆地望着玛德琳的眼睛。大部分人撒谎的时候都会避免和别人进行眼神接触，塞莱斯特则正好相反。

"你就是南达科他州的拉里·菲茨杰拉德先生，对不对？"玛德琳问塞莱斯特，"我就知道！好吧，我也不能确定，但是我有一种预感。这件事解决得实在是太顺利了。"

"我真的不知道你在说些什么。"塞莱斯特心平气和地回答。

内森转过头来看了看塞莱斯特。"你捐了十万澳币给国际特赦组织？就为了帮我们？我的上帝！"

"你真的不需要这么做。"玛德琳开口说道，"真的。我们该怎么报答你呢？"

"老天呀。"勒娜塔感叹了一句，"这到底是怎么回事啊？"

"我也不明白你们在说什么。"塞莱斯特对玛德琳说，"不过别忘了你曾在游泳课上救过麦克斯的命，所以说我们扯平了。"

这时，礼堂里传来了一阵喧哗的声音。

"里面发生什么事情了？"内森问道。

"哦，都是我闯的祸。"勒娜塔假笑了一下，"我丈夫并不是唯一一个爱上了自家小保姆的人。朱丽叶在彼利威还挺受欢迎的呢。法语怎么说来着？多角恋。她对某个特殊类型的男人有特别的爱好。或者，我是不是应该说，某种特殊的银行账户。"

"勒娜塔，"塞莱斯特开了口，"我今晚才发现——"

"别！"珍劝阻道。

"我儿子麦克斯才是那个一直在欺负阿玛贝拉的人。"塞莱斯特说。

"你的儿子？"勒娜塔问道，"你确定吗？"她瞟了珍一眼，"可是迎新日那天阿玛贝拉——"

"我确定。"塞莱斯特打断了她的话,"她随手指认了瑞吉是因为她很害怕麦克斯。"

"可是——"勒娜塔看上去有点儿被搞糊涂了,"你确定?"

"我确定。"塞莱斯特回答,"我很抱歉。"

勒娜塔伸出一只手捂住了嘴巴。"怪不得阿玛贝拉不想邀请双胞胎来参加她的生日派对。"她嘟囔着,"她为此大闹了一场,可我却直接忽视了她。我还以为她是在闹情绪呢。"

她看了看珍,而珍也用坚定的眼神回望着她。珍今晚看上去美极了,玛德琳满意地偷偷想着。她甚至没有注意到,珍没完没了地嚼口香糖的毛病也在几周前莫名其妙地消失了。

"我欠你一个诚挚的道歉。"勒娜塔说。

"没错。"珍回答。

"还有瑞吉。"勒娜塔继续说道,"我欠你和你儿子一句对不起。真的很对不起。我会——哦,我都不知道该怎么办了。"

"我接受。"珍说着举起了酒杯,"我接受你的道歉。"

玻璃滑动门再一次打开了。艾德和佩里出现在了露台上。

"这里的情况有点儿失控呀。"艾德说着从门边放着的一排高脚凳中搬了一把过来,"我们要不要坐得舒服一点儿?你好,勒娜塔。抱歉,我妻子昨天一脚踩在了油门上面。"

佩里也搬了几个高脚凳过来。

"佩里。"勒娜塔和他打了个招呼。玛德琳注意到,自从勒娜塔知道佩里的儿子才是欺负女儿的"真凶"后,说话的语气已经不再像往常那么谄媚。事实上,她的声音里还带有几分优越感。"很高兴在国内见到你。"

"谢谢，勒娜塔。我也很高兴见到你。"

内森伸出了一只手。"佩里，对吗？我们好像还没有见过面呢。我叫内森。我们还欠你一大笔人情呢。"

"真的吗？"佩里问道，"怎么会呢？"

哦，上帝，内森，玛德琳在心里抱怨着。闭嘴。他什么都不知道。我打赌他什么都不知道。

"佩里，这位是邦妮。"塞莱斯特打断了他们的对话，"这位是珍，瑞吉的妈妈。"

玛德琳和塞莱斯特对视了一眼。她知道，她们都不约而同地想起了佩里的表兄。这个秘密高悬在她们的头顶上，就像是一片难以名状的乌云。

"很高兴见到你们。"佩里和她们握了握手，然后彬彬有礼地示意几位女士落座。

"这还用说吗，你和你的妻子为了帮助我们的女儿脱离困境，向国际特救组织捐献了十万澳币。"内森迫不及待地说了出来。他飞快地转动着手中的猫王假发，结果一不小心把它从露台上扔了出去。"哦，该死！"他趴在露台上看了看，"看来我留在道具店里的押金是要不回来了。"

佩里从头上摘下了自己的黑色猫王假发。"这玩意戴久了确实有点痒痒。"说罢，他用指尖挠了挠头发，看上去就像是一个背靠着露台坐在吧台高脚凳上的调皮男孩。在高脚凳的衬托下，他显得更高了。黑黢黢的天空中，一轮明亮的满月探了出来，仿佛是一个神奇的金色盘子照亮了周围的乌云。那满月莫名其妙在佩里的身后形成一个半圆，让他浑身散发着领袖的气场。

"你刚才说谁捐赠了十万澳币？"他问道，"这难道又是我妻子向我隐藏的一个秘密吗？她还真是一个神秘莫测的女人啊。实在是难以捉摸。她脸上的表情就像蒙娜丽莎一样。"

　　玛德琳看了看塞莱斯特。此刻，她正交叉着两条长腿端坐在高脚凳上，双手交叠着放在大腿上。她的坐姿是那样的笔直，仿佛是一尊刚从石头里雕刻出来的完美人像似的。只见她微微地侧了侧头，将目光从佩里的身上移开了。她还在呼吸吗？她还好吗？玛德琳感觉心跳正在加速。有什么东西逐渐清晰了起来——是一副完整的拼图。那些一直萦绕在她心头悬而未决的疑问终于就要水落石出了。

　　<u>真是完美的婚姻，完美的生活</u>。只不过塞莱斯特看上去总是心不在焉，坐立不安，情绪急躁。

　　"她似乎总是以为我们家有花不完的钱。"佩里说道，"她自己没有挣过一分钱，倒是挺会花钱的。"

　　"嘿，够了。"勒娜塔厉声打断了他的话，仿佛是在训斥一个孩子。

　　"我觉得我们早就见过面了。"珍对佩里说道。除了玛德琳之外，没有人听见她的话。当所有人都靠坐在高脚凳上时，珍却依旧直愣愣地站在那里。身处在这一群人之中，她看上去是那样的渺小，就像是一个正冲着佩里讲话的孩子。她扬起了头，眼睛瞪得圆圆的。她清了清嗓子，再一次开口说道："我觉得我们早就见过面了。"

　　佩里瞟了瞟她。"真的吗？你确定？"他帅气地歪了歪头，"很抱歉，我记不起来了。"

　　"我确定。"珍回答，"只不过那时候你说你的名字叫做萨克森·班克斯。"

佩里 //

起初，他的脸色很平静，保持着友善而又"事不关己"的礼貌笑容。他并没有认出她来。我怎么可能认识她！这句玩笑话不合时宜地从珍的嘴里蹦出来。若是她妈妈在场的话，大概也会这么说吧。

然而，当她提到"萨克森·班克斯"这几个字的时候，他脸上的表情闪烁了一下。这倒不是因为他认出了她，也不是因为他根本就不屑于去好好地回想一下，而是因为他明白了她的意思，知道了她所代表的那个小群体。她不是唯一的受害者。

他谎报了自己的名字。珍从没有想到过他会玩这样的把戏。她一直都以为名字是不能更改的，只有个性和吸引力是可以随意捏造出来的。

"我一直都在想会不会在彼利威碰到你。"她对他说。

"佩里？"塞莱斯特疑惑地问了一句。

佩里转过身来望着塞莱斯特。

他的表情再一次毫无遮掩地暴露在她的眼前，就像他刚刚在车里所做的那样，只不过少了些什么东西。自从玛德琳第一次提起萨克森的名字以来，塞莱斯特的心里就一直觉得哪里不对劲。那是两个孩子出生以前的一段记忆，是发生在佩里第一次动手打她之前的事情。

现在，那段记忆终于回到了原位。一切都完整了，仿佛它一直都在等待着她去找寻。

佩里的亲戚结婚那天，佩里曾经和萨克森一同开车回教堂取埃莱妮的手机。回来后，他们一起坐在了圆桌旁，面前摆着一块雪白的上了浆的桌布。每一把椅子背后都系着一个大大的蝴蝶结。耀眼的射灯照耀着红酒酒杯。萨克森和佩里聊起了小时候一起在乡下长大时发生的故事，包括那辆手工做的儿童车，还有萨克森把佩里从一群小混混手中解救出来的故事，以及佩里胆大包天地从鱼和薯条店里的冰柜里偷了一根香蕉冰棒，被身材高大的可怕希腊老板用肥大的手揪着领子提了起来的事情。老板当时问他："你叫什么名字？"佩里回答："萨克森·班克斯。"

希腊老板给萨克森的妈妈打了个电话："你儿子在我的店里偷东西。"可萨克森却回答："我儿子就在我旁边呢。"然后便挂上了电话。

太有意思了。多么厚脸皮的小男孩啊。他们一边喝着香槟一边放肆地大笑了起来。

"根本就不值得一提。"佩里对塞莱斯特说道。

她的耳朵嗡的一下轰鸣起来，仿佛整个人都掉进了深水之中。

珍看着佩里转过头去望向自己的妻子，丝毫没有理会她的意思，甚至都不屑于去回想或是辨认她一下。对他来说，她从没有存在过，也没有给他的生活带来过任何的影响。他娶了一个漂亮的妻子，而珍只不过是色情电影中的女演员，或是他酒店账单中未曾出现过的收费成人片。是的，珍就像是一部可以填满他所有欲望的网络色情影片。你喜欢侮辱胖女孩吗？请掏出你的信用卡，点击这里。

"这就是我为什么要搬到彼利威来的原因。"珍说道，"因为你有可能会住在这里。"

那座透明的玻璃电梯。那间昏暗沉闷的酒店客房。

她想起了自己是如何环视那间客房的——带着一种轻松、惬意的心情——仿佛她能够从房间的品质中看出他的为人，他的身价和他的品味。周围的一切都表明这将是一次欢愉默契的一夜情：桌子上并没有太多的物品，只有一个合着盖的笔记本电脑，角落里还整齐地立着一个旅行袋。电脑的旁边摆放着一张房地产宣传彩页，海景的图片旁写着"出售彼利威半岛豪华海景别墅"的字样。

"你准备买下这座房子吗？"她问道。

"也许吧。"他一边回答一边为她斟着香槟酒。

"你有孩子吗？"她愚蠢而又鲁莽地问了一句，"这看起来是座很适合小孩子住的房子。"她并没有问及妻子的事情。没有婚戒。她并没有在他的手上看到婚戒。

"没有。"他回答，"如果真的有那么一天的话，我倒是希望自己能有孩子。"

她在他的脸上看到了些什么：一种悲伤、绝望而又有些渴望的神情。她据此幼稚地判断自己能够理解那种悲伤神情的深意。他刚刚才经历了一次分手。这还用说吗。他和她一样，都在舔舐着破碎的心灵。他正迫不及待地想要找一个好女人组建一个家庭。在她接过那杯香槟酒，沉醉在他绝望而又充满魅力的微笑中时，她居然还迟钝地幻想了一下自己也有可能会成为那个家庭的女主角。毕竟类似的事情并不少见。

接下来，奇怪的事情就发生了。

在之后的这么多年里，每当她在对话中听到或是在印刷品上看到"彼利威半岛"这几个字，都会发自内心地反胃，然后赶紧转换话题或翻过书页。

然而，有一天，她却突然毫无预兆地做出了截然相反的决定。她告诉瑞吉，准备开车带他到美丽的彼利威半岛海滩上去玩一玩。一路上她都一直在假装自己从未想起过那张房地产宣传彩页上的内容，可是它的样子却一遍又一遍地浮现在了她的脑海中。

在海滩上玩耍的时候，珍看到瑞吉的身后出现了一个手抱冲浪板，满口雪白牙齿的男人。她听到他的妻子喊了一声"萨克森"。

她到底想要什么呢？

报复？威胁？向他显示自己现在变得有多苗条？还是对他拳打脚踢、恶言相向，甚至报警抓他？或是把那些除了愚蠢的"再见"之外的话一股脑全都发泄出来，好让他知道自己并没有逃过一劫？

她想要他见见瑞吉。

她想亲眼看到他惊讶的表情。当他看到瑞吉精致而楚楚可怜的模样时，他必须惊讶。

可是，这并没有什么实际的意义。那不过是她心里的一种愚蠢、离奇、古怪而又错误的欲望——这种欲望有时候会被她刻意忽略，甚至决然隐匿。

因为她根本就不知道该如何实现这如此神奇的"父子相认"计划。

"哦，你好呀！还记得我吗？我有了你的儿子。就是他！不，不，我当然不想和你扯上任何的关系了，不过我想让你在这里站一会儿，看看你这个可爱的儿子。他喜欢南瓜。他一直都很喜欢南瓜！这是不是难以置信？什么样的孩子会喜欢南瓜呢？他有些害羞，但是很勇敢，而且平衡感很好。仅此而已。你是个混蛋，是个变态。我恨你。不过看看你的儿子吧，因为这实在是一件诡异的事，你说是吗？十分钟的堕落竟然能够创造出如此完美的结果。"

她告诉自己，她不过是带着瑞吉到彼利威"一日游"，顺便看到了一座正在招租的公寓，于是才一时性起打算搬到这里。这个借口听上去是如此的真实合理，以至于她自己都信以为真。一个月又一个月过去了，看来萨克森·班克斯根本就不住在这里，但借口早已变成了现实。她已经停止搜寻他的下落了。

那晚向玛德琳坦白自己和萨克森之间的故事时，她根本就没有想到过要把她搬来彼利威的真实目的告诉对方。毕竟这是一个多么荒谬而又尴尬的理由啊。"你想要碰见他？"玛德琳会这样向她提问，并尽最大的努力试图理解她，"你想要见到那个男人？"她该如何解释自己想见又不敢见他的心情呢？不管怎么说，她早就把房地产宣传彩页的事情忘得一干二净了。她就是一时性起才搬到这里来的。

何况萨克森显然并不住在这里。

可如今他出现了。塞莱斯特的丈夫。他肯定是在遇见珍的那段时间里和她结婚的。

"我们怀上双胞胎之前在受孕方面遇到了很多的困难。"一次散步时塞莱斯特曾经告诉过珍。怪不得，听到珍提起孩子时他的表情那样落寞。

清凉的晚风中，珍感觉自己的脸因为羞愧而涨得通红。

"根本就不值得一提。"佩里再一次对塞莱斯特说道。

"但对她来说可是意义重大。"塞莱斯特回答。

他耸了耸肩膀。他不自觉地微微耸了耸肩膀，仿佛是在说："管他呢！"他以为塞莱斯特是在谈论忠诚的问题。他以为自己只不过是被人抓包而已。他以为这和珍没有任何关系。

"我以为你——"

她已经说不出话来了。

她本以为他是善良的。她本以为他只不过是个坏脾气的好人。她本以为他的暴力行径是只属于他们之间的私密行为。她本以为他对别人是无害的。他对女服务员说话时向来语气平和，即便是面对那些笨手笨脚的服务员他也从未红过脸。她本以为她是了解他的。

"我们回家再说吧。"佩里说道，"别当着大家的面丢人现眼了。"

"你都没有看她一眼。"塞莱斯特对他耳语道，"你连看都没有看她一眼。"

说罢她便把杯中剩下的一半香槟鸡尾酒直接泼到了他的脸上。

香槟酒一下子打湿了他的脸庞。

佩里的右手本能而又优雅地抬了起来，看起来就像是一个想要伸手接球的运动员，只不过他什么也没有接到。

他用手背重重地打了塞莱斯特一巴掌。

他的手熟练地在空中划出一道完美而又野蛮的弧线，打中了她的脸颊。她的身体重重地摔在了露台的地板上。

一股怒气冲上了玛德琳的心头。

艾德飞快地站起身来，还不小心踢到了吧台高脚凳。"咳！你在干什么呢！"

玛德琳箭步跑到塞莱斯特的身边跪了下来。"我的上帝，我的上帝，你——"

"我没事。"塞莱斯特回答，她用一只手捂住了脸颊，支撑着从地上坐起身来，"我真的没事。"

玛德琳回头望了望露台上的那一小群人。艾德伸着胳膊站在那里，一只手朝着佩里比了一个停手的姿势，另一只手则挡在了塞莱斯特的身前。

珍的酒杯已经从她的指尖滑落，在她的脚边摔得粉碎。

勒娜塔翻腾着手提包。"我要报警。"她说道，"我现在就要报警。这属于殴打。我看到你殴打了你的妻子。"

内森用手紧紧地拉住邦妮的手肘。可就在玛德琳扫视的同时，邦妮甩开了内森的手，整个人看上去怒火中烧，好似体内有什么东西突然爆炸。

"你以前就经常动手打我。"塞莱斯特对佩里说。

佩里忽视了邦妮，眼睛直勾勾地瞪着手举电话的勒娜塔。"好了，我们不要小题大做了。"他说道。

"这就是你儿子为什么会欺负那些小姑娘的原因。"邦妮开了口，声音格外沙哑，和玛德琳早些时候听到的一样，只不过现在更加清晰。她听上去是那么的……好吧，如果玛德琳的妈妈在场的话，她一定会说邦妮此时就像是在演《小镇风云》一样。它听上去就像是发自一个嗜酒之徒、一杆老烟枪，抑或一个好战之人。能够从邦妮的口中听到这样的怒吼，实在大快人心。"因为他看见了你的所作所为。你的儿子曾经看到过，是不是？"

佩里吐了一口气。"你看，我并不知道你在影射些什么。我的两个孩子从没有'看到过'任何事情。"

"你的孩子看到过！"邦妮尖叫起来，一张脸因为愤怒而扭曲起来，"我们看见了！我们全都看见了！"

她推了他一把，两只手直直地伸向了他的胸膛。

他跌落了下去。

佩里 //

如果佩里的个子能再矮上那么几英寸。

如果露台的栏杆能再高上那么几英寸。

如果吧台高脚凳能够向另一个角度再倾斜一点点。

如果那天没有下雨。

如果大家没有喝酒。

事后，玛德琳不停地回想着所有可能改变事情发展方向的可能性。

可是，不该发生的还是发生了。

当邦妮朝着佩里尖叫的时候，塞莱斯特看清了佩里脸上每个一闪而过的表情。那是她对他发脾气时佩里会有的表情，不是激怒而是被逗乐。他喜欢女人朝她发火。他喜欢对方有所回应。他觉得那很可爱。

她看到他伸出手来试图抓住湿滑的栏杆。

她看到他翻了下去，两条腿高高地举了起来，和在床上与双胞胎嬉戏时的动作一模一样。

然后他便不声不响地掉了下去。

他原本坐着的地方一下子就空了。

一切都发生得太快了。珍脑子里一片混沌。正当她想要试着整理一下思绪的时候，大厅里突然传来了一阵骚动：尖叫声、撞击声、打斗声。

"万能的上帝呀。"艾德俯身趴在阳台的栏杆前，两只手紧紧地抓着露台的边缘向下望着，身后的金色猫王斗篷硬邦邦地撑在了他的背后，看上去就像是一对搞笑的小翅膀。

邦妮已经瘫坐在地，身体蜷缩成了一个球形，两只手死命地扒在后脑上，好像是在等待炸弹的爆炸声。

"不，不，不，不。"内森激动地迈着小碎步，在他妻子的身边来回跳着，一会儿弯下腰去抚摸她的背，一会儿又直起身来用两只手按着自己的太阳穴。

艾德转过身来。"我去看看他还有没有——"

"艾德！"勒娜塔喊了一句，手中的手机滑落到了一旁。露台上的灯光恰好反射到了她的眼镜上。

"打电话叫救护车！"艾德怒吼道。

"对。"勒娜塔附和道，"我在打。我会打的。可是，呃……我没看见到底发生了什么。我没看见他掉下去啊。"

玛德琳仍跪坐在塞莱斯特的身旁。珍发现她的目光越过了艾德，直直地落在了她前夫的身上。由于刚刚戴过假发的原因，内森的头发全都湿透了，黏糊糊地粘在了前额上。他用一种烦躁而又恳求的眼神看着玛德琳。玛德琳低头望了望塞莱斯特，发现她正像一个精神分裂者一般盯着佩里曾经坐过的地方。

"我也什么都没有看到。"玛德琳说道。

"玛德琳。"艾德愤怒地拽了拽自己的道具服，仿佛很想把它们给扯下来，以至于手心上沾满了金色的亮片，"别——"

"我刚才在看另一个方向。"玛德琳重申道，声音变得更加坚定了。她站起身来，将小巧的手包放在了胸前，挺直后背，高抬着下巴，像是正打算走回礼堂似的，"我正在看里面呢。这里的事情我什么也没看见。"

珍清了清嗓子。

她想起了萨克森——也就是佩里——刚刚说过的那句话："根本就不值一提。"她又看了看蜷缩在翻倒了的吧台高脚凳旁的邦妮，胸中的怒火一下子熄灭了，进而凝固成了某种强大而又不可动摇的东西。

"我也是。"她开口说道，"我也什么都没有看见。"

"别闹了。"艾德看了看她，又看了看玛德琳，"你们全都别闹了。"

塞莱斯特抓住了玛德琳的手，优雅地从地上爬了起来。她拽了拽裙子，用一只手捂住了被佩里打过的那半边脸，然后也看了看蜷缩在地上的邦妮。

"我什么也没看见。"她的声音听上去是那么自然。

"塞莱斯特。"艾德的脸因为恐惧而皱成了一团。他用手按了按太阳穴，手心里的金色亮片顺势沾到了他的额头上。

塞莱斯特走到露台的边缘，两只手握住栏杆，然后回过头来看了看勒娜塔。"你现在可以打电话叫救护车了。"

说罢，她开始放声尖叫。

伪装了这么多年以后，这点戏码对于塞莱斯特来说简直是易如反掌。她俨然成了一个出色的演员。

紧接着，她想到了双胞胎。她以后再也不用伪装自己了。

斯图：到了这个阶段，事情已经完全失去了控制。两个家伙为了一个法国小妞大打出手。后来，一个小矮个开始对我破口大骂，因为我说他的妻子不是什么善茬。我的意思是，老天爷呀，这只不过是一种比喻嘛。

西娅：没错，有关标准化测试的争论的确一发不可收拾。我有四个孩子呢，自然在这方面有一定的权威。

哈珀：西娅喊叫起来就像是个泼妇。

乔纳森：我和几个四年级学生的家长争论着那封该死的请愿书的合法性与道德性。有人提高了嗓门，也有人推搡起了周围的人。其实我对自己的行为并没有感到很骄傲。

杰基：这上市公司收购的破事真是没完没了。

加布里埃尔：从现在开始，我要考虑一下做一个食人族了。卡罗尔看上去很美味。

卡罗尔：我正在清理厨房，突然就听到了非常可怕，毛骨悚然的尖叫声。

萨曼莎：艾德朝着楼梯处跑去，嘴里还喊着佩里·怀特摔下了露台之类的话。我转过头去，看到两个五年级学生的父亲朝着敞开的大门冲了出去。

"这里出了一场事故。"勒娜塔对着电话说道。她的另一只手正堵着耳朵，好让自己能在塞莱斯特放声尖叫的同时听到电话另一头的接线员的声音。"有人掉下去了，从露台上。"

"是他吗？"玛德琳拉住了珍的手臂，把她拽到了自己的身边，"佩里就是——"

珍凝视着玛德琳唇上那两道完美的粉红色唇峰。"你觉得他——"

珍根本就没有来得及说完自己的话，因为她的身边突然出现了两个纠缠在一起、身穿白色绸缎套装的猫王。他们的双臂紧紧地绞在彼此的背后，好像是在热情地拥抱着彼此。紧接着，他们便朝着珍和玛德琳的方向重重地甩了过来，把她们撞向了相反的方向。

珍在侧着倒地的过程中本能地伸出了一只手保护自己，结果却听到肩膀处传来了清脆的碎裂声。

露台的瓷砖湿乎乎地贴在了珍的脸颊上。塞莱斯特的尖叫声中似乎还掺杂着远处传来的警笛声和邦妮微弱的啜泣声。珍能够感觉到嘴里正蔓延着一股血腥味。她闭上了眼睛。

哦，糟糕了。

邦妮：露台上的人打成了一片，害得可怜的玛德琳和珍也受了重伤。我并没有看到佩里·怀特从露台上掉下去。我……失陪一会儿，好吧，萨拉？等等，你是叫萨拉吗？不是苏珊。我有点放空了。抱歉，萨拉，萨拉，多好听的名字呀。我想它的意思应该是"公主"吧。听着，萨拉，我现在得去接我的女儿了。

刑侦警长阿德里安·昆兰：我们正在查看所有可用的监控录像片段以及当晚拍摄的照片和手机录像影片。证据集齐后将被送往刑侦部门进行检验。目前，我们正在对参与活动的132名家长进行盘问。

放心吧，我们肯定会查明这起事件的前因后果，并给责任人合理合法的惩罚。

Big

小 谎 言

Little Lies

校园益智
问答夜 / **活动结束后的早晨**

● 秘密一旦出口，谎言就再无法避免。

玛德琳 //

"我做不到。"艾德轻声说道。此时,他正坐在玛德琳病床旁的一把椅子上。这是一间私人病房,但艾德还是忍不住紧张地东张西望,看上去就像晕船了一样。

"我没有要求你做任何事情。"玛德琳回答,"如果你想要把事情说出来,那就尽管吧。"

"把事情说出来?看在上帝的分上。"艾德翻了个白眼,"这又不是找老师告状!这是犯法。这是撒谎——你还好吗?哪里疼?"

玛德琳闭上了眼睛,脸上的肌肉抽搐了一下。她的脚踝骨折了。一切都发生在那两个五年级学生的父亲朝着她们撞过来的一瞬间。起初她以为自己是不会摔倒的。然而,站在湿滑的露台地板上,她的一只脚绊倒了自己的另一只脚,于是便像踱着舞步似的滑倒在了地面上。骨折的是她另一只脚踝,不是上一次扭伤的那一只。

在昨晚混乱不堪的露台上,她忍着剧痛在湿冷的地板上躺着,耳边充斥着塞莱斯特永无止境的哀号声、邦妮的啜泣声和内森的咒骂声。珍满脸是血地侧躺在地板上，而勒娜塔则冲着两个扭打在一起的父亲怒吼着："看在上帝的分上，你们能不能成熟一点！"

按照计划，今天下午，玛德琳将要接受一个手术。在之后的四至六周里，她的腿上都必须打着石膏，最后还要接受物理治疗。这说明她要等上好长的时间才能再一次穿上自己的细高跟鞋了。

不过，她并不是唯一一个被送到医院里来的人。据玛德琳所知，益智问答夜的事故最终导致了一人脚踝骨折（自然是玛德琳），一人锁骨骨折（可怜的珍），一人鼻骨骨折（勒娜塔的丈夫——杰夫，对于他来说，这点小伤未免也太便宜他了），三人肋骨骨折（原来哈珀的丈夫格雷姆也和那个法国保姆有染），三人眼眶被打伤，两人需要缝针，还有九十四个人头痛欲裂。

一人死亡。

发生在昨夜的血腥场面在玛德琳的脑海里一遍遍地回放着，挥之不去。抹着鲜红色口红的珍站在佩里的面前说道："你说你的名字叫做萨克森·班克斯。"起初，玛德琳本以为是珍将这两个男人搞混了，因为佩里和自己的表兄一定长得很像，直到佩里说出了那一句："根本就不值得一提。"还有塞莱斯特被佩里一巴掌击中后的表情。她看上去一点儿也不感觉惊讶，只是有些尴尬而已。

玛德琳是多么迟钝而又自私的一个朋友呀，居然连这点迹象都没有看出来？就算是塞莱斯特没有顶着大大的黑眼圈或是裂开的嘴唇四处晃悠，她也不应该什么都察觉不到呀。塞莱斯特有没有曾经试图朝她吐露过这个秘密？她说不定粗鲁地打断了对方的话呢！艾德就总是在这一点上提醒她。"让我说完。"他会举起一只手示意她。只不过是短短的一句话而已。佩里打我。可玛德琳却从没有给自己的朋友腾出过三秒钟的时间来说出这句话。相反，塞莱斯特却耐心地听完了玛德琳所有漫无边际的抱怨，包括她是如何憎恨那个"七岁以下年龄组协调员"以及自己对于艾比盖尔和内森之间感情的种种不满。

"她今天给我们送来了一份素菜千层面。"艾德开口说道。

"谁？"玛德琳问道。悔恨的滋味让她感觉很反胃。

"邦妮！看在上帝的分上，邦妮，那个我们正在努力保护的女人。说起来也奇怪，她看上去很正常，好像什么事都没有发生过似的。她应该是彻底疯了，一整个早晨都在跟一个'名叫萨拉的亲切记者'聊天。天知道她都说了些什么。"

"这是一次意外。"玛德琳说。

她记起了邦妮对着佩里吼叫时那张因为愤怒而扭曲的脸，还有她那罕见的发自肺腑的咆哮声。我们看见了，我们全都看见了。

"我知道这是一次意外。"艾德回答，"那我们为什么不把实情说出来，告诉警方现场到底发生了什么？我不明白。你不是根本就不喜欢她吗？"

"那和这件事情无关。"玛德琳说。

"都是勒娜塔的错。"艾德继续说，"紧接着所有人都跑来添乱。我没有看见。我也没有看见。我们甚至都不知道佩里是死是活，就先计划好了如何掩盖事实！我的意思是，天哪，勒娜塔是不是连邦妮是谁都不清楚？"

玛德琳觉得自己能够理解勒娜塔为什么会那么说。佩里欺骗了塞莱斯特，就像杰夫欺骗了她一样。当佩里说出那一句"根本就不值得一提"时，玛德琳从勒娜塔的脸上看见了一种出离的愤怒。当时的勒娜塔恨不得自己亲手把佩里推下露台呢，只不过被邦妮占了先机。

若不是勒娜塔先说了一句"我没看见他掉下去"的话，玛德琳的脑子可能也没有那么快就想到邦妮可能面临的后果。勒娜塔的话刚一出口，玛德琳便马上想起了邦妮的女儿——那个总是忽闪着眼睫毛，羞涩地躲在妈妈裙子后面的瘦弱小女孩。斯凯才是所有人中最需要妈妈的孩子。

"邦妮还有个小女儿要照顾。"玛德琳说。

"佩里还有两个双胞胎儿子呢——那又怎么样？"艾德反驳道。他呆呆地望着玛德琳病床上的一个角落，脸色在刺眼灯光的照射下显得格外的憔悴。她仿佛现在就能够看到他衰老后的模样。"我只是不知道自己能不能背负着这个秘密生活下去，玛德琳。"

艾德是第一个冲到佩里身边的人，也是第一个看到那个几分钟前还在和他谈笑风生聊着高尔夫障碍赛的男人是怎样变成了一具破碎、扭曲的尸体的人。玛德琳知道，要求他保守秘密太难为他了。

"佩里不是什么好人。"玛德琳安慰他，"他就是那个伤害了珍的男人。你还不明白吗？他就是瑞吉的父亲。"

"这些都不重要。"艾德回答。

"你自己决定吧。"玛德琳说。艾德是对的。他当然是对的。他永远都是对的。可有时候错误的事情往往才是正确的选择。

"你觉得她是故意要杀他的吗？"玛德琳开口问道。

"不是。"艾德回答，"可那又怎么样？我既不是法官也不是陪审团，没有权利去——"

"那你觉得她还会再犯同样的错误吗？你觉得她对社会有害吗？"

"不，可是——那又怎么样呢？"他认认真真地怒瞪了她一眼，"我觉得自己是无法在警方调查的过程中撒谎的。"

"你不是已经撒过谎了吗？"她知道他在赶到医院之前已经简短地向警察描述了昨晚发生的事情。当时她正躺在学校接送点处停放的一辆救护车中。

"那不是正式的。"艾德回答,"某个警官随便写下了几行笔记,我说——上帝,我都不知道自己说了些什么。我喝醉了。我并没有提到邦妮,这一点我不确定。不过我已经同意今天下午一点钟到警察局里做一份正式的目击笔录。他们会给我录音的,玛德琳。在我撒谎的时候,两位警官会坐在我的正对面看着我,并让我在宣誓书上签字,这会害我变成从犯——"

"嘿,你们好。"内森手捧着一大束鲜花信步走进了玛德琳的病房,脸上还挂着明星般的灿烂笑容,看上去就像是一个走上了舞台的励志演讲家。

艾德吓了一跳。"我的老天爷呀,内森,你吓得我命都没了。"

"抱歉,兄弟。"内森说道,"你好些了吗,玛迪?"

"我很好。"玛德琳回答。当你的丈夫和前夫并肩站在一起看着你躺在床上的时候,这种感觉真的是让人浑身不自在。实在太诡异了。她只希望他们两个都快点儿从眼前消失。

"这是送给你的!可怜的姑娘!"内森把花束放在了她的大腿上,"我听说你可能好长一段时间都离不开拐杖了。"

"是呀,没错——"

"艾比盖尔说了,她准备搬回家来照顾你。"

"哦。"玛德琳惊呼了一句,"哦。"她用指尖拨弄了一下粉红色的花瓣。"好吧,我会找她谈谈的。我没事,不需要她过来照顾我。"

"不用了。我觉得她只不过是想要找个借口搬回家里而已。"内森说道,"她这是在找借口。"

玛德琳和艾德对视了一下。艾德耸了耸肩膀。

"我总是觉得她终有一天会卸下防备的。"内森继续说道,"她想念自己的妈妈。我们并不是她真实生活中的一部分。"

"嗯。"

"好了，我得走了。"艾德说。

"兄弟，你能不能再多待一会儿？"内森问道。他脸上那副灿烂的笑容已经消失得无影无踪，看上去就像是车祸中应该负全责的倒霉车主。"我不介意和你们两个稍微聊一聊——嗯，聊一聊昨晚发生的事情。"

艾德露出了痛苦的表情，不过还是从旁边拉过了一张椅子摆在了自己的身边，并示意内森坐下。

"哦，谢谢。谢谢你，兄弟。"内森坐下的时候脸上似乎挂着既感恩又哀怨的表情。

紧接着是一段长久的沉默。

艾德清了清嗓子。

"邦妮的父亲是个很暴力的人。"内森毫无预兆地开口讲道，"非常暴力。有关他的'暴力事迹'，我听到的并不多。不是针对邦妮，而是针对邦妮的妈妈。可是邦妮和她的妹妹目睹了一切。可以说她们的童年过得十分艰苦。"

"我不确定我应该——"艾德说道。

"我从没有见过她的父亲。"内森继续说，"他在我遇见邦妮之前就因为心脏病发作去世了。总之，一位精神病医生曾经确诊邦妮患有创伤后压力综合征。虽然她大多数时候看上去都很正常，但常常会做噩梦，有时候也会遇到不少的，呃，困难。"

他望着玛德琳身后的那堵墙陷入了沉思。玛德琳这才意识到他的复杂婚姻中原来还隐藏着这么多的秘密。

"你不必告诉我们这些的。"玛德琳说。

"她是个好人，玛迪。"内森绝望地说道。他并没有看艾德，两只眼睛紧紧地盯着玛德琳，似乎是想要唤起两人的过往回忆和曾经的感情。即便他曾经抛弃了她，也依旧希望她能够不计前嫌，只保留彼此之间最甜蜜的回忆，以及那些醒来时会朝着彼此傻笑的日子。玛德琳知道他所要求的有些疯狂。他这是在请求当年只有二十岁的玛德琳帮他一个忙。

"她是个好妈妈。"内森说，"最好的妈妈。还有，我可以向你保证，她根本就不是故意要把佩里推下去的。我觉得她只不过是在看到佩里动手打塞莱斯特的时候……"

"爆发了。"玛德琳替他补充道。她也看到了佩里当时是如何优雅而又熟练地挥起手臂的。她听到了邦妮发自肺腑的怒吼，这不禁让她明白了世界上原来还有这么多不同层次的邪恶。她曾经说过的那些恶言恶语以及不邀请某个孩子参加聚会都算是"小恶"。抛弃刚刚生完孩子的妻子以及和孩子的保姆通奸则算是"大恶"。除此之外，还有很多种"恶"是玛德琳从未经历过的，比如发生在酒店客房里的恶行、郊区住宅中的暴力行径以及被人像商品一样出售的无辜少女。

"我知道你不欠我任何东西。"内森说，"因为我在艾比盖尔刚出生时的所作所为显然是不可原谅的——"

"内森。"玛德琳打断了他的话。这简直是太疯狂了，根本就不着边际。虽然她选择了永远都不原谅他，他也会在她的后半生锲而不舍地给她添乱，但他终有一天还是会牵着艾比盖尔的手走上婚礼的殿堂，任由玛德琳在一旁恨得牙根痒痒。因为他是自己的家人。他的名字永远都会出现在自己的家谱树上。

她该如何向艾德解释，尽管她一点儿也不喜欢邦妮，甚至无法理解她的所作所为，但她还是准备要为她撒谎，就像她会无怨无悔地为了艾德、孩子们还有自己的妈妈去撒谎一样呢。这话说出来虽然有些令人难以置信，但是邦妮也是这个大家庭中的一分子。

"我们不会向警方透露任何一句话的。"玛德琳说，"我们不知道到底发生了什么。我们什么也没看见。"

艾德突然站起身来，身下的椅子发出了刺耳的摩擦声。他头也不回地走出了病房。

刑侦警长阿德里安·昆兰：对于露台上发生的事情，有人没有说实话。

珍 //

办事的警官看上去像是个喜欢足球的年轻父亲，人很和善，但是疲惫的蓝眼睛里却散发着冷静而又敏锐的光芒。他坐在珍的病床旁边，手中的笔尖下垫着黄色的记事手册。

"让我把这个搞清楚。你站在露台上，眼睛却望向了礼堂的方向？"

"是的。"珍回答，"礼堂里十分嘈杂。好多人都在乱扔东西。"

"后来你才听到了塞莱斯特·怀特的尖叫声？"

"我觉得是这样的。"珍解释道，"实在是太混乱了。所有的事情都乱成了一锅粥。都是那些鸡尾酒的错。"

"是呀。"警官叹了一口气，"我听不少人都提起过那些鸡尾酒。"

"大家都喝醉了。"珍说。

"当时你站在佩里·怀特的什么方位？"

"呃，我记得是他身旁侧面一点的位置吧。"就在不久之前，护士已经通知了她，说即将有人送她去接受 X 光检查。她的父母也正带着瑞吉向医院赶来。她望着病房的门口，希望此刻能够有人——任何人都行——进来帮她摆脱这段对话。

"你和佩里是什么关系？是朋友吗？"

珍回想起了他脱下假发变回"萨克森·班克斯"时的画面。她永远都没有机会告诉他，他有个名叫瑞吉且十分喜欢南瓜的儿子。她永远都没有机会听到一句抱歉了。这就是她追到彼利威来的目的吗？因为她希望对方能够忏悔？她居然真的以为自己会得到对方的忏悔？

她闭上了眼睛。"我们是今晚才第一次见面的，刚刚经由别人的介绍认识彼此。"

"我觉得你在撒谎。"那位警官说着放下了手中的记事手册。听到他突然转换了语气，珍退缩了一下。他的声音隐藏着一种无情的力量，就像一把猛烈挥舞着的沉重铁锤。"你是不是在撒谎？"

塞莱斯特 //

"有人想要见你。"塞莱斯特的妈妈说。

坐在沙发上的塞莱斯特抬起头来。双胞胎正一左一右地坐在她的身旁看卡通片。她并不想挪动，因为两个孩子柔软而又温暖的身体正好倚靠在她的身上。

她并不知道孩子们是怎么看待此事的。当她把佩里的噩耗告诉他们时，他们号啕大哭了一通。可她并不知道这眼泪的来源是不是因为佩里答应第二天早上带他们去岩池附近钓鱼的计划泡汤了。

"爸爸为什么不飞？"乔希小声地问道，"在他掉下露台的时候，他为什么不飞？"

"我就知道他不会飞。"麦克斯悻悻地搭了一句，"我知道那是他瞎编出来的。"

她怀疑，两个孩子的小脑袋里也许和她一样空白而又震惊。那色彩艳丽的卡通角色则是此刻唯一帮助他们找回真实感的东西。

"是不是又来了一个记者？"她问道。

"她叫邦妮。"她的妈妈回答，"她说她是学校里的另一位妈妈，想要简短地和你说一些很重要的事情。她还带来了这个。"说罢，她举起了一个饭盒，"她说这是素菜千层面。"

塞莱斯特站起身来，轻轻地推开了两个孩子，让他们各自坐到了沙发的两头。他们嘟囔着抗议了两声，却没有把视线从电视上移开。

邦妮已经在客厅里等待了。她站得笔直，面朝着大海的方向，一条长长的金色麻花辫垂在了因为长期练习瑜伽而挺得笔直的背上。塞莱斯特站在门口看了她一会儿。这就是那个应该为她丈夫的死负责的女人。

塞莱斯特缓缓地转过身来，脸上露出了惨淡的笑容。

你真的无法想象这个温和平静、皮肤泛着光泽的女人竟然能够尖叫着喊出"我们看到了！我们全都看到了！"这样的话来。你甚至不能想象她的嘴里会蹦出任何一个脏字。

"谢谢你带来的千层面。"塞莱斯特发自内心地说了一句。她知道家里不久便会挤满前来悼念佩里的亲友。

"哦，那至少是——"一丝单纯的愤怒表情从她平静的脸上一闪而过，留下了一个扭曲的影子，"'对不起'这个词显然是无法弥补我的所作所为的，但我必须要亲自过来和你说上一句。"

"这是一个意外。"塞莱斯特淡淡地回应道，"你并不是有意要把他推下去的。"

"你的两个儿子。"邦妮问，"他们怎么样……"

"我觉得他们还不能了解到底发生了什么。"

"是呀。"邦妮回答，"这太难了。"她缓慢地长吐了一口气，仿佛正在练习瑜伽的吐纳方法。

"我现在就要去警察局自首了。"邦妮说道，"我会把一切都说清楚的，告诉他们到底发生了什么。你不必替我撒谎。"

"我已经告诉他们，自己昨晚什么也没有看见——"

邦妮举起了一只手。"他们还会回来做一份正式的目击者笔录的。这一次你只需要实话实说就好。"

她又缓慢地长长吐了一口气。"我本来也打算撒谎的。你知道的，我是个撒谎老手。在我成长的过程中，我无时无刻不在撒谎。对警察，对社工，我不得不背负着许多沉重的秘密生活。今天早上，我甚至让一个记者采访了我。我觉得自己没事，可是……我也不知道。我去我妈妈那里打算接回女儿。当我走进前门的时候，突然想起了最后一次看到父亲殴打妈妈时的场景。那时候我已经是个二十岁的成年人了。在我回家探亲的时候，这一幕就发生了。我妈妈做错了些什么，具体的我已经不记得了。她好像没有在他的盘子里放足番茄酱，还错误地一笑而过。"邦妮直勾勾地盯着塞莱斯特的眼睛，"你明白的。"

"我明白。"塞莱斯特用嘶哑的声音回答着，同时伸出一只手摸了摸佩里曾经把她按倒的那个沙发角落。

"你知道我当时做了些什么吗？我跑回了自己原来的卧室里，躲在了床底下。"邦妮令人不可置信地苦笑了一下，"因为那是我和妹妹常有的反应。我连想都没想就跑掉了。我趴在地板上，心脏狂跳，眼睛紧紧地盯着那张陈旧的绿色长绒地毯，等待着风暴过去。就在这时，我突然想到，我到底在做什么呀？一个成年女子居然会躲在自己的床下。于是我爬了出来，打电话报了警。"

邦妮把辫子从肩膀上拽了过来，重新调整了一下发尾上的橡皮筋。"我不要再躲在床下了，也不要再保守秘密了，更不需要任何人为我保密。"

说罢，她将辫子甩回了身后。"总之，真相一定会被公之于众的。玛德琳和勒娜塔也许还可以对警方撒谎，但艾德是绝不会低头的。珍也一样。还有我那个可怜的无可救药的丈夫，内森是最不会撒谎的。"

"我愿意为你撒谎。"塞莱斯特回答，"我很会撒谎。"

"我知道。"邦妮的眼神明亮了起来，"我想这可能还是你的强项呢。"她向前迈了一步，将一只手搭在了塞莱斯特的手臂上，"不过你以后不用再为任何人撒谎了。"

玛德琳 //

邦妮打算说出实情。

这是塞莱斯特发来的一条短信。

玛德琳摸索着拿起了电话，拨通了艾德的号码。忽然之间，她婚姻的未来就取决于她是否能够在艾德走进警局之前打电话联系到他。

电话铃声响啊响啊。也许一切都已经太晚了。

"什么事？"他的声音听上去简单而粗暴。

一种解脱的感觉充溢了她的全身。"你在哪儿？"

"我刚刚停好车，正准备到警察局。"

"邦妮打算自首。"玛德琳告诉他，"你不必为她撒谎了。"

电话的另一头一片寂静。

"艾德，"她问道，"你听到我说的话了吗？你可以把自己看到的一五一十全都说出来。你可以实话实说了。"

他听上去似乎正在哭泣。他可是从来都不会哭的。

"你本来就不应该要求我那么做的。"他凶巴巴地吼道，"这对我来说实在是太过分了。全都是为了他。你竟然会为了自己该死的前夫要求我做这么过分的事情。"

"我知道。"玛德琳也哭着回答，"对不起。真的很对不起。"

"我本来已经打算按照你说的去做了。"

不，你不会的，我亲爱的。她一边用手背拭去脸上的眼泪，一边在心里想着。不，你不会的。

亲爱的瑞吉：

我不知道你还记不记得，去年的幼儿园迎新日那天，我对你不是很友善。我本以为你伤害了我的女儿，但我现在知道那不是真的。我希望你能够原谅我，也希望你的妈妈能够原谅我。我在你们两个的面前表现很差。对不起。

在我们搬去伦敦之前，阿玛贝拉准备举办一个欢送派对。如果你能够作为特邀嘉宾出席派对，我们将感到非常的荣幸。派对的主题是"星际大战"。阿玛贝拉让我告诉你，记得带上你的激光剑。

你诚挚的

勒娜塔·克雷恩

（阿玛贝拉的妈妈）

Big Little Lies

小 谎 言

**校园益智
问答夜 ╱ 活动四周之后**

● 破碎了的，不过是另一种圆满的开始。

珍 //

"她有没有试图找你谈过话？"珍问汤姆，"那个到处采访的记者？"

这是一个晴朗而又清新的冬日，天气不错，时针刚刚划过十点钟。一个女人正坐在窗户旁边，一只耳朵里塞着一个耳机，皱着眉头把录音笔里的内容转录到自己的笔记本电脑里。

"萨拉？"汤姆回答，"嗯，我刚刚送了她一个免费的玛芬蛋糕，顺便告诉我无话可说。我希望她能够在她的报道里提到玛芬蛋糕的事情。"

"从益智问答夜后的那个早晨起，她就在四处采访。"珍说，"艾德觉得她打算以此为题材写一本书。显然，就连邦妮在受审前也接受了她的采访，她手里肯定积累了不少素材。"

汤姆朝着记者挥了挥手，她也举起了手中的咖啡向他致意。

"我们走。"汤姆说。

他们准备带上些三明治到海岬那里去早点儿享受午餐。由于锁骨骨折的原因，珍昨天才拆掉石膏。医生告诉她，她现在可以开始做一些简单的锻炼了。

"你确定麦吉能照顾好店面？"珍问道。她指的是汤姆店里唯一的那个兼职员工。

"当然了。她泡的咖啡比我泡的还要好喝。"汤姆回答。

"不，不可能。"珍一脸忠诚地说。

他们走上了台阶，来到了珍和塞莱斯特经常在送完孩子后一起出发去散步的集合地。她回想着塞莱斯特因为迟到而慌慌张张地向她跑来的画面，完全没有在意一个为了多看她一眼而差点撞到树上的中年女子。

自从葬礼结束后，她就再没有见到过塞莱斯特。

那场葬礼中最令人心碎的主角莫过于那对双胞胎。他们金色的头发被梳到了一边，身上穿着笔挺的白色礼服衬衫和小黑西裤，脸上有着与他们年龄不相配的严肃表情。麦克斯还亲手给父亲写了一封信，并把它放在了棺材的顶上。几个歪七扭八的字母拼成了"DAD"这个词，旁边还画上了两个人物的线条画。

为了支援幼儿园学生的家长，校方发送了一封电子邮件，其中引用了多名心理学家书写的文章链接，主题都是"我是否应该带着我的孩子出席葬礼"。

那些不允许孩子参加葬礼的人大概都在心里暗暗希望出席了葬礼的孩子会噩梦连连、被死亡的无情吓到，或是至少影响他们未来的考试成绩。相反，另一拨父母却希望孩子能够从中学习到有关生命轮回的宝贵一课，并了解自己应该在朋友最需要的时候向他们伸出援手，减少他们在进入青少年阶段之后选择自杀或是沉溺于毒品之中的可能性。

珍没有阻止瑞吉去参加这场葬礼。这不仅仅是因为他自己想去，也是因为这是他父亲的葬礼——虽然他对此并不知情。他从此便再也没有机会参加自己父亲的葬礼了。

她有一天会不会向他坦白事情的真相呢？你记不记得自己小时候参加过的第一场葬礼？他也许会试图从中找出一些意义。在过去的五年中，她一直都在努力地从那次酒后乱性的意外之中寻找一些意义。最终，她失败了。

教堂里挤满了因为佩里悲痛欲绝的家人。佩里的妹妹（那是瑞吉的姑姑，坐在教堂最后面的珍在心里想着。她的身边全都是和佩里较为生疏的家长）还制作了一小段电影，回顾了佩里的一生。

那是一段制作水平相当专业的影片，质感和真实的电影相差无几，看过的人都以为佩里的人生是那样的鲜活丰富，仿佛在座的任何人都无法与之匹敌。影片中夹杂着一些画质清晰的照片。照片中的佩里从一个胖乎乎的金发小宝宝成长为一个圆胖的小男孩，然后又突然出落成了一个帅气的小伙子。他穿着帅气的西装，亲吻了自己美丽的新娘，不久便抱上了一对可爱的双胞胎儿子，成为一个骄傲的新手爸爸。影片中还加入了他和双胞胎一起说唱跳舞、吹生日蜡烛的片段，以及他把两个孩子夹在两腿中间滑雪的画面。

影片的配乐既悠扬又煽情，就连那些不太认识佩里的家长都哭得难以克制。一个男人还情不自禁地鼓起掌来。

葬礼结束之后，珍一直不断地想起那段影片。从镜头上看，佩里是一个好人，一个好丈夫，一个好父亲。相比之下，那段发生在酒店客房以及露台上的记忆——随意的暴力镜头，他对塞莱斯特所说的那些话——似乎都是不经推敲的无稽之谈。那个膝上坐着两个儿子、慢动作般朝着镜头外的某个人微笑的男人是不太可能做出这种事情来的。

强迫自己去回忆佩里到底是个什么样的人似乎既无益又迂腐，甚至充满了恶意。她还是应该记住那些美好的电影片段。

在葬礼上，珍没有看到塞莱斯特流一滴眼泪。她的脸涨得通红，却并没有哭出来。她看上去咬紧了牙关，好像是在等待着释放什么东西，或是正在忍受着剧痛。她唯一真情流露的时刻便是站在教堂外安抚着一个因为悲痛而难过得走不动路的高个子帅哥。

当塞莱斯特伸手扶着对方的手臂时，珍仿佛听到她叫了一声："哦，萨克森。"不过这也许都是她幻想出来的。

"你打算和她聊聊吗？"当她和汤姆走上最后一级台阶后，汤姆开口问道。

"你说塞莱斯特吗？"珍问道。她们已经很久都没有说过话了。塞莱斯特的妈妈一直都陪在她的身边，帮她照看着两个孩子。珍也知道，佩里家人的到访肯定会占据她不少的时间。珍感觉自己可能永远都不会再和塞莱斯特谈起佩里的事情了。从某种意义上来讲，这个话题实在是有太多的内容可以去说；从另一种意义上来讲，却又无话可说。玛德琳告诉她，塞莱斯特打算搬去麦克马洪角的一座公寓。这座漂亮的大房子很快就要易主了。

"不是塞莱斯特，"汤姆怪怪地看了她一眼，"我说的是那个记者。"

"哦，"珍回答，"上帝呀，不，不，我不打算和她说话。艾德说我若是接到她的电话，就应该坚定而又礼貌地告诉她：'不，谢谢你。'然后就飞快地挂上电话——就像你应付电话推销员一样。他还说，人们总是莫名其妙地以为自己有责任和记者说实话。可实际情况并不是这样。他们又不是警察。"

她一点儿也不想和记者打交道。她的心里背负了太多的秘密，光是回想起警察在她病床旁进行的那次询问就已经让她感觉无法呼吸了。感谢上帝，幸亏邦妮决定去自首了。

"你感觉还好吗？"汤姆停下了脚步，将手放在了她的手臂上，"我是不是走得太快了？"

"我没事。只不过是有点儿没力气罢了。"

"我们会找回那个生龙活虎的你的。"

她用指尖轻轻地弹了一下他的胸口。"闭嘴。"

他笑了。她看不清他的眼神，因为他戴着墨镜。

他们现在到底算什么？比兄妹还要亲密的朋友，还是心知肚明彼此都不可能再向前跨上一步的暧昧男女？老实说，她真的分不清楚。他们在校园益智问答夜那一晚迸发出来的火花就像是一朵需要精心呵护的美丽花朵，或者至少也值得以紧靠在校园停车场围墙上的温柔一吻收尾。可事情就这样发生了。他们爱情的幼苗被一只巨大的黑色皮靴重重地踩了一脚：死亡、鲜血、警察、破碎的骨头还有她从未向他坦白过的有关瑞吉父亲的真相。如今，他们已经不可能再回到当初的轨道上了，暧昧的节奏从此慢了一拍。

上周，他们像约会一样出去看了电影，吃了晚餐。那种感觉很舒服，很惬意。自从她开始在蓝色布鲁斯里办公以后，他们便成了无话不谈的好朋友。可什么也没有发生过，他们就像是两个触不到的恋人。

看起来，汤姆和珍注定只能够做朋友了。这也许会令人感到有些失望，却并不至于让人心碎。朋友是一辈子的，相比恋爱来说，这才是更加超值的感情。

今天早上，她又收到了安娜的表兄发来的短信，问她愿不愿意出来喝上一杯。她回复了一句"好呀，当然愿意"。

他们走到了公园的一张长椅旁。长椅上挂着一块献给"喜爱在海岬边散步的维克多·伯格"的小牌子，上面还刻着这样一句话："那些我们挚爱的人从未走远，他们每天都坐在我们身边。"这不禁让珍想起了外祖父，那个和维克多同年出生的人。

"瑞吉怎么样？"两人坐下后，汤姆一边打开三明治的包装纸一边问道。

"他很好。"珍望了望面前一望无际的蓝色海面回答，"非常好。"

瑞吉和一个刚刚在新加坡生活了两年，最近才搬回澳大利亚的孩子卢卡斯成了形影不离的好朋友。卢卡斯的父母是一对四十岁出头的夫妇，他们还邀请了珍和瑞吉到家里去吃晚饭，甚至想要将珍和卢卡斯的叔叔撮合在一起。

汤姆突然把一只手放在了珍的胳膊上。"哦，我的上帝。"

"怎么了？"珍问道。此刻，汤姆正眺望着海面，似乎看到了什么东西。

"我觉得我好像收到了一个讯息。"他用一只手抵住了太阳穴，"是的！没错。是维克多发来的。"

"维克多？"

"维克多·伯格，喜欢在海岬边散步的维克多·伯格！"汤姆不耐烦地解释，还用手戳了戳那块小牌子，"维克，兄弟，是不是？"

"上帝啊，你真是个大笨蛋。"珍深情地说道。

汤姆看了看珍。"维克说，如果我不赶紧亲一亲这个女孩的话，我就是个大笨蛋。"

"哦！"珍的心一下子提了起来，仿佛自己刚刚中了大奖一般，身上起满了鸡皮疙瘩。她试图用各种各样的小谎言安慰自己。我的上帝，她当然会因为什么事情都没有发生而感到失望，或者应该说是非常非常失望。"真的吗？他是这么说的吗——"

　　然而，汤姆已经吻了上来，一只手轻抚着她的脸颊，另一只手从她的腿上拿走了三明治，放在了自己身旁的位置上。看来那棵幼苗终究还是活了下来，而那温柔的一吻也不需要黑暗和酒精的陪衬。这样的一幕尽可以发生在光天化日下，伴随着清冷的空气和温暖的阳光，感觉上是那样的坦率而又真实。感谢上帝，好在她当时并没有嚼着口香糖，否则岂不是要一口把它给吞进肚子里去？除此之外，汤姆嘴巴里的味道和想象中的一模一样：有一种肉桂糖夹杂着咖啡和大海的香气。

　　"我以为我们注定只能够做朋友呢。"当两人终于可以分开喘口气时，珍小声地念叨了一句。

　　汤姆从她的前额上拨开了一缕发丝，将它们绾到了她的耳后。

　　"我的朋友已经够多了。"他回答。

他们 //

　　萨曼莎：这就够了吗？你需要的信息都已经集齐了吗？真是一次冒险啊，对不对？现在我们又回到了正常人的生活，只不过大家对待彼此时都友善了许多，真是有点好笑。

　　加布里埃尔：他们取消了春季舞会。我们现在只剩下蛋糕义卖的活动了。不过这正好是我需要的。话说回来，那些压力让我长了十斤肉呢。

西娅：勒娜塔要搬到伦敦去了。这段婚姻算是彻底破碎了。如果这种事情发生在我的身上，我一定会努力挽回的。不过这只不过是我个人的意见。没有办法，我总是把孩子排在第一位。

哈珀：如果一切顺利的话，我们明年就可以去伦敦看望勒娜塔了。当然，这还要等她安定下来再说。她说这可能要花上一段时间。是的，我又给了格雷姆第二次机会。一个放荡的小保姆是不足以毁掉我的婚姻的。别担心。除了付出肋骨骨折的代价之外，他也会支付全部的旅行费用。我们一家打算今晚去看《狮子王》。

斯图：真的是太奇怪了，那个法国小姐怎么没有找我下手？

乔纳森：老实说，她曾经找过我，不过这件事可以忽略不计。

巴恩斯小姐：我不知道请愿书的事情后来怎么样了。自从益智问答夜的事情发生之后，就没有人再提起过它了。我们都期待着新学期能够给我们带来新的气象。我想我们可能会开设一个特殊的部门，专门解决各种冲突。这看上去很有必要。

杰基：希望孩子们现在都能不受打扰，安心地学习阅读和写作。

李普曼太太：我想我们可能都学到了该如何友善地对待彼此。当然了，还有如何把所有的事情都记录在案。

卡罗尔：显而易见，玛德琳的读书俱乐部跟色情小说一点关系都没有！这只不过是一个笑话而已！大家选的书竟然一本比一本保守！有趣的是，就在昨天，一个教堂的朋友还曾提起自己参加了一个基督徒色情文学俱乐部。我已经读了第一本书中的三个章节了。老实说，那本书实在是太有趣，太……那个词怎么说来着？太有料了！

刑侦警长阿德里安·昆兰：实话实说，我本以为是死者的妻子干的。我的直觉告诉我，就是她干的。我敢打赌。看来你不能永远相信自己的直觉。就是这么回事。你现在已经全都了解清楚了，对吗？你准备把录音笔关掉了吗？因为我还在想，不知道这合不合适，不过我打算问问你想不想要喝上——

**校园益智
问答夜** ╱ **活动一年之后**

● 这小小谎言，可能发生在任何一个人
  身上。

塞莱斯特坐在一张铺着白色桌布的长桌前，等待着别人叫到自己的名字。她的心怦怦直跳，嘴巴干得厉害。她举起摆在面前的那杯水，看到自己的手颤抖了起来，只好迅速地把水杯再度放下，因为她不确定自己能否安全地把水一滴不漏地送到嘴边。

　　虽然她最近出庭作证已经好几次了，但这一次是完全不同的。即便苏西曾经告诉过她，在这种情况下掉眼泪是可以理解的，也是十分自然的，可她依旧不想哭。

　　"你要把那些私密且痛苦的经历全都说出来。"苏西说，"这是我要求你做的一件大事。"

　　塞莱斯特望了望观众席上那一小群身着正装的女人和打着领带的男人。他们的脸上面无表情，看上去很专业，却又显得有些无聊。

　　"我总是会从观众中挑出一个人来。"在谈到公开演讲的事情时，佩里曾经告诉过她，"那会是人群中某一张看起来格外和善的脸庞。起身后，我会对着他讲话，仿佛房间里就只有我们两个人似的。"

　　她记得，当她听说佩里竟然也需要用到一定的演讲技巧时，心中是那样的惊讶。要知道，佩里每一次当众讲话总是显得格外的自信和放松，就像是参加脱口秀节目的英俊好莱坞影星一样。那就是佩里。现在回头想想，他好像一直都生活在永无止境的低级恐惧之中：害怕遭到羞辱，害怕失去她，害怕没有人爱他。

就在那一瞬间，她是如此地希望他能够坐在这里听她讲话。她忍不住幻想着他为她感到骄傲时脸上会出现怎样的神情，不管她所讲的主题到底是什么。真正的佩里是一定会为她感到骄傲的。

这就是妄想吗？也许是吧。妄想是她这段时间以来培养的一大特长，或者也许是她一贯的特长。

在过去的一年中，对她来说最困难的事情莫过于反省和怀疑自己脑海中浮现出的每一个想法和心中萌发出的每一种感情。每一次她为了佩里的死而哭泣都是对珍的一种背叛。缅怀一个曾经对她拳脚相加的男人显然是一种既愚蠢又错误的选择。她不应该为了儿子的眼泪而哭泣，因为世界上还有另外一个小男孩甚至还不知道佩里就是他的父亲。此刻她应该感到憎恨、愤怒与悔恨——这才是她应该拥有的情感。每当她长久地沉浸在这种情绪之中时，她的心里都是快乐的，因为唯有这些情绪才是最恰如其分，也是最理性的。可她很快就会开始怀念他，期待着他能够像往常一样早点出差回来。如此的轮回让她感觉自己就像个傻瓜一样，这才想起佩里曾经欺骗过她的感情，而且很可能不止一次。

在梦里，她曾经朝着他尖叫过："你怎么敢这样对待我！你怎么敢这样对待我！"她一遍又一遍地捶打着他，醒来时满脸都是泪痕。

"我还爱着他。"她告诉苏西，仿佛自己正在坦白什么令人反胃的内容似的。

"你当然可以继续爱着他。"

"我快要疯了。"她继续说道。

"这是一个过程，你需要一点点地熬过去。"苏西耐心地倾听着塞莱斯特向她讲述着自己被佩里殴打之前犯下的每一个事无巨细的"错误"——我知道自己那天应该命令两个孩子收拾好自己的乐高,但我实在是太累了,我不应该说那些话,也不应该做出那些事。出于某种原因,她没完没了地挑出了过去五年中最细碎的小事,并试图把它们一一梳理清楚。

"这不公平,对不对?"塞莱斯特疑惑地问苏西,好像她是个调解员,而佩里也坐在旁边听从她的仲裁。

"你觉得这公平吗?"苏西反问她。每一个出色的心理医生大概都会这么说。"你觉得自己应该受到这样的待遇吗?"

塞莱斯特看到坐在自己右边的男子也颤巍巍地举起了水杯,手抖得比她还要厉害。即便杯子里晃动的冰块把一部分水泼到了他的手上,他还是坚持把剩下的水送进了嘴巴里。

他的个子很高,长相清秀,脸形修长,年纪在三十五岁上下,不太合身的红色套头毛衣领子里露出了一条领带。他应该是出庭的另一位心理顾问吧,和苏西一样,只不过对于当众演讲存在某些恐惧心理。塞莱斯特很想把手放在他的手臂上安抚一下他的情绪,却又不想让他感到尴尬。毕竟他是以一个专业人士的身份坐在这里的。

她低下头看了看他裤脚下面的那一部分。他穿着一双淡棕色的及踝短袜,一双黑色的商务皮鞋擦得锃亮。这样的搭配在玛德琳看来就是一场灾难。塞莱斯特今天特意请她为自己挑选了一件全新的白色丝绸衬衫,还搭配了一条铅笔短裙以及一双白色的船形高跟鞋。"不要露出脚趾。"玛德琳在看过塞莱斯特挑选出来的几双凉鞋之后说道,"这样的场合是不适合露出脚趾的。"

塞莱斯特默许了玛德琳的选择。在过去的这一年中,她已经默许了玛德琳代劳许多事情。"我早就该看出来的。"玛德琳一直在说,"我早就该看出来你所遭受的一切。"不管塞莱斯特安慰她多少次,并向她保证她是不可能看出任何蛛丝马迹的,玛德琳就是无法摆脱发自内心的愧疚感。塞莱斯特此刻所能做的就只有允许她陪伴在身边。

塞莱斯特开始在人群中搜寻一张友善的面庞,并最终将目标锁定在了一个五十多岁、长相如小鸟般和蔼的女人身上。在苏西为在场的人介绍塞莱斯特的背景时,她鼓励地朝塞莱斯特点了点头。

她让塞莱斯特想起了两个孩子刚刚入读公寓转角处的新学校时遇到的一年级老师。开学之前,塞莱斯特特意约见了她一次。"他们很崇拜自己的父亲。自从他去世后,他们的行为便开始有些反常。"塞莱斯特第一次见到这位老师时是这样说的。

"这当然可以理解了。"胡珀太太看上去一副波澜不惊的样子,"不如我们一个礼拜见一次面,随时掌控事态的发展。"

塞莱斯特努力地抑制住了想要拥抱她的冲动,以防弄脏了她那件漂亮的花朵图案衬衫。

在过去的一年中,双胞胎对于自己的新生活并不是很适应。他们已经习惯了佩里长久不回家的生活,因此花了好长一段时间才弄明白自己的父亲永远都不会再回来了这个事实。面对生活中的困境,他们的反应和佩里简直一模一样,愤怒而又暴力,仿佛每天都在试图要了彼此的性命,晚上却又倒在同一张床上,枕同一个枕头入睡。

看到他们悲痛欲绝的样子,塞莱斯特仿佛感觉自己也受到了惩罚。可她到底为什么要接受惩罚呢?就因为自己选择了留在他们父亲的身边吗?还是因为自己希望他能够早一点死去?

邦妮并没有因此坐牢。她最终因违法和危险行为被判过失杀人罪,被罚 200 小时的社区服务型劳役。在宣读审判结果时，法官表示此案中被告人的道德过失不致定罪，还陈述了邦妮此前并没有犯罪记录，认罪态度良好，且尽管预见到被害人有可能会从露台上坠落，但本意并不是想要加害于他的事实。

此外，他还把专家证人关于露台栏杆低于现有建筑标准规定高度、吧台高脚凳不适宜在露台上应用、雨天造成了栏杆湿滑和原被告都已酒精中毒等因素也都考虑了进去。

据玛德琳所说，邦妮很享受执行社区服务劳役的过程，而艾比盖尔也一直都陪在她的身边。

在这个过程中，塞莱斯特收到了无数封来自保险公司和律所的信函，但她并不是特别在意。她已经想明白了，她既不想要学校赔给她的任何一分钱，也不想保险公司支付给她的人身意外保险金。

她卖掉了豪宅和家里的其他房产，带着两个孩子搬进了麦克马洪角的那座小公寓。她在一间家族律所里找了一份工作，每周上三天班，很满意自己不再需要胡思乱想的生活状态。

她的两个孩子都拥有巨额的信托基金，但是信托基金并不会定义他们的未来。她倒是宁愿他们长大后到速食店工作，随和地脱口而出："您需不需要搭配一份薯条？"

她也为瑞吉设立了一份同等金额的信托基金。

"你不需要那么做。"当她把这个消息告诉珍的时候，珍婉拒了她。当时，她刚好邀请珍到自家附近的咖啡馆里吃午餐。珍看上去有些受宠若惊，脸上还出现了些许憎恶的表情。"我们不想要他的钱。我的意思是，你的钱。"

"那是瑞吉的钱。如果佩里知道瑞吉是自己的儿子，一定会用对待麦克斯和乔希的方式来公平地对待他的。"塞莱斯特说道，"佩里是一个——"

说到这里，她突然变得尴尬起来，不知该如何说下去，因为她本打算告诉珍，佩里是一个相当大方的人，只不过有时候有些可怕而已。

可珍却从咖啡桌的对面伸出一只手来，握住了她的手。"我知道他是会这么想的。"仿佛她是真的了解佩里的为人。

苏西站上了讲台。她今天看起来格外的精神，眼妆也不那么浓了。感谢上帝。

"家庭暴力的受害者有时候看起来和我们想象的并不一样，而他们的故事听起来也并不像我们想象中的那样黑白分明。"

塞莱斯特在一群急诊医生、分诊护士、全科医生和法律顾问中寻找着那张友善的脸庞。

"这也是我今天为什么为你们请来了两位嘉宾的原因。他们将慷慨地与我们分享自己的经历。"苏西举起手来示意了一下塞莱斯特和她身旁的男人。只见那个男士把一只手放在了自己的大腿上，以防腿因为紧张的缘故上下抖动起来。

我的上帝，塞莱斯特心想。她眨了眨眼睛，忍住了眼眶中的热泪。他不是什么顾问。他和我一样，是一个受到了迫害的人。她转过头来看了看他，而他也笑着回望了她一眼，眼神像条小鱼一样不安地转动着。

"塞莱斯特？"苏西叫出了她的名字。

塞莱斯特站起身来，回头望了望那个身穿套头毛衣的男人，又望了望正在鼓励地朝她点头的苏西，然后三步并作两步地走上了木质讲台。

她定睛看了看那个长相和善的女子。是的。她就在那里朝自己微笑着，还轻轻地点了点头。

塞莱斯特深深地吸了一口气。

塞莱斯特今天之所以会答应苏西到这里来主要是为了帮她一个忙，同时也想尽自己的力量让更多的健康顾问了解何时该多问些问题，何时则该放手。她打算陈述一下自己所经历过的事实，但并不是掏心掏肺地详述自己的心路历程。她要维持自己的尊严，守护好藏在内心深处的那个真我。

然而，此时此刻的她内心却充满了难以抑制的渴望，渴望与在座的所有人分享自己的感情，赤裸裸地剖析丑陋的真相，毫无保留。让尊严去死吧。

与此同时，她也想启发那个穿着土气套头毛衣的胆小男人，让他有自信说出发生在自己身上的赤裸裸的丑恶真相。她想让他知道，今天在座的这些人之中，至少有一个人是能够理解他一路走来犯下的所有错误的，包括他还手的时候，他选择留下的时候，他想要再给她一次机会的时候，他故意激怒她的时候，他允许自己的孩子目睹这一切的时候。她想要告诉他，她明白他这么多年来对自己撒过的所有的小小谎言，因为她也曾经这样自欺欺人地对待过自己。她想要展开他那双颤抖的手，用自己的手心托着它们，然后说上一句"我明白"。

她紧紧地抓住了讲台的两侧，朝着话筒的方向俯下身来。她的心里正酝酿着一句格外简单却又分外复杂的话，需要说出来让在座的人都明白。

"这种事情可能发生——"

她停顿了一下，向后退了几步，在远离麦克风的地方清了清自己的嗓子。她看到苏西正站在一旁，脸上挂着一种家长观看自己的孩子第一次做公开演讲时那种屏气凝神的表情。她的两只手微微交叠在了一起，仿佛随时都准备冲到讲台上把塞莱斯特营救下来。

塞莱斯特的嘴巴凑近了麦克风。这一次，她的声音听上去格外的洪亮而清晰。

"这种事情可能发生在任何一个人身上。"

致谢

像往常一样，我想要感谢潘·麦克米伦出版公司所有优秀的工作人员，特别是凯特·帕特森、萨曼莎·萨恩思伯里和夏洛特·雷。

感谢我的经纪人菲奥娜·英格里斯以及世界各地的出版商，尤其是艾米·埃因霍恩、席琳·凯莉和玛克辛·希区柯克。

同样要感谢向我慷慨地提供了各种宝贵专业知识的切丽·佩妮、玛丽莎·维拉、马莉·阿特金斯、英格丽德·布朗和马克·戴维森。

我有个很糟糕的习惯——喜欢从对话中寻找写作的素材。感谢马莉·哈苏尔、艾米丽·克罗克和莉茨·弗里泽尔允许我借鉴你们的生活片段作为我创作的样本。现在，我必须澄清的是，我的孩子就读的可爱学校的家长和彼利威公立学校的家长完全不一样。他们都是遵守校园规章制度的好榜样。

谢谢我的妈妈、爸爸、杰西、凯蒂、菲奥娜、肖恩和尼古拉，还要特别感谢我的妹妹——天才作家雅克琳·莫里亚提。她永远是我的第一个读者。感谢我的妹夫史蒂夫·梅纳瑟为我提供了各种技术上的支持。

谢谢安娜·高柏让我的生活变得如此轻松。

感谢我的同辈作家和朋友贝尔·卡罗尔和戴安娜·布莱克洛克让新书宣传活动变得像闺蜜出游一样有趣。（贝尔甚至设法让购物也变得有意思起来。）我们共同创建了一个名为"读书"的时事通讯活动。想要订阅的朋友可以查询我的网站 www. lianemoriarty.com。

感谢亚当、乔治和安娜让我的世界变得完整，虽然这样的生活有些喧闹和疯狂。

最后，这是一本关于友谊的小说，所以我要将它献给和我相识已有三十五年的老朋友玛格丽特·帕丽斯。

在写作的过程中，我参考了以下书籍中的内容：苏珊·威茨曼的《和我们不一样的人：豪门婚姻中的隐秘暴力》（2000 年）以及艾莱恩·韦斯的《在家庭暴力中幸存》（2004 年）。